ちくま文庫

長くて短い一年

山川方夫ショートショート集成

山川方夫
日下三蔵 編

長くて短い一年

Yamakawa Masao

山川方夫

ショートショート集成

日下三蔵 編

Sanzo Kusaka

PART I

長くて短い一年

頭上の海

PART II

PART Ⅲ トコという男

PART 1

長くて短い一年

なかきよの……〈新年〉

正月の二日である。

夜ももうだいぶ遅い。老婆は家の戸締りをもう一度たしかめると、茶の間の座蒲団にもどった。茶餉台《ちゃぶだい》には夫のための夕食に布巾がかけられ、すぐにも燗《かん》ができるよう酒や徳利の用意もある。長火鉢の猫板には茶渋のついた急須があり、赤い炭火をかこんで、銅壺《どうこ》は湯がたぎっている。

老婆の待つ夫は停年退職をして十年の余になる元官吏である。二人とも年齢のせいか朝がとても早い。夜の九時を過ぎれば、老婆の居睡りも無理はないのである。

お正月だ、と老婆は思う。今年もまたいつものように、どこかでご馳走になっているのだろう。調子にのりすぎて怪我でもしてくれなけりゃいいが。いや、それより血圧だって低くはない。万一のことだってないとはいえないし、そしたら困るのはこのわたしなのだ。ようく気をつけてもらわなくちゃ。……でも、といってわたしはもう、べつに生きていてどうということもない。いつ死んだってかまやしないが。まあ、でもこうしてほぼ五十年、飽きもせずよくも暮してきたものだ。子供がないのは淋しいけど、それだけにまた無事平穏な、振りかえってもなんのめどもない、単調なとりとめもない一生だった。こういうあの人を待ってうつらうつらするお正月も、くりかえしすぎていまさらなんの新しい気持ちもない。ええと、今夜は二日。なかきよの、とおのねふりのみなめさめ、なみのりふねのおとのよきかな……だったかな。若い頃はいい初夢を見ようと、宝船にそんな歌を書いた木版刷りの紙を枕に敷いて睡ったっけ。どうして元旦の夜じゃなく、二日の夜の夢を初夢というんだろう。……そう、このことは昔も、何回も考えたことがあったよ……

玄関で声が聞こえる。あわてて老婆は涎《よだれ》を拭き、玄関に走って鍵をあけた。やはり夫だった。赤い顔をしていてぷんとお酒くさい。古ぼけた黒い革カバンを胸に抱えこんで、その指に、どこかの家で包んでもらったらしい折詰めが一つぶら下がっている。

「ああ疲れた。おい婆さん、酒だ、酒」

老人はそのままどかどかと茶の間に入ってきて、彼の座蒲団にあぐらをかく。たいそう矍鑠《かくしゃく》としてはいるが、痩せた首すじの皺や背中、ズボンの膝のあたりに、やはりありありと七十歳近い老齢が浮き出ている。

「お酒、もういいんじゃありませんか?」

「ああ、すぐ寝る、寝る」

いつもと同じ会話。何十年間打ちつづけてきた芝居みたいに、酔って帰ったときかならずとりかわされる会話。老婆はだが、そっと徳利の一本に酒を注ぎ、燗《かん》をはじめる。とにかく一本だけ、という次のセリフもきまっていて、そうして一本ずつ追加し、自分で止めるといいだすまでは止めないのが夫なのだ。

「とにかく一本だけ。でもこれだけですよ」

「はいはい。でもこれだけ。な?」

このセリフも約束のように決っている。うまそうに老人は手酌で盃をあける。

「ほら婆さん、金だ。五万はあるだろう。今日は十軒もまわったかな」

「おやまあ、ご苦労さん」

老婆はおしいただき、老人はうれしそうに哄笑する。また聞かされる、と老婆は思う。が、まあ、お金の手前だけでも我慢してやらなければ。案のじょう、老人ははじめる。

「なあ婆さん、だいたい金ってものは貰うほうが頭を下げるもんだ。それを見ろ、このわしは先方に頭を下げさせて貰ってくる。どうだ、まったくいい商売じゃないか。出勤は自由、酒は飲め、みんなから感謝されて、あとあとまでこうして訪ねて行きゃ、ちょっとした小遣い銭にはなる。しかもお前、これがすべて無税、とこうくる。ハッハハハハ」

老人は、結婚の仲介を職業にしている。肌身はなさぬその黒カバンの中には、男女合わせて二十数名の写真、履歴書、謄本、家族書きから、老人自身の調査による財産見積り、学業成績表や家や勤め先の写真までが、ぎっしり詰っている。まとまればいい家で十万円、悪くて五万円のお礼はたしかで、だいいち、それくらいくれる見込みのないところは、はじめから相手にしないのである。

　もちろん表面は、恩給で生活の不自由はないから道楽半分世の中へのご奉公半分だとか、やはり若い人を相手にしていると気持ちが若返って、これは一種の健康法だなどといってごまかしている。が、退職と同時に老人はこれを専門の職業にした。おなじ退職後の商売なら、へたな会社の嘱託になどなるより、人生の風雪に耐えてきた年齢や、「顔」や経験を生かし、はるかに人《にん》にあったうまい商売だと踏んだのである。それが図にあたった。つくりあげた夫婦は、すでに百組を遠く越えてしまっている。

「でもな婆さん、近頃つくづく思うんだが、じつにこう、夫婦なんていい加減なもんだな、うん」老人は上機嫌で、おしゃべりも次第に高声になる。

「まるっきりの赤の他人の二人を、ただし生活のレベルが同じ程度のやつを一組、おれがあっちからひょい、こっちからひょい、と選んで逢わせてやる。それぞれに適当にお上手をいってダマす。と、すぐくっついて一ちょう出来上りだ。こんど行くと、まるで生れながらの一心同体みたいな顔をしとる。え？　おかしなもんじゃないか。わしの経験だと、どうしてもあの人でなきゃ、なんてのはタワ言だよ。つまり、嘘か、ただの意地っぱりさ。これは恋愛結婚と称してるやつだってそうだ。ま、手近かにはこれしかいない、これで我慢しとこう、これで間に合わしとけ。それが夫婦というやつの本音なんだ。でも、さすがにそれじゃ面白くない。で、愛だの運命だの、なにかそれが一つの絶対だったような錯覚をでっち上げて、おたがいにそれをいいあって安心する。と、こんどはありもしないそんなものに縛られて身動きができなくなり、そのまま仕方なく一生を終る。——な？　これがお前、平和な、幸福な夫婦というもんだ。すべて間に合わせで、それでけっこう満足なんだから笑わせるよ。愛だの夢だの運命だの、私にはこの人しかいないだの、そんな出来合いの錯覚で理屈づけたりしてはいるが、夫婦なんて、じつはおたがいの計算で止むをえずいっしょにいるだけのもんさ。それだけのもんにすぎん。ハハハハ」

玄関で声が聞こえた。

老婆は、はっと目をさました。どうやら夢を見ていたのらしい。あわてて老婆は涎を拭き、玄関に走って鍵をあけた。夫が、よろめくように入ってきた。

「ああ疲れた。おい婆さん、酒だ、酒」

すべて夢に見たとおりだった。夫は酒くささく赤い顔で、黒カバンと折詰めを渡すと、どかどかと茶の間に入って行く。

「ほら婆さん、金だ。五万はあるだろう、今日は十軒もまわったかな」

老人は手酌の盃をかたむけると、縞のネクタイをゆるめて大声で笑いだした。

「まったくなあ、行ってみるとおかしくなるよ。おれが勝手にくっつけた二人が、まるで生れながらにいっしょだったような顔で共同戦線を張ってやがる。フン、椿の接木《つぎき》のほうがよっぽど難しいよ。夫婦なんて、みんな間に合わせの、でっちあげのくせに、やれ縁だの愛だのと、すぐその結びつきが絶対だったように自分からすすんで錯覚したがるんだから」

「……あなた。あなたは心底からそう思っているんですか？」

　ふいに老婆はいった。

　老人はさも嬉しそうに笑った。

「あたり前だ。そうでもなきゃ、こううまくおれの商売が繁昌するもんか。しかも、ほとんどが別れずにな」

「そうですかね」

「え？　どうしたんだ？　血相をかえて」

「わたし、あなたとお別れします」と老婆はいった。「なんだか、いつもあなたのお話を聞いているうちに、わたし、わたしたちが夫婦でいる意味がわからなくなりましてね。なにも、いっしょにいることもないみたいな気がしてきたんですよ」

「……バカもん！」

　老人は怒鳴った。額に青すじがおどり出して、皺ばんだ拳が膝でふるえている。

「な、なにをいうかいまさら。自分を、いくつだと思っとる！」

「なにもわたし、若い人みたいに、アイだのコイだのといってくれってんじゃありませんよ」

　老婆は落着いた声でいった。

「ただわたし、やっぱり夫婦でいることに夢が……」

「いいか婆さん、おれとお前とは、もう五十年近くもこうして夫婦で暮してきたんだぞ。おたがいに、いちばん気らくな、便利な、気ごころの知れた相手だ。それを捨てて、代りがあるとでも思っとるのか？　……だいいち、ここを出てどこへ行く気だ？　行くところなんてないじゃないか」

「それだけなんですか？　わたしたちが、いっしょにいるって理由は」

「そうだ。それだけでどこがいけない。どこが悪い。よしッ、いく度でもいってやるぞ。おれがお前といっしょにいる理由は、ただそれだけだ」

老婆も拳がふるえてきた。口ではひどいことをいうが、この人の気持ちはそれだけじゃない、と思いつづけてきた自分が、バカで、みじめで、口惜しくてならなかった。もう、こんな人とは一日だっていっしょにいられない。いてやるものか。彼女にあったのは怒りと情けなさと、火のような憎しみの熱い塊りだった。

老婆は、きっぱりといった。

「じゃ、わたしは今夜、いいえ、ただいまかぎりおひまをいただきます。あなたという人がよくわかりました。さよなら。ながながお世話になりました」

……玄関で声が聞こえる。老婆は、はっと気づいた。また夢を見ていたのだ。

間違いなく夫の声だ。夫が、玄関で老婆を呼びつづけている。

あわてて老婆は涎を拭き、玄関に走って鍵をあけた。夜の風が冷たい。が、そこに夫の姿はない。どこにも、人かげが見えない。

突然、老婆は冷たい手で胸をつかまれたような気がした。いま、この瞬間、夫は死んだのだと思った。そうだ。そうに違いない。あの人は死んでしまったのだ。血圧の高いのも忘れて、振舞い酒を調子よく飲みすぎ、……脳溢血。でなければ交通事故。いま、たしかにその声を聞いた気がしたのは、きっと、夫の魂がわたしに報らせにきたのだ。

老婆は、へたへたと寒風の吹きさらす夜の玄関にかがみこんだ。もし夫が無事に帰ってきてくれたら。すべてがわたしの思いすごしだったら。そうしたら、わたしはもっともっとつくしてやる。もっともっと、まめに世話もみてやりたい。固いといっていた蒲団を直してやるし、あんなに欲しがっていた綿入れのそでなしも、面倒がらず、きっとすぐにでも縫ってあげる。ああ、無事に帰ってさえきてくれたら。

そう念じながら、老婆はいつのまにか涙がいっぱいになった目で、街燈の黄色い暈がぼんやりと照らしている真冬の道の奥をみつめた。目の中でその街燈の光が、細かな星のように八方にきらきらと散りながら流れて、そうだ、昔、はじめてあの人が一晩じゅう帰らなかったときも、わたしはこうして泣きながら目の中で散る街燈の光を見ていた、と老婆は思った……

玄関で声が聞こえた。戸を叩く音も聞こえる。老婆は、はっと我にかえった。なんだ、これも夢か。

老婆は膝を抓った。痛かった。目の前の長火鉢は、炭が白く灰になって崩れかかり、ほとんど火の気がなかった。

怒ったような夫の声が大きくなる。戸を叩く音も、いっそう乱暴に、はげしくなる。

「……うるさいねえ、わかってますよ。いま行きますよ」

小さく欠伸をして立ち上ると、老婆はこんどこそ本物の涎を拭き、だが、いそいそと走って玄関の鍵をあけた。老婆は、そのときはもう、今年の初夢のことはすっかり忘れていた。

娼婦〈一月〉

沙梨《さり》の腕環は素晴らしかった。阿紀《あき》の耳飾りも碧玉だった。そして指にはお揃いの凝結した血の色の宝石が光っている。一月の夜の国電の、黄ばんだ照明の下に、二人の高価な装身具は別世界の豪奢さをきらめかせた。胸には、ともに白い蘭の造花を咲かせている。未婚の処女を示すように、それが涼しく上を仰いでいた。

二人のそばに人は来ない。硝子器に容れられた高名の宝玉のように、彼女たちをとりまいて厚い真空の帯があった。乗客たちは、なんとなく近寄りがたく、そろって遠くからこの美しい二人づれを見まもることのほうを選んでいたのかもしれない。……二人は、微笑した瞳を床に落している。いま過してきた新年のパーティの、まださめやらぬ華やかな上気、そんな興奮ゆえの沈黙だろうか。たのしく盗み見ながら車内の人びとは、そう思っていた。が、愛らしく頰を染めて沈黙をつづけている二人の上気は、自分たちが車中の人びとの目をひき、目に立つ存在であるということだけの、いわば見られていることだけで充足した、そんな幸福のせいかもしれなかった。

丸顔の、妹ともみえる阿紀が、あまえて沙梨の肩にもたれかかる。二人は、そうして車内の各所からくるながし目を全身に照り返しながら、仲の良い姉妹のようにふと目を合わせた。たしなめる年長者の態度で、沙梨がなにごとか囁く。美しい黒瞳を窓外に向けた阿紀が、くりかえしうなずきいよいよ首を沙梨にもたせる。……と、痩せた沙梨の白く長い華奢な指が、ふと肉づきのいい阿紀の肩を抓った。笑っている沙梨にうらむような目を向けると、つとそれを正面にうつして、にわかに阿紀はびっくりしたように目を大きくした。あきらかにそれは知人を見た目つきだ、と人びとは思った。

人びとはごく自然に阿紀の視線を辿って、その尖端の二人の紳士に瞳を停めた。かれらもすこし人びとを離れ、肥ったのと痩せたのとが、たがいに首を支《か》って目を閉ざしている。裕福な身装で、どうやら宴会帰りの重役らしい。ウン、と大きな欠伸《あくび》をして、肥って大きい紳士のほうが、泪のたまった目をひらいた。太い親指の腹で目やにをこすった。そうして阿紀を含む車内の眼眸に、当惑したように帽子に手をやって座り直した。阿紀の円い肩に、細い沙梨の肩先がかすかに触れた。斜めにその沙梨が窓ガラスに頬を当てる。立ち上った阿紀は、まっすぐに二人の紳士の前に歩んだ。好奇的な車内の目がその動作を注視している。車体の震動によろめきながら、ゆるやかな風に揺れる嫩葉のように、その阿紀はたのしげに笑っていた。肥った紳士は目をぱちくりさせ、おどおどと気圧されたような瞳をそらせた。

「あの、つきあっていただけませんか？」

それは離れた車内の目に、なんとかさんじゃございません？　といったと見えた。なんとかさんじゃありません？　といったと聞こえたような気がした。痩せた小柄の紳士が横腹をこづかれて目をさました。

「ねえ、つきあっていただけません？」

小鳥の歌のように朗らかに、阿紀は同じ態度をくりかえした。人ちがいなのかな、と人びとの不審げな目が、好意ある光をつよめながら阿紀にそそぐ。ある人びとは沙梨に眸をもどす。沙梨は、漆黒の窓に映る夜気にうかぶその自分の白い頰を、ひとりとみこうみしているふうであった。

「……きみひとり？」

第二の紳士は理解がはやかった。阿紀の態度にふさわしい穏やかな笑顔で訊き、金鎖を出して時計を見た。

「ううん、あそこに」

阿紀の視線を追うまでもなく、ぽつりと一人だけ離れた沙梨の白い横顔を、紳士は眺めた。

紳士は呟いた。

「よかろう。たいした高級品じゃないか」

そして度ぎもを抜かれぽかんとしている肥ったほうの紳士に、からかうように同意をもとめた。

「君もよかろ？」

「も、もちろん」巨大な体軀の紳士は、痩せたほうの目下らしかった。「こ、高級品ですが、またなんと大胆な……」

彼はそして忠義面でおずおずと小男に忠告した。

「……こういう夢みたいなことは、あぶないということですぞ」

痩せた紳士は豪放めかせて笑った。

すでに阿紀が口をおおい、けたたましく笑っていた。笑いの中で、小さな声でいった。

「じゃ、次の代々木で降りてね」

答えのかわりに紳士たちは顔を見合わせなにごとかひそひそと私語しあった。かわりばんこに大きくうなずいてみせた。

「ありがとう」

やはり小さく呟くと、阿紀はあわてた女子中学生みたいなとってつけた不器用なお辞儀をつづけて、逃げるように席にもどった。善意にみちた他の乗客たちは、それを子供っぽい阿紀のしでかした人ちがいだと考えた。車内を見わたす二人の紳士の笑みを含んだ表情も、正当には理解されなかった。

いつのまに出したのか、白いハンカチで阿紀は口を抑えていた。すこし喩しいまでに澄まして、沙梨は窓外に冷淡な眸を落した。

次の駅の来るのが待ち遠いのか、席に落着けずいたたまれぬ様子で、紳士二人が出口に向った。やがて、その二人を避けるように、阿紀の腕をとった沙梨が、別の出口に歩いた。

「ああ恥しい」

人びとはこんな阿紀の声を聞いた。

「私って、あわてものね、ママ」

「あら、ママだなんて……阿紀」

身をひるがえすように沙梨はひらりと人びとを振り返った。人びとは名の知れぬ香水の匂いが漂いだすように思った。

「……今日、私たち疲れちゃったのよ」

「そうね、くたびれちゃったわ」

「沙梨、おなかへっちゃったの」

「うん、うんと美味しいお夜食つくろうね。でも私、また肥っちゃって、困るな」

手をおたがいの肩にのせてうなずきあう二人の頰に、やわらかな花びらのように薄い微笑がひろがる。親しげな微笑を反映のようにうかべて、そしてひとびとはまだ二十そこそこであろうこの二人づれに、ふたたび新年のパーティ帰りの仲良しの姉妹を発見していた。

器具つき薬品つきただしホテル代向うもちの一時間で、彼女たちはそれぞれ銀座に立つ最高級の女たちと同じ料金を定めていた。チップつきの数枚の紙幣を得て、二人はほがらかに二人の紳士と代々木駅で別れた。

肥ったのが、「さよなら、お嬢さん」と挨拶して、「うむ、じつに熱心だ。じつに、巧みだ」とひとりごちた。

「リッパなもんだよ、ふむ」

と痩せたのがいった。

扉が閉まると、車内の二人はそのホームに立つかれらの前を、まるで別人のように澄しこんで通りすぎた。ふたたび阿紀は沙梨の肩に首をもたせ、二人は幸福げに笑った。

「ママ。新年そうそう、なかなか景気のいい相手でよかったわね。こんどのディナア、うんと奢りましょう。……どこがいいかしら。とにかく、最高級のレストランさがしといてね。そんな場所に場慣れするのだって、お勉強の一つなんだもんね」

そして阿紀は小さな欠伸《あくび》を一つすると、「ねむたいの、阿紀」といった。

沙梨はやわらかくその肩を叩いた。

「私ね、昨日ね、死んだ夢をみたの。ううん自殺だか殺されたんだか、そんなことはわかんないけど、私、それを夢だと知っていたの。そして一生懸命その死にかたを意識してたの。紫色のりんどうみたいなお花に埋まっててね、指の先から水晶のように私の身体が透けていくの。……いい匂いがしてたわ。そしてね、シェルシェルとかいうへんな名前の神父さまが出て来てね、私のためにお祈りをしてくれるの。……」

幼児をあやす若い母のように、沙梨は低声でいつまでもしゃべっていた。それを寝物語のように聞いて、阿紀は怠惰になんべんも重くうなずいているのだった。

彼女たちは、住宅地のかなり高級なアパートの、一つの部屋に帰った。

歩き疲れたの、といって早々に寝床にもぐりこむ阿紀の額にキスをしてやり、手ばやく顔の化粧をおとしクリームをすりこむと、沙梨も床にはいった。スタンドの灯りを消した。

阿紀はしかし、起きていた。暗闇の中で、二人は睦言《むつごと》のようにひそひそと語りあった。

「今日のやつね、ラストのデブ、あいつったらね、あんたら女性の唯一つにして最高最大の幸福は、良妻賢母たることですぞ、だなんていうのよ。……知らないと思ってんのかしら。フンベツくさいやなやつ」

失笑をからくも怺《こら》えて、こんどは沙梨が乗りだして囁く。

「どうしてそんなこと、わざわざ私たちにいうのかしら。へんね」

「そうよ。ちょっと見たら私たちが商売オンリイの女じゃないことくらい、わかりそうなのにね。でも、そう見られたことは成功ね」

「成功ね」

「ねえ沙梨、良妻賢母だって私たちの理想の一つよねえ」

「そうよ。……あたりまえのことよ」

沙梨の耳たぶをいじりながら、でも眠られぬほど昂奮しているのでもない口調で、むしろ面白そうに阿紀はつづけた。

「ねえ？　だって私たち、食うに困るからだけじゃなく、私たちの理想のためにあのアルバイトを選んだんですものね。自分ひとりじゃ食べて行けないもんで、だれか適当な男をめっけて結婚するなんてさ、女の敗北だし、だいいち心にとがめるじゃないの。同権主張の資格ないわ。……あら、そうでもないか、うん、家庭の主婦だって立派な職業だからな。……だけどねえ沙梨、私たちだって、まず食うに困らなくしといてさ、そしてお仕事のほうでも食うに困らなくなったら、ちゃんと結婚して、家庭もお仕事のほうも、ちゃんとうまくコントロールして行くわよねえ。ねえ？」

「そうよ。良妻賢母とアルバイトなんて、お仕事とアルバイトほどの関係もないことだわ」

「そうさ。……私たちだってさ、なにも家庭的な幸福の不感症でもなし、忘れてるわけでもなしさ、ましてべつにそれを否定したり無視したりしてるんでもないわ。ただもっと貪欲で、それだけじゃ満足できないだけのことよね」

阿紀の指を耳からそっとはずし、やさしく沙梨はいった。

「阿紀、そんなお話、もう止めようよ。私たち、去年半年でずいぶんお金たまったけど、今年は重大な年のはずよ。お勉強のほうがきっと忙しくなって。……私たち、あんな卑俗な豚どもとは、はっきり別人のはずじゃないの。そんなやつらのいったことに、くどくどとかかずりあっている暇はないのよ」

「そうね、もう一週間で学校もはじまるのね。私たち、うんと頑張って、バッテキされましょうよ、ね？」

そして二人は黙った。……彼女たちの「学校」とは、じつは某劇団所属の俳優養成所であり、彼女たちのいうお仕事とは、俳優修業のことであった。二人は、そろって昨年の春、そこに入所した一年生なのであった。

十分後、二人は充ちたりた健康な鼾をたて、やすらかに眠っていた。

稽古も勉強も、研究生の生活は、もともと好きで選んだことであるだけにあまり辛くはなかったが、よほど富裕な家庭のバックでもなければ、研究生の生活をつづけるのは不可能だし、その苦難をへなければ大スタアになることも望めない。沙梨も阿紀も（これはともに好みの芸名で、あまり本名が平凡なので二人で辞書をひいて命名しあったのである）家へ送金をせまられるほど、それほど困った家庭の子女ではなかったが、家に迷惑をかけたくない、独立したいという健気な一心から、半年ほど前、二人してアパートの部屋を借りて間もなく、この合理的で有利なアルバイトをすることに意見の一致をみた。級友にはバーの女給のアルバイトが圧倒的に多かったが、二人には時間にしばられることもなく収入の多いこっちのほうが、はるかに頭のいいものと考えられたのである。

このアルバイトはお金も入るし世相も見え、直接に男性の裏側もわかり、同時に貧乏な新劇人、という固い殻も破れる。さらに粧《よそお》いをこらす趣味にも叶い、メイキャップの勉強にもなり、肉体を通じて他人たちを、そして自分の魅力というものをたしかめ、たちまちにその考えたことの結果が出る実地研究にもなる。いわば理想的な副業だと思われたのであった。

二人は一生を演劇に捧げる覚悟だった。真剣に演劇を生涯の仕事とする心算《つもり》だった。そして先輩の女性たちに、美しい人がほとんど一人も発見できないことが、彼女たちの自信を強めさせた。自他ともにゆるす二人の美貌は抜群であった。

沙梨は長身で、北欧的な頰の翳りをひきたたせる巧みな化粧と眉の描きかたは、むしろ彼女を年齢より老けて見させた。細く徹った鼻すじと、陶器を思わせる白い肌が、聖浄とさえいえる清潔な印象をつくり、美しい鼻腔と、深く澄んだ眸が魅惑的である。スラックスと、頰に煙草の烟のまつわるのがよく似合った。バレエ・ダンスの得意さを示す均整のとれた固い肉づきの、羚羊のように長い脚を誇っていた。

阿紀は、つねに明るく、無邪気に若々しく肥っている。つぶらな瞳というのだろうか。長い睫《まつげ》のしたの大きな黒瞳が、いつも濡れたように輝き、眉は愛嬌よくさがっていた。肉づきのいい薔薇色の頰は、いつも歯磨会社の広告のような美しく白い歯並みを見せ、たのしく豊かに笑っている。ほがらかな彼女の出現は、あたりを清純な花々がいっせいにひらいたかがやかしい春の野にした。健康でみずみずしく、その小さな唇は、葡萄を食べるとき、兎そっくりになった。

二人はよく笑い、よく騒ぎ、よくしゃべり、よく勉強した。だれがなんといっても――もちろん、だれもなんともいわなくても――二人は、大スタアになることに心を定めていた。

「なんちゅうたて俳優《はえいう》はチレエでなけりゃイケン」

なにかというと沙梨は、演劇史を受持のA先生のこの口癖を真似た。すると、習慣のように阿紀がもったいぶってたちまち和す。

「美とは謎だ。……カラマアゾフのドミトリイ曰く」

これは演劇論の先生の口真似である。二人は、こんな文句を、志おとろえたおりの合言葉にしていた。

だがこの少々鼻にかけられた二人の美貌も、相対的な衣服、持物の贅沢さも、ふしぎと級友の嫉妬は買わなかった。それは二人が単純でロマンティックな少女の良質にのみ充ち、陰険で感傷的でお節介でねたみ深く、わがまま勝手で図々しく大人ぶるその悪質に欠けていたためでもあろうか。たしかに二人は好かれた。……ただし、いささかの優越感を含めて。級友のほとんどは、貧乏と不器用とくそ真面目さだけを、いい新劇俳優になれる不可欠の条件であり資質だと信じていたのである。

二人は、たしかに役柄の「文学的理解のインスピレエション」の才能に乏しい、と教師たちに指摘されることでも共通していた。「なにさ、まるで学芸会みたいにうれしいのね」彼女たち二人の幸福を、ただ幸福であるが故に反撥する演劇少女たちのあるものは、よくそう二人にくりかえした。

そのほとんど唯一つの非難は、しかし二人にはこたえなかった。じじつ、彼女たちはうれしかったのだから。

「H座のSの演技ってまるで国定教科書だね」

「うん。カレの現代俳優論も、芸談としちゃ認めてやれるけどね」

そんな小生意気な聞きかじりをたのしく囀《さえず》りながら、嬉々として二人は、休日にはかならず高級レストランやホテルでフル・コースの食事を「勉強」し、週二回はかかさず例のアルバイトで稼ぎ「人間」を熱心にお勉強して、その楽屋にほかならぬ神聖な養成所での毎日では、つねに本当の「沙梨」と「阿紀」にもどって、真摯にバレエやら活舌法やら講義やらの学習に精を出した。彼女たちの充実した日常は、明朗でなんの曇りもなく、夢みる大スタアに日一日と近づいて行くよろこびが、二人の毎日を明るい光でみなぎらせた。

年があけ、新学期がはじまっても、彼女たちの幸福にはなんの翳もなかった。さまざまなポーズを課せられる演技の実際的な研究にも、二人は良い成績をとった。ある教師は、彼女たち二人を、コメディエンヌの資質ありと評した。それは、役になりきって芝居そのものを理解しない——いや、理解しようとすらしないその資質の、もっとも光彩を放つのが喜劇の舞台だからでもあろうか。

あいかわらず明朗な阿紀はとにかく、沙梨はしかし、このごろ自己というものに無感覚になったような気がしていた。「役」に抵抗をかんじるときはっきりと身におぼえる、あの「自分」としか呼べぬ固いしこりが、なにかぼやけがちなのである。かえってアルバイトのときは、その贋ものの自分に、「自分」が化していることで安定するのに、お仕事のほうでは、なにかその安定が稀薄化し、「自分」がはるかな遠いところにいるように思えたりするのである。彼女は、それを自分が体当りで演技することに精進した結果であり、そうしてやがて「自分」を失くすことこそ最上の演技なのだと自負しつつ、しかしなにか忘れ物をしたみたいな、空ろな淋しさと気がかりとをおぼえていた。

「酔いなさい。自己を失くすことこそ芸術家の最後に要求される最大の才能です」

だから、そのころ、そんなあてどのない言葉が沙梨の口癖となった。ただし、むしろはしやぎながら口にするのである。

養成所は一月の半ばから講義を再開していた。その二週目の火曜日、演技の実地研究の時間である。先週、所属劇団の演出家を兼ねている教師が、男女の研究生たちにめずらしくポオズの宿題をあたえていた。男には「水夫」、女には「娼婦」である。

新築の中間色に塗られたホオルは喧々囂々《けんけんごうごう》のさわぎだった。アイウエオを発音する舌と口腔の状態が精密に図解してある紙の貼られた安っぽく薄い板壁に、がんがんと若い男女の声がひびき、笑い声が炸裂して、喧騒は部屋にこもりガラス戸をびりびりと鳴らした。――もっとも、これはいつものことであるが。

教師が入ってきた。いま売出しの女優がひとりつづいている。研究生たちが顔を見合わせて無意味な笑い声をあげる。この場合、笑いは好意や悪意の表現ととるべきではない。上気した浮動的な陽気な気分の表白であり、例のないことへの緊張の失禁であろう。教師はうつむきがちに、劇団が本年最初の公演に、ギャンティョンの「娼婦マヤ」を選んだこと、今日の高点のもの何名かを、その本公演の舞台に抜擢出演させる旨をぼそぼそと告げた。とたんに、ごうとあたりが鳴り、教師の、「……正式の座員だけではいささか数が足りないので……」と呟く声が消された。

ホオルが研究生たちの呼吸をとめた沈黙にしいんとしたのはその直後である。

「沙梨！」と、低声で阿紀がいった。

「阿紀！」と、沙梨もその手を握りしめた。娼婦役なら、二人以上に研究を重ね、かつ自信をもっている者はおそらくない。それを生きてみせられる者はいない。

　二人に、かがやける日が来ていた。予約された幸福へのスタートに二人の胸はおどり、頰が火照る。どう考えても、ながいこと人知れず勉強した娼婦役については、二人の敵はいない。……二人はかごめをして遊ぶように左右にそれぞれの腕を持って、すでに苗字のＡＢＣ順ではじめられた教壇での級友の演技をみつめた。脚本どおり、そこでは二三人、脚をくみ火のついていない煙草を咥《くわ》えたのが、窓外を白目で睨みながら水夫役の通りすがりの男子研究生と台辞《せりふ》をかわしている。熱心に見入っていた二人の頰に、同時にごく自然な愍笑がのぼった。

「なにさあれ、男をこわがらせてるだけみたい」と、阿紀が呟いた。

　教師が壇上で顔をしかめた。

「肩が張ってるね、君、ちょっと……こんなふうに」

　みずから娼婦のしぐさをする。が、誰も笑わない。声も出さない。教師は汗を拭いた。

「Ａさん、ちょっとやってみてくれませんか、ここんとこ」

　入口の扉に背をもたせていた女優が、したりげにうなずくと、首をかしげて笑いながら教壇に近づいた。

　湧きあがる讃嘆の合唱のさなかに、吃りかげんの教師のディテェルスの指示が聞こえて、人びとは口をつぐむ。壇上の女優は、なんでもない彼の指摘と教えに、はじめて聞くように目を光らせ、合槌をうつように幾度もうなずく。それでさらに教師は調子にのる。ある優越的な、相手をよろこばすことに酔いしれた得意げな興奮が、女優を俗っぽく世帯じみたただの三十女にしていた。

「なるほど巧いや、よく見てるのね」

女優が教壇を下り、ひとこともいわずにもとのところに立つと、また阿紀が無邪気な感想を述べた。沙梨はあの教師に目があればきっと私たちを認めるはずだと信じて、教壇から目を放たずにこっくりした。それを待っていたように、阿紀もうなずく。

「口では生意気なこといってるが、君たちこんなポオズさえできないのかね。猿真似にすら、なっとらんよ。芝居は、もともと模倣です。が、ただの外観の真似とはちがう。自分でしようと欲することの模倣なんだ、うん。誰もプロスティテュエになんかなろうと思わんかもしれんが、こんなことじゃ、君たち、ロクに男をひっかけることもできやせんよ、まったく」

呼吸つぎのようにそんなことをしゃべりながら教師が笑った。ふと、人びとは彼の笑いが高価なのを感じた。ふだんは冷笑さえろくに見せない彼である。

二人の番がきていた。

もう一人とともに教壇に上ると、沙梨は椅子に掛けて得意の脚を組んだ。前で阿紀ともう一人が煙草をふかすのである。認められる幸福に、二人は呼吸がつまった。

教師はだが、見学する他の研究生に向って、調子にのったおしゃべりをつづけていた。

「いいですか、はっきりいっちまえば芝居はすなわちひとつのエロ・シインなんだ。心理的、精神的にね。ドラマティクとはそういうもんです。でもですね、裸の人間てやつね、この裸の人間を見せることはエロではない。ここが問題だ。人間のほんとうの裸をみせるのがエロです。しかし、なまの裸の人間そのままではエロではない、ドラマではない。つまりだね、つまり役者の芸ってのは、ほんとうのものをそのまま見せることではない。ほんとうらしいものを、ほんとうらしく見せるということに、ある。いいね……」

壇に上っただけで胸ふさがるばかりの沙梨たちは、しかし耳がガンガンして聞こえないのと同じだった。教師が振り返った。

「はい、すみません、はじめて下さい」

男子研究生たちの「水夫」が壇を横切りはじめる。沙梨と阿紀は、冷静に、充分な自信をもって、演技をはじめた。美しい律動的な流れのなかに、「娼婦」を生きはじめていた。……数瞬後、だが、突然に沙梨の動きが停り、阿紀の動作も硬直したように停った。二人は同時にふとおたがいの顔を見合った。恐怖に釘づけにされたように、はっとその表情までが停った。

壇上に、二人は化石していた。

目に見えぬ糸に結ばれたように二人は動かなかった。人形に似たその二人を凝視しつつ、なにごとかの起る予感に人びとは呼吸をのんだ。……二人はだが、身じろぎもしない。二人はただ、剝製の小鳥のような瞳で、呆然とおたがいを眺めていた。

……二人は見たのである。それは演技ではなかった。おたがいに見る眩暈《めまい》するほど正確なそれぞれの正体、それは娼婦だった。二人の目は、ほんとうの娼婦の自分たちが、鏡の中のようにおたがいを見据えたまま凝固しているのを見た。

壇上にいる「娼婦」、それは演技されたそれではなく、真実の娼婦、真実の自分だった。そして、それこそが見うしなわれていた本来の自己のすがただった。……二人は海底の石のような不動の肉体の重みをおぼえながら、同時に人びとに娼婦でしかないそれぞれの素肌をさらしていた。それは、たしかになまの裸の自分であり、人びとの視線はその剝きだしの肌に直接に刺っていた。この上ない羞恥と苦痛が来て、しかも、二人は動くことができなかった。

知らずに演技をつづけていた一人がやっと気づき、うろたえて二人を見た。それをしおに、はじめて喘ぐような生身の呻き声を立てて、二人は壇にうつぶすことができた。二人は叫ぶように泣いた。阿紀の泣声がひときわ甲高く、大きかった。

狼狽したのは教師であった。

「ど、どうしたね、え？　恥ずかしいの？　こんな役。いくら俳優の卵でも？　ああ。そうかね、そうかね。でも、どうしたのだね。困った。困った。ま、降りたまえ。泣かんともいい。弱ったね。ああ、泣かんともいい」

女優が口に手を当てて笑いながら扉をはなれた。

「先生があまり露骨に注文をつけたりおっしゃったりなさったからよ」

「……いやあ」

「ご熱心がすぎてよ」

困惑し顔を真赤にしている教師の前を過ぎると、なおも笑いながら彼女は沙梨と阿紀の肩に手をかけ、やさしくゆすぶった。

「あんたがたって、お嬢さんねえ。ま、お起きなさい」

はげしく、沙梨はいやいやをするように首を振った。阿紀も振った。二人は、またあらためて泣きじゃくった。

「お嬢さんねえ、ほんとに。さ、もういいのよ」

ひとり泣かなかった娘が、自分だけのけものにされたように脹れて、泣くかわりにうすら笑いをして壇を下りた。そのとたん、約束したような揃った動作で、やっと二人は顔をあげた。

いぶかるような目を光らせ、涙で汚れた顔で双方から女優を見上げた。

「弱ったわねえ。……誰かこのお嬢さんがたを、あやしてあげてくれない？」

三度、女優はいった。同時に、同質のショックを同量にうけ、二人はこの言葉を聞いた。お嬢さん……そう、それこそが私たちの、ほんとうの演技ではなかったのか？

期せずして、そのとき二人は、養成所の研究生としての自分たちこそ、彼女たちにとっての真の演技にほかならなかったこと、いわばほんのアルバイトのつもりだった演技された娼婦の行動が、じつは本物の自分たちの実生活にすぎなかった事実を、同時に霹靂《へきれき》のように悟ったのであった。

光にまみれたように濡れた二人の頰に、またあたらしい涙がながれた。

顔を覆った掌の、お揃いの指に嵌めた真紅の誕生石が、沈黙した室内の視線をあつめてきらめく。真珠母色の午後の空から落ちる真冬の冷ややかな陽射しが、しばらくのあいだ、うずくまって泣きつづける、二人の若い女を縁どるようにくっきりと浮彫りにしていた。

相性は——ワタクシ〈二月〉

彼女は三十五歳。この道に入ってまる十年になる。ＩＢＭ電子計算機のプログラマーとしてすでにベテランの一人だった。

都心の高級アパートで、彼女は一人暮しをしている。身持ちがよく、入社以来、浮いた噂さひとつたたない。当然いくつかの縁談もあったが、そのたびに彼女は「私、気がすすみませんので」と、やわらかく、しかしはっきりと断り、しずかな微笑をうかべた。あまりその態度が断乎としているので、人びとはお節介をあきらめ、ここ数年はぱったりと縁談も持ちこまないようになった。

プログラマーとは、簡単にいえば、電子計算機に計算やデータの処理をさせるための命令の系列《プログラム》を、記号でつくる技術者である。この記号化されたプログラムやデータを、パンチ・カードに穿孔するのがキー・パンチャーの仕事で、以後の機械操作は、オペレーターが担当する。

だが、ベテランの彼女はパンチ・カードを打つことも、簡単なものならオペレーターを兼ねることもできた。つまり、問題によっては、一人で電子計算機のすべての過程を経て、回答を出すことができるのである。

その便利さを見込まれてか、彼女には、近頃は出張しての仕事が多くなった。——もちろんさきにデータと問題をあたえられて、あらかじめ彼女がそれをプログラムに作って行くわけだが、だいたい、この仕事は電子計算機の宣伝か、また、こんな用途にもＩＢＭは役立つのだ、というその店や商品の宣伝を兼ねたショウの要素が大きい。

二月中旬のその日、彼女は銀座のある高級婦人服店に出張した。そこの店主のデザイナーによる、この春の流行に合わせた一人一人のデザインと配色を無料でサービスする、という広告で集まった女性たちに、それぞれ自分の特徴をカードに穿孔させて、機械にかけてやるのである。二時間に一回ずつ、その機械のシステムを客にわかりやすく説明してやるのも仕事のひとつだった。

無料のものは、利用しなけりゃ損、という偏執をもっているのが女性である。ましてこの春の「流行」ときている。……ひどく冷たい風の吹く日だったが、店は一日じゅう黒山の人だかりで、パト・カーが整理にくる盛況がつづいた。店主は大よろこびだったが、彼女はくたくたに疲れきった。——じつは、店主が自分の個性を盛りこもうとデザインと配色の組合わせに凝りに凝ってしまったので、おかげで、彼女は徹夜をしてそのプログラムを間に合わしていたのである。

　アパートに帰っても、彼女はまだその日の店の混雑に酔ったようで、そのくせ神経だけが異常に鋭敏にささくれだっているのがわかった。耳に、かすかな震動をつたえてくる電子計算機の唸りが、しつっこくつきまとっていた。

　――夜半、彼女は目をさました。その日、婦人服店に集った娘たちの一人の言葉が、ふいに思い出されていた。

　パンチ・カードの自分の特徴と思われる項目に孔をあけて、そのカードを機械にかけると、とたんに彼女に似合うはずのこの春のデザインと配色がプリントされて出てくる。――そんな電子計算機の威力に感嘆した一人が、ふと空想の翅をのばしたのだ。

「ねえ？　いまにこの機械で、お婿さんさがしができるかもしれないわね」

「お婿さんさがし？」

「そうよ。たとえばさ、私は身長はこれくらい。体重はいくら、年はいくつ。学歴はこうで、いまはどこそこの会社の月給これこれのB・Gだが、こんな私に、似合う男性はどんな人か、ってさ」

「わあ素敵。ほんとね、私のほうはこのくらいの可愛い子チャンだけど、お似合いのカッコいい男性はどんな程度か、なんてね？」

「それにさ、性格だって、相性というのがあるじゃないの。私はオッチョコチョイでプレスリイが大好きで、カエルが大きらいだけど、そんな何歳の女性には、何歳のどういう性質の男性が向いているか、なんてさ。すぐにわかっちゃうわよ、きっと」

他愛いない会話だった。だいたい「似合い」とは誰がきめるのだろう。どこに基準があるのか。それを決め、あらかじめプログラムを組んでおかなけりゃ機械は答えは出さない。そのプログラムをどう組めばいいというのか？

ばかばかしい、と彼女は思う。たとえば背の低い男が、自分より背の低い女をえらぶとは限らない。優生学的な考えから、逆にひどく背の高い女をのぞむ場合もある。知能についても、容貌でもそれは同じことだ。おたがいに、まったく似ていないから惹かれあうのも、似ているからこそ気の合うのもある。——

だが、そうは思いながら彼女は、未知の「お婿さん」の話に頰を上気させ、はしゃいでいた無邪気な娘たちが、しだいに羨しいような気もしてきた。……そういえば、たいていは、似ているかまたは正反対かの点で惹かれあうのだ。前者を「＋《プラス》」、後者を「−《マイナス》」とし全体の何％程度の「＋」、あるいは「−」の範囲内だったら、男女が結婚生活をうまく保持できるか、その系数を出してみたら？　そう。銀婚式以上の夫婦をリサーチして、「相性」というものをプログラム的に整理してみようか。

いつのまにか、目が冴えてしまっていた。眠ることができない。とうとう彼女はベッドを降り、机に向かいリサーチの項目をノートに書きはじめた。

……こうして、長い努力と時間をかけた彼女の個人的な仕事が開始された。リサーチの結果が山のように積まれたアパートの机で、やっと彼女がそのプログラムを完成したのはすでに秋の夕だった。窓の外を、透明な淡紅に染りながら、黄色い銀杏の落葉がきりもなく舞い落ち、そのたびにきらきらと夕日を照り返していた。彼女はよろよろとベッドに倒れこむと、久しぶりに泥のような深い睡りに沈んだ。——

翌日、出勤した彼女は、いつものようにプログラマーの部屋の椅子には坐らず、そっとキー・パンチャーの部屋に入った。穿孔されたカードを持って出てくると、こんどは計算室に入り、一つの電子計算機が空くのを待ち、それにまずプログラムを記憶させた。

その間の作業にミスがあるかないか。それは、解答のあきらかな質問をしてみればすぐにわかる。

彼女は、ためしに結婚後六十年間、いまだに円満で喧嘩ひとつせず、おたがいの幸福を祝いあっているという回答を寄せた埼玉県のA夫妻の、その夫のほうのデータをパンチ・カードに打ち、それを計算機にかけた。IBM電子計算機はすぐに始動し、印刷機に連動されているので、たちまち回答がプリントされて出てきた。彼女はそれを読んだ。『アナタノアイショウハ——ソレハBKM—0101ノタイプノカタデス』

——成功だった！　BKM—0101は、A夫人をモデルにしたタイプなのだ。彼女は、ふいに全身が熱くなった。

いよいよ、その瞬間が来たのだ。長い苦心のみのる、期待のときが来ているのだ。

彼女は、目を閉じしばらく黙想してから、ふるえる手で、正直に自分の性格、好み、特徴と考えられるものをパンチ・カードに打った。深呼吸をして、それを計算機にかけた。手は、まだふるえていた。——いったい、私にはどんな相手が家庭の幸福をあたえてくれるのだろう。彼女は、じつはただそれを知るだけの目的で、このプログラムを作製したのだった。

美しいスモーク・ブルーに塗られたなめらかな肌の機械は、かすかな昆虫の翅音のような唸りとともにふたたび活動をはじめた。何を祈るひまもなかった。すぐ、小さな音を立てて、印刷機のプリントした回答が流れ出てきた。

手にとり、彼女は叫び声を押しころした。そこには『アナタノアイショウハ——ソレハ〝ワタクシ〟デス』と書かれていた。

おかしい。こんなはずはない。私の考えもしないこんな回答が出てくる理由はない。これは私のプログラムの中にはない答えだ。彼女は、動顚と怒りで全身がふるえてきた。それに、〝ワタクシ〟って、つまりこの電子計算機のことじゃないの。私には、この電子計算機と結婚するのがいちばんふさわしいって意味なの？　……そのとき、背後にどっと大勢の笑い声がおこった。

「そうさ、そのとおりさ。機械は正直だよ。あんたは、いつまでもこの機械とだけいっしょにいりゃいいのさ」

振りかえると、いつの間に入ってきたのか、所長、課長、同僚たち、若いキー・パンチャーたち、オペレーターたちが、一団となり彼女を見て笑いころげている。中に、いつかの婦人服店での若い娘の顔も見える。

「ほんと、あんたにはこの機械がいちばんお似合いだよ。機械のほうだって、ちゃんと正直にそう答えてるじゃないか。あんたはね、この機械とだけ結婚すべきなのさ」

人びとの笑い声がいちだんと大きくなる。彼女は、両手で耳をおさえた。——

自分の呻き声で、彼女は目をさました。喘ぎながら、しばらくはあたりを見ていた。そこは、いつものアパートの部屋、いつものベッドの上でしかない。消し忘れたスタンドの光が顔にかかり、机の上にのっているのは、その日、婦人服店から特別にお礼にもらった洋服地の包みだろう。……とすると、まだあの日の夜のつづきなのだ。すべては、夢でしかなかったのだ。

——突然、十年前に別れた男のイメージが、一つの痛みのように胸を刺した。でたらめで、いい加減で、無責任で、むら気で気まぐれで飽きっぽく怒りっぽく、けだもののように乱暴でわがままな、だらしのない男。不潔で、嘘つきで、信頼できぬ男。

暗い天井をみつめたまま、彼女は苦い微笑を頬にひろげていた。やっぱり私はまだ、彼を忘れてはいない。いまだに彼のことを心に残しつづけている。だからこそいまの夢の中で、私は愛なんていらない、ただ誰かとのいっしょの生活、そんな生活の安定だけが欲しいのだと思いながら、知らぬうちにあの男とは逆の性質ばかり選んでカードに孔をあけた。誠実、正確、不変、清潔、従順、緻密、開放的、論理的、……感情に流されず一つのことを最後までやり抜き、他に気をとられない安定した存在。つねに理解でき、信頼できる存在。

彼女は、小さく声を上げて笑った。なるほど、この私の性格、好み、特徴に合致する相手なんて、たしかにあの「機械」だけかもしれない。すくなくとも、人間たちの中にはいないだろう。私はもう、生きている人間という人間を、愛せなくなっているのかもしれない。

……

そして、ふと彼女は気づいた。そうだわ。あの「ワタクシ」という答え、あれは電子計算機をさすのじゃなく、この「私」のことじゃないのかしら。私がもう、この「私」としか暮しては行けない、という意味じゃないのかしら。……プログラマーの毎日だけに打ちこみ、数式や記号ばかりを相手に暮してきたこの十年間。その結果として、私は「人間」を相手にするとただうろたえ、しまいには恐怖に近いほどの困惑しか、感じることができない。生きている人間には、ただ不気味さ、わずらわしさしか、感じとれなくなってしまっている。いわば、私に「相性」のいいのはそんな「私」だけで、私はただそんな自分とだけ、――つまり、ひっそりと一人ぼっちのまま生きて行くことしか、もう、できはしないんだわ。

カーテンの向うで、空が白みはじめている。窓の外の、すでに動きはじめた朝の都会、白い呼吸を吐きながら動いている人びと、騒々しくわずらわしく、不気味なだけの人間たちの密集を思いながら、手をのばし、彼女は煙草に火をつけると、吐息のように煙を深く吐いた。

……そのとき、はじめて彼女は、十年前に彼女を棄てたあの男を、いや、人間という人間を、いつのまにか自分が、もはや完全に、二度と愛せなくなっているのを理解したのだった。

彼女は、ゆっくりと枕の下をさがし、平たい箱の中から古びた一枚の大学生の写真を出すと、もはやなんのためらいもなくそれを灰皿にかざして、右手でライターを発火させた。写真はたちまち燃えあがった。乾いた目で、彼女はじっとその炎をみつめていた。

猿〈三月〉

そのころ、僕は学業が終るのをちょうど一年の後に控えて、社会に出ようとする誰しもが一時はそうなるように、多少、感傷的な季節にいた。僕は、まるで行動の一つ一つが、僕自身を裏切って行くみたいな、そんな奇妙な予感と現実のなかに暮していた。

僕もまた、人が青春と呼ぶその季節を、生きていたのに相違ない。だのに、何故かその僕に青春とは、雨に降られた春祭りのような、賑いの欠けた祭に似たものにすぎなかった。遠く祭礼の興奮と律動を持続して、鈍くかすかにひびいてくる太鼓の音。煙るような早春の緑雨のむこうの、なまぐさく鬱陶しいあの退屈な狂騒……。僕には、ただ季節を同じくしただけの、それは他人の歓びでしかなかった。

大学の四年になろうとしていたその頃、僕はそうして他人の歓びに、いや、他人までにある剝離を感じていたばかりか、いい知れぬ畏怖をすら抱いていた。つとめて僕は自分と他人たちとの無関係を、積極的に身につけようとだけしていた。……美しく晴れたその早春の午後、だから僕が野中家を訪問したのも、他人との交際の息苦しさ、不安定なわずらわしさなどにまるっきり無頓着な、強引な妹の強制のためであった。妹は、僕の新しいアルバイトの口を、やっとさがし当ててきたのだった。

しかし、その日の訪問の記憶はあざやかに僕にのこり、現在の僕のなかに、完成した一つの絵のようにはっきりと定着してしまっている。僕はいま、それを書いてみたい。そのまま、書いてとどめておきたい。何故なら、いま、その記憶をまるで一幅の絵のように額におさめ、かりに一つの季節の記念として見させているものもまた、僕のうえを過ぎて行ったある季節の、その遺した結果の一つには違いないのだから。……

その日、野中氏との用件は、だが意外なほど簡単にすんだ。お茶に呼びに来てくれた篠子《すず》さんのノックをきっかけに、僕は六尺に近い体軀の、銅像の西郷さんに似たパパの書斎から、分厚な二冊の原書を手にして出た。新しい僕のアルバイトとは、英文の古美術研究書の翻訳なのであった。薄暗い廊下の突き当りの、女中部屋らしい方角では、かすかにさかんな拍手とのど自慢のテーマ音楽とが終って、ラジオが一時を報らせていた。

くらい扉のかげで、篠子さんは下手くそな肖像画のような微笑をうかべていた。棒立ちのまま目を伏せると、不器用に体をななめにひらきながら、口の中でなにかいって彼女は僕の先きに立った。右に曲る廊下の行き止りには、明るいフレンチ・ドアの硝子が、まるで洞窟からの出口のように、くっきりと裾に緑の光をしたたらせて嵌っていた。

「ごゆっくりしてらして。どうぞ。……」

痰のからんだような、しかし、昔ながらの物怯《お》じたような声音だった。記憶の中の彼女との、十年の余の距離を、僕はあらためて強くおもった。彼女はパパに似たのか、目鼻だちも、体格も、大きかった。首すじのあきらかな乾葡萄のような黒子《ほくろ》は位置も大きさもかわらないのに、その成長は、見れば見るほど昔の彼女を遠くへと匿してしまっている。いま、肉づきのいい彼女の、白服のそのまるい肩のあたりからただよってくるのは、有名なあるフランス香水の匂いなのだ。

十年。……僕はおもっていた。妹とともに、野中氏の令嬢も、その春高校を出ていた。美校に進んだという彼女と妹とは、幼稚園からの同級生で、かつては家の庭でいっしょに遊んだ古い仲間でもある。十年。僕はふたたび想った。戦争が、動員が、疎開が、僕の父の死、敗戦が、そして各自の別人のような成育が、その十年の裡にはつまっている。ふと、僕の眼眸《まなざし》が宙にういた。僕は、彼女らや僕の上に、すでに始っってしまっているだろうそれぞれの生活の、その個差と間隔とに目をこらそうとしたのだったか。

「こっち。——」今にも走り出しそうに、おずおずと一歩先きを行く彼女が立ち止った。客間らしい白塗りの扉のまえで、大きな笑声がなかにひびいている。妹は無遠慮な高笑いをつづけていた。が、相手の声はない。扉に手をのばしかける僕を篠子さんが制した。不審な気持ちのまま、僕は扉に耳をよせた。

突然、扉が音もなく内側にひらいた。小刻みに開く扉のノブを、両掌でつつむように引いている背のびをしたアロハ姿の矮人《こびと》が目にはいった。……目を疑った。猿であった。

「お行儀よくするの。ジャック。こちら雅子のお兄さまよ」

僕は仰天していた。猿に握手をもとめられ、その掌を握ったのは、初めてであった。

「……コンチワ」

狼狽して、僕はいった。われながらこの挨拶は頓間だった。妹が笑い出した。が、猿は鄭重に僕をソファへと招じるように歩く。信じがたいお伽噺しの中を案内されているみたいな気分で、僕はあっけにとられたまま、ソファに腰を下ろした。

猿は雄《おす》だという。二尺たらずの、それは日本猿であろうか。春もまだ早いのに、すでに椰子やヨットや英字を染め抜いた明るい色地のアロハを着、薄茶の短いギャバジンのズボンをはいている。かれはちんまりと篠子さんの隣りの椅子に坐って、服装を直した。

かれはフェミニストであった。片手で耳のうしろを掻き、鼻さきに黒い指をそろえ丹念に爪垢をしらべおわると、かれはもう男性の僕には見向きもせず、妹の席にとんで行ってそのスカートを弄びながら、めまぐるしい愛嬌をふりまく。膝小僧に抱きつき、スカートの下にもぐり悲鳴をあげさせては満悦して歯をむく。僕は、全く無視されたままであった。ジャックが次々と慌しくソファのまわりを歩きまわる。鹿つめらしく手をうしろに組み、べたべたとくくりひろげる道化に、声をあげて応援にいとまないのは妹と篠子さんであった。篠子さんの笑声は、意外に大きく、たかく晴れやかで美しかった。比例して、かれのエゴイスティックな善意、押売りにこたえるのに、妹の笑声は、しだいに単純な吐息じみたものに似てきた。

「こいつ、目の細いひと、好かないのよ」

「へえ、じゃあ雅子と同じじゃないの。きっとジャック、シナトラ好きよ」

ようやく、僕もいつもの自分を取り戻してきていた。部屋は、南と西が硝子戸でひろい庭につづいている。明るい光が炸裂したように洗い落ちる漆喰《しっくい》の白い壁に、三十号ほどの海景の額がかかっていた。まだ三月の終りだというのに、降るようなはげしい日射しには、すでに気早やな初夏の到来さえかんじられて、硝子越しの庭の風景は眩しかった。何気なく開けられた正面の硝子戸に、なかば截られて大理石の水盤が見えた。その根もとに、白くあふれるようにマーガレットの群が光っている。

僕は一人だけ取り残され、この明るい部屋の中でのその隔絶が、そのころの僕には、だが、はなはだ快かった。いつもの棲栖《すみか》である弾力のないひとりだけの沈黙にとじこもって、僕は妹たちのざわめきを聞くともなく耳にしながら、まるで、枕もとでの健康な見舞い客どうしのおしゃべりに、曇りない晴天を感じているサナトリウムの病人のように、自然にいつのまにか目を閉ざしていた。そして僕は思った。たしかに、篠子さんの声は、声とその抑揚だけは、本当に昔とかわらない……あのころ、僕らは、彼女のことをスズチンと呼んだ。綴方で「篠ちゃんが」と書くところを、誤って「篠ちんが」と記したという、それは彼女の愛称なのであった。

「ねえお兄さま、ジャックったら、とても潔癖で、贅沢で気位いが高いんですって。——ね、篠ちん？」

「そうなの。なんでもキチンと人間なみにしてあげなければ、怒るの。ハンストをするのよ」

「あら。カレ、いねむりしてるよ」

ぽかんと目をひらいた僕に、妹が笑った。猿が僕に尻を向けて床をはねまわった。

僕はゲエムの順番が来たように、あわてて膝をのり出していった。

「人間なみって、どんなふうに？」

そのいい方が、あるいは唐突だったのかもしれない。篠子さんは吃驚《びっくり》して、瞳を妹に据えたまま、みるみる頰に血を昇せた。やはり妹をみつめながらの義務のようなその答えにも、戸惑いはうかがわれた。

「どんなふうって……、あの、お洋服とか、お食事とか、お客様がいらしたときとか……」

「つまりね、一個の紳士として扱わなきゃいけないのよ。身だしなみも、資格も、権利も」

気みじかな早口でそう後をつづけながら、妹は、僕にからかうような眼つきをした。

すると、不意にジャックがちょこちょこと篠子さんに走り寄りその膝に跳ね上ると、奇妙な敵意（と見えた）をみせて、僕を睨んだ。奇怪な叫びをあげ、鼻に皺をよせて僕に歯を剝く。

「どうしたの」

僕はうろうろと猿と女たちをながめた。

「嫉《や》いてるのよ。ジャック」

間髪を入れずに妹がいい、爆発するように笑い出した。僕はさらにうろたえ、わざと意味を測りかねた表情をつくった。緊張していたのだった。

猿は、だが、一大事の表情をかえない。キ、キ、と叫びながら篠子さんの手をひっぱり、床で地団駄をやたらと踏む。もう、彼女以外の人の顔はみない。

「あらいやだ、おしっこだわ」

他人のかけ忘れたボタンはすぐとびついて直すくせに、かれは自分の股ボタンを外すことができないのだった。「待ってジャック、我慢よ。いますぐ、いますぐ」悲鳴のような声をあげて、抱え上げながら篠子さんは、まるで自分が粗相したように赧《あか》くなった。

「笑っちゃ駄目。怒るから」

しかし、もちろん僕たちは笑った。異様に切迫した形相のジャックは、おとなしく彼女に抱き去られた。空ろな瞳が、笑いつづける僕を、じっと不思議そうにみつめていた。

僕たちは、それを機会に庭に下りた。気分からしこりが取れ、全身に沁みてくるような若い春の色彩が目映ゆかった。

椎の木影の、ちょっとした人間の家以上に完備した瀟洒《しょうしゃ》な三角の小舎が、猿の住居だった。

“Maison de Jacque”細い赤ペンキの字が、白く塗られた廂の下に書かれていた。

かれの逸話には、おどろくべきものがあった。おしっこ以来、水がほとびるようにいきいきとした自然な表情にかえって、篠ちん（これから僕はそう呼ぼう）は、小鳥のように笑いながら、上手にそのいくつかを僕に話した。

それによると、ママにくっついて歌舞伎座に出掛けたとき、かれは置去りにされたのに憤慨して、勝手に自動車の窓をこじあけて脱け出し、そしらぬ顔で通路にしのび入って芝居を熱心に立見したのだという。当分、かれが箒やはたきを振りまわして立ち廻りの真似をしたり、長襦袢をひきずって女形を演じたりするのに、皆はひどく悩まされたという。

ときどきは気ままな散歩に足をのばしたりする。犬を警戒してけっして道は歩かないで、塀や庭木の梢などをつたって遠くへ行く。あるときは二粁ばかりはなれた駅の近くまで行ってしまい、欣喜してマーケットの中を駈けめぐった挙句、山と積んだ盗品をもてあまして映画館の裏にうずくまっているのを発見された。そして、これは驚嘆すべき記憶力なのだが、かれは盗んだ店の一軒一軒を正確におぼえていて、迎えに行った篠ちんや警官にともなわれふたたびマーケットの中を歩きながら、それぞれの盗品をおとなしく、几帳面に、一品あまさず返したという。一軒の店で一つずつ、かれは記念のように盗んでいた。けっして二つは盗らなかった。

「……嘘だ」あんまりお話じみてる、僕は思った。

「どうして？　だって、でも、本当のことなんですもの」

目をまるくした篠ちんの表情に、僕はそれ以上をいうことができなかった。第一、嘘か本当か、なにをむきになることがあろう。語り方の巧みなのが、たとえたくさんの客に接待用に語り慣れたせいにしても、はたして僕は客以外の何者であろう。……僕は、だまし、だまされることに過敏になっている自分、そしていつのまにか、そのころの癖の卑屈で無気力な笑いを笑っている、そんな自分を憎んでいた。

歩きながら、そのときふと、思いついたように篠ちんはいった。

「十年ぶりですのね。こうして、……」

鸚鵡《おうむ》がえしに、僕は答えていた。

「ええ。十年、……まるで、お伽噺しのように遠いな」

なにかを答えねばならない、ただその義務感だけの精いっぱいの言葉も、しかし次の瞬間、僕には上の空での空疎な音のような、なんの現実感も意味もないものと思えてくるのだった。やわらかな、染まるような短い芝生の緑をふみ、サンダルをはいた篠ちんの白い素脚が動いて行く。なんとなく、僕は白いその脚の表情を感じていた。

沈黙が来ていた。眩しいほどの空虚が、僕の心を嚙む。たとえ上の空であろうと返事をしなければいられぬ自分の小心さを、滑稽な臆病さと嘲りながら、少しでも落着くように、十年……と僕は自分のうつろな心に問うてもみるのだった。しかし、もちろん、なんの返事もない。

「自分でも、いけないと思ってることをやって叱られると、ふるえるのよ」

篠ちんがまた話しはじめる。それは、ふたたび猿のことなのであった。

彼女は微笑している。烈しい日光に細められてはいるが、その目は大きく、深い。

「お客様だと、かならず出て行くのよ。そして……」

健康なばら色の頰に、照り返る光を映しながら、いいよどみ彼女は口をおさえる。

「そして、……女の方だと、とても喜ぶのよ」

はるかに、手をつないで歩いている猿と妹とは、木洩れ日に彩られた緑陰に入っていた。

「篠ちーん！」

妹の叫びがとどいてくる。遠く緑いろの明暗を泳ぎながら、猿も手をたかく振って、二三度大きく跳びあがった。

「マァ子お！」

篠ちんが歌うように答え、腕を振った。と、篠ちんの芝生に投げている濃い黒い影に、雪白の影が落ちた。僕はそう見た。腕にはさんでいた、それは彼女の純白のアンゴラのカアディガンなのであった。やわらかな毛糸の触感にためらいながら、僕がそれを拾ったとき、持主はすでに五六米先きの芝生を走っていた。

白い裾長のワンピースが、緑の芝のうえを舞う蝶のように、まっしぐらに妹のほうへ走っている。妹も、ジャックに裾をつかまれたまま、むこうを向いて走っている。篠ちんが追う。妹が逃げる。追いもつれる蝶の恋のように、二つの若い肢体が、ひらひらと跳ねて明るい庭を走っていた。僕は、二人の甲高い笑い声にまざって、けたたましい猿の歓びの叫びを聞いたとも思った。

一瞬、光を僕はかんじていた。稲妻のような光に照し出され、僕に、もはや手のとどきようのない僕自身の過去が見えた。へだてている十年の余の距離がみえた。……敗北感に似たなにかが、不意に鋭く胸に疼いてきていた。僕は拒まれ、遺棄されたようにひとりだった。

……蔓ばらの垣に沿って、僕は歩いていた。低い竹垣に絡む薔薇の爪に、かすかな紅が滲んでいる。春の陽が、水草の澱んでいる浅い池の面に金粉の帯を流している。僕は立ち止った。じっとその水面をみつめていた。

そのとき、ちょうど静かなその水の底から、まるで風船のようにまるい光が重なりあい、浮かび出すのを見るみたいに、僕に、その映耀する陽光に似た記憶の断片が、次つぎと心に浮かびはじめてきたのだった。あれは、どのような日々であっただろう。あの眩しい光のなかに彼女らとともに生きた、かつての僕のすごした日々。……病弱であった僕は、そのわがままな、それなりに神経質な頰を火照らせ、彼女たちに壮語した手前、恐怖を忘れすべりやすいその花櫚《かりん》の木によじのぼった。あれは、少しいびつな、鋭い芳香をはなつ楕円の実が、黄色く熟れていたのだから、たぶん秋も半ばだった。下から差し出された竹竿をとり木実をはらい落しながら、僕は家の二階の屋根よりも高い、高所の危険と悦楽にしびれていた。すでに、その庭も人手に渡ってしまったけれど、そのころ、人工的に刈込まれた庭の躑躅《つつじ》のあいだを縫って、僕らはまだその躑躅にかくれるほどの背丈だった。裏山から池へそそぐ寺水のような流れに沿う平たく大きな石の上で、どうやって取ったかはもう記憶にもないが、僕はふだんならさわることもできぬ五寸ほどの鮒の鰓《えら》をとって、ナイフで腹を裂いた。妹たちを前に、原始林での馳走をふるまう、そこの主人の心算でいたのだった。僕は焚火をして、焼いて喰う考えであった。銀いろの柄の、得意の大型ナイフの切れ味を誇るように、ばさばさと僕は杣人《そまびと》を気取って山の木の枝を薙ぎはらった。しかし、その魚はみな家の猫が盗んでいた。僕は何故かほっとして、そして猛りたって猫を追いまわした。鮒を喰わねばならぬ事の成り行きをおそれてはいたが、当途《あてど》をなくした心は、やはりやるかたなかったのだ。……同じその頃だったろうか、妹たち数名のなかに、ただ一人男の子の僕がまじって、戦争ごっこをしたのは。僕は敵軍の斥候であった篠ちゃんを捕虜にし、陣地の樫の木にしばった。篠ちゃんは頭に大きな桃色のリボンを結んでいた。残虐なよろこびに駆られたのか、僕は手をのばしてそのリボンを引きむしった。泣き出しそうに表情をゆがめたまま、だが、ついに彼女は泣かなかった。……あの樫の幹には、そのころの僕の秘密の暗号も彫りつけてあった筈だ——。

だが、と僕は思った。たとえまたその幹のまえに立つことがあっても、すでに僕はそれを解読することはできない。それが、たとえあの季節の謎をとく秘密の鍵であり、かつての季節の形見であるにしても、もう、僕はその意味を知ることはできない……。

妹たちのすがたは見えなかった。ただ春、早い春だけが、まるで僕には関係のない芝居の書割りのように、僕の歩行のけばけばしい背景なのであった。僕をとりかこんで、木々はあまりにも若々しく、春はあまりにも楽しくかがやいていた。何故だろう。僕はふかくその春との無縁さを意識することよりできなかった。ただ、僕は歩一歩とふるい過去を踏みしめるように、春のその若草をふみ、池をめぐっていた。僕の心には、急激な、ふしぎな「春」の氾濫があった。

ピテカントロウプス・エレクテェタス。長いあだ名、家の爺やの顔をふと僕はおもった。

歩行猿人。たしかこうであったろう。その何百万年まえかの原始人の顔は、猿に酷似していた。頭が尖り口もとが突出して、爺やはそれにそっくりの容貌をしていた。僕は彼を「ピテカン」とつめて呼んだ。彼は僕の相棒であり、偶像であった。

大磯の漁師で、夏は水浴客の世話を副業としていた彼は、ふとしたことから夫婦して東京の僕の家に住み込むことになった。すでに篠ちんたちの遊びに来なくなった頃の僕、十歳ほどのターザンは、この自分より背丈の高いチイタをつれ、もの憂げに、しかしもの欲しげに、家の裏山をジャングルと見做して跋渉した。僕はターザンのふりをしていたのではない。その密林の王者に化していたのだ。学校ではつねに友達の遊びをはなれていた気弱な僕は、内弁慶の名にそむかず、この裏山ではいつも夜ごとの夢の中でのような腕力たけた英雄、即座に最上の判断を下し命令するマスター、豪胆かつ細心なすばらしい探検家なのであった。発育のおそかった僕に、お目付け役のチイタはいつもいっしょだった。倦まずに僕は彼とともに崖をすべり落ち、洞窟をうがち、急な傾斜に秘密の道をつくり、弓矢で蟇を追い、鯉を釣り、梨や椎や栗や花櫚の実をあつめて時をすごした。そうして僕は毎日くりかえす素敵な冒険に酔った。僕は、咆哮する百獣の雄叫びを幻の唱声のように聴いた。蔓にぶら下って、足場から足場へ、夢中で風を切って飛んでのがれた。

しかし、このコムビにおいて、主たるターザンは、忠実で頑丈な従僕のチイタに、かえって深甚な敬意を抱いていた。架空の、もう一人の勇敢な僕、その夢想を支えたのは彼というチイタの存在にほかならなかった。いつか、僕は頑健な彼の赤銅の胸に憑《つ》かれた。潮風にきたえられ深い皺《しわ》を折りたたんだ、野太いその頸筋に魅された。青白く血管の浮いた繊細な僕の腕を、どんなにか僕は恥じ、怒ったことか。やがて僕は夥《おびただ》しい血に染んだ鉄のような腕を、吹出してくる美酒のような汗粒を、灼けた盾のような胸板を、森のような髭を、みずからに空想した。……僕は彼を愛し、彼もまた僕を愛した。彼は僕の王国のために、孤島の王国を生きるその僕のために、必要であった。僕は彼とともに、——いや、僕は彼を生きていたのだ。彼とは、少年の僕にとって、じつはもう一人の自分そのものなのであった。

彼が僕の家を去るとき、小学校は、国民学校と改称されようとしていた。

彼は泣いた。こっそりと僕も蒲団の中で泣いた。そしてその頃から、僕は涙というやつを忘れた。

「ピテカン」の爺やは、平塚で空襲をうけて死んだ。あの古い家の庭も戦災こそ免れたが、終戦前後の混乱のうちに木々はほとんど近隣の人びとに薪として持ち去られ、見るかげもなくなって他人の手に渡った。

戦争を、父の死をふくむあの十年余が、僕から奪ったもの、それは、まずあの童心の世界であった庭ではないだろうか。夢の世界への信頼ではないだろうか。その自由な、架空な真実の世界、そこでこそ充実し、生命の歓喜を貪婪《どんらん》に追いつづけることができる、現実の中に夢をみる力ではなかったろうか。

眸を落している汚緑色の水面に、ふと目をこらすと、明るい青空が逆さまに沈んでいた。その白い綿雲に手をのばしている銀杏の、細かな新緑を美しく散らした梢に、ツ、ツ、とある色彩がうごめくように走って、梢は撓い、大きく揺れて動いた。目をこらす僕の耳に、上気した妹たちの叫びがきこえてきた。動く色彩。——それは御愛嬌に梢に走り上ったジャックなのであった。

二人が声をそろえて僕を呼んだ。

「お兄さまあ——」無邪気に、篠ちゃんもそう叫んでいた。並んでほがらかに手を振っている妹の背丈は、大柄な篠ちゃんの眉の高さだった。

僕を、仲間に引きもどそうというのか。

頬が熱している。苦笑して僕は汗を拭いた。春の直射に、きっと、すこしばかり僕はのぼせていた。

僕には、しかしその苦笑は、いまだになにかを回復することのできない、ある僕の無能、そのかなしみに向けられたものと思えた。僕をみたすものは、いつもそのだらしのない無力感であり、むしろ、僕は棲みなれたその意識の底で安定するのかもしれなかった。

十米ほどの高い枝に腰をかけて、猿は、歩み寄る僕を意識してか、妙に落ち着かなかった。案のじょう、カアディガンを手渡そうと僕が篠ちゃんに近づくと、ケ、ケ、と口走って、かれはいかにも腹立たしげに梢を宙に揺らした。

「まあ、……恐れ入ります」

ごく自然にいい、彼女はそれをまた腕にかけた。なにか貴重な感覚を返却してしまった気がして、空いた手を後ろに組み、無為に僕は猿のいる梢を仰いだ。

「下りないわね」

　両拳を腰に当てて、妹も梢を仰いでいる。湿っぽい青空は紺青にあかるく、ふるえる銀杏の新芽のあざやかな緑が、くっきりと細密な輪郭を描きながら空を泳いでいる。

「駄目ね。下りて来そうにもないわ」

「きっと、いつまでたってもごきげんで下りてこないよ。雅子たちの見てるあいだは」

「そうなの。ジャックったら、皆にみてられると思うと、すっかり嬉しがっちゃって……」

　僕は、だがやはり無言ではいられないのだった。僕はどなった。

「おおい。下りてこいよ。遊ぼう」

「ねえ？　なにかしてみせてくれない？　ムシュウ・ジャック？」

「マァ子、いいから黙ってもすこし見ていらっしゃいよ。いまあの子、なにかすること探してるの。してみせたくて、うずうずしてるとこよ」

「ふうん。たいへんな歓待。……」

　突然、僕は樹上のかれに、少年の日の僕をかんじた。僕は失笑した。滑稽であった。それはかつての花櫚の梢で得意顔をしていた自分に、あまりにもよく似たすがただった。――だが、すると先刻、僕が失っていることに気づいた幸福、十年の歳月の彼方にみた健康な幸福、それは「猿」の幸福ではないのか？　そうだ、僕の理想であった爺やも、そういえばゴリラと見まちがうほどに猿に酷似した「チイタ」だった。

　……しかし、馬鹿のように笑いつづけながら、僕には心を刺す新しいしずかな痛みが来た。

僕はもう、あの純真で一途な道化から、一人の無縁な見物とかわっている。かれの幸福にたいし、すでに僕は一個の愚劣な野次馬にすぎないのだ。退屈で、無力で、そして残酷な野次馬の位置にしか、僕はいない。そのくせ、僕が他への関心につねに胸をいたませている、卑屈で阿諛《あゆ》ずきなかわらぬ道化でない証拠が、いったいどこにあろう。僕が、その健康を失い、その幸福を忘れた「猿」のままではない証拠が、いったいどこにあるのか。……しかし、僕は笑いつづけていた。かれを見て愚かしく笑うことのほかに、かれとのへだたりの深さを確認する方法はなかった。そして、それ以外に僕はこの現在、かれへの態度を知らないのだった。

現実の猿は、だが、僕自身が「猿」であるという発見を経ると、やはり僕には少々なまぐさすぎるのが気にかかった。この道化は毛深く、皺だらけで、汚ならしいその矮小な体軀は、どうも少しばかり醜悪にすぎた。

すくなくともあの頃の僕は、あんな分別くさいしたりげな表情、一面の皺と粗毛、褐色の皮膚、干からびたミイラのような爪の長い指、そして粘っこく脂くさい体臭はもたなかった。

手持ちぶさたに、かれは木の枝をゆすった。ようやく、かれは活動を開始していた。片肢で立ち上ると、手をのばしてなにかを捕える様子をした。口へ持って行った。尖がった唇から白い歯をむき出し、かれは、訴えるように空に啼いた。啼く。——そう、それは叫びではなかった。ホウ、ホウ、と僕には聞こえた。流行の衣裳を一瞬身にそぐわぬやくざな道化の服とし、故郷の山森や谿谷の友をなつかしむような声。それは、樹上のかれを淋しげにみせた唯一つの瞬間であった。つづいてかれは四肢を使いさらに高くよじのぼった。顫動《せんどう》する梢に無雑作に膝をまげると、かれは瞳をキラキラさせ、狂ったように枝をゆすった。

　僕は、かれの熱意と善良、そしてレパートリィの不足を、同時におもった。

　だが、僕らは笑った。仕事のように、腑抜けみたいに、ただ惰性でのように僕らは笑いつづけ、空を仰いでいた。そして、僕は見た。猿の小さな皺だらけの顔に、ふとやるせない倦怠の色がうかび、ジャックが、あきらかに満面で笑ったのを。

——だが、それをいう間もなく、かれは勝利者のような叫びをほとばしらせ、片手で枝にぶらさがると、一回転して今度は二本の肢で立った。猛禽のように足指でしっかりと枝を掴んだまま、ポケットをさぐり、憎悪にちかい表情をみせかれは手を振りまわした。それは僕たちになにかをぶつけようとする動作に思えた。実際、僕はかれが投げつけてくる軽蔑に、そろって僕らが同じようなわざと痴呆めいた馬鹿笑いで、仕方なく対抗しているような気がした。

　かれは止めた。飽きたようにかれは首すじを掻き、欠伸をするように腰をのばした。まくれたアロハの下から、蒼ぐろい不健康な色の腹がのぞき、一瞬呼吸をはかるかに見えたその腹部が、そのままぐっと異様にそりかえった。

「あっ」僕は息を呑んだ。

　虚空を背に、猿は大きく両手をまわしながら、弓なりに後ろへのけぞっていた。

「あ、あ、落ちる——」

だれかが叫んだ。同時に、四肢をひろげたまま、黒い影が樹間から顚落した。小枝などにぶつかり、かれはまるで躍りかかるような姿勢で地面に落下してきた。次の瞬間、かれは勢いよく緑の芝にはずみ、声をのんだ僕の瞳に、一瞬倒立したかれの短く曲がった脚が、暗いその顔のかたく閉じた瞼がうつった。とんぼがえりを打ち損ねたみたいに、かれの軀はゆっくりと右に崩れ、うつぶせたその小さなアロハの背に、舞い落ちる二三枚の小さな銀杏の葉が、音もなく一本の折れた小枝が当った。

かれは鞠のように四肢をちぢめ動かなかった。

「……ジャック！」

叫んで、妹が走り寄った。篠ちゃんがつづいた。茫然と、僕は主人の消えた梢を見上げながら、一瞬まえ、その虚空にさらされたジャックの、のけぞった腹の不気味な蒼さをおもった。枝が、まだ小さく揺れつづけていた。

死んだかと、僕は思った。道化―椿事―死。この連想はいかにもまっすぐであった。が、見返ったとき、すでにかれは立ち上っていた。つまらなさそうに後頭部を撫で、大仰にビッコを引き、かれは振り向きもせず小舎の方角に去って行った。

「……おうちに入りません？」

そのとき、なぜか篠ちゃんの声は奇妙なほど白けていた。機械のような無言で、僕たちも芝を踏んだ。興ざめがすぐに伝染してきた。

部屋にかえり、ふたたび耐えきれぬような息苦しさが僕にうまれてきた。僕は辞去を考え、やたらとそうすべきだと信じて、妹に拙劣な目まぜをくりかえした。猿のいない室内は、会話もぎごちなかった。

うつむいた篠ちんの首に、黒子が、やや弱まった光を吸うように目立っている。彼女は、だまって不興げに膝の笹縁のハンカチをいじっていた。

「ねえ、大丈夫？　ジャック、ほんとについていてやらなくていいの？」

僕の視線をさけ、さも心配そうに妹がたずねる。

忠実な犬のように僕も彼女に同調して、ひどく心配そうに篠ちんの顔をみつめた。

だが、篠ちんの返事はあまりにも意外だった。

「……平気よ。だってあれインチキなんですもの。いつもの手なのよ」

「え？」

「ほんとう？」

僕たちは啞然とした。

「ほんとよ。このまえもあれをやって、お見舞いをいただいて困っちゃったの。だって、ピンピンしてるんでしょう？　……今も、そっとコツンとぶってやったの。だから、私には申しわけないし、自分でもてれくさくて、きっとここにも来られないの」

「あきれた。……お芝居うまいのねえ、ジャック……」

「だってマァ子。あれくらいの高さなんて、平気よ。相手はほんものの猿よ」

なるほど、相手はほんものの猿であった。

とたんに、われながらおどろくほどの大声で僕は笑い出した。久しぶりでの、心の底からの哄笑であった。

「ま、お兄さまも？　お兄さまもひっかかってらしたの？」

僕たちは笑った。おたがいの顔を見くらべ、沸き出てくる泡のように、笑いはなかなかおさまろうとはせず、果てがなかった。心の底からの笑いはたのしかった。笑いつづけながら、僕に、そしてある納得が来たのだった。

猿は、僕たち兄妹という客に、みごとな道化をみせ、成功したのだった。僕には、あの墜落の一瞬、かれが味わったであろう鮮烈な恐怖と歓喜の戦慄、それがちょうどかつての僕が追いもとめて倦まなかった幸福の実体のように、そんな充実のように想われてならなかった。でもとにかく、それが遠い。病める猿――僕はいま、あの生の充実と感動に渇いている。それは、もしかしたら、自分にあらゆる偽瞞や道化を拒むことの結果、いや、新しい客を、頑固に拒みつづけていることの結果ではないのか。僕はそう思った。

そのとき、運ばれた紅茶茶碗を手にとり、思い出したように篠ちんが僕を眺めた。

「たしか、お兄さまもいつか、あんなにして木におのぼりになったことがあったわ。いつか。……ね？　マァ子」

僕は狼狽した。どぎまぎして意味のない微笑をつくり、僕は紅茶の底を透かせた。

だが、僕がまたそんな自分を嫌悪してしまうまえに、無心に篠ちんはつづけていた。

「ねえマァ子、あの木、なんていう木だったかしら。ほら、とてもいい匂いの実がなる、……」

硝子戸の外に、風が出てきたのか、銀杏がこまかな緑をひるがえして、青空に梢をこすっている。明るい空の紺碧は、まだ濡れたように光っていた。

「――花櫚よ。あれ花櫚の木よ」

揺れ椅子に背をもたせ、眸を青空に放ちながら、朗らかに妹がそう歌うように答えた。二、三度かるくうなずき、篠ちんもその青空の高みに眸をうつした。ふと母性的な処女をかんじながら、その平和な眼眸を、美しいと僕はおもった。

やがて、その晴天の奥に見入るように、僕はまたあの庭の樫の木のことを想った。それから十余年、そのあいだに喪ったものを無視して、僕は彼方のその季節に、かくしもった恋人へのような眼眸で眺め入った。……僕の心は、そのころの僕が青空を見るごとに照し出される、明るく透明な光にあふれていた。

――僕たちが辞去したのは、落日が大きな硝子戸を赤くまみれさせる頃であった。バルコンの芭蕉のひろい葉影が、すでに平たく床の上に伸びてきていた。

玄関に下りると、どこをうろついていたのか、やっとジャックが顔を出した。仰向いた低い鼻をひくひくさせ、小さな鳶色の瞳で敏捷に篠ちんのご機嫌をうかがうようにしてから、安心して、甘えたようにかれは彼女のスカートの裾を握った。

かまわず、篠ちんは白の舟底型の靴に足を入れる。駅まで送ってきてくれるというのだ。猿は仕方なく、右手をあげ膨ませたその頰を掻いた。なるほどピンピンしていた。

あらわれた野中氏が、膝をかがめて猿の手をつかんだ。家から出すまいというのだろう。曲ったまま横にのびたその痩せて毛むくじゃらな猿の腕は、病人のように不健康に細くしなびていた。

「さようなら。ジャック」

パパに挨拶してのち、脇に重い本を抱え直しながら、僕はいった。だが、すでに僕のことは忘れたのか、かれは怪訝《けげん》な一瞬の視線しか僕に投げなかった。

僕に向けたかれの瞳に、僕は、未知の他人への空虚さしか読むことはできなかった。

「さようなら。ジャック」

貰った小さなマーガレットの花束をかかえて、妹はつけ加えた。

「よくもだましたわね、ジャック。もうひっかかってなんかやんないから」

含んだような笑声をたてて、冗談に篠ちんがつづけた。

「さようなら。ジャック」

とたんに、僕は小さな猿の顔に、ある真率な哀しみがただよい出すのを見た。僕たちを、にわかに彼は追おうとして悶えた。キ、キ、とかれは叫び、しつっこくパパの手をふりもぎろうとしてあばれた。宙を掻き、四本の肢で泳いだ。

パパはかれをむりやり胸に抱いた。両手をつかまれ、胸を一本の太いパパの腕でおさえられて、不自然なかたちでぶらさがったかれのまくれたアロハのしたに、そのとき、例の不気味なほど蒼い色の腹がみえた。一瞬、樹上で虚空にのけぞったあの腹の蒼さが、ある完璧な瞬間の記憶のように、僕の目にうかんできた。

「……さようなら。ジャック」

無心に笑いあって、妹たちが一足先きに門に向う。かすかに、肌寒い早春の黄昏《たそがれ》の石畳みに響くその跫音《あしおと》を感じながら、ある感動をもって、もう一度、僕はそうやさしくかれにいった。

——いまも、この訪問の記憶は僕の目になまなましい。パパに頭を下げると、僕はすぐ妹たちのあとを追った。暗く顔にかかる嫩葉《わかば》の枝をはらいのけて、僕がゆるく傾斜した玄関の前の石畳みに出たとき、すでに妹たちの笑い声は、植込みの灌木のかげを曲り門を出ようとしていた。うすら寒い夕ぐれの薄墨をひろげた屋敷町のなかに、その華やかな笑い声が、ふいにあたりの深い静けさを際立たせた。

が、いま、これを書きながらあらためて僕は思う。あの日、一つの完璧な瞬間を猿の蒼い腹に見たあのとき、僕は、無意識のうちにやっと新しい次の季節へ、一歩だけふみ出したのではないだろうか。……たとえ、ある季節との別離が、次の季節のなかに身を置いてのみ実感される性質のものであるとしても、あのとき、僕は自分の見た一つの瞬間の完璧さに、すくなくとも、すでにある隔絶を同時に見ていたのではないだろうか？

春の華客〈四月〉

春である。落ち着かない季節である。繁忙と無為とが、われわれに席を温める閑暇もつくらず、たゆとう光とともにわれわれをせかせかした気分で押し流し、追う意識に追われ、追われる意識を追って、われわれはゆっくり自分と語りあう余裕を持てない。この慌しさの結果として、つまりわれわれは無為以外のなにものでもない。自分と語ろうなどという野心を打ち捨てて、それならいっそ誰かになにかを語ろうと決めたらどうであろう。どうせ無為は避けられない。案外、春における安定とは、そのような他人目当ての、気忙しない不安定なおしゃべりの中にのみあるのかもしれない。よろしい。ではーつお話をぼくは始めてみよう。季節？　もちろんそれは春だ。春でなければいけない。

――ところで、ぼくがこれからおしゃべりの材料をさがしに行く街の風景の中で、しばしば非現実的な姿の中に現実がかくされているみたいに、この計画と予想の時だといわれる「春」の現実もまた、あるいは非現実とひとに思われるものの中にあるのだ――こんな言葉は、この春の夕べの物語の発端には不向きだろうか？　……いや、ぼくはこの言葉が、意外に適切な発端であるのを信じている。すべて、物語はアポロジイから始まるのである。

さて、場所はどこにしよう。東京生れのぼくは田舎を知らない。都会にするのが得策である。では具体的に、有楽町あたりにしようか、そうだ。環状線の各駅のうち、乗客の乗降がもっとも激しいといわれるその駅の構内に行ってみよう。いま時刻は四時半。もちろん午後の話である。そして、春のこの時刻は、まだ申分なく明るい。——

電車の轟音は頭上にある。この雑踏は気早やな退社の人びと、あるいはある種の、つまり銀座の女と呼ばれる人びとの出勤の時刻のせいだろうか。舗装道路を跨ぐガアドの下に、雑多な人の渦が後から後から入り交り、流れ、つねに構内を埋めて犇《ひし》めいている。その「動く必要」の中に揉まれながら、古毛糸のように公衆電話のボックスからつながる人の列が、怒ったような表情で、「動くことの出来ぬ権利」を主張している。一見してわかる女子学生の多いのは、劇場とお汁粉屋を含む喫茶店の櫛比《しつぴ》するこの有楽町で、彼女らに連絡をとるべき人びとと必要の多いこと、及び現在の閑暇を物語るわけであろう。

構内にはまた三角形の小さな花屋がある。駅の新橋寄りの三分の一を支えているガアドの下を、自動車やバスをのせて鉛いろの道路が斜めに駈け抜けている。飾窓を含む花屋の三角形の一辺はその道路に面し、構内の切符売場と平行したもう一辺が、それに鋭角で結んでいる。

売場は一坪とはあるまい。極端に狭少ななりに手入れの行きとどいたこのタイル張りの清潔な花屋の窓に、ぼくはよく高雅なカトレアなどを発見したものだ。ピンクの蝶が一時に群れ集ったように、今その窓に飾られてあるのはデンドロリウムである。店先に出されたガラスの陳列棚の上には、ゼラニウムの鉢がある。銀紙を貼った花籠。日本風の竹籠。小綺麗な一輪差もならんでいる。——赤や青や黄、橙、乳白の肌の上に淡い紺青の雪片が斑らに舞い散ったような、ガラス製の花瓶。ガアドと駅の構築に遮られて、届いてくる光は僅かであるのに、その小さな花瓶たちは、それぞれ内側に灯《ひとも》したような明るい光を放って、いきいきした歓喜にかがやいているように見える。たいそう美しい。だが、一輪のカーネーションや薔薇を挿してこの花瓶を飾るのなら、都営住宅の台所などが、きっともっともふさわしいのではないだろうか。

足を止めて花々を眺めて行く人もある。一方、そのままそこに立ち止って、うろうろと周囲を見廻しつつたたずむ男女がある。あるいは物珍らしげに店頭の球根などをのぞき、あるいは始終きょときょとと前後左右と時計とを睨みあわせ、あるいは仮面の表情で巨大な駅のコンクリイトの柱に背をもたせている。左様、あきらかにかれらは約束の人を、時間を待っているのである。そうだ。かれらの中に主人公を探してみようか。草いろのジャンパアの律義者らしい男がいる。直立不動のままかれは眸さえ動かさない。兵隊がえりらしいかれにとって、待つことは衛哨と同じ仕事なのであろう。薄地のスプリングを着た、よく肥ったオフィスガールらしいのがいる。彼女は人が前を過ぎるたび、目を細めてしげしげとその顔を見まもる。用心深く微笑の準備がととのった表情である。きっと近眼なのに違いない。黄色いドルマンのセーターに焦茶のスラックスをはき、颯爽たる十代《ティーン・エイジャア》を装ったらしい、二十二、三歳の顔色の悪い女がいる。両手にぶらさげた買物籠が、滑稽にもその彼女にとてもよく調和している。……どうも面白くない。主人公にするにはどうもみなぼくの趣味にあわなさすぎる。趣味にあわぬものは、ぼくの空想を育てない。それは致命的だ。もうすこし我慢をして待ってみよう。

四時四十分。人待ち顔のかれらの中には空しく帰るのもいる。首尾よく到着した相手といっしょに、雑踏の中に吸い込まれて姿を消したのもいる。出札から流れてきて加わるのもいる。……なかなか適当なやつはいない。いま改札口を出た少女なら可愛いのだが、あまりにも連れが悪い。下着と口臭の不潔そうな厭味なブルジョア男である。それに、ほがらかに〝ガイ・イズ・ア・ガイ〟を口ずさみながら、彼女はどこかにまぎれてしまった。おや。紺のスプリングの襟に、純白のジョーゼットを巻いた小柄な女がきた。ふと振りかえる襟脚の毛が少し乱れている。これはどうだろう。立ち止ったところをみると、待ち合せ組の一人にはちがいない。ちょっと前にまわって観察しよう。……お化粧はしてない。唇に淡い紅があるばかりで、なんとなく濃紺の葉影に咲き出た百合のような、小さなその顔の印象である。安堵とも、物憂げとも見える平和な表情だが、形のいい濃い眉がすこし嶮しい。意志の強さを示すような明確な線で結んだ薄い小さな唇。——まだ若い。もしかしたら正真の十代かも知れない。なめらかな頰のあたりに、でもどことなく憔悴《しょうすい》した、いや、疲労とも怠惰ともみえる翳が、しかし清潔にへばりついている。これはいい。ぼくはこの女性を主人公としよう。肌の美しく、しかも怠惰な表情の女性は、まったくぼくの好みである。たたずむ人びとと同じように何かを待ちつつ、しかも彼女はなにも待ってはいない。彼女一人だけ、すでに待ちのぞんだものの中にいるみたいだ。つまり、周囲の人びととの印象には、つねになにかの欠除がともなっているのに、彼女のそれには充足しかないのである。人びとのどこかいらだった険悪な眼眸、また不貞腐れた唇もと、そしてさまざまな感情の殺戮をおもわせる無表情や仏頂面のなかで、そのお白粉気のない白い小さな面差しは、ひときわ目立ってすでに目標に達した平安をうかべている。

よし。ぼくは彼女にきめた。いかにもはき慣れたようにぴったりと足にあって、うっすらと埃さえかぶっている彼女の靴は、小さな真紅のパンプス。しかし決して新調のそれではない。

彼女は恋人を待っているのである。そうしよう。もとより恋人に逢おうとする娘でなくて、誰があんなに輝く眼眸などをもつものか。それも、あまり化粧や服装に特別な気づかいはないから、きっと気分としては委ねて信頼しきった恋人である。それはまたいままでの生活の中でただ一人の恋人、自分の独占を彼にゆるし、また自分でもそれに満足している相手である。無論、このような約束は初めてではない。月に一度は逢っているのだ。きっと、しかもそれも定期的に。この緊張のない、まかせきったごく自然な幸福の表情は、彼女が彼を愛し、また愛されているのを語っている。だが彼女の育ちの良さをおもわせる素直な白い喉は、乳白の花瓶のような清潔な固い線でもある。彼女の待つ恋人とは、きっといままでの生活にただ一人しかいないそれ、共通した歳月のある相愛のそれ、そして肉体関係のないそれに違いない。

だが……恋人とは、いささか月並である。なんとか趣好を考えよう。この彼女の安定した表情は、あんがいぼくの夢を裏切って、人妻のそれではないか？　とかく女は魔物である。見たところ中流以上の家庭の子女であるし、処女と見えぬこともないが、しかし父母以外の他人との生活の匂いが、華燭の典の経験をおもわせるある落ち着きが、その穏やかな挙措にうかがえはしないか。たとえば、ほつれた首筋の毛などを、ふとかき上げるごく物慣れた態度などに。たしかに、彼女にはその若さとはうらはらの、大人びた孤独、子供の世界を脱け出た自恃に支配された、ある不羈の印象がある。しかもその動作と表情には、まだその生活に入ったばかりの板につかぬ初々しさ、どこか危険を充分に乗切っていないぎごちない新鮮さもある。そう。ではこうしよう。彼女はつい一週間前挙式したばかりの新妻である、と。

もちろん、誰が新婚の夫と、こんなところで、そしてこんな恰好で待ち合せるものか。もしも相手が夫だとしたら、この上流家庭出の新妻は、もっと粧いをこらし、むしろ婚約時代の化粧と羞恥とをけんめいに再現しつつ、より義務のような姿勢でたたずむだろう。同性？　馬鹿な。自分が充分に幸福であることを、まるで打ちあけ話のように期待され、強制されるにきまっているそんな相手に逢うのなら、虚栄心と軽蔑、いや剝離感が、おそらくプライドの強いだろう彼女の顔に、もっと厚化粧の幸福をほどこさせているにちがいなかろう。

とにかく、このような素顔での彼女の待ち人は、やはり夫以外の男性、それも相当以上に親しい、幼な馴じみの従兄弟みたいな人物がもっとも自然だろう。だが、現実のただの従兄弟では話が面白くない。……それならこうしよう。いま考えたぼくの話を、彼女がその男と逢う前に、ちょっと聞いておいてもらおう。


彼女がはじめて彼と逢ったのは一昨年の秋のことである。便宜上、彼女は名和英子、彼を伊東草二としよう。名前は象徴でも比喩でもない。この場合、ただの符号である。

草二はまだK大学経済学部の学生であった。二人が紹介されあったそのパーティでは、彼女は父の貿易会社を実質的に切り廻しているという彼の顔と名前をしか覚えなかった。はじめて紹介された従兄弟の同級生という以上の印象は残らなかった。

突然草二から電話がかかって来たのは、もう冬外套の手ばなせない季節のある午後である。受話器を耳にあてて、よく透る事務的な草二の声の響きをそこに聴いたとき、やっとまさぐりあてたように精悍で潔癖そうな草二の俤《おもかげ》が、はじめて英子のイメエジの中に固定した。声は背後に鋭いリベットの騒音や、つんざくような自動車の警笛を絶間なく流して、それはほの白く閑散としたビル街に吹く凩《こがらし》の、金属的な叫びをけたたましく伝えているようでもあった。簡単に失礼を謝して、声はいった。

——お話ししたいことがあります。ちょっと有楽町駅まで来ていただけませんか。花屋の前です。ぼくは五時に行けます。

その早口の口調には、まるで取引上の連絡のような細心の準備と、事務上の命令のような響きがあった。英子はびっくりした。まず軽い困惑があり、ついでそれは同量の反感に変った。断ろうと思った。明確な口調でその断りをいいたいと思った。これは草二の口調の影響であろうし、また十八歳の彼女の負けん気のせいでもあろう。しかし、行く理由の見当がそもそもつかぬように、判然たる断りの言葉も浮んでは来ず、むしろあきらかなのは拒絶する理由が無いことであった。彼女はその日、ひまであった。

——このまえ一度パーティで紹介されただけのお近づきで、まことに図々しいのですが、じつはちょっとお願いがあります。もしもいらっしゃれない理由が感情的なもの以外にないのでしたら、いらして下さい。ここで断られたら、ご都合をうかがって、またかけます。逢って断られた方がぼくとしてはさっぱりしますし、もちろん、そうしたら二度とご迷惑はおかけしません。

生返事さえせず、英子はただ沈黙をつづけていた。——さっきからその左胸部には、一度ダンスをしたときの、長身の草二の痩せた胸の固さが甦っていた。浅黒い皮膚の内部に、ただ骨と筋肉をしか持たないような彼。彼の肉体。……現在の彼の事務的な言葉への抵抗感は、あの夜はじめて着たロオブをとおして敏感な乳房にふれた、記憶の中のその堅い胸板の感覚に酷似していた。つまり草二の冷静な声音は彼の記憶を貼りつけた胸の皮膚のしたに、ある反応を喚びさましていたのだ。それは彼女のうちのなにかを、まるで城塞の一角に突入してきた敵軍に向う城兵のように、防禦のためのように、一度にそこに呼びあつめた。ある固さの感覚のために呼びあつめられたなにか、それは呼びあつめたある反応と同じく、反撥でもあれば興味でもあった。彼女の実感した抵抗の本体とは、じつはこの闘いなのであった。

——ご返事をいただきたいんですが。

草二はくりかえした。英子は、ともあれ明確な口調で、しかも早く答えたかった。ひとり追いつめられたような気分で、ついにほとんど怒りをこめた叫びのように、彼女はいった。

——……じゃ、参ります。

瞬間、英子は相手から攻められた将棋の一手に詰っただけで軽率に駒を投り出したときのような、ばかばかしい後悔を感じた。負けないという理由のないことは、べつに私の負けではない。行けない理由のないことは、ただちに行く理由とはならないのだ。……しかし、すでに電話は切られていた。

彼女は思った。嘘をついて断るのはかえってやましいし、面とむかって断れるだけの自信は私にはある、と。——あるいは英子には、いまさきの故のない敗北感に発した、自分に負ける理由のないことで、自分の勝を錯覚してみたいという、故のない勝利感への無意識の希求があったのかもしれない。彼女がみずからに埋め合せしなければならなかったものは、その敗北感の故のなさそのものにすぎなかったのだから。

睫毛を拭くオリーヴ油の凍っていた寒い日のことであった。英子はすぐ、機械的に外出の身仕度にかかっていた。スッポかすなどということは、彼女の好みにも、またやや戦闘的となったその思考の能力の範囲にもなかった。英子はエゴイストにふさわしい律義さと潔癖と自尊心の持主であった。彼女は好みの黒のプリンセス・スタイルの外套を着て出かけた。そのとき、あの俊敏な、精悍な声の記憶の上に「無理じい」とか「慇懃《いんぎん》無礼」とかいうレッテルを貼った彼女は、だって仕方ないじゃないの、と紹介者の従兄弟にでもいってやりたい気がしていた。自分にそういうことの要らないのを彼女は忘れていた。

つまり彼女の心は動いたのである。いうまでもなく、英子自身は行くことに納得していたのである。行くからには自分の好きな服装で行きたい。胴の細く、もっとも彼女に似合う優雅な型の黒い外套を選んだのは、べつに草二への関心や好意を意味するものではない。彼女は自分から断りたかった。向うが「お願い」を引っ込めたり、向うが断ることなどは許せなかった。それは、たとえ相手の写真がいやで断る心算でも、一応お見合いには盛装の最美の姿でのぞみたい女心と同じ、女性としてのプライドの保護本能がさせたことである。彼女はただ、断る資格をそなえていたかっただけだ。

英子は五時五分前に約束の花屋の前に着いた。彼女は知らなかったが、それはあたかも新装の有楽町駅が開かれて間もない頃で、予期しなかった蛍光照明のその青白い光は、急に彼女の心までに、新しい光を投げたようであった。それは彼女を新しくした。無意識のうちに抱いていた草二への反撥、浮かびでた古い記憶のうえに錯綜した奇妙な敵愾心じみた感情は、意想外なこの新粧の構内でいつのまにか消え、無意識のうちに物珍らしさへと移行していた。

しゃれたレストランめいた四囲をつぶさに点検しつつ、英子の関心はひととき新しいことのみに向った。同じ物珍らしい興味で草二の出現を眺めたい気にもなった。新しいものにとりまかれたことが、草二を待つ気持ちを、新しく芽生えさせたのである。

二分前になった。だが、近代的な白光に浮きでた蒼ざめた人びとの中に草二らしい姿は見えなかった。やっと彼女に「スッポかす」ことのありえたと意識されたのはこのときである。家を出しなに頸や耳朶にふった母のフランス香水が、後悔のように急に鼻腔に漂ってきた。しかし彼女の性格は五時きっかりまで構内にたたずむことを命令した。彼女は無駄なばかげたことをする自分が嫌いだったが、約束の時刻を待たずに帰ることは、自分をよりいっそう嫌いな自分にしてしまうように思えた。いや、彼女はただそれをはっきりとさせたいがために、自分の馬鹿さに未練であったのにすぎなかったのかもしれない。

その事務的な才能や言葉でもわかるように、草二は機械的な、まるで自分の行動を時計のように正確・明白に処理したがる人種だった。その主義のとおり、彼が改札口から店頭にやって来たのは、駅の精確な時計の指した五時きっちりである。会釈すると、彼はまず喫茶店へ誘った。それを断って立話を要求するなどは、大人げなかった。肩をならべて、長身の彼の歩度にあわせながら、英子はいまさき右手をあげて近づいてきた彼の笑顔が、天真といえるほど無邪気だったのを、ふと意外なことのように思った。それは未知のそれであった。新鮮な快感があった。人慣れた大人のうかべる、習慣以外に無意味なあの微笑を、内心彼女はこの職業をもった学生に想像していたのである。彼はこんなことをしゃべった。

「夜おそくまで会社に残っていて、自動車でこのへんを通ると、よくあの駅を改築する徹夜の作業が見えてね。夜の暗闇の中で、はげしく白い火花が散っているんですよ。きっと何かの切断か熔接なんでしょうね。深夜。火花。——誰にも知られずに都会の夜ふけに燃焼しているはげしい白い焔。……ちょっといいもんですよ」

評判のKストアの巨大なクリスマス・ツリーの下であった。草二はそして英子に振り向き、急に声を立てて笑った。

「なぜ深夜工事をするか知ってる？　それはね、つまり工事がはかどるからさ。昼間は落着いて工事なんてできやしないんです、とうてい。ダイアが混んでいてね」

やがて、珈琲と菓子を前に置いて、西銀座の静かな喫茶店の二階で、ビジネスマン然とした草二の切り出した話とはこうであった。

「じつはぼく、あなたにぼくのガール・フレンドになっていただきたいのです。ぼくだって、映画をみたり、散歩をしたく思わないわけじゃない。そんなとき、一人で行く方が、二人で行くより、より気楽ではないときがあるんです。そしてその相手も、誰かきれいな女のひとの方が、汚ない不精髭を生やしてないだけでも、男よりいいに違いない、と想像することがある。お茶を飲みに行くときも同様ですし、ダンスにしたって、買物にしたってそれは同じです。そして、ぼくには気に入る女性がない。気に入るって、つまりそういうガール・フレンドとして比較的永続してつきあいたい人がいない。たいてい一度でもうたくさんです。この前偶然お逢いしたとき、ぼくはあなたをそんな相手として夢にも思わなかった。だけどこのごろ、誰かいないか、と思うぼくのイメエジの人は、いつもあなたなんだ。——笑いたければ、どうぞ。ぼく自身吹き出したいような事実なんですから。あなたが笑わなければ、ぼくが笑う」

本当に草二は声をあげて笑った。つられて英子も笑いかけながら、返答に窮したまま、彼のそこだけは笑ってはいない目をじっとみつめつづけていた。

「つまり、一月に一度、夕方の五時から九時までの四時間、あなたの時間をぼくにさいて下さいませんか。一月を三十日として、ご結婚なさるまでのあなたの時間の百八十分の一だけを、ぼくとともに過していただきたい。べつにいわゆる『専用』にするつもりはありません。一月に一度でいい。結婚がまあ、その人と半々の生活をいとなむことなら、ぼくはあなたの夫の九十倍遠い距離と重さで、あなたの生活に割り込ましてもらいたいんです」

草二は英子を凝視していた。黙って、英子も不審げな長い凝視でこれにこたえていた。しかし、たいして驚いた様子もなく、突然くすくすと笑い出した。「でも私、やはり一日の半分は寝ていますわ。いまのお話はだからぜんぶ事実の倍ね」

「ああそうか」草二も笑い出した。「つまりあなたの一月の時間の九十分の一、あなたの夫の四十五分の一の存在でいいんだ」

白く美しい、野獣のような健康な歯並である。草食獣をおもわせる薄い真白い歯が、笑いにほころびた下唇に微かに触れたまま、じっと動かない。草二の笑いはそこに静止していた。一瞬、英子の表情もこわばり、眸は彼の茶目がかった瞳からはなれた。

この事務的ないい方は、じつはおたがいの責任の範囲と所在とをあきらかにしたいという、小心な誠実さの表現なのであろう。突飛な要求に呆れかける気持ちもあったが、真率なその言葉は理解された。気障《きざ》ではあったけれど、よそおった感じはなく、フランクで開けっぴろげな印象があった。……むしろ彼女が抵抗を感じたなら、それはその発言にある無恥なばかりに裸体の草二の、体臭と圧力とにであっただろう。柔かい肉づきのない、硬い胸板の記憶に、やはりその感覚は似ていた。

英子はふと、あの真新しい有楽町駅での期待どおり、草二が新しい光で彼女を照し出したのを思った。新粧のあの構内で持った、自分と無関係なある新しさへの関心にこたえて、この光は充分に新鮮であり、意想外かつ無害であると思えた。この臆病な潔癖さに、英子は興味というより同情を、同情というよりある安全さを意識したのである。彼女は、さらにこう思った。こんな男は魅力的ではない。私にはけっして彼を好きになどならぬ確信がある。……つまり、英子の確信したのは、この交際の安全さであった。

しかし、結局英子がこの草二の計画の共犯者として、たのしげに乗気になりえたのは、つまりは彼女の中に草二とよく似た性格があったせいだ。きっと、それが本当の理由だろう。

「……具体的にはどういうことですの？　この契約」

「毎月一回、夕方五時に今日の所で逢います。映画なり散歩なりはそのときの気分の一致次第です。九時にもとのところで別れます。送るのが普通ですけど、送らないほうがかえってはっきりしてて気持ちいいみたいなので」

「ええ。それは私もそうだわ」

「じゃ、引き受けて下さるんですね。ありがとう。――一月に一度というのはね、おたがいの生活の九十分の一というそれぞれの重みを、より軽くも重くもしない適当な間隔だし、それは永続きさせるためのちょうど適当な距離だと思うからです。どうあってもこれは守りたいな。あ、それから、断っておきたいんですが、ご都合の悪いときは前もって連絡下さるなりして、黙ったまま時間を、つまり約束を違えないで下さい。ぼくもそうします。待つことはいやなことですし、きっと危険ですから」

「じゃ、もしもこのお約束をつづけるのがいやになったら？」

「口に出していうのは、この約束をぶちこわすことのようで、後味が悪い。最後までぼくらは約束にしたがって始り、終った、とこうしたいな。ですから、いつも九時の別れぎわに、ぼくが、じゃまた来月、といい、あなたが同意する。この手つづきが欠けたら、それが最後です」

「いいわ。面白いお約束ね。私、お約束します。このお約束にしたがうのを」

そろって一見非現実的とみえるほど現実的で、曖昧《あいまい》さを嫌うよりむしろ恐れるという二人の趣味は、このようにして一致した。その夜英子と草二とは、以後おたがいを名前にさんづけで呼びあうこと、言葉づかいをいっそくとびに兄妹のようにしてしまうこと、費用はすべて提案者の草二が負担することなどを決め、映画を見て九時に来月の再会を約して別れた。

それがこのカップルの出発点である。あのとき草二は、まだ二十だった。……ところで前置きがだいぶ長くなったが、五時にはまだ少し余裕がある。さきほどと同じ姿勢のまま、どこか遠くに眼眸を向けてたたずんでいる赤いパンプスの英子は、きっと草二とのコオスを心にふたたびいきいきとたどり直しているのだろう。では大急ぎでぼくもそのコオスをいっしょにたどってみることにしよう。それは読者への親切というものである。

――あのとき草二は、まだ二十だった。二人は、あれから正確にその約束を守った。英子と草二はおたがいの時間の百八十分の一だけをともに暮したのである。話をした。映画もみた。芝居にも、拳闘にも、寄席にも行った。ドライヴもした。公園にも足をはこんだ。酒場に入ってみたこともある。だが、二人のすごす時間は毎月十日の午後五時から九時までであり、場所もだいたい有楽町界隈に限られていた。二人は唇さえ交さなかった。

英子は草二の家を見たことはなく、事務所も知らなかった。そして草二も英子の部屋を見たことはなかった。いつも有楽町駅の階段で、本郷に家がある英子は、大森に帰る草二が右手をあげて去って行くのを、黙って見送ってはみずからの階段に足を向けた。――そうして同じ平穏無事のうちにまる一年がすぎ二度目の春がめぐってきた。草二の計算どおり二人の仲はかわることなく、英子の確信どおり二人の交際は無事であった。正確に同じ重さであり距離であり、それぞれのもつ同量の好意がそれぞれ年輪を加え、親しく安定してきているにすぎなかった。草二は大学を出、貿易の仕事は本業となった。そして二十の英子に縁談が起った。草二の存在はそれを拒絶する理由の存在ではなかった。お見合いもすみ、結納《ゆいのう》を取り換わしたのは三月の九日。つまり先月の約束の日の前日であった。

　翌日、花屋の前で草二を待った英子は、その縁談を彼に告げ、約束を終らせる予定でいた。だが、その日あらわれた草二の、まずいった言葉はこうであった。

「ちょうど六十時間だね。いままで君といっしょに暮したのは」

　英子は胸をつかれた。慧敏に草二が全てを察知しているような気がした。でも、それにしてもいままでまる三日とはいっしょにいなかった事実が、奇蹟のように信じられなかった。二十年の生涯のうち、この奇妙な親しい連帯感をわかちあっている草二と、たった三日も共に過ごしていないのだとは……そして、あの夫は、夫たるべき人は、草二のいうように、その彼を四十五人も集めた存在？　……その日も英子は真紅の小さなパンプスをはき、紺のスプリングの襟にジョーゼットの繊細な白をのぞかせていた。歩きながら、はじめて彼女は草二の外套の腕に、紺の袖口から淡紅の裏地が見えるその腕を組んだ。

「――草二さんは、本当に他の女の方とつきあわないの？」

「そりゃ、たまにお茶ぐらいつきあうのはいるさ。けど、みんなそれどまりだ」

「私とだけだったこと、信じていいのね」

「もちろんだよ」

　強い語調だった。不意に、胸におののきが走った。『だけだった』と過去完了の形でいったことを、草二はとがめないのだ。――

「でも、ぼくは英子さんがぼくとだけでなくったって、当然だと思ってるぜ。君とぼくとの時間は、一月のその百八十分の一しかない。もしも英子さん、君がぼくとだけしかつきあってなかったら、へんだよ」

「私だって、へんかも知れないのよ」

「いや、君はひとつもへんじゃない。……でも、いいんだ、そんなこと。ぼくが君としかつきあわなかったのは、ただぼくの勝手なんだから」

　すがるように、英子は腕に力をこめた。胸の波動が激しかった。彼も、草二も、過去形を言葉に使っていた。

「誰と君が結婚しようと、君の勝手だ。ぼくは当分いろいろな事情でそれができない。いくらいい球でも、今は見送るほかはないんだ。だってバッター・ボックスにはいる資格がないんだから。だが、思うな。……こんなカップルだって、悪かなかったって。ぼくは君がぼくと同じように充分に幸福なことを信じるし、また祈ってるんだ」

　その日、二人はふたたびその話題にはふれなかった。が――その夜、別れしなに草二は階段に足をかけて、いった。「来月から苗字が変るんだってね。グッド・ラック」

　そのとき、すでに約束は交してしまっていた。「じゃまた来月」「ええ」と。……英子は、とうとう約束を口に出して破ることはできなかった。いや、沈黙して、その約束の手つづきを欠けさせることができなかった。振り向きもせず、平静な歩度で真直に階段を上って行く、いつもながらの草二の後姿を眺め、そのとき、不意に英子に怒りが来た。引き留めることさえ、無駄に思えた。英子はしばらくそこに立ちつくしていた。……目を閉ざして、結婚の相手のおもかげを描いてみて、そして英子は絶望した。その絶望の裏には、しかし怠惰な安寧の味がかくされているようであった。英子が、結婚を決意したのはそのときであった。

水道橋駅を出て都電を待ちながら、英子は安全地帯の上に立って、今日草二と送った四時間を回想していた。さっきの怒りも、心の中で草二にたたきつけた、そのエゴイズムにふさわしいあらゆる罵言も、消えてしまっていた。今夜、まるで二人は呼吸のあったダンスのようにな、なにもいわずに曲るべきところは曲り、折れるべき小路を折れぶらぶらと歩きつづけていた。いまはそれが不思議だった。行くべきあてなどなかったのに。そして、今夜ほど四時間が、長く、また短く、つまり四時間でなく思えた日はなかった。――私は気分に身をまかせていた。私には、私だけの時間が流れていた。そして私はあのひとにもたれていた。あの私の姿勢を、気分を、時間を支えていたのはあのひとだった。私はあのひとに、本当の私自身を、すべてまかせきっていたのだ。……

奇妙な興奮の余燼は、電車を降りてもまだつづいていた。英子には、あの怒りのあと、今日はじめて新しいなにかが始ったような気がしていた。だが、それは裏を返せば、今日、完全に何かが終ったことの確信かもしれなかった。ひとつのカタストロフの過ぎたことを、英子は感じた。この劇では、そこにのみドラマティクがかくされている、それはカタストロフかもしれなかった。

もう、何の想像力も好奇心もない自分が、意識や理性の支えさえも失くして、ただ足もとの砂利をみつめたまま、電柱の光の暈《かさ》を拾い、まるで機械のように歩いている。英子は、突然自分の中のなにかが、草二によって、完全に盗み去られてしまっているのを感じた。そうだ。草二の逃亡は掠奪者のそれだ。……彼とすごした六十四時間、いいかえればその間に緩慢に息の根を止められてしまっていたもう一人の自分。それはあの十八歳の負けん気の自分、無垢な理性への情熱に生き、清潔なプライドを誇っていた自分ではなかったかしら。階段を上る今日の彼への怒りは、その殺戮《さつりく》に完全な終止符をうたれたそれではないのかしら？　そう。絶望の中で感じた私の安らぎは、死のそれであったかもしれないのだから。……そして、一つの季節の終焉の、あの別離に似た甘い哀切さが胸にこぼれてきて、涙が浮かんできたとき、英子は思った。「あのひとはもう来ない」と。「だが、約束どおり、私は行こう。だって約束はまだ終ってはいないのだもの」と。――

英子は腕時計を見た。コンスタンタンの女型は五時一分前を示している。あと一分。草二は来るだろうか。いや、私の結婚を知っている彼は来はしまい。私はただ、それをたしかめに来たのだ。――しかし、英子の心の中には、草二の利己心が、かならずここに彼をこさせずにはおかぬ確信もあった。奥深く沈ませようとする彼女の期待の底からある恐怖にちかい興奮が、するどく、戦慄のように逆流してくる。見給え。英子の頰に血が昇った。

あれから一月。でも私の服装は、このまえ逢ったときと寸分違わない。ふと英子はそう心に留める。いまはなにか注意を集注させる対象が必要だ。さもないと私は崩れてバラバラになってしまうだろう。落ち着きなく改札口を眺めながら、彼女は透けた純白のジョーゼットの、光線の具合で鱗翅のように見えるそのマフラアを直すように、指で神経質にそれをいじった。

五時。改札口にあらわれて、右手をあげて合図する男がいる。草二だ。英子の顔に、ごく自然な、溢れ出すような親しい感情が動く。よかった。目算どおり、彼はきっちりと精確にあらわれたではないか。それでこそ、ぼくの話もいよいよ次の段階にはいれるのである。

すでに灯された構内の明りと、弱まりかけた屋外の日光とが平均したこのような時刻には、光は頡頏《きっこう》し分散して人びとの顔ももっとも見定めにくい一刻となる。その面影の漠とした人の渦の中から、まっすぐ英子の方に泳ぐように近づいてくる草二は、シルヴァ・グレイの春外套を着、ラフなホオムスパンの背広の襟をのぞかせ、意外にも太縁の眼鏡をかけた青年である。英子はじっと静かな目で彼を迎えている。それまでの感情の昂ぶりは消え、朗らかに彼女はなつかしげな微笑で唇もとを綻ばせている。――近づくと、快いバスで、草二はいった。

「元気？　あいかわらずだね」

「ええ元気。草二さんこそあいかわらずね。まるで時計ね」

一米ほどの距離に足を止めた草二の腕を、ごく自然に英子は右腕に抱えた。そして押すようにして駅の外へ歩き出して、この習慣が、このまえの夜から身についたものだと知って、別人のようにらくらくと腕をとったことに英子はある困惑を感じた。しかし腕は解かない。自分の意外さが、むしろ彼女をはしゃぐような表情にした。――もちろん、非礼のようだが、ぼくはこの二人を追尾しなければならない。この悪趣味はきっと好奇心ある読者の名によって許されるだろう。だから、ぼくは同じその読者のために、多少うるさいだろうこの姿を消し、しばらくは物語の発展をこの二人の人物にまかせてしまうことにしよう。……

歩きながら、英子は、甘えるように、吸いつくように、草二の顔を仰ぎ見ている。照れた苦笑に素顔をかくして、草二は、むしろ英子を見ないようにして、こんなことをいった。

「幸福らしいな。英子さん」

「ええ、幸福。とっても」

「よかった。ぼくは幸福な君を見たかったんだ。君が幸福であってこそ、ぼくに自分も幸福だと思う口実が得られるんだから」

「じゃ、こんなこと考えてた？　もしも私がいなかったら。なんて。……」

「うん。じつはたぶんそうじゃないかと思っていた。だけどぼくは来ることにした。もし君がいなければ、もうぼくには君がいないことだけでも、はっきりこの目で見とどけたかった」

「そう。私も同じこと考えてたの」

「ぼくはこうも考えてたんだ。もしも君がいなくっても、ぼくは『約束』を守ろう、と。つまり、ぼくは一人で歩きまわって、一人でお茶を飲んで、一人で君との架空のおしゃべりをたのしむ。そして九時にあそこへ帰って、こういう。じゃまた来月。——だけど君はいない。もちろん答えはない。ぼくらの約束は、そうしてはじめて終るんだ、と。……おや、このまえと同じ洋服だね。襟巻も、靴も」

「ええ。いや?」

「……どうしてなの?」

「べつに。ただ、べつなお洋服着るのがこわかったの」

「ぼくも、君がいっぺんに苗字の変るように、君自身の変ったのを見るのがこわかったな。だけど、こうも思っていた。変った君を見れば、ぼくもきっと変わることができるだろう、とね。ぼくはいままでのぼくが少しいやになってたんだ。まるで貝殻の中の貝みたいで……」

　草二は饒舌であった。反比例して英子は寡黙になった。映画をみることに決めて、まず二人はある小路の瀟洒《しょうしゃ》な茶房にはいった。立て混んではいたが卓の距離は離れている。店の中は雑然としたざわめきに波立ち、閑散でないことがかえって二人をらくな気持ちにした。そして、かつてない草二の饒舌とその話題が、映画館に行く予定を二人の頭からうばった。

「英子さん、だけどやはり君は変ったよ。同じ服装なだけにそれが目立つ。なにかずっと大人になったみたいだ。世の荒浪かなんかくぐっちゃってね」

「そうね。私も本当はさっきそう感じたの。きっと結婚のせいね」

「君が結婚して倖せそうだからいうんじゃないが、ぼくも現実の問題として結婚を考えたくなったよ。そうしなきゃ、ぼくも、君も、ぼくは本当に軽蔑することができない。軽蔑ってへんな言葉だけど、つまり、この季節を抜け出ることができないように思えるんだ。生き方をあらためるよ。ぼく、必要を感じてきた」

「あら、いい傾向ね、きっと」

「いや、結婚なんてほんの口先きだけのことかも知れない。つまり、愛のない幸福じゃなく、幸福なんて抜きにした愛をしたくなってるんだ。他人や会社のことなんか考えずに、がむしゃらに、無茶苦茶に、額に風を感じながら、一人で行きあたりばったりにはげしく生きてみたくなってるんだ」

「あなたは臆病だったわ。あまのじゃくに見えるほど自分の殻に閉じこもって、慎重に、用心深く危険をさけてきたわ、その反動？」

「そうだろうね。危険に裸を曝してみたいんだから」

「結婚なさるのなら……」ふいに声を沈ませて、英子がいった。「相手は、処女じゃなくっちゃいやでしょうね」

「勝手だけど、そうだね。だけど男の方は童貞でない方がかえって望ましい気がするな、その方がきっと巧く行くよ」

「そうかもしれないわね。私も、夫婦ってものはそのほうがいい気がする」

「はじめての相手は、ぼくは玄人にする心算さ。でも……」そして草二は笑い、いったん英子の眸を覗きこんでから、独りごとのようにいった。「こんな話をするのも、君が奥さんになったからだろうね。……今日ね、英子さん、ぼくは帰りしなに、じゃ又来月っていわないよ。契約は解消だ」

「どうして？　いやになったの？」

英子に霹靂《へきれき》のような驚愕がきていた。……だが、では、彼女が今日来たのはなんのためだったか？　とにかく、つづけることは想像もしてはいなかったはずだ。このまえは失敗した。だが、今日が最後、今日ではっきりキリがつく。そんな確信が五時に有楽町駅で彼を待たせていたのではないか。英子は混乱した。彼女は自分の意志と希望の正体を失くしていた。いや、はっきりつかむことができなかった。キリとはこんなものであったろうか？　いや、キリはこれ以外の形ではありえないのだろうか？

「違うさ。もちろん君の夫に気がねをしてるんじゃない。一つの季節が終ったんだ。真夏に外套を着てるみたいに、いま、ぼくはとても重苦しい気分なんだ。もしかしたらまだ肌寒い頃なのかも知れないけど、ぼくは思いきって外套を脱いでしまいたい。ぼくは約束を止めたい。それ以外に、次の季節に移るふんぎりがつかないような気がするんだ」

聞きながら、でもしばらくは言葉を喪ったまま、英子はいらいらと目の前の白磁の珈琲カップから目をはなした。――二人の卓の中央に、細長い銀製の一輪差があって、そこから一本の白いチュウリップが咲き出ていた。みずみずしい花弁を正しく合掌させて、それは珠のように玲瓏《れいろう》とかがやいている。海の潮が、逆にどんどん沖へ退いて行くような恐怖をはらんだ惑乱、そして取残され干上った砂丘のような空漠とした心で、英子はただ瞳に沁みるその花の白を、ふと鮮やかな啓示を見るような目で眺めた。

街はすでに暮れ切って、暗い地上にただよう色とりどりの蛔虫のようなネオンが、美しく川面にも姿を映している。そうぞうしい選挙の演説や連呼、トラックやスクーター、自動車や電車の騒音や、他愛ない広告塔からの文句やレコードの流行歌が、雑踏する暮夜の銀座にあふれていた。その音響の川底にひしめく小石の流動のような、多くの人びとの行進に同調して、いま、二人の跫音もその不断のざわめきの中にあった。店々の華やかな照明が、いい合わせたような二人の無言の表情を、仮面のように平板に、また立体写真のように素顔の血色を消しつつ彫りを深め、あるときは若草のように清新に、あるときは老人のように唇もとに皺を畳んで、ときにはまた超現実主義の絵画か彫刻のように、つぎつぎと美しく、醜く、奇怪に、また平凡に映し出した。二人は映画に行くことを忘れていた。一月まえのあの歩行のように、ふしぎな一体化の恩寵が作用していて、無言のままべつに方向を決めるでもなく、二人はただ、同じ速度で同じ方向に歩いていた。

共通した煙のようにとらえどころのない幸福感が二人の虚脱を支えていた。だがその底にめざめているふしぎな焦立ちが、南洋の土人が使うある狩猟の器具のように、相手に投げつけたつもりでもかならず自分にかえってくるので、ただ二人は黙ったまま、それぞれの肩にふれる相手の外套の微妙な感触に、うつろな袋のような自分を、相手の充実した確乎たる実在を、ただ過敏な感覚で探りあっているのにすぎなかった。知らぬ間に二人は競歩の競技のようにいそいでいた。正面に黒い森のたたずまいが二人を待ちかまえていた。日比谷公園であった。無意識のうちに人気ない暗がりを求めていたのだろうか。とにかく二人にしてみたら、寄りそうように歩度を合わせながら、なにものとも知れぬ力に動かされて、ただ前へ前へと交互に足を出しているのにすぎなかったのである。さきに公園に気づいたのは草二であった。立ち止った彼の腕を、英子はまるで二人して共同の敵にたちむかうように取って、はいりましょう、といった。まだ七時にはならなかった。入れない理由はなかった。

貧しげな外燈に暗澹《あんたん》と照し出されたひろい円形の広場には、さまざまの動物をかたどった石像が点々と仄白く浮かんでいて、芝生はやわらかく中高に膨んでいるようであった。二人は一瞬森閑とした人気ない静寂をそこに錯覚した。が、暗い木蔭に沿って並ぶベンチには、無数のカップルとその私語が、夜の暗闇という葉影の下を走る小川のように、じつはいきいきと隠密なざわめきをつくっている。この暗がりにはいるとき、目に見えぬ番人に手渡してきた入場券のように、そこでは人びとは羞恥をもたない。カップルは皆一心にそれぞれの世界に没入していた。二人は、いつかここを歩いたことがあったのを思い出した。何事も起らなかった。あのとき、羞恥を去っても、二人の無能力は手を握りあうことさえできなかった。

二人は満員のベンチの前を物色して歩いた。外れの一つに一組の男女と並んで坐った。隣りの男がつと無関心な眸を投げると、胸にかかえた若い女の顔に、むさぼりつくような接吻をはじめた。草二は男の頭頂部に、たしかに大きな禿を見たと思った。英子がベンチに背をもたせた。草二もそれにならった。同じように間の抜けた表情で二人は春の夜空をながめた。

二人はそして期せずして、ここの夜空はやはり比較的澄んでいるなと思った。

――英子はにわかに孤独を感じた。やはり事もなく終るであろう今夜の別れを想像した。

すると彼女に一月前のあの怒りが激しくよみがえった。彼女の中でなにかが爆発した。……さっき、不気味に退いて行ったようだった潮が、こんどは津浪のようにいちどきに轟々と驀進してきて、それは白いチュウリップの影像を粉々に打砕き英子の耳を聾にした。英子は自分の要求の正体をかんじた。明瞭に把握された自分を感じた。歓喜があった。それは、全身でその潮の中に躍り込む鮮烈な勇気、めくるめくその自己の炸裂に似ていた。

玲瓏と整った白い花に見ていた啓示とは、それを粉砕したい欲望だった。英子は低く、強くいった。

「草二さん。私にあなたの童貞を頂戴」

しずかなその顫え声の言葉が、草二に、目の前の空間で一回転してから襲いかかった。雷に打たれたように、彼は動かなかった。

「私は結婚したわ。私はもう処女じゃないわ。でも、ほんとうの意味で私から処女を奪ったのは、草二さん、あなたなのよ。あなたには罪があるわ。私、はっきりとあなたの童貞も、交換に私が奪ったとわからなきゃ、今の夫と落ち着いて暮して行くことができない。ね、奪われたのは私だけ？　いや。いやよ。そんなの……」しだいに自己催眠にかかるように、英子の声は熱をおび、低く、そしてふるえた。「――いや。そんな、そんな……」いいながら、英子は草二の首を腕に巻いた。唇がわななき、声は喘いでいた。

「私、もういままでの私じゃない。私、あなたと約束を始める前の私にもどりたいの。今夜でもう、あなたとははっきり別れたいの。このままでは約束はいつまでもつづくわ。いつまでも私、百八十分の一だけあなたに取られてるわ。私の、私の夫のためなの」

いう英子の唇を、草二のそれがあらあらしくおおった。固く目をつぶって、熱いものがその眦《まなじり》をすべりだすのを感じながら、英子は腕に力をこめた。指が草二のうなじに鋭く爪を立てた。

唇をはなして、草二はいった。

「そうだ。そうしなきゃぼくたちの約束は終らないんだ。あのままでは約束はいつまでもつづく。今夜でぼくたちの約束を終らせるためには、いままでの六十何時間にない新しい瞬間をつくりだせばいい。新しいぼくらになったのを、おたがいに確認しあえばいい。ぼくたちの安全のための距離をぶちこわせばいいんだ。……」

このようなとき、このような草二の言葉ははたして滑稽であろうか。とにかく、このようなとき、言葉は呪文の役目を果せばいいのである。そして草二に真剣な力を湧かせるべき呪文とは、このとき、このような言葉の中にしかなかったのだ。草二はつづけた。

「いままで、ぼくらはおたがいを口実として、約束の方を目的としていた。それを逆に、いまは約束を口実に、おたがいを目的にすればいいんだ。本当はそうだったんだ。そうだ」

低いが、しかしほとんど叫ぶような声音だった。草二は、腕を英子の脇に差入れて立ち上った。強くひっぱられながら、英子は腰が抜けたように、下半身に力がなかった。膝がガクガクして、他人のそれのように思えた。崩れ落ちそうな空ろさを、草二に支えられて立ち上った彼女の耳は、一瞬、周囲にたむろする幾組もの男女の囁きを、木の葉を渡る風のそよぎのような深い静けさとともに聞いた。

　喘ぐように英子は草二を見上げた。

「……私、あなたが私から奪ったのと同じものを、あなたから奪ってしまいたいの。それではじめて、私たち、もとの一人ずつの自分に戻れるんだわ。……」

　英子は、空ろな眸をかがやかせて、病人のようにそぞろに歩き出しながらいった。かつての他人の侵害をゆるさない、無垢なプライドを誇っていた自分、その清潔な孤独さと自由が、そこにいきいきと恢復してきていた。――英子はいくどもこの言葉をくりかえした。そう。私はたとえ百八十分の一であっても、私を侵害した草二の影を、こうして排除するのだ。私は、こうして私の孤独の夾雑物を排出し、私の完璧な自由を、失った土地をふたたび回復するのだ……。草二のこんな呟きが、そのとき英子の耳にはいった。「――うん。そうだ。これではっきりキリがつくんだ。とにかく、ぼくたちは今夜で約束を終らせなきゃいけないんだ」

　――そうだわ。これが私の求めていたキリだったんだわ。

　いいようのない充足が胸をみたし、英子に、そしてやっと現実がかえってきた。胸を突かれたように、英子は立ち止った。頰に、急に夜目にも鮮やかな紅が昇った。さっきにわかに自分に襲いかかってきた得体の知れぬ感情の激発、大胆な発言の内容、意外な、突拍子もないその要求の実体が、一瞬、目から鱗の落ちたようなあからさまな羞恥となり、稲妻のように彼女を照し出した。

体が、新しく小刻みに慄えだした。針鼠のように、英子の全身には、無数のそんな目に見えぬ矢がささっていた。だから、強引に草二にひっぱられて、ふたたび歩き出した英子は、全身の劇しい苦痛に顔をしかめた。許しを乞うように、草二の横顔を眺めた。が、草二は期すことあるような表情で眼眸を動かさなかった。無縁な道づれを英子はその彼に感じた。……悲しかった。空ろなその肉体の中で、羞恥はしだいに残照のように漲ぎり、熱くなった。ふと、「約束」の終局に向って歩を進めている現実の夜風が、乾いた英子の眦に冷たくふれて過ぎた。まるで死刑台に曳かれる囚人のように、必死になにかを考えようとする彼女の心は空転をつづけて、いまは英子は力強い草二の腕にすがって、ただ僅かな生を呼吸しているだけのような気がした。——

築地の魚河岸が朝の世界であり、銀座がその店舗の開業時間のごとく、昼から早い夜にかけての世界であるとすれば、つづく深夜のそれは同様に西へ進んで、国電の路線を越えた烏森あたりであるといえないこともない。とにかく、公園を田村町に抜けた二人は、やがて烏森の一軒の曖昧ホテルの前に足を止めた。

二人は目を合わせた。なんの躊躇もなく、そして二人は同時にその軒をくぐった。肥った婆さんが、奇妙にそらぞらしいキンキン声でお泊りか御休憩かとたずねた。——部屋にはいっても、このような宿の軒をくぐるという想像上では多大の勇気を必要とするだろう行為が、軽くただ肩を押されただけで越えられる現実でしかなかったことに、英子はひどくおどろいていた。事情は草二も同じだった。彼は肩をすくめ、英子に笑いかけた。

――だが読者諸君。いくらなんでもこれ以上この二人を追うことは、あなたがたが許してくれても倫理規定が許さない。ここらでぼくはいったん引揚げ、しばらく二人を水入らずのままほうっておくことにしよう。どうせ九時にはまた有楽町にあらわれるだろう……。なに？　二人はもうあらわれない？　何故だ。約束から踏み出してしまったから？　もっと遅くなるだろう？　なるほど。しかし、こうは思われはしないか。二人はやがて、あの烏森の安ホテルの一室で、済ませた料理皿の上に投げ出された、丸められたナプキンのようなおたがいの行為の残骸を、それぞれ心の中に凝視しつつ暗澹《あんたん》たる放逸を感じとることだろう、と。すると、そんな無為の二人には、あと為すべきことといえば、帰ることのほかなにもない。だいいち英子は新婚ほやほやの人妻である。遅くなってはならない。もはや草二と別れぬつもりならともかく、別れるつもりであの宿にはいったのではないか。帰ってくることは必定である。――え？　それにしてもふたたび有楽町駅に来る理由がない？　いや、それは違う。誤解だ。あらわれない理由こそない。彼らは、もう約束を守らないとはいわなかった。今夜で約束を終らせたいといっただけだ。すべてはそのための努力だ。今夜九時、ふたたび約束を交さずに背を向けあうための努力である。ゲエムを途中で下りることは二人の趣味ではないし、能力外のことだ。第一それなら今日を待たずして、つまり今日の行為を待たずして、約束は破棄されていたろう。彼らはきっとゲエムをもとのところで終らせに戻ってくるに違いない。そう。あの律義で正確好きな二人のことだ。かならずや九時ぴったりにいつものところで約束を終らせにやってくるのに違いないのである。……

ところで諸君。諸君はたとえばエレヴェエタアを待ちながら、畜生、早くおれの階にやってこないかな、とじりじりすることはないか。そんなときもしあなたが八階にいるのだったら、一階などを指している針を、ぐっとひっつかんで一挙に八階へ持ってきてやりたくはならないか?　もちろんそんなことは不可能だ。できるのは神様ひとりである。それは時計の針についても同じことだ。だがしかし、時計の針をいっぺんにまわすことは、物語の作者には可能である。語り手として、作者は物語の時間を支配し、いや、かえってそのため退屈をあたえないことを読者から希望されているのである。ぼくとしてもこんなおしゃべりはつまらない。退屈である。よし。ではいっぺんに時計の針を九時にまわしてしまうことにしよう。そして皆で有楽町駅に行ってみようではないか。二人はきっと正確に九時に、あそこで別れるのに違いないのである。……おっと、九時きっちりにしてしまっては、二人の話が聞けない。それは別れる時刻だ。では頃あいを見はからって、九時五分前に針を止めよう。

さあ、ここは有楽町駅構内。さきほどの花屋の店頭である。九時五分前。さっきからもう四時間がたち、日がその間に沈み、ラッシュの時刻が去ったとはいえ、このあたりのありさまにはあまり変化はない。多少がらんとした感じの構内は、蛍光燈の照明だけに占められ、疲れたような、張り切ったような人びとが、あいかわらずぞろぞろと蝟集し、あいかわらずの混雑、混乱を呈している。強いていえば外光の消えたこの構内が、かえって明るく静かに見えることぐらいだ。――ただ、花屋の中は見ちがえるほど晴れやかに美しい。まるでそれはひとつの華やかな光である。数箇の自動車の前照燈様のライトに一時に照し出された店内は、そこだけ小さな舞台のように眩しいほど明るく、店に溢れた花々の色彩も鮮やかな生気に輝やいている。赤白水黄のカーネーション、黄菊、清楚な純白のマアガレット、舞いつどう桃色の花弁のデンドロリウム、アスパラガスの淡緑、その全部の後の壁に沿って、やさしく繊細な緑の茎で細やかな雪片を結び合わせたような霞草が、すがすがしく光を浴びて咲き乱れている。――どうも都会育ちのわれわれは、健康な青空や野原の背景でより、人工の燈下で見る切花のほうに、より「花」の美しさを感じるのかも知れない。さて、もう九時は間近である。

ほら。やはり来た。いま改札口からあふれてきたあの二人づれは、やっぱり英子と草二ではないか。きっと義理がたく新橋駅から電車に乗り、九時に間にあうよう急いで来たのにちがいない。すべてぼくのもくろみどおりである。どれ、では懸案どおり近づいて話を聞こう。

「――さあ、終りだね、これで」

いったのは草二である。眼鏡の奥に、明瞭にある感動が光っている。

が、英子は答えない。一見して疲れているのがわかる。なにもいわない。ただじっと相手の瞳の中に、いまの自分の本当の姿を見ようとするかに眺め入ったままだ。……草二は、なにかをいおうとしている。が、いわない。案外、彼は、二人が新しい恋人どうしとして生きはじめているのを、その証拠を、必死に英子の表情から読みとろうとしているのかもしれない。見たまえ。あの目は正確に相手を見ている目ではない。むしろ自分の夢をつくろうとする目だ。

「いままでぼくは約束のうちにしか生きている自分を感じられなかった。ぼくを生かしたのはそう秩序だった。だがいまは逆だ。英子さん、はじめて、ぼくは……。いや、このことは止めよう。ただぼくが、いま、幸福なんてことを忘れているとだけいっておこう。いままではぼくらは、ただの約束の男、約束の女として、百八十分の一ずつの男女として、一月に四時間の『約束』を暮していた。だが、いまは違う。ぼくは草二、君は英子だ。べつべつな、百八十分の百八十の人間なんだ。もう、だからぼくは君に約束することができない。当然なんだ。約束とは、相手を、そして自分を、人工の秩序で限定してしまうことだ。ぼくにはもうそんな限定はない。もう約束ができる資格はない。――ぼくは君を夫から奪いたくなるかもしれない。君からのがれたくなるかも知れない。とにかく、一人の男として、ぼくは君との未来を、すべて偶然にしかまかせざるを得ない。まるで運命を、天にまかせるように。……」

「そうね。天の秩序……自然の、偶然の、もう私たちの手のとどかないそんな必然の秩序。もう、私たちは二人の『約束』を生きるんじゃないのね。私たち一人一人の自由を、そんな一人一人の運命を、勝手に生きるだけね」

長い草二の言葉を引き取るように、英子はいった。眸は遠くすでに手の届かぬどこかを眺めている。――もしかすると、英子は先月のこの日に感じた贋のカタストロフの価値を、彼女に結婚を承諾させたその贋の価値の重さを、いま本当のカタストロフに居ながら、はじめて是認しているのかもしれない。

「そう。もう人工の秩序は消滅した。いま、ぼくらはおたがいに全的《トータル》な人間になっているんだ。やっとこれで約束の前に戻れた、いや、約束の外に出られたんだ。約束は終ったんだ。……さあもう九時。お別れだ。英子さん、六十八時間、どうもありがとう」

「ありがとう、私も。……さようなら」

「さようなら」

微笑して右手をあげると、草二はいつものように背中を向け、後も見ずに去った。その歩調は機械のようにいつもと同じである。……見送る英子は、英子に英子を見ようとして、かえって自分をしか見なかった草二とは逆に、その後ろ姿に自分を見ようとして、かえって正確な草二をそこに眺めていた。さびしさがその頬に宿ったのは一瞬である。草二に、誰にも知られない、彼のなかの深夜工事にのみ有効な自己を構築する作業が、成長があった季節は、すでに去ってしまったであろう。これから、彼は真昼、額に風を感じながら、新しく彼なりに生きて行くことであろう。——英子の頬の翳りは、すぐにけだるい微笑にかわった。それはわれわれが夕方の彼女に見たある充足、あの投げやりな疲労と清新な若さが奇妙に混合した、孤独で怠惰な安逸を思わせる態度なのだ……

——だが、なぜ彼女はいつもの階段の下で草二を送らないのだろう？　なぜ仄かな充足の表情のままこの花屋の前を動かないのだろう？　もう彼女の「約束」は終ったはずではないか。いまさら彼女に何があろう。……彼女は動かない。もう九時はとうに過ぎた。だが彼女は動かない。まだ動かない。これは意外である。

おや。改札口にあらわれた一人の立派な若紳士が、にこやかに笑いながら英子に近づいてくる。三十前後の温和な色白の男、商家の若旦那ふうの男である。誰だろう。相手はたしかに英子である。落ち着いた英子の表情が、微笑にほどけて、仔猫のようなつくった親しさが、ふと媚びるように浮かんでくる。意外の表情ではない。とすると彼女はこの男の来るのを知っていたのだ。いや、待っていたのだ。二人は親密に話しはじめる。が、言葉は聞きとれない。

男の柔和な瞳をながめて、英子は狡そうに目をそらせている。笑っている。――わかった。男は夫である。一週間前に結婚したばかりの、この英子の亭主である。そうなのだ。そうでなければならない。ついぼくは彼の存在を忘れていた。

「心配したよ、本当に。結婚当夜に行方をくらますなんて……。どこに行ってたんだ？」

「……お友達のところ、学校の。……」

「あの晩から？　……一週間も？」

「ええ、ずっと……。だから、ほら、着のみ着のままなの」

「……まったく、とんだわがままな花嫁さんさ。おどろくべきお嬢さんだよ。七日間、怒るよりぼくはむしろ呆れてたね」

男はたいそうな上機嫌だ。

「やっと、でも決心がついたらしいね。今日九時半にここへ迎えにきてくれと君が電話してきたとき、じっさいぼくは嬉しかった。一週間我慢して待ったが、結局それが無駄にはならなかったんだからね」

「ごめんなさいね、私、子供だったの」

おそらく、二人はこんな会話をかわしている。――そうなのだ。夕方はじめて見た彼女に、どことなく憔悴した投げやりな印象、大人の名をあたえられた少女の印象、そして少々だらしのない安息があったことは、つまり自分の席をはっきりと持たぬ彼女の、いわば家出娘めいた孤独のせいだったのだ。……なるほど。これですべては符節が合う。英子は、いわば初夜を待たずに逃げ出した花嫁。つまり処女の人妻なのであった。

「わがままして、ほんとうにすみません。ばかだったわ、私。……でも、もう平気。もうわかったの、はっきりと。私、立派にあなたの奥様になれるってこと」

「そんなこと、いままでわからなかったの？」

「ええ、ついいままで。今日お電話したときでさえ、わからなかったの。たぶん、今日の九時頃までにははっきりわかるだろう。そんな気持ちで私、お電話してたの。そしてやみくもにお友達の家を出たんだけど、やっといま、ほんの十分ほどまえにそうわかったの」

「もしわからなかったら、君は……」

「わかんないわ、それこそ。だって私、なんの当てもなかったけれど、でもわかるってことだけは信じてたわ。やはりわかったわ、そして」

「じゃ、帰ってきてくれるんだね、ぼくのところへ、やっと……」

——見たまえ。いま、幸福に英子は頰笑んでいる。すぐ、それは夫にもうつってきた。二人は、どちらからともなく手を取り、いつか二人して一つの笑いを笑っている。それはきっと他人の目を逃れたあと、別室で新婚の夫婦がかわすだろう、あの半分ずつ幸福を受け持った、ほっとした、どこかおずおずした、しかし少くともその瞬間だけは切り離すことのできぬ化合液のような笑い、あらゆる夫婦間の出来事の予兆を、一瞬そこにかいまみせる二人だけの笑いである。男も女もなく、そこには夫婦という一つの単位しか見えないのだ。そう。この瞬間、はじめて二人は本当の夫婦としておたがいに存在しあったのだ。

甘えるように英子は二度目の男の手をとり、出札口に向う。

「下高井戸、二枚」

かすかに、男の声がひびく。

形のいい白い額に、青白い光の破片をのせ、英子が切符を受け取る。赤いパンプスの疲れた動きに、ゆっくりと歩度を合わせながら、男は紺いろの小さなその肩を抱くようにして、改札口を通る。仲良く、そして二人は同じ階段を上り、人ごみのなかへまぎれて行く。小さなその二人の後姿は、やがてかれらのあらわれてきた駅の雑踏のなかに、ふたたびもとのようにその姿を消し、そして、ぼくの視界からも去って行くのである。

テレビの効用〈五月〉

その日、午後からの時間を、彼女はひどくうきうきした気分で過しました。一生のうち、どれだけの時間、鼻歌をうたっていたかによりその人の幸福の度合がわかるといいますが、この測定法によれば、彼女はその間、ほとんど八十パーセント近い濃密な〝幸福〟の中にいたようです。——満一歳になる長男を寝かせたあと、四歳の長女の相手をしていっしょに遊びながら、彼女はほとんど絶え間なく知っているかぎりの流行歌や、コマ・ソンや、しまいには小学校時代におぼえた、昔の軍歌まで口ずさんでいたのでした。

緑の美しい季節でした。庭の若い青葉も、滴るような光をのせて輝き、彼女は上気した自分の頰を感じながら、これは、美しく晴れた五月の陽気のせいだと考えたりもしました。が、心では、彼女はそれがいいわけにすぎないのを、ちゃんと承知してもいました。

理由は、単純……あるいは、単純すぎることです。でも、彼女の上機嫌は、たしかにそれ以外の理由からではなかったのです。

その春から、長女が幼稚園に通いはじめました。で、近ごろ、お天気のいい日はいつも、彼女は長女を幼稚園に迎えに行くついでに、午後になると、赤ん坊を乳母車にのせ、近くの神社まで散歩に行きます。

境内にはいつも数十羽の鳩が群れ遊んでいて、その鳩たちにパン屑を撒《ま》いてやるのも、近ごろの習慣です。胸を張り羽根を膨ませ、愛らしく首をかしげて近寄る鳩。クゥクゥと喉を鳴らし、とんでもない方向を見ているようなキョトンとした目玉のまま、ふいに機械のように首を折って餌をついばむ鳩。……その日も、いつもと同じベンチに腰を下ろし、用意してきたパン屑を、少しずつ彼女は撒いてやっていました。と、突然、同じベンチに一人の青年が腰を下ろしたのです。

何気なく振りかえって、あわてて彼女は目をそらせました。つまり、それほど彼がハンサムだったのです。しかも、きらきらと輝く初夏の光に形の良い眉を寄せて、青年は鳩を、そして彼女を、うっとりとした目で交互に眺めつづけているのでした。

視線をかんじ、彼女は頬が火照りだすのがわかりました。……色が白く、無雑作に肩にかけたジャンパーから、まっすぐな細いズボンの脚がのびて、それが膝から下の長さをもてますように折れています。睫が長く黒い瞳が大きく、どこか憂愁をたたえた感じの、貴公子のように繊細で上品な青年です。

ほとんど、彼女は立ち上りかけていました。あまりにハンサムなその青年の視線に、いたかけたのです。

たまれないような動揺が心に起きていたのでした。……と、ふいにその青年が、彼女に声を

「鳩、お好きらしいですね」

「え？　……ええ」どぎまぎして、ふと頰がみなぎるように赧くなります。彼女は、せいいっぱいの努力で答えました。「……あなたは、おきらいなの？」

青年は、真白な歯をみせて笑いました。

「僕も大好きです。でも僕、あなたがこうして鳩に餌をやってるのを見ているほうが、ずっと好きだな」青年は、片頰にだけ笑みを残しながら、ふと声を落しました。「……可愛い赤ちゃんをつれた、若いきれいなママ。そのママに群れあつまってくる鳩。……平和で、幸福な、絵に描いたような美しい風景じゃありませんか」

「まあ。……」

若いきれいなママ、という言葉が眩しい黄金の矢のように胸に刺さり、彼女は胸で打音が高くなって、片掌でそっと熱く上気した頰をおさえました。怒ったような目で青年を見て、すぐその目を地面に落しました。

「……失礼」

青年も、敏感に応じました。

「でもぼく、ほんとにあなたを見ているとたのしいんだ。救われるような気がする。……たとえば〝平和〟だとか、〝家庭〟というものの、やさしくおだやかな暖かさだとか、ぼくに

はとうていウソとしか思えないそんなものが、本当にこの世の中にはあるんだ、って信じられてくるような気がして。……これからも、ぜひ、ときどきはぼくにこの風景を見せて下さい」

――結局、会話はそれで終りでした。逃げるように立ち去るその青年を、鳩の羽搏《はばた》く音の中でぼんやりと見送りながら、彼女は、かつて知らなかった甘く熱い苦痛のようなものが、にわかに胸の奥に動くのを感じました。

夫にも、他の男たちにも、こんな感覚は一度も経験したことがなかった、と彼女は思いました。……美しい、しかし不幸な、孤独な青年。まるで、地球のこの濁った猥雑な空気とはべつの空気の中に住んでいるみたいに清潔な、しかし、その清潔さの故にかえって人間どもの汗くさい〝平和〟も家庭のあたたかさも信じられない、気の毒な一人ぼっちの青年。――彼女の中で、その青年は、こうしてたちまちのうちにしっかりとその場所を占めてしまったのです。

……しかも、彼は、若いきれいなママ、と私を呼んだ。心からたのしげに、いとしげに、この私を見ていた。私に好意をかんじているのは、疑いようがないのだ。――彼女が、見合い結婚をした十歳も年上の夫への感情とはまたちがった、いささか母性的な、はげしく情熱的な献身の空想、そんな架空の「よろめき」の夢想につきあげられ、それからの時間をうきうきと新鮮ないい気分で過したのは、まず無理からぬことだったといえるでしょう。

その浮足だった夢想と、それにともなう鼻歌まじりの上機嫌は、夕方、夫が帰宅してもまだつづいていました。彼女は、しかしそのおかげで、帰ってきた夫のほうの上機嫌には、まったく気がつかなかったのです。……夫は夫で、その日、街でぱったり古い女に逢い、「ぜひそのうち一度ゆっくり逢って。本気よ」なんていわれ、大いに鼻の下をのばし、連絡先として会社の電話番号をこっそり教えてきたのでした。十年も昔の、とうとう彼がものにできなかったその女は、彼の耳に口をつけてこういったのです。

「知ってるわ。あなた、どうせもうどっかの可愛いお嬢さんとちゃっかり結婚しちゃってんでしょ？　いいわ。こっちだって十年たてば十だけは大人になっているわ。安心して。めんどくさいことになんかしないから、大丈夫よ」

鼻歌をうたい、いそいそとこまめに立ち働く妻を気にしながら、なにくわぬ顔の夫は、このぶんじゃあまず気づいていない、浮気は安全、と内心ほくそ笑んでいたのでした。

「ねえ、今日はいやにご機嫌だね」

「べつに。あなたこそ、なんかいいことがあったみたい。嬉しそうな顔してるわ」

彼女は、あわててテレビのスイッチを入れます。なにはともあれ、夫の注意をそらさなければいけない。ところが、これは夫にとっても、ねがってもない幸いです。

「今夜のテレビ、面白いね」

「ほんと。今夜は面白いのばかりね」

じつはおたがいにほとんど見てもいず、筋だってろくに頭に入りもしないくせに、二人は、そしてそれぞれのいい気分をこっそりと反芻しあいながら遅くまでテレビの前に坐って、テレビの画面にかこつけ、いっしょに心ゆくまでその上機嫌な笑い声を合わせたのです。

＊

嫩葉をいっそうみずみずしく輝かせて、雨の日がつづきました。ここ湘南の住宅地は、ちょっとの雨にもすぐ道がぬかるみ、乳母車を押しての散歩などは、まったく出来ない状態になります。

当然、彼女のあの青年との「よろめき」は、空想や予感だけにとどまり、発展のきっかけさえありませんでした。……そして、彼女が二人の幼児を、チフスの予防注射を受けに近くの医院につれて行ったのは、あれからはじめて晴れた日の、やはり午後のことです。帰宅した彼女は、理不尽な怒りにむしゃくしゃいらいらして、泣きわめく赤ん坊を無理矢理ベビイ・サークルの中に投げ入れ、長女に八ツ当りをして一人で遊びなさいとどなり、自分は缶ごと出したクッキーを嚙りながらテレビのスイッチを入れ、声だけが日本人の古いフランス映画の画面を睨みつけていました。——もちろん、鼻歌も出てきません。

医院でさんざん順番を待たされたことも彼女の不機嫌の理由の一つでしたが、もっとも重大な理由は、その日、医院からの帰途に、いつかの青年を見たことです。

「……意久地なし！　バカ！」

突然、彼女はテレビに向き、そうどなりました。

空は久しぶりの五月晴れでしたが、医院の前の道は、長雨でなかば泥濘《ぬかるみ》と化していました。ようやく予防注射を終え、一人を抱き、一人の手を引いてその泥道を歩きはじめたとき、彼女は、正面からやってくる一組の家族に気づいたのです。

びっくりして彼女は立ち止りました。……青年は、ズボンを膝の上までまくりあげ、泥のはねた貧弱な毛脛がむきだしです。が、それはまだよろしい。よく見るとその肩には、青年にそっくりの栄養不良のような三歳ほどの女の子が肩車でのっかり、さらにすぐその後ろに、あきらかに青年より年上の、支配力の強そうな頑丈なお主婦《かみ》さんタイプの大柄な女が、生まれたての赤ん坊の一人を抱き、一人を背中にしょって歩いてくるのでした。

二人の赤ん坊は、一見してすぐ双生児だとわかりました。そして、ときどき赤い縮れ毛のその大柄な女が、口汚ない金切り声で青年を叱咤します。

「あんた、なにグズグズしてるんだい？　いそがなきゃ、帰りは夜になっちまうよ！　このへんには、赤ん坊がウジャウジャいるんだからね！」

しかも、おどろいたことに、子供はそれだけではないのでした。かれらからすこし遅れ、生垣の若葉を捲《むし》ってはのろのろと歩いてくる六、七歳の女の子も、やはり青年にそっくりな顔です。縮れ毛の女が、振り向いて、大声で早く来るようにどなりました。

事情は明白でした。その青年と女とは夫婦であり、双生児を含む四人の子供たちはかれらの子供であり、夫婦はやはりチフスの予防注射を受けさせた医院にいそぐ途中なのです。華奢な青年は、たかが三つくらいの、それも瘠せた女の子の重みのため、右へよろけ左によろめき、目を据え喘ぎながら、まるで牛か馬かのように背後から強妻にどなりまくられ、泥道をすべらずに歩くだけで必死の形相です。

睫の長い、黒い瞳の大きな美しく上品な顔、繊細そうな手脚が目立つだけに、それは悲惨であり、無残であり、かつ滑稽な姿でした。……地球とはべつの空気、汚れのない清潔さの中に住む憂愁をたたえた貴公子の面影はいっぺんにどこかに消え、ただ強力な妻と家族の重圧に身も心も打ちひしがれたみたいな、情けない一人の貧弱な青年、一人の意久地のない弱むし、一人の甲斐性なしだけがそこにいるのでした。

「ほれほれ、転ぶよ！　いくら金を稼いでないったって、曲りなりにもあんたは一家の主人なんだからね！　なんだい、子供の一人ぐらい。しっかりしておくれよ！」

ほとんど怒声に似た、女の罵言が飛びます。はじめて、彼女は気づきました。そうだ、そういえば、午後のあんな時刻に神社の境内をぶらぶらしてるなんて、失業者だけのできる芸当だったかもしれない。——

彼女は、声もなく道の端に立って、青年の一家の通過を見ていました。青年は、顔も上げない。上げることすらできない。肩にかついだ子供の細い脚を握りしめて、彼には、彼女の存在もきっと目に入らないのでしょう。ただ細く長い脚をもつれさせて、真青になり喘ぎながら、夢中で医院へと歩きつづけているだけです。

彼女は歩きだすと、もう、振り向く気にもならなかった。何故か、腹が立ってならない。べつに瞞されたわけではなく、怒るべき理由とてないのに、まるで侮辱されたような怒りが彼女を占めていました。あの日のうきうきした上機嫌の、いや、あれからのいい気分での夢想の、反動なのでしょうか。……苦い失墜の味と、自分の夢の正体のみじめさが、彼女に、どこにもぶつけようのない雨雲のような怒りを、しだいに濃く、重く、ひろげてくるのでした。

テーブルに肱をつき、テレビを見据えたまま、あれよりはまだ、地球のあらゆる汚染と不潔が皮膚の裏側までしみているような男にせよ、夫のほうがましだ、まだ頼りになる、と彼女は思いました。今夜はひとつ、うんとご馳走をつくって大サービスをしてやろうか。……でも、いまはそんな気力もない。

ずいぶん日が永くなった、と毎日のように思う季節でしたが、窓の外にそろそろ夕闇がせまりはじめていいます。が、彼女は立ち上らず、じっとテレビを睨みつけていました。

ところが、同じころ、家に向う電車に揺られながら、夫のほうもひどい不機嫌におちいっていたのでした。……先日の女が突然会社に来て、型通りの身の上話の末、いきなり多額の金の無心をはじめたのです。せんだっての調子のいい言葉は、要するにカモへの餌で、そのときの彼のヤニ下りぶりから、当然餌にかかったと女は判断したのでしょう。

彼は怒り、拒否しました。あんまり見え透きすぎているじゃないか。いまさら色仕掛けが通用する年齢だと思っているのか。鏡を見ろ。——それは、甘く見られた彼の不機嫌がいわせた言葉でしたが、と、女の態度が急に変わったのです。

「あらご挨拶ね。でも、あんただって、すこしは鏡を見たらどう？　そんな頭やお腹で、それで銭金抜きで女に惚れられるとでも思ってんの？」

その夜、不機嫌な二人は、それぞれ相手の不機嫌を感じる余裕もなく、いや、たとえいささか感じたにせよそれは自分の影響なのだと考え、近所の店からとった天丼を口に運びながら、黙りこんでそろってテレビを睨みつけていました。

「あなた、なにむっつりしてるの？」

「君だってじゃないか。なんだかプンプンしてるみたいだ。なにを怒ってんだい？」

彼女は立って、チャンネルをガチャガチャと廻しました。

「今日のテレビ、つまらないわね」

「うん。ちっとも面白くないな」

おたがいの顔を見ようともせず、また、それ以上言葉を換わすこともしないで、そのまま二人はその夜も遅くまで、テレビの前に坐りこんでいたのでした。

歪んだ窓〈六月〉

朝からの雨が窓を濡らしている。アパートの小暗い部屋の中で、レーン・コートを出し手ばやく外出の仕度にかかる姉を、彼女は隅っこから目を光らせて見ていた。

「いいわね？　じゃ、ちゃんとおとなしくお留守番をしててね。すぐ帰ってくるから」

姉はいった。彼女は答えない。が、姉はそんな妹には、すっかり慣れっこになってしまっていた。そのまま扉に向った。

突然、彼女は低い声でいった。

「……もしもよ、もし佐伯さんが結婚してくれっていったら、お姉さん、結婚する？」

「まあ、なにを考えているの？　あんたったら……」

姉はおどろいた顔で妹の目を見た。が、彼女はその姉の顔に、一瞬、うろたえた色がはしったのを見のがさなかった。……やっぱりそうなんだわ。お姉さん、あの男と結婚するつもりなんだわ。

かくしたってダメよ、と彼女は心の中で呟く。あの男が訪ねてくるようになって、もう三月近くになる。その間の定期的な訪問ぶり、お姉さんへのいい気な頼られている男の目つき、妹の私へのご機嫌とりめいた、ひどくやさしげな態度……。あの男の下心は明白だし、ときどき家に寄る前後に駅前の喫茶店で、二人で熱心に、こそこそと真剣に話しあっているのだって、私、何度かお姉さんのあとをつけてちゃんと知ってるのよ。……それに、私が彼のことを口にするたびに見せるお姉さんの、あのすまなさそうな苦しげな表情。いままで、こんなことは一度だってなかったことじゃないの。

「じゃ、行ってくるわね。あ、そう、私、駅前で夕御飯のおかず買ってくるわ。なにかあなたの好きなものさがしてくる。ね？」

「お姉さん……」

いいかけて、彼女は口をつぐんだ。笑いかけた姉の顔が、また、あの苦しげな、すまなさそうな顔にかわっている。……そうなのだ。姉はとても気持ちがやさしいのだ。いまの電話だって、佐伯からの呼び出しに違いない。でも姉はそれをいわない。自分とちがい、誰からも相手にされない私のことを思って、きっと気がとがめているのだ。そして姉は、同じその気のやさしさから、いつものとおりあまり長いこと私を一人きりにしておくのが可哀そうで、しかも佐伯とも別れたくなく、一時間もしたらきっと彼をつれて、この部屋に帰ってくるのにきまっている。……

まるで、ゆるして、って頼んでいるみたいな顔。ダメだ。やはり私はなにもいうまい。こは声をたてて泣きつづけた。

彼女は、小さく泣きはじめた。小暗い部屋の隅でうつぶしたその骨ばった肩が慄え、彼女るがえって、扉が大きな音をたてて閉まる。

いうと、姉は思い切ったようにそそくさと部屋を出て行く。白いレーン・コートの裾がひ

「……お願いね、お留守番、頼んだわよ」

のお姉さんの顔を見たら、私には、もうなにもいえない。

いつまでつづくのだろう。

雨はあいかわらず降りつづけている。雨滴が絶え間なくガラスの窓を流れ、遠くに、かすかに雷の音も聞こえる。雷が鳴れば梅雨はあけるのだというのに、今年の梅雨は、いったい、

やがて、彼女は立ち上り窓に顔をうつした。涙でくしゃくしゃに汚れた、青黒く生気のない陰気な顔。色白で大柄な美しい姉とは、似ても似つかぬ不器量な、醜い顔。二十三にもなるのに、ギスギスした発育不全の中学生みたいな固く平たい胸。――きらい、お前なんて、私は大きらい。お前なんか、死んでしまえばいい。どうなっちゃってもいい。

自分で自分にいい、彼女は目をつぶった。また新しい涙がこぼれた。

もし私が、お姉さんのような美人だったら。そしたら私だって、お姉さんみたいに朗らかで人なつっこく、誰からも可愛いがられ、いまのように家でブラブラしていることもなかったのに。美人で気がやさしく、しかも評判のしっかり者のお姉さんを、二十六の今日まで独

身のままいさせ、慌てさせて、佐伯なんてあんな悪い男を近づけさせることもなかったのに。お姉さんの、そんな負担になることもなかったのに。――私は、それが口惜しい。

「……でもダメ。いけないわお姉さん」と、彼女は声に出していった。「あの男はとんだ食わせものよ。なにも私、ヤキモチをやいてるんじゃないわ。ダメなの、あの男は」

あの男ったら、はっと気づいて目を合わすときはやさしくニコニコ笑っているんだけど、ちょっとボンヤリしてると、まるで別人のような冷酷なこわい目で、じっと私をみつめてるの。まるで観察するみたいに。……きっと、二重人格だわ。ね？　こんな人間なんて、信用できるはずがないわ。それに昨日、私がその窓から道を眺めてたら、あの男が通ったの。すごく憎らしい、あの男にそっくりな小さな男の子の手を引いて、奥さんらしい人といっしょに。――知ってる？　お姉さん、あの男には奥さんも子供もいるのよ。ほんの浮気心で、お姉さんをダマしているだけなの。一見、柔和な、いかにも信用できそうなやさしい紳士面をつくって……。

私、あの男を許せないわ。ちゃんと妻子があるくせに、お姉さんになんか接近して。……本当よ、信じて。ヤキモチなんかじゃない。はじめ私は、しっかり者のお姉さんが、どうしてあんな男に気をゆるしたのか、それが不思議だったわ。でも、いまはわかっている。私は、私というコブが、いつもお姉さんの縁談の邪魔になっていたことを思い出したの。あの男は、そんなお姉さんの弱みに、焦りにつけこんで、うまくお姉さんに取り入ってしまったんだわ。私にはよくわかってるの。みんな、みんな私が、お荷物でしかない私が悪いんだわ。

私、本当にすまないと思っている。だから私、私の大切な、大好きなお姉さんのためだったら、私なんかどうなったってもいい。本当。これはほんとなのよ。……そうだわ、私、今日こそその証拠をみせてあげる。

彼女は指で涙を拭き、すばやく台所へ走った。鋭いフレンチ・ナイフを手にとり、脇の下にかくして、また窓に寄った。

頰が熱く火照ってくる。彼女は横目で窓から道を眺め下ろしながら、心の中でいった。怒らないで。泣かないでねお姉さん。私が、お姉さんにしてあげられることは、これぐらいしかないの。見ててね、お姉さん。そして、信じて。私が、お姉さんの幸福を、それだけを、心から祈っているのを。……

あいかわらず、降りつづく雨が窓ガラスを洗っていて、そのせいで風景も歪み、陽炎《かげろう》を透かして見るように揺れながら流れつづけている。お姉さんは、きっと今日もまた佐伯と喫茶店で逢い、それから、彼をこの部屋につれてくるのにきまっている。

汗ばんだ右手のナイフを、彼女はしっかりと握りしめた。目に、佐伯がこの部屋に足をふみ入れたとたん、ものもいわずその体におどりかかる自分、絶叫する彼の胸に咲く真紅の血の花の鮮やかさがうかんでくる。彼女は、はじめて自分が姉の役に立つよろこびに胸を充たし、呼吸をころしながら、歪んだその風景の中に、二人があらわれるのを待ちつづけた。

——そのころ、ちょうど駅前の喫茶店を出た二人は、音もなく降りつづく長雨の中を歩きながら、こんな会話を交わしていた。

「……でもねえ、どうやら妹さんはもう気がついているみたいですよ。僕が、あなたに頼まれて、ちょいちょい病状を見に寄っている神経科の医師だっていうことをね」

「いいえ、それはまだ気づいてはいないと思いますわ。でも、近ごろはだいぶ症状が悪いようで、昨夜なんか一晩じゅう泣いておりましたの」

「なるほど。梅雨どきにはああいう病気は急激に悪化しますからね。……なにしろ、近ごろは僕を見る目つきも、普通じゃない。あきらかに警戒しちゃっている」

「あの、やっぱり妹は病院へ入れるべきなんでしょうか。……私たち、姉妹二人きりですし、なにか可哀そうで……」

「お気持ちはよくわかります。でも、そろそろあなたも決心をなさるときだと思いますよ。……ま、今日、これから寄ってみて、それをはっきりと決めることにしましょう」

夏期講習〈七月〉

——日本が、まだ〝オキュパイド・ジャパン〟だった時代の話である。

まだ明るいのに、店々には電球が白く輝きはじめている。遠く、黄昏のせまりかけた正面の空を華やかに彩っているのは銀座あたりのネオンだろう。夏休みに入ってちょうど一週間目の夕暮、彼はその電車通りを折れ、長方形の石を鮫小紋《さめこもん》のかたちに敷きつめた坂をいそぎ足にのぼった。その石畳みの坂は、K大学のいわゆる〝幻の門〟に通じている。

夜の部の夏期講習は午後六時十分からはじまる。そして、彼のえらんだ英語上級は、昼の部にはなかった。

彼はいま、同じK大の国文科で同級の加藤文子に逢ってきたところだった。女子学生のときとは別人のような、いかにもお嬢さんらしいその白のワンピース姿もたのしかったし、講習に出るため予定の五時半きっかりに彼女にさようならをいえたことも快かった。ひどく能率的に時間を処理できている気がする。彼をごく自然な早足にしていたのは、どうやら、仕事はじめのオフィス・ガールのたのしさに似たものだったかもしれない。

三角の道化帽みたいな大学図書館の尖塔が、風にざわめく黒い樹々の上に突き出ている。坂道は門を過ぎて、石段と車用の道の二本に別れ、山上へとつづいていた。左に迂回するその車用の道のほうが、講習のある五号館に行くには近い。……やっと山上に出て、それまでせわしなくうつむきがちに歩きつづけてきた彼が顔を上げたとたん、横顔を見せそこに立っている色白の女性が目にはいった。白い絹ブラウスの胴を幅広の黒く光るベルトできっちり締め、こまかな花模様のプリントのスカートをはいた大柄なまだ若い美しい女である。平たい舟底型の白い靴をはいて、ぼんやりと山上から、深まりゆく初夏の街の暮色を眺めている。

片手にPXのハトロン紙の袋をもち、もう一方の腕に白革のハンドバッグが下がっている。濃い眉、たかい鼻、顎から喉につづく線が、えもいわれず優雅である。……このひとも講習を受けにきたのだ、と彼がやっと気づいたのは、ハトロン紙の袋を抱えた手に、インクの小瓶がぶら下がっているのに気づいてからである。何気ない表情で女を見て、彼は、フランス語上級もしくは英語上級のクラスだ、と判断した。上品なその容姿からみて、おそらく女は中流以上の家庭の娘だろう。それがわざわざ夜の六時から八時までの授業に出るというのだ。つまらない中級以下のクラスではあるまい。

突然、彼は胸が鳴った。フランス語の講習は来週からはじまる。上級は今日は英語だけだ。彼女は、ほぼ確実にぼくの同級生となり、これから毎日机を並べることができるわけだ。

……早くも、彼は心が期待にはずむのがわかった。

彼はわざと、疲れた、という表情を誇張しながら足を止めて、ハンカチを出すと首すじを拭きながら女を振り返った。同じところに立ったまま女は後ろを向き、フレアのスカートが風にふくらみ、ひろがるのを抑えている。その姿勢が、意外に肉づきの良い絹ブラウスの下の、なまなましく円い肩から胴につづく線をあきらかにしている。——と、下手くそな映画的偶然のように、ポケットに入れそこねた彼のハンカチが飛んだ。それが、山上のかなりの風にあおられ、ちょうど彼女の白靴の前まではしった。ちらと彼を振り返ると、彼女はかがんでそれを拾い、微笑んで彼を待った。

本当にわざとしたものなら、もうすこし落ち着き巧く振舞えたのだろうに、彼はまるでその偶然が拙劣すぎる作為だったような羞恥と狼狽で真赤になり、ハンカチを受け取ると、ぺコリとお辞儀をして今度は一度も振り向かずに五号館に歩いた。

五号館は入口だけが石段の木造の二階建ての校舎である。その石段の最下段の両脇にある真四角な石の片方に腰をかけて、武田が彼を待っていた。武田は経済学部だったが、この春、大学の食堂でカレー・ライスを食べながら話しあって以来の友人で、いっしょに夏期講習の英語上級のクラスに出て、英語の力をうんとつけようと約束した仲間である。

声をかけながら近づくと武田は笑顔で立ち上った。幼時の病気のせいだとかで、武田は右の脚が短い。立っているのはつらいのだろう。

二人はまず、逢わなかった間のおたがいの消息――といってもわずか一週間ほどのそれだが――をたずねあった。ごく紋切り型の会話だったが、それをいいおわると、はじめて武田の顔にいつもの人なつっこいみたいな、落ち着きはらったような、そのくせ奇妙にティミッドにも見える、皮肉な微笑が動いた。

「さっき、駅前のMにいらっしゃったでしょう？　国文の加藤さんと。……ああ、彼女とは同級生でしたね」

いつもと同じ安定した声音である。彼は、一瞬の間を置いてから笑いだした。いつのまに見られたかは知らないが、どうせ駅前のガラス張りの喫茶店だ。見られても不思議はない。

と、また武田がいった。

「いえ、べつによけいなお節介をしたいわけじゃないんですが、あの加藤さん――加藤文子さんね、ちょっと知っているんだけど、拳闘部の合田という男とね、仲が良いんですよ。もっとも、近ごろはもっぱら合田氏のほうが熱を上げているようですがね」

「へえ。……そりゃ知らなかった」

彼は、毒気を抜かれたような気持ちになった。合田は、有名な乱暴者なのだった。

武田はゆっくりとうながすように先に立って、いちばんとっつきの教室に入り、机に腰をかけた。彼もその前に坐った。――講習はすべて二階の教室で行われるので、ここには誰もこない。

「孝宮と同じ学年で……昭和二十三年に学習院の高等科を出た方でしょ？　加藤文子さんは。

——親父は、たしか子爵ですよ。青山のお家を焼かれて、いまは原宿に住んでいらっしゃる。あの方は、じつは歴史の小池先生の口添えで入学できたんですがね」

武田は、まったく平素と同じ考え深い顔のままで、彼の英文法の質問に答えるのと同じ態度であり、同じていねいな口調だった。

「じつは、ちょっとご忠告しときたいんですよ。あの方は、自分のために男たちを喧嘩させたがる悪い趣味がありましてね。……昨日行ったあるところで、あなたの名が出ていたし、それでちょっと……」

無表情に武田はまるで戸籍調査のように文子につき精細にしゃべり、また合田についてもしゃべった。父が右翼でヤクザとのつながりが深く、母は妾——正確には第三号夫人であり、中学時代は柔道部の主将をして、唐手までやっていたことなど……。しかも武田は、なにもその二人にだけ精しいのではなかった。他の女子学生たちについても、そのボーイ・フレンドや私生活のすべてを知っているみたいで、素行のことも信じられぬほど精しく正確に知悉しているらしい。彼の知っているかぎりの事実とつきあわせてみても、武田の簡明ないい方には、一つの嘘も誇張もないのである。

聞いているうちに、ようやくあまり勘のよくない彼にも、この一見謹直な不具の武田が、じつはとんでもない食わせもので、女子学生とかロマンスにはまるっきり縁がないようでいながら、その正体はそれらへの興味の虫であって、そればかりではなく、他の種類の——たとえば赤線・青線の女たちの生態まで、熟知しているようなのがわかった。

呆れて彼はいった。

「おどろいたな。……君、僕はいままで君のことを、コチコチの固物《かたぶつ》だとばかり思っていた。クソ真面目な……」

「え？　僕はクソ真面目ですよ、いつでも。僕は、なにもしてはいません」

「だって、……」

「ただ、僕は好奇心が強いだけなんです」

小柄な武田は女のような赤く小さな唇をすぼめて笑った。無邪気な笑顔だった。——ふと彼は、その武田が、難解な英文の単語や文法を苦心して調べるのとまるで同質同等の興味で、女子学生たちやその行動の逐一を精細に調べつくしているのを想像した。いや、女体の生理やその構造の微細な部分までを、熱心に調べながらそれをたのしみにしているのを想った。……グロテスクだ、と彼は思った。

五時五十分に終る昼の部の学生たちが、木造の校舎の階段を憾《ゆるが》すような跫音を立てて出て行く。窓外はすでに薄墨を流したようで、さすがに皆はまっすぐ足早やに帰って行く。二人は、いいあわせたように一階のその教室の縦長の窓から、山を降りて行くさまざまな取り合わせの人びとを眺めた。中年の商店主らしい男がいる。老紳士がいる。お主婦《かみ》さんふうの女もいる。しかし、やはり若い男女が多い。

やがて人かげも少くなり、大学の建物の前の銀杏を中心にしたコンクリートの広場が、黒ずんで鈍く光りながら急に広く見える。……彼は何気なく窓際に立ち、山上のその風景を見ていた。そこからは、さっき武田の坐っていた石段の脇の石も見える。急に、彼は目をこらした。手をのばせばとどくような、すぐ間近かな入口のその小暗い石の上に、さっきの美しい若い女が腰をかけているのである。

「そろそろ行きましょうか。教室へ」

さりげない口調で武田はいい、歩きだした。だまって彼もつづいた。と、武田が、彼を見上げ、ニヤリとした。

「あの石に腰をかけていたひと、見ました？　なかなか綺麗じゃありませんか」

「そうかな」

「――そうかな？」武田は彼の腹を小突くようにして笑った。「あなただって、さっき何度も振りかえって見ていたじゃありませんか。……ハンカチを、拾ってもらったりさ」

「……いやなやつだな、君は」

半ば本気で、そう彼はいった。しかし、武田にはこたえた様子はない。

「僕はね、駅からずっといっしょだったんですよ。ちょっといいじゃありませんか。……そうだ、僕、あのひとのことを調べようかな」

武田は低く声を出して笑った。とたんに、安定を失って倒れかけた。彼は手をのばした。

「……ありがとう」

急に不機嫌に武田はいい、彼の手を振りはらった。……突然、武田のなんでも調べたい、知りたいだけのグロテスクな趣味の内容を、彼はかんじた。それは脚の不自由な自分、矮少で不具な自分を強く意識しての、一種の無資格の自覚ゆえの代償作用ではないだろうか。かれは、そんなことで自分の欲求不満を解消しているのではないのか。——

そう思うと、くるしげに一歩ずつ階段を上る武田が、急にあわれだった。彼は肩をならべ、さりげなくかれを護衛するような態度で、ゆっくりと自分も一段ずつ、階段を上った。


一週間後の夕暮、武田が生真面目な顔でかるいびっこをひき、ゆっくりと五号館へ歩いてくるのを、例の一階の教室の窓から彼は見ていた。入口の石段の脇の石には、今日もあの若い美しい女が腰を下ろしている。まるで決められた席につくみたいに、毎夕正確に五時半には女は山上に来ていて、しばらくするとかならずその石に腰をかける。自然、彼と武田には、最初の日の一階の教室でおちあう習慣が生まれていた。

女は、誰かを待っているのではないのだ。この前の講習のときの観察では、女には仲間はいなかったし、終るとすぐさっさと一人で帰った。まるで、講習の生徒の中に友達ができるのをむしろおそれているような態度で。……彼には、それはやはり他人とのつきあいに慣れない中流以上のかたい家の子女の、身についた自己防衛のあらわれのように思える。だが、そうではないのだろうか？

武田は、のろのろと歩きながら、かれのいう「失礼にわたらぬ程度」に、彼女への観察をつづけている。彼の見ているのには気づかないふりをしていたが、石段を一歩上ると、まっすぐに窓の彼の目を見て笑いかけた。

「……今日もいますねえ、彼女」

「いるねえ、ご精勤だ」

挨拶がわりのそんな言葉をかわして、いっしょに階段を上り二階の教室に入ると、武田は、この前女が坐った窓際の席のすぐうしろに彼をさそった。微笑を頰にひろげながらいった。

「名前ですがね、やっとわかりましたよ。池辺百合子というんです。二十二歳」

どこでどうして調べたかは、武田はニヤニヤして答えない。が、さすがの武田にも、まだそれ以上のことがわかっていないのはたしかだった。

「ねえ、いったい正体はなんでしょうね。あなたはどう思いますか？」

「お嬢さんだろ、どこかの」

「うん。お嬢さんねえ。……そうかな？」

武田はひどく気をもたせたいい方をした。だが、彼はその日、武田のその趣味的、いや偏執的な好奇心や知りたい願望に、正面からつきあうゆとりがなかった。机にリーダーの"New Short Stories"をほうり出すと、だまって椅子に坐った。――彼には、じつは文子のことが重く胸につかえていたのである。

夏休みになったら、いっしょにどこかへキャムプをしに行こう、と文子がいつかいったことがある。それになま返事をしていたのがいけなかった。このところ毎晩のように文子は電話をかけてきて、その約束の念を押し、山中湖畔にしようか、それとも海岸がいいかしら、軽井沢は？　などとのん気なプランを述べたてて飽きないのである。

毎日講習に出ているし、昼間や日曜日は勉強や家の手つだいをしなければならない、といってある関係上、都合は夜おそくしかつかない。その夜ふけを狙ってのように兇暴に電話のベルが鳴るのだ。昨夜、とうとう彼は大声でどなった。「キャムプどころのさわぎじゃない。僕の家は終戦後、親父が腑抜けみたいになっちまってて、君んところのようなのん気なブルジョアとは違うんだ。英語の講習にわざわざ出ているんだって、道楽なんかじゃない。就職のときすこしでもプラスになるようにっていう、僕には切実な問題からだ。そう遊んでばかりいたいんなら、ほかの相手をさがしたらいいじゃないか？」

……はじめ文子に感じた興味、魅力はなんだっただろう、と彼は思う。それは、簡単にいってしまえば、文子が男ではなかったこと、それに尽きるのではないだろうか？　……つまり、居汚ない制服や無精髭の男の学生たちの中で、ただ華やかな色彩と、「髭の生えていない」白くやわらかな皮膚の可憐さ、繊細さ、その軽快な澄んだ声音、すんなりと伸びた脚のかたち、微妙な胸のふくらみ、そしてそばに寄ったときの、甘酸いような若い女の匂い……。

が、つきあいはじめた今になると、逆にその「男ではないこと」が、はなはだ複雑な単純さをそなえた、うるさくやりこしいものとしか思えないのである。彼女のその「女」の押し売りが、身勝手な無感覚さ、男への無理解の誇示、そんな一種の図々しく押しつけがましい「いい気さ」でしかなくなり、それがいわば暴力的な、一つの重荷とさえ感じられてくるのだ。

正直にいって、武田の忠告した評判の乱暴者の合田ボクサー氏の存在も、おっかなくないことはない。が、一発なぐられるのくらいは大したことではない。でも、——

授業は進行していた。頭の禿げた小柄なN教授が、気どった声を張りあげて英文を朗読している。……ふとその声が耳に入って、今日は廊下側の席でけんめいにペンを動かしている大柄な美しい女を、彼はみつめた。豊かな髪がやわらかく波をうって頰にかかり、机の端には白いレースの手套が束ねられて置かれている。文子のことを思うよりも、このひとを眺めているだけのほうが、どんなにたのしいかわかりゃしない。

幸か不幸か、彼の予想を裏切って、彼女は英語中級の講習生である。せめてもの慰みは、この水曜日ごとの合併授業しかない。毎日、その顔や姿は眺めながら、この日しかいっしょに机を並べるときはないのだ。今夜は、女はこまかなピンクの縦縞の、流行のダブルティク・ドレスを着ている。

彼女が、しだいに文子の占めていた位置を侵蝕してくるのを見まもるような漠とした感情の中で、彼は、文子とのキャムプ生活が、こんりんざいしたくない、またできるはずもないなにかに、——まるで、すでに済んでしまったなにかのように遠ざかるのを想った。なま返事のまま、その約束を破ったことにはなんの罪悪感もなく、いまとなればむしろ文子とはそんな関係に入りこまないのが、正しいこと、当然のこととさえ思えてくる。

何気なく隣りの席の武田を見て、彼はびっくりした。武田は授業などそっちのけで、わざわざ持ってきたらしい画用紙をひろげ、丹念にダブルティク・ドレスの若い女のスケッチをつづけている。彼の視線などは蚊ほどにも感じていない様子だった。

二、三日後のやはり授業中である。不意に隣席から手をのばして武田がレポート用紙を渡した。横書きの細かな字が並んでいる。

武田は、そして顔だけを彼にずらし、生真面目な目でリーダーをみつめたまま、低い声でいった。「……一応、僕の観察と印象による結論を出してみました。読んで下さい」

無言で彼は武田の活字のような正確で美しい字のレポートを読みはじめた。むろん、池辺百合子についてのものにきまっている。

——まず、彼女は毎夕五時半きっちりに来ることからみてどこかに勤めている女性である。あのつねに流行を取り入れた服装と、いつも持参しているハトロン紙の袋は、その勤め先が流行にもっとも敏感な街、いわば銀座あたりの、それも進駐軍関係の場所であることを示している。化粧品もすべてPXで手に入る外国製品ばかりであり、これらのことから彼女は銀座のPXに勤めているらしいことが察知される。

また、彼女の胸のあたりの豊かさ、その肌の光沢は、完全に男を知った女であり、かつ現在も頻繁に男との交情を重ねているのを証明する。しかし彼女はたぶん、不特定多数の男性を相手にする女性、つまりパンパンではない。何故なら、パンパンは規則的な生活はその職業がら不可能だし、外観にもそれ相応の、動物であることにいなおった虚無的なふてぶてしさ、堅気の生活者から見ての崩れがあるべきだからである。彼女にはその崩れがない。その点、彼女はまだいささか幼い。

しかし、その身体的表情からみて、彼女に男がいるのは確実である。――故に、私見によれば、彼女・池辺百合子についての観察の結果は、すべて、彼女には進駐軍関係者のヒモ(単数)がついていると見るのが妥当である、と要約される。

英語中級は英会話を主とする講習である。ＰＸか、あるいはそれに類似の進駐軍関係者の多く出入する場所に勤めながら、なおかつその講習に連日通いつづけている事実については、おそらくそのヒモにもう少し英語をマスターしろといわれ、彼に出資されているのだ、という想像がもっとも自然である。服装といい持物といい、その余裕といい、たぶんヒモはアメリカ兵の、それも尉官以上である。(もっと階級が上の高官なら、個人教授が考えられ、相手はきっと尉官どまりである。)そして彼女の精勤は、その相手からの好意の多大さにこたえる、あるいはそれに便乗した、彼女なりの誠意と計算のあらわれであると思える。……このような想像は甘く、言葉もいささか不穏当だろうが、現在は、彼女はその相手に愛され、彼女のほうでもそれにこたえて相手を愛し、二人は、結婚をする意志をもってつきあっている、といえるのかもしれない。

だが、おそらく二人はまだ結婚してはいないし、当然、彼女は「妻」ではない。妻であればたぶん勤めはしないだろうし、苗字にも異常があるだろうからである。以上のことから、たとえ婚約中であるにしても、彼女への日本人であるわれわれによる呼名は、いまのところ「オンリイ」しかない。そのなるべく地味にしている化粧も、……

途中で、彼は読むのをやめた。ひどく不愉快な気分で、その紙の裏に、彼は乱暴になぐり書きをはじめた。次のような要旨である。

――ぼくは君の論旨に承服できない。だいたい、彼女が勤めていると速断することからしておかしい。五時半きっちりに来るのには、他に事情があるのではないか。たとえば気が小さいとか、父母がとくに時間にやかましいとか（ぼくは、かならず約束の時刻の三十分前に行っていなければ気のすまぬ女性を知っているぜ）、また、もしかしたら他の学校――洋裁学校に行っているのかもしれない。そうだ、だから服装も、流行に合わせたものを着てくるのだ。勉強のために、いろいろ縫わされて持っているわけだから。

とにかく君はあまりにも偶然とか無意味を、誰でもがもつ個人的事情、絶対に一般的・画一的な解釈では割りきれぬ個々の特殊性を、無視し、信用しなさすぎる。まるでそれらに起因する行動や結果を、あり得ないというみたいに。すべてに、型にはまった解釈をしすぎている。――ハトロン紙の袋は、よくあるやつで、ＰＸの化粧品と同じく当今のニュー・ファッションではないか。銀座や横浜に行ってみたまえ、猫も杓子もＰＸの紙袋を抱え、同じ化粧品の香を発散させて得意げに歩いている。英語の中級はぼくも意外だが、聞けばいま二十一、二の年齢の人で、戦争のため女学校で英語をほとんど習わなかった、という人は多いそうだ。それではいまどき外国人との交際にも不便だし、かといっていまさら初級にも入れないので、それで中級を選んだのではないのか？

男を知っているなんてとんでもない。そんなことはわからない、というのが、いちばんわけ知りの人の言葉だともいう。それにこのごろは身体の線の豊かで美しい処女だってザラにいるさ。いったい、君は処女は美容体操はしないと考えているのか？　お化粧についてもぼくは君と逆だ。あれはなるべく地味につくっているのではない。下手くそなのにすぎない。むしろあのノーブルな、優雅な顔にはふさわしくない化粧だ。ということから、ぼくは彼女が化粧に慣れていない女性なのだと思う。……

彼はその紙を武田の机に投げ返した。読み終ると、武田は首をすくめた。ノートに、大きな字を書いて彼に見せた。

『あなたは、幸福な人ですね』

なにをいってやがる。彼は、同じようにノートに書いてみせた。

『どういうイミ？』

武田は静かに笑い、また書いた。

『よくわかりません。とにかく、彼女の正体はまだわからないんだから。……でも、あなたはとても幸運な人だ、そう思います』

そして、よくわからず曖昧に苦笑する彼に、新しい頁にさらにこう大きく書いた。

『幸福な人とはね、つまり、運のいい人だってことです。あなたは、僕と違って、とても幸運な人なんだな、と思う。……あらゆる意味でね』

そのとき、授業の終りを告げる教授の声が聞こえた。彼の前の席の商店の若旦那ふうの肥った男が、立ち上って礼をすませたあと、振り返って彼に不明な箇所を質問した。彼は答えられなかったが、すると武田が彼に代り、らくらくと説明した。武田が、どうやらこの英語上級の講習になど出る必要のない学力をそなえているのを、彼は知った。――おそらく、武田は学問以外の知識慾のために、この講習に出席しているのに違いなかった。

次の水曜日にもあの若い美しい女は講習を受けにきていた。その夜は、たまたま女が彼の斜め前に席をとって、彼は心ゆくまで彼女を眺めることができた。

女は机にインク瓶を置き、顔も上げずけんめいに授業の訳読を筆記している。清潔な白く大きな翼襟からのぞく細い首を、愛らしくわずかに右に傾げ、襟脚のほつれ毛がかすかなその首の動きにつれて揺れる。椅子の下に、小さな靴の裏が二つ並んでいて、それがそろって爪先立ち、踵がついたり離れたりしている。……

朝から重くるしく雨が低く垂れこめ、むし暑い天気だったが、いつのまにか彼はそれも忘れていた。彼は、ほとんど放心した眼眸のまま、その美しく、愛らしく、やさしい生物を見るよろこびに浸りつづけた。――ふと、彼は空想の世界でそっと女の衣服を剝ぎ、その裸体を想っている自分に気づいた。あわてて彼はそれを止めた。ぼくは、なにも彼女のなまの肉体なんか求めているのじゃないのだと思った。

文子のことを想ったのはそのときである。あれからぱったり電話をかけてこないことに、ある解放感はあったが、彼女の家の応接間のソファで二、三度行ったペッティングの記憶がもどってきて、ぼくは文子にはその肉体も求めていたのだ、と彼は思った。まるで、それが彼女が「女」なのをたしかめることみたいに。でもいま、ぼくには女の肉体はいらない。それはむしろぼくのよろこびに、邪魔なものだという気さえする。――この変化は、なんだろうか。ぼくはこの講習で逢った美しい女に、女のもつあらゆるやさしさ、美しさのイメージを集中して、そのせいで文子には女のいやらしさだけしか感じなくなってしまったのだろうか？　そして、彼は思った。そうだ、女にその美しさ、愛らしさややさしさを感じとるためには、距離がいるのだ。ぼくはそれをおぼえたのだ。

女は熱心にペンを動かしつづけ、一度もよそ見をしたり振り返ったりもしない。女が、彼にとりただ見られているだけの無抵抗で甘美な生物に化していること、その快さの中で、彼は時のたつのも忘れていた。

いつのまにか、講習は終っていた。教授が出て行くのと同時に、彼は池辺百合子のまわりに数人の男が立ち、彼女をとりかこむようにしてぞろぞろと出口へ移動するのを見た。

「……正直なもんですね。美人には、やはりすぐ取り巻きができてしまう」

冷静ないつもの声音で、武田は坐ったままいい、彼を見上げながら笑った。

「でも、聞いてみると、彼女は誰にも自分の家を教えてはいないそうです。つけたやつも、品川駅でうまく撒かれちゃったらしい。どうやら品川で乗り替えるのはたしかだ、というんだけど……やはり、ちょっと臭かありませんか？」

だが、そのとき彼は彼女の正体などどうでもよかった。ただ眺めつづけていたことだけで、彼の感情は飽満しきっていたのである。

――偶然に、まるで彼が思い出したのと符節を合わせたように文子からの呼び出しの電話があったのは、ようやく糠雨の降りはじめたその夜である。文子は、すでに彼の家のすぐそばの喫茶店に来ていた。彼が出てこないなら、家を訪ねてもいいかという。仕方なく、彼はすぐ行くのを約束した。

薄暗い喫茶店のボックスで、文子はおとなしく、なにかに詫びるようにうなだれて坐っていた。彼が卓をはさんで坐ると、「……ごめんなさい」といった。「私、あなたが約束してくれてたんだと、信じこんでいたの」

意外なおとなしさに、彼は無言で煙草に火を灯した。やっと、文子の顔が笑った。

「私も、キャムプやめたわ」

「行きゃいいのに、行けるやつは」

電話での喧嘩が、彼のいう「距離」を生んでいたのか、それとも今日の飽満が彼の心を豊かにしていたのか、薄い草色のレーン・コートを着た文子はひどく美しく、愛らしく、やさしかった。その笑顔も親しかった。彼はなつかしいような気分になり、何故自分が文子と逢うのを避けつづけたのか、ふと理解できなかった。彼の前で、身体を小さく固くしている文子には、彼のきらう図々しさ、重たくぶら下がってくるいい気な「女」の誇示がなかった。

「でも、……ほんとにキャムプに行かない？　二人で」

「さあ。とにかく夏期講習が終ったら、はっきり返事をするよ」

喫茶店を出ても、文子は彼の腕に腕をからませなかった。ぶらぶらと歩きながら、彼は甘くさわやかな気持ちだった。が、彼は文子へのそんな自分の感情が、すでに終ってしまったなにか、確実にもはや過去のものになってしまった彼女との交渉、そういう距離のある彼女を、ただ無責任にたのしんでいるのにすぎないのだとは思いつかなかった。

原宿の文子の家まで彼は送った。駅からの道はまだ焼跡の廃墟の中を曲りくねっていて、強盗でも出そうな暗い夜だった。

「……ねえ、アベック殺しが出たら、どうする?」

文子が訊ねた。ちょうど、そんな変質者の出没が新聞を賑わわせていた。薄い布地の文子のレーン・コートのふれあうのが、笹の葉ずれの音に似ていた。

彼は笑った。どこかに合田が待ち伏せしているのかもしれない、という気がしたのである。

……ゆっくりと、彼は答えた。

「ぼくは逃げるよ」

「私を助けてはくれないの?　逃げるの?」

「逃げるともさ。ぼくは拳闘部の男じゃないもの」

文子は黙った。やがて、静かに呼吸を吐いた。

「そうね。……でも、だからって、愛していることは否定されないわね」

「そうかしら」と、真面目に彼はいった。

「そうよ、私はそう思うわ」と、文子はいった。「そういう愛だって、あると思うわ。……私なら、それでもその人が好きよ」

「そうかな、そんなの愛なんていえるのかな」

「いえるわ」

足を止めて、いきなり文子は傘をもつ彼の首に手をまわした。唇をひらき、彼の唇にかぶりつくように接吻した。――彼は、逆わなかった。

彼は文子の家には上らずに引き返した。終電にぎりぎりの時刻だった。どうやら、合田が待ち伏せをしている気配もない。

人気のない道を一人で大股に歩きながら、彼はひどくたのしかった。彼はなにかを、いや誰かを、愛しているのに違いなかった。そんな幸福な、昂揚した充実が彼を充たしていた。誰だかは判らない。文子なのか、池辺百合子なのかもしれない。一人ではないのかもしれない。だが、誰かを愛しているのには違いないのだ。彼は叫びだしたかった。

思い出したように大粒の雨滴を落す雨に頰を打たれながら、原宿の閑散としたプラットホームで彼は煙草に火を灯した。急になんとなく武田があわれに思えてくる。美しいもの、甘美なものへの感覚より、調べて知ることにのみたのしみを見出しているかれ。かれの不具は、心や感覚にまで及んでいるのだろうか。

七月の下旬のその日曜日は、彼にとりひどく忙しい一日になった。午前中は家の手伝いで三軒の家の家賃をとりたててまわり、午後四時には卒業後勤める予定のY紡績の社長の自宅に、父の名刺を持って逢いに行かねばならない。それがすんだらその足ですぐ葉山に行き、この秋に嫁入りする姉の結婚式用の和服とうちかけを、叔母から借りてくる仕事がある。

その夜、逗子駅から乗りこんだ横須賀線は、やはり夜汽車の匂いがした。夕方の汽車のように、新聞に読みふけっている人も、ぼそぼそと弁当をひろげ頬ばっている人の姿もなく、土曜日の下りの横須賀線のように、海での一泊の行楽の期待にはしゃいでいる連中の姿もない。ただ疲れきった人びとの体臭が、ぐったりした空気といっしょに重く沈澱し、充満していて、すこし離れた席で一人だけ高声でしゃべっている酔った白麻の背広を着た中年男のだみ声や高笑いが、やたらと耳につくばかりである。……が、彼はそういう騒音があまり気になる性質でもなかったので、父の書棚から抜いてきたモームの原書に目を落していた。一頁ほど読み、彼が上げた目は、しかしやはりあの白い麻服の男のところに行った。そして彼は、その二、三人向うに、思いがけぬ花のような池辺百合子の白い顔を見たのである。

通路側の席で、鎌倉あたりから乗ってきたのかもしれない。両肩をむきだしにした赤いワンピースで、髪がいつもより心持ち乱れ、肩にかかっている。連れはなかった。

視線をかんじたのか、ふとその目が彼を向いた。深い湖のような瞳で、一瞬、彼は白く小さくその中に吸いこまれ、溺れていく自分の姿を見た気がした。しかし、彼はたじろがず目をそらさなかった。正面から、じっとこうして彼女をみつめるのははじめてのことだったが、鼓動の停ったような真空の時間の中で、彼は化石したように目を動かさなかった。――池辺百合子は美しかった。ただ、年齢よりもすこし老《ふ》けて見える。疲れた夜汽車の中の空気に、彼女も、やはり染まっているのだろうか。

急に、彼女の頰に花のひらくような微笑がうかんだ。彼は、彼女がそれまで無表情だった顔をいたずらっぽくいきいきさせ、頰に深い窪みをつくりうつむくのを見た。……明瞭に、彼女にはぼくがわかったのだ。彼は、たったそれだけのことで、信じられぬほどの幸福に、酔ったように自分の全身が熱くなるのがわかった。彼も、目と頰とで笑いかけた。ちらとその彼を見、彼女もまた新しく微笑して目を落した。

——席が空かないので、二人はとうとう話しあうことができなかった。いや、話そうと思えば彼が立って行けばよかったのだ。が、目を合わすたびにおたがいの頰にこぼれる微笑。彼にはそれだけで充分だった。暗黙のその親密なつながりの快い確認をくりかえすことの他に、彼にはそのときなにひとつ求めたいものはなかった。

いわば彼は、武田とは異なり、調べたり知ったりするより、ただ鑑賞することのたのしさのほうを選ぶ性質だったのかもしれない。また、そんな「二十歳」だったのかもしれない。……ともあれ、彼女が横浜で下車したとき、彼の目はもはや鑑賞のあと、心に思い描く幻影だけを追っているみたいな、讃嘆の翳りさえ消えた、空ろな、しずかな充足だけを浮かべていた。

彼女は振り返らずに去って行った。

彼は、この偶然を多少修飾して帰宅した家でしゃべった。黙ってはいられない気分だった。父や姉にからかわれ、いかにも心の中で何事かが起こったように話しながら、彼はかえって自分のつむぎだす言葉により、自分の心の中に起きたことの無内容が、しだいに快く明らかになるのを感じていた。話し終ったとき、無意識のうちに期待していたある納得——いわば、強引に、完全に現実の女の肉体を無視し、それとの人間関係を拒否した上につくり上げられた、やさしく美しい「女」という幻影への自分の執着を、彼ははっきりと自覚したのである。

遅くまで、彼は蒲団の中で暗い天井をみつめていた。文子のやわらかく甘い唇。そんなものの触感は、いまこの自身の全身を占めている百合子のイメージのひりひりするような豊かな恍惚にくらべれば、ものの数ではない。ごく局部的な快感にすぎないのだ。と、くりかえし彼はそれを確認した。

一方、毎日のように武田は、池辺百合子と話しあうキッカケをつくろうと提案して飽きなかった。彼女のいつもぶら下げているインク瓶をひっくりかえし、翌日、新しいのを買って持って行こうというのである。

「ひどくチープだけど、でも、こんな手だって成功した例があるんですよ」

武田は執拗に、熱っぽく彼を口説きつづけた。瞼をうすく赤く染めて、熱心にそう彼にくりかえす小柄な武田には、かなりの迫力があった。女は、あいかわらずきまって例の石段の横の石に腰を下ろしている。あれから彼と目が合っても、べつに話しかけるでもない。彼もまた、まったく知らん顔をつづけていた。おたがいに、それぞれだけの知っている自分があり、それをあらゆる他人たちにかくしている——暗黙のうちに、そんな秘密を共有している意識で、なんとなく彼は充たされていたのである。

「ねえ、もう来週の水曜日しかチャンスはありませんよ。いいんですか？」

「またインク瓶の話かい？」

「そうですよ。なに、僕は彼女の正体さえつかめりゃそれでいいんですよ。あとはあなたにおまかせしていいです。本当ですよ」

「勝手にやりゃいいじゃないか」

「そうは行きませんよ。あなただって、たいへん興味をおもちじゃありませんか。ちゃんとわかっているんですよ。ね、協力しましょう」

　だが、彼はそんな武田には取り合わなかった。どうせ人間の「正体」なんてわかるものではない。彼はただ、池辺百合子という名前のその若い女に、彼の好きな女、中流の家庭の、英語の勉強に熱心な、真面目で上品な美しい女だけを見ていた。それを見ることだけが彼の希望であり歓びであり、彼のエゴイズムであり、すべてだった。……現実に彼女とつきあったり、正体を知ったり、その肉体を味わうことは、むしろ彼女が彼の「好きな女」であることを破壊しかねないのである。たとえば文子の例みたいに。それは、彼の欲するところではない。

　もちろん、彼は武田には、先夜の横須賀線での偶然は、一言も話さなかった。それは、アメリカの雑誌漫画にあるみたいな、「お家の屋根のてっぺんに登って大声で叫びたい素晴らしい秘密」の一つなのだ。――おそらく、その意識が彼の武田への優越感を支え、武田のつくろうとしたキッカケも嗤《わら》い去らせた力だっただろう。が、それはまた彼自身を、あえて池辺百合子になんのジェスチュアも示さないまま落ち着かせていた力にもなっていたのである。

講習の最終日は八月に入ってはじめての土曜日である。いつのまにかその日が来ていた。女はやはりいつもと同じように石に腰を浅くかけて坐っている。その日は真珠のネックレスに絹ブラウス、鮮やかな淡緑色のスカートをひろげていた。

「ラストですよ。……惜しいじゃありませんか。もしかしたら、せっかくのロマンスが生まれたのに。……本当に惜しいな」

例の一階の教室の窓から、肩をならべ女をみつめながら武田が静かな声音でいう。この二人の位置も、女の位置もその態度も、まるっきり最初の日と同じで、変ったのは女の前に垣をつくるように立って笑ったりしている五、六人の取り巻きの存在くらいである。

なるほど、これが最後か。——そう思うと、彼もふと「惜しい」と思った。好きな女として永続させるよりも、まず彼女を見ていられること、見つづけることに努力すべきだろう。そのためには、話しかけて、彼女とのつきあいをつづけるのを、まず工夫すべきかもしれない。

よし。今日こそはひとつ話しかけてみよう。あんな貴重な偶然さえあったくせに、いままでわざわざ遠慮してきたんだ。話のタネはあるし、あの夜の彼女の微笑からいっても、ガール・フレンドに獲得できる自信は充分ある。……やってみるか。

そう考え、ほとんど彼が武田を残して教室の出口に歩きだそうとした刹那だった。

「あれ？　毛色の変わったやつが来ていますよ」

上ずった低声で武田が叫んだ。見ると、女の前に並んだ取り巻きの一同のうしろから、ひときわ背の高い——なるほど毛色の変わった——軍帽をのせた米兵の首が突き出している。その米兵が、人垣を押しのけて女の前に立った。

「……中尉ですね」

武田がいう。彼は答えずにその米兵を見ていた。

米兵は帽子を鷲摑《わしづか》みにし、早口に、しかしやさしげに百合子になにかをいう。百合子は笑いながらうなずく。米兵は大きく首を縦に三度振って、山の下に降りる道のほうを指さす。百合子がまたうなずく。……

そのとき授業開始の鐘が鳴った。武田と彼は一階の別な教室に入った。その日は、英語中級の教室は二階だった。

「……どうやら、僕の推理が当ったかな」

机にリーダーを拡げながら武田が笑いかけた。——彼も笑った。無意味な、われながら力のない形だけの笑いだった。武田といっしょに一階の例の窓をはなれたとき、一瞬振り返った彼の目には、百合子を抱くようにして米兵がその唇に唇を合わしたのが灼きつき、それがまだ瞼の裏でなまなましい。武田はその瞬間は見ていない。しかし、彼はそれを武田に告げる気にはなれなかった。

授業がはじまっていた。機械的に教科書の頁をくり、英語の列を教師の声とともに追って、しかし彼の心はその語学にはなかった。おそらく、池辺百合子は武田の見抜いた「正体」のままの女だろう、が、あきらかに芳しくない行為を見、その「オンリイ」らしい事実もわかったというのに、彼女はまだぼくの中で、美しい、やさしい、ぼくの好きな女なのだ。それ以外の顔をもたない。……一方、なにひとつ芳しくない行為はせず、むしろ甘美な事実ばかりが積み重ねられているというのに、どうして文子の姿は色褪せて行くのだ。百合子の行為、事実、その幻滅は、ぼくの中の百合子を亡さず、逆にぼくの中の文子を殺して行く——。

正体なんてどうでもいい。たとえ本当に武田の考察したとおりの女だとしても、それがどうしたというのだ。横須賀線の中で逢ったときも、観賞するだけで、知ろうともせず近づきにもなろうとしなかった自分なのだ。ぼくが好きなのは、正体や実体などではなく、ただその外観だけを触媒とした、百合子の上に自分が勝手に見た美しくやさしい「女」、けっしてこっちのお荷物にならない、つねに透明な空気をへだてた画像としての女なのだ。ぼくは「女」とは、無責任な観賞以外の関係をもちたくはないのだ。

……突然、彼は気づいた。彼は誰も、百合子も文子も、どんな女性も、愛しているのではなかった。彼はただ、自分の席に坐ったまま「女」に甘美なやさしさを感じとること、その気らくな無責任さ、そういう女との距離のほうを「愛」しているのだった。つまり、自分の孤独の確証と、その上での女の愛らしさの感覚を享楽したいとつとめている、一人の臆病な男にすぎなかった。

臆病。——その言葉こそ自分の正体をあらわしているのだ。彼ははじめてそう思った。生まれてはじめて、それがわかった気がした。いまの自分には、「愛」は不可能ななにか、能力の外にあるなにかなのだ。……そして、このとき彼は百合子とはこのまま講習前の他人どうしに戻るほかはないこと、文子とははっきりと絶縁することを決心したのだった。それが愛の不能者としての自分の、せめてもの誠実だと思えた。

　隣りから、低く武田がいった。

「……ねえ、あとでディスカッションをしましょうよ、あの池辺百合子についてさ」

　武田は勝ち誇った顔をしている。だが、いまは彼はその武田に、醜怪な自分と同類の男の顔しか見ることができなかった。愛するかわりに調べ、知ることによってしか「女」を所有できない人間。愛するかわりに見、無責任な観賞家の位置に立ってしか、「女」を所有できない人間。……彼は、ふと、『あなたは、僕と違って、とても幸運な人なんだな、と思う』といういつか武田が彼に向って書いたノートの字を思い出した。いったい、このぼくのどこが「幸運」なんだろう、このぼくが、どうして「幸福」なんだろう、と彼は思った。

　武田と話す気分にはなれなかった。「待ってて下さいよ、待って……」と叫ぶ武田を残し、いい加減な返事をして、彼は教師の後を追うようにすぐ廊下に出た。五号館の石段を下り、夜のコンクリートの広場を横切って早足に歩きだした。奇妙なほど、一人になりたかった。

〝幻の門〟に通じる石段のところに来たとき、彼はその石段のすぐ下に、さっきの米人の中尉が立っているのを見た。大男のその中尉が、車専用の道のほうに向い、満面で笑いかける。

「ヘイ、ジュリイ！」

　百合子はジュリイという名で呼ばれているのらしい。その大声に答え、白いレースの手套が大きく優雅に振られながら、坂道を駈け下りて近づく。緑色のスカートがひるがえるように走ってきて、嬉しそうに二人は抱き合い、接吻する。なかなか、唇を離そうとしない。

むし暑い夏の夜空の奥、芝浦の方向に灯が靄っている。やがて二人は手を組みあって歩きはじめ、彼も歩きだした。電車通りをやかましい音を立てて明るい光の箱のような都電が走り去った。その道に下りる石畳みの坂は傾斜が急なせいか、二人は脚をすべらせ、もつれさせて甲高い悲鳴と笑声をあげる。すぐ後につづく彼の耳に、二人のたのしげな会話が聞こえた。「カリフォルニア」という言葉が耳にはいる。いくぶんかは彼にもわかるが、故郷の父母が結婚をゆるしたとか、ゆるすだろう、とかいう中尉の大声が朗らかにはずんでいる。

彼は、あらためて武田の勘に敬服した。どうやら、池辺百合子と中尉の関係も、かれの想像したとおりらしい。石の坂を下りて二人は右に曲った。彼も曲ると、そこに塗料の香の強い新型の高級車が置かれていた。店の明りに照らされ、磨かれたそのブルーが美しい光を散らしている。先に助手席に坐った百合子の笑顔がこちらを見た。……不意に、彼の顔に、自分でもまったく予期しなかった笑いがこぼれた。百合子も、ちょっと目を丸くし、いつかの横須賀線の中でのように、両頰に笑窪をつくって笑いかけた。

自動車がさわやかなエンジンの音を立ててスタートする。女の顔がライトにかすかに浮き、そのほの白い顔が彼を見てまだ笑っている。反射的にピョコンと頭を下げ、彼は歩道をみつめたまま歩きだした。遠ざかる爆音を耳の後ろに聞き、だが顔を上げなかった。なにかを断ち切るような気持ちだった。もう、二度と彼女と逢うこともないのだ。そしてキャムプに行き、文子の肉体を手さぐりすることもないのだ。いずれにせよ、夏期講習は終ったのだ。目を光らした昆虫のような自動車の流れが切れるたびに、潮の退くのに似た音とともに黒い舗道が膨れあがる。店々の裸電球の白っぽい輝きが、歩きながらまだ無意味な微笑をとどめている彼の半面を、能面のように浮彫りにしていた。

他人の夏〈八月〉

海岸のその町は、夏になると、急に他人の町になってしまう。——都会から、らくに日帰りができるという距離のせいか、避暑客たちが山のように押し寄せてくるのだ。夏のあいだじゅう、町は人口も倍近くにふくれあがり、海水浴の客たちがすっかり町を占領して、夜も昼も、うきうきとそうぞうしい。

その年も、いつのまにか夏がきてしまっていた。ぞくぞくと都会からの海水浴の客たちがつめかけ、例年どおり町をわがもの顔に歩きまわる。大きく背中をあけた水着にサンダルの女。ウクレレを持ったサン・グラスの男たち。写真機をぶらさげ子どもをかかえた家族連れ。真赤なショート・パンツに太腿をむきだしにした麦藁帽の若い女たち。そんな人びとの高い笑い声に、自動車の警笛が不断の伴奏のように鳴りつづける。

そこには、たしかに「夏」があり「避暑地」があり、決して都会では味わえない「休暇」の感触があったが、でも、その町で生まれ、その町で育った慎一には、そのすべてはひとごとでしかなかった。いわば、他人たちのお祭りにすぎなかった。だいいち、彼には「休暇」も「避暑地」もなかったのだ。

来年、彼は近くの工業高校に進学するつもりでいた。それを母に許してもらうため、すこしでも貯金をしておこうと、その夏、慎一は同級生の兄が経営するガソリン・スタンドに、アルバイトとしてやとわれていた。都会から来た連中が占領していたのは町だけではなく、もちろん、海もだった。海岸に咲いた色とりどりのビーチ・パラソルや天幕がしまわれるのは、夜も九時をすぎてからだろうか。それからもひとしきり海岸は、ダンスやら散歩やら音楽やらでにぎわう。海辺から人びとのざわめきがひっそりと途絶えるのは、それが終わってから朝までのごく短い時間なのだ。

八月のはじめの、ひどく暑い日だった。その日は夜ふけまで暑さがつづいていた。それで海へ駈けつけてきた連中も多いらしく、自動車を水洗いする仕事が午前一時すぎまでかかった。慎一が、久しぶりに海で泳いだのはその夜だった。

自分の町の海、幼いころから慣れきった海だというのに、こうして人目をさけこっそりと泳ぐなんて、なんだかよその家の庭にしのびこんでいるみたいだ。「お客さん」たちに遠慮しているようなそんな自分がふとおかしかったが、慎一はすぐそんな考えも忘れた。冷たい海の肌がなつかしく、快かった。

やはり、海は親しかった。月はなかった。が、頭上にはいくつかの星が輝き、黒い海にはきらきらと夜光虫が淡い緑いろの光の呼吸をしている。

夜光虫は、泳ぐ彼の全身に瞬きながらもつれ、まつわりつき、波が崩れるとき、一瞬だけ光を強めながら美しく散乱する。……慎一は、知らぬまにかなり沖にきていた。

ふと、彼は目をこらした。すぐ近くの暗黒の海面に、やはり夜光虫らしい仄かな光の煙をきらめかせて、なにかが動いている。

「……だあれ？　あなた」

若い女の声が呼んだ。まちがいなく若い女がひとり、深夜の海を泳いでいるのだった。

「知らない人ね、きっと。……」

女は、ひとりごとのようにいった。はじめて慎一は気づいた。女の声はひどく疲れ、喘いでいた。

「大丈夫ですか？」

慎一はその声の方角に向いていった。

「いいの。ほっといてよ」

女は答え、笑った。だが、声は苦しげで、笑い声もうまく続かなかった。慎一はその方向に泳ぎ寄った。

「……あぶないですよ、この海は。すぐうねりが変わるんです。もっと岸の近くで……」

「かまわないで」

ほんの二メートルほど先の海面で、波の襞とともに夜光虫の光に顔をかすかに浮きあがらせた女は、睨むような目をしていた。ああ、と慎一は思った。彼は、その顔をおぼえていた。今日、真赤なスポーツ・カーにひとりで乗ってきた女だった。目の大きな、呼吸をのむほど美しいまだ若い女で、同級生の兄は、あれは有名な映画女優にちがいないぞといった。

「……あなた、この町の人ね?」

女の顔は見えなかった。彼は答えた。

「そうです。だからこの海にはくわしいんです」

「漁師さんなの?」

「……親父が漁師でした」と彼はいった。「親父は、沖で一人底引き網をやってたんです。銛《もり》も打ったんです。二十八貫もあるカジキを、三日がかりでつかまえたこともあります」

自分でも、なぜこんなことをしゃべりはじめたのか、見当がつかなかった。ただ、なんとなく女を自分とつなぎとめておきたかったのかもしれない。

「そのときは、親父も生命からがらだったんです。牛みたいな大きなカジキを、ふらふらになって担ぎながら、親父は精も魂もつき果てたっていう感じでした。……でもその夜、親父はそのカジキの背をたたきながらぼくにいったんです。おい、よく見ろ、おれは、こいつに勝ったんだぞ。生きるってことは、こういう、この手ごたえのことなんだよ。……あのとき、親父は泣いていました」

「銛で打ったの?」

「そうです。とても重い銛なんです」

「ずいぶん、原始的ね」女はひきつったような声で笑った。「で、お父さんは？」

「死にました。去年」

女はだまった。ゆっくりとその女のそばをまわりながら、彼はいった。

「……あなたは、自殺するつもりですか？」

喘ぐ呼吸が聞こえ、女は反抗的に答えた。

「ほっといてよ。……あなたには、関係ないことだわ」

「べつに、やめなさい、っていうつもりじゃないんですよ」

女は、ヒステリックにいった。

「からかうの？　軽蔑しているのね、私を。子どものくせに」

あわてて、慎一はいった。

「ちがいます。親父がぼくにいったんです。死のうとしている人間を、軽蔑しちゃいけない。どんな人間にも、その人なりの苦労や、正義がある。その人だけの生き甲斐ってやつがある。そいつは、他の人間には、絶対にわかりっこないんだ、って」

女は無言だった。遠く、波打ち際で砕ける波の音がしていた。

「人間には、他の人間のこと、ことにその生きるか死ぬかっていう肝心のことなんかは、決してわかりっこないんだ、人間は、だれでもそのことに耐えなくちゃいけないんだ、って。……だから、目の前で人間が死のうとしても、それをとめちゃいけない。その人を好きなように死なしてやるほうが、ずっと親切だし、ほんとうは、ずっと勇気のいることなんだ、って……」

　女の顔に夜光虫の緑の燐光が照って、それが呼吸づくように明るくなり、また暗くなった。女は怒ったような目つきで、海をみつめていた。

「ぼくの親父も、自殺したんです。背骨を打ってもう漁ができなくなって、この沖で錘をからだに結えつけてとびこんじゃったんです。……あなたも、ぼくはとめはしません」

　彼は岸に顔を向けた。そのままゆっくりと引きかえした。真暗な夜の中で、ただ夜光虫だけが彼につづき、波間にあざやかに濡れた色の燐光を散らしていた。


　真赤なスポーツ・カーが、慎一のいるガソリン・スタンドに止まったのは、翌日の夕暮れ近くだった。ガソリンを入れに近づく慎一の顔を見て、女はサン・グラスをとり、急に目を大きくした。

「昨夜は」といい、女は笑いかけた。「……ねえ、あのお話、ほんとう?」

「ほんとうです」と、慎一は答えた。

「……そう。ありがと。私、あれから一時間近くかかって、やっと岸に着いたわ」

　女は、慎一の手を握った。

「あなたに、勇気を教えられたわ。それと、働くってことの意味とを」

　国道を真赤なスポーツ・カーが小さくなるのを、慎一はぼんやりと見ていた。女の言葉の意味が、よくわからなかった。

彼はただ、小さなその町に今日も溢れている無数の都会の人びと、その人びとがそれぞれに生きている夏の一つ、そんな他人の夏の一つが、しだいに視野を遠ざかるのだけを見ていた。

邂逅〈九月〉

その日、荷台の三分の一ほどをあました小型三輪に同乗して、二人が古い下宿を出たのは朝の九時近くだったが、昼をすこしまわったころには、もう、新しいアパートの部屋はあらかた片づいてしまっていた。

とにかく、簡単な引っ越しだった。結婚してまだ間もなく、荷物もあまりなかった。

「なんだか、あっけないようだね」

ほとんど整理のできた六畳の部屋を見わたし、彼はいった。

妻が、汚れた古手袋を脱ぎながら笑いかけた。

「でも、やっぱり新しい部屋っていい気持ちね。それに、さすがは昔からの住宅地だわ、すごく静か。……」

そのとき、窓の外に澄んだ鐘の音が聞えた。鐘の音は硬く三つつづき、たがいに共鳴して波をうつようにひろがり、しばらくはその透明な余韻の中に二人をつつんでいた。

「……S女学院の鐘だ」

ふいに、叫ぶように彼はいった。窓に寄った。樹々の濃い緑の塊りの向うに、そのカトリック系の女学校の三角の塔が見えた。

「そうだ、あの塔だ。おぼえている」と、彼はいった。「ぼくね、この近くで生まれたんだ。六つのとき九州に疎開するまで、毎日あの鐘の音を聞いてたんだ。思い出した」

「まあ、ほんと？」

「ほんとさ。昔の家――つまりぼくの生まれた家ね、あの女学校をはさんで、ちょうどここと反対側の、あの高台あたりにあったはずだ。赤い屋根の洋館でね、白い壁の……」

「そうか。それでなつかしくて、だからここに決めたわけね？」

妻の声は明るく、非難のかげはなかった。が、彼はムキになった。

「ちがうよ。そうじゃない。そんなこと、まるで忘れてたよ。ここはただ、便利だし安いって聞いたからさ。偶然だよ。いま、あの鐘の音を聞いてて、はじめて気づいたんだ」

「そう」

妻は彼に肩をならべ、彼の顔を見上げながら笑いだした。

「それで戦後、東京に帰ってきて、一度もここへは来てみなかったの？」

「うん。一度も」と、彼は答えた。

新しい部屋には電球がなかった。暗くなる前にそれを買ってこねばならない。

「ついでにね、このアパートの人たちへのおソバの切符買ってきてくれない？　ついでに私たちのおソバも。あ、それから牛乳屋さんと新聞屋さんに寄るの、忘れないで」

家にいても、彼に出来る用事らしい用事はなかった。お使いは彼の仕事だった。彼はぶらりとアパートの表に出た。

ざっと、二十年ぶりなんだな。……一人きりになると、そんな気持がふいに痛いように胸を刺して、彼は、自分が意外なほど懐旧的な気分にさそわれるのがわかった。なにも、いそぐ用事じゃない。そのまま、彼は商店街とは逆方向の、女学校の森につづく高台の住宅地に脚を向けた。なにか、自分の過去をたしかめてみたいような感情が動いていた。

だが、明るい秋の午後の光を浴びた森につつまれた女学校を除いて、このあたりが戦災で一なめにされたのは明瞭だった。ことに新しい舗装の道や、家々の形などには、ほとんど原型が想像できなかった。……さすがに、高台のかつての彼の家へと上る石段はすぐわかったが、でも、そこに建っていたはずの白い壁に赤い屋根瓦のかつての彼の家は、どうしても明確な像にはならなかった。そこには、いまはどこかの社員寮らしいコンクリートの建物がそびえ、彼の感傷をはねかえすように、灰色の無機的な表情をうかべていた。

そして、どうやらそこは彼の懐旧の感情の行きどまり点でもあった。彼はあきらめ、かつてのその彼の家の前から去ろうとした。そのとき、ふいにある記憶がよみがえった。それは幼いころ、そこで逢った一人の男の記憶だった。あのとき、彼は五つか六つだった。

男は、高台への石段を上りきったところに立っていて、どこからか帰ってきた幼い彼にいろいろとわけのわからないことを話しかけた。黒っぽいズボンに白いセーターの、瘦せた背の高い男で、左手に大きな真白い繃帯をしていた。

奇妙なことに、男は幼い彼の秘密までをよく知っているみたいで、彼は、きっとこの男は泥棒なのだと思い、ふいにこわくなってあわてて門の中に走りこんだ。……

たしかに、それは彼の経験には違いなかった。でも、それはいままで一度も思い出さなかった記憶で、何故いきなりそんなものが急にぽっかりとうかびだしたのかが解せなかった。が、結局のところ、それだけが二十年ぶりでの彼の散歩の、たった一つの収穫だった。

彼は脚をとめなかった。そのまま、まっすぐに商店街に歩いて行き、買物をすますと、すぐ新しいアパートの部屋にかえった。まだ、三時にならなかった。

彼が不思議な夢を見たのは、同じ日の、夕刻までの短いうたたねのあいだである。起き上ると、窓の外に血のような夕映えがひろびろと紅く滲んでいた。全身にびっしょり汗をかいて、しばらくのあいだ、彼は放心をつづけていた。

夢の中で、彼は現在の年齢の自分だった。だが、そこにはあきらかに、彼の五つか六つのころの時間がながれていた。

さっき、どうしても思い出せなかった当時のあの森と高台のあたりのたたずまいが、ひどくはっきりと、細部にまでわたって、ありありと彼の目にうつっていた。黒ずんだ歪んだ板塀がかこんでいたあの石段の下の分譲地。そこで隣家の小学生といっしょに殺した茶ぶちの猫。さっき抜けた商店街への道は、昔は中通りといって、丸坊主の床屋のならびに「十銭婆さん」と呼んでいた駄菓子屋兼おもちゃ屋があった。夢の中で、彼は三十歳に近い現在の姿のまま、その通りを歩いていたのだった。

石段を上ったところにある彼の家の塀の中からは、一本の柿の木が首を出して、たった三つだけの実が落日に赤く光っていた。彼はそれを確認した。甘い柿で、自分がよくそれを取って食べたのも思い出した。だが、すると夢の中でも季節はやはりいまと同じ秋で、夕暮に近い時刻だったのだろうか。

そして、あまりに鮮明なその夢の中の柿の実の赤さに、彼がみとれているときであった。石段を一人の子供が呼吸を切らしながら上ってきた。坊っちゃん刈りの色の白い、一重瞼のまだ幼い男の子で、彼はなぜか一目見てその子がズボンのポケットに、十銭婆さんで買ったおもちゃの大砲用の火薬を、そっとかくしもっているのがわかった。彼は、からかってやるつもりで声をかけた。

「坊や、このへんの子かい?」

男の子は、警戒する目つきで立ち止った。

「かくしてもわかってるよ。坊や、火薬買ってきたんだろう?　おもちゃの大砲の」

目を丸くして、子供は口をきかなかった。

「いけないねえ、またパパやママに叱られるぜ。坊やは、あの犬小舎の下の缶にかくしとくつもりだろうけど……」

そこまでいったときだった。ふいに彼は気づいた。そうだ、この文句だ、幼いころ、あのへんてこな男にいわれたのは。では、もしかすると、この子は……

「坊や」

彼が叫ぶのと同時だった。男の子は顔をこわばらせて、近くの門の中にまっすぐに走りこんだ。赤い屋根瓦に、白い壁の、赤く熟れた三つの実をつけた柿の木のある家の中へ……。

「どうしたの？　どうしたの」

耳のそばで、妻が叫んでいた。彼は、大きく呼吸を吐いた。

「へんな夢を見た。……子供のころのぼくに出逢ったんだ」

「へえ」と、妻は拍子抜けした顔になった。

「子供のころのあなたって、どんなだったの？　まるでうなされてるみたいだったわ」

妻は手拭いで髪をつつみ直し、かいがいしくまた畳を拭きはじめた。のん気な、ほがらかな口調で、彼の言葉は問題にもしていない様子だった。ハミングをはじめた。

彼はそれを聞きながして、彼をみつめている無数のあの柿の実の輝きのような大夕焼から、やっと目をはなした。のろのろと首を動かし、自分の白い薄地のセーターと、黒いズボンを見た。そして、左手。——

さっき、アパートの入口で、買ってきた電球をつかんだままころんだための裂傷が、そこではまだ疼いていた。いま、彼の左手には、大きく、真白な繃帯が巻かれていた。

月とコンパクト〈十月〉

朝鮮での戦争がはじまったのは昭和二十五年である。私が最初に北鮮軍三十八度線を突破の報道を耳にしたのは、六月二十五日。たしか、土曜日であったと思う。

その年のことは、私は奇妙によく憶えている。勤労動員中の過労と栄養不足がようやくあらわれてきたのか、その一年間には、中学時代の同級生の三人が死んだ。はじめての女友達が、私を棄てた。そして、ふたたび黒い翼をひろげてきた戦争。ふいに私にとり現実は、刑（たぶんそれは「死」なのだったが）の宣告を待つ牢屋の中のような日々とかわり、未来は、それまでの不透明な猶予に変貌した。その夏、私は神経衰弱にかかった。

私は医師に半年間の静養をいいわたされ、大学二年の秋からの学期を休学した。湘南海岸にある伯父の家で、私は、いつも目の高さにある青い瓦屋根のような海を眺め、いつはじまるかわからない戦争におびえていた。しだいにそのおびえは強くなって、しまいには自分の生命という負担の重たさ、自分一人でそれを始末せねばならぬ面倒で退屈な平和の重苦しさを呪って、いっそのこと、とむしろ夢に見入るように、戦乱の拡大の期待に光をもとめたりした。

だが、といって私はいま、その季節を語りたいのではない。いささか奇怪な話で、私にはまだそのトリックさえ明らかではないのだが、私はいま、ある体験につき語りたいのである。……海岸での休養を父に命じられて、私はその年の秋の半ばの夜、蒼白く頰のこけた顔に目ばかりを不安げに光らせ、たった一箇のスーツケースを片手に、まるで夜逃げをするように東海道沿線の伯父の家へと向かった。湘南電車はまだなく、私は夜汽車の向かい側の席に、でっぷりと肥り頭髪の禿げかかった大柄の紳士とならんで、髪に白い花を挿したまだ若い女を見た。

花は一輪のカーネーションで、女はときどき髪に手をやってそれを気にしていた。――順序として、話はその若い女からはじめなければならない。

中年の紳士は窓際の座席でゆったりと股をひらき、私の乗りこんだ品川では、すでに居汚なく口をあけて睡っていた。若い女は、その横で薄茶のスーツの肩をせばめ、きちんと膝を揃えていた。私には女は二十二か三に思えた。

が、女の顔には華やかな化粧の痕があって、ぼんやりと目を窓に向けているその横顔には、やはり重い疲労が透けて見えた。おそらく、この二人づれは父娘だろう。私は、はなやかなパーティからの父娘しての帰途を想像した。肩にもたれかかる肥った紳士の胸のハンカチを抜いて、分厚いその唇の端にひかる涎をやさしく拭いてやる女の態度には、たしかに、そんな父娘らしい距離と気配があった。

　形のいい濃い眉。細くなめらかな鼻すじ。明確な線で結ばれた薄い小さな唇。そして、かなり強く匂う香水。私は、ちらとそれだけのものを意識すると、もう正面きった視線を注ぐことができなかった。十九歳の私には、そんな匂やかな美しい女の前にいること自体がすでに恥ずかしく、目のやり場がなかった。仕方なく私は医師にゆるされた週刊誌を読みはじめた。もちろん、注意は絶えずその若い美しい女に向かっていた。女は、一度だけ拳を口にあてて、小さく欠伸をした。

　女が箱型の白いハンドバッグをとり、立ち上ったのは茅ケ崎を過ぎた頃であった。たしかめるように髪に挿した花に手をふれると、なぜか女はそれを抜いて、自分の立ったあとのシートに落した。そのまま、車体の震動に気をくばった歩き方で、通路を後方のデッキに消えた。

　ごく自然に、私はそれを手洗いに立ったのだと思った。私は解き放たれ、雑誌を伏せ頰の右側の窓をながめた。びっくりするほど円い大きな月が中空にかかっているのを見た。

　暗い墨絵のような松林の向うに、青白く光って海があった。汽車は海岸と平行に走っていて、だが、青く照る現実のその海より、玲瓏《れいろう》とかがやく月をめぐって犇《ひし》めく、青黒く濁った大空のはてしない暗闇の深さとひろがりのほうに、はるかに大海原の印象は濃いのだった。

　私は、不思議なことのようにそれを心にとめたりした。

　そして、そのとき、まったく奇妙な――まったく無邪気な感想なのだったが、突然、私は自分がいま、あの女を愛している、と思った。白い花が一つだけころげている目の前の空席、そこに見る現実の彼女の不在に、ふと私はなまなましく白い暖かな女体を感じとれた。私は、自分の愛がその空間を充塡《じゅうてん》して、そこに彼女を出現させるような気がしたのだ。そうだ。愛はその不在の感覚によってのみ存在するなにかなのだ——

私は幸福げに空を眺め、時のたつのを忘れていた。と、汽車の轟音が硬い金属質のよく響く音に変り、鉄橋の黒い巨大な橋桁《はしげた》がつぎつぎと窓を掠め去って、列車は馬入川を渡っていた。ひろい河口にきらきらと一面に白銀の月光が拡がり、月の微片を浮かべたゆるやかな小波が、ひっそりと音もなく岸を洗っていた。月は、黒い河の真上にあった。

全車輛が鉄橋を渡りおえた直後だった。どこか遠くで慌てたような男の大声が起り、赤い腕章の車掌が通路をどたどたと駆け抜けると、やにわに汽車は急ブレーキをかけて止った。ショックで急激に前のめりになった人びとの怒声や悲鳴やの中から、自殺だ！　という叫び声がひときわ高く聞えた。なに、飛びこみ？　ちがう、飛び降りだよ！

「どなたか、飛び降りた方のお心あたりはありませんか？　茶色の服の若い女の方です」

私は、呼吸のとまるような気持ちで、大声をあげながら車内を歩いてくるその車掌の手の、箱型の白いハンドバッグを見た。やっと目をさました紳士が、シートのカーネーションをつかむと、跳びあがるように立ち上った。

紳士は車掌に連れ去られた。私は、はじめて網棚の上の彼らのものらしい荷物を見た。新品らしい青と黒の大型トランクにならび小さな黄革の鞄があり、奇妙なことにパラフィン紙で包まれた花束が一つ、謎のようにその鞄の上に置かれていた。

翌日の新聞で私は紳士が四十五歳の金融業者であり、鉄橋越しに馬入川に投身した女が当日式をあげたばかりの二十二歳のその新妻なのを知った。写真があり、箱根への新婚旅行の途中だったとも書かれていた。もっとも私の見たのは神奈川版なので、どれだけのスペースで中央で報じられたかは知らない。

当日の私の日記は、だが不思議なことに、その事件には一字もふれていない。私を棄てた幼な馴染みの新劇女優の卵への未練げな悪口や、突飛で兇暴なファシストめいた意見でそれは埋まり、ただ、その夜、月が美しかったことだけが簡単に誌してある。


それから、すでに長い歳月が流れた。A製紙に入社し、資材課に籍を置いてからでさえ、八年がたつのだ。その間、私はこの事件を思い出したこともなかった。過ぎさった朝鮮での動乱と同じに、それは遠い過去の底に埋もれ、忘れられてしまっていた。

ところが、突然その記憶が私をたずねてきた。そのとき、ふと私が心の奥にかくしもった秘密の扉に、突然のノックを受けたような狼狽をかんじたのも、思えば、そんな過去と現在の自分との、距離のあまりのはるかさに理由があったのかもしれない。……とにかく、それは誕生日の祝いに部長の家に馳せ参じた、ついこのまえの日曜日の夜であった。

部長には子供がない。そのせいか社員を自宅に呼びたがる癖があったが、なぜか私は部長夫人のお気に入りで、その夜もあとに残り、ポーカーのお相手をせねばならなかった。部長自身は庭にしつらえた水槽の、無数の出目金《でめきん》や蘭鋳《らんちゅう》、珍種の金襴子《きんらんし》などへのお世辞に疲れきって、社員たちと飲み直しに出かけて行き、十時になると、残ったのは私ともう一人の見知らぬ男だけになった。

「まあ、たったお二人だけ？」

自分の計画どおりのくせに、肥満体の夫人は熱いコーヒーの盆を持って部屋に入りながら、うれしそうにそう声をあげた。見知らぬ男に私を紹介した。部長の遠い親戚にあたるという私と同年配程度のその男は、色が黒く動作も尊大で、私ははじめから虫が好かなかった。彼は、どこか天皇の兄弟に似ていた。

「やっと静かになったと思ったら、すこしひっそりしすぎちゃったようね。でもあなた、まだ平気なんでしょ？　どうせ遅くなるんなら、ここがいちばん安全だし」

賑やかに私に笑いかけながら夫人はカードを机にのせ、慣れたディラアの手つきで横に撫でた。一列にゆるく弧を描いてひろがる得意の技術だったが、掌が粘ったのか、一枚がこぼれてひらりと床に落ちた。

拾おうとして私がかがんだとき、斜め前の椅子にいた男が、同じようにカードに手をのばした。そのとき硬い音がきこえ、彼のポケットから円い金色のコンパクトのようなものが落ち、私の目の前にころげた。蓋がひらき、それは私の手の近くで停った。

カードは彼が拾い、私は椅子を下りてそれを取った。が、どうやらそれはコンパクトではないみたいで、鍍金《めっき》の剝げかけた古ぼけた蓋の裏は鏡ではなく、黒をバックにして白っぽい洋装の女の肖像が細密に描かれてあり、絵の女はこちらを向きひっそりと微笑していた。一瞬のことだったが、おやと私は思い、もう一度その女の絵をながめた。清潔な、しずかな表情の若い美しい女で、どこかで見た記憶があるような気がしていた。

でも、とっさに思い出すことができず、失礼だと思い私はすぐ蓋を閉めそれを男に返した。一種のロケットのようなもので、女はきっと彼の恋人なのだろう。だが、私はしばらくはその遥かな国の人のような美しい女の肖像が、奇妙に甘くなつかしい印象で目の底に残されているのに心を奪われていた。

ポーカーの最中、ひとり上機嫌な部長夫人の前で、男は無表情な沈黙をつづけていた。それに感染したのか、ふだんは饒舌な私までが言葉少なだった。彼はK大の工学部出身の技術屋だという話で、河西という名前だった。

「河西さんは独身ですか?」

なにか喋りたくて私はそう話しかけた。あんなごていねいな肖像など持ち歩いて、現物には手のとどかぬ証拠だと思っていた。

「ええ」

沈黙がきた。私はムズムズしてきた。ばかばかしいことだが、私は彼のその天皇家の親戚みたいなもったいぶった様子に、一種の敵意に似たものをおぼえていた。

「はは ぁ、いまの人が恋人ね。でも、どうして結婚しないんです?」

そのとき河西氏の目が光った。彼は、まるで奇跡でも見るような目で私をみつめた。

「ご覧になったんですか？　女を」

さも意外そうな彼の口調に、私はうろたえて答えた。

「だって、勝手に蓋が開いていたんですよ。失礼とは思ったんだが……」

「なによ、いったい」

夫人が目を手札に注いだままでいった。だが、河西氏の目は依然として私を見ていた。

「あの女、死んだんです」

「ほう、そうですか。それはそれは」私は、奇妙に彼にたいし意地悪くなる自分を抑えきれなかった。「それはその人を思いつづけるための絶対の条件ですよ。はは。なんだか、うらやましいくらいだ」

「――フル・ハウス」

夫人が華やかな手札をさらした。彼女の勝ちであった。が、その夫人がなにかをいいかける間もあたえず、河西氏はおっとりした語調ながら、きっぱりと宣言した。

「あなたがうらやましがるのは自由だ。だが、ぼくが同じそのことについて、死ぬまで自分への嫌悪をもちつづけなければならないのを、あなたにからかわれる理由もない。この女は、ぼく以外の男との新婚旅行の途中で、汽車から飛び降りて自殺してしまったんです」

「え？　知ってますよぼく、その人。……馬入川に飛びこんだ人じゃないんですか？」

突然、するすると幕があけて行くように私は思い出した。肖像の主は、あの秋の夜の髪に白い花を挿した女だった。眉の濃い、唇の小さい、中年の金貸しといっしょに坐っていたあの女なのだ。……だが、そのとき河西氏の見せた驚きの表情は異様だった。むしろ恐怖にちかい目で、彼は、まじまじと穴のあくほど私の顔をみつめた。

「ぼく、同じ汽車の、それもあの新婚だという二人の前にずっと坐ってたんです。そう、あの人、白い箱型のハンドバッグをもっていました」

「そうでしたか。ご存知だったんですか。でも、どうして……」

河西氏はやがて目を伏せていいかけたが、私の強い眼眸を避けるように語尾を濁した。

「ぼくの恋人でした。あの人が、親子ほど年齢の違う相手との結婚を決意したとき、ぼくはあの人といっしょの部屋にいました」

こんど異様な興味を示したのは部長夫人だった。気ぜわしくカードをしまいながら、夫人は私いままであなたの艶聞なんてまるで想像できなかった、たぶんポーカー向きのそのお顔のせいだわといい、熱烈にせがんだ。

河西氏は、両手を卓に組むと、やっと決心したようにうつむきがちに話しはじめた。

「あの人――典子《のり》というんですが、典子とぼくがどうして知りあったか、そんなことは省略させて下さい。小母さまの全然知らない人なんだし、いまは意味のないことです。じつは、典子の自殺には、一人の目撃者があったんです。女の人ですが、どうやら中年の上品な中流の婦人のようです。もちろん、いま生きているかどうかも知らない。一通の手紙をもらっただけの関係です。その人は夜汽車の人いきれに酔い、涼みがてらデッキで休んでいたのだそうです。典子はそこにやってき、しばらくは二人はいっしょに月を見ていた、なんの不吉な予感もなかった、ということです。……じっさい、その夜は月がとても綺麗だった。ぼくもそれは憶えている。ぼくはその夜、外苑を一人でぶらぶらしながら森の上に月を眺め、典子のことを考えたりもしていたのですから。

やがて若い女は、つまり典子ですが、かがんでどこからかコンパクトを出して顔をなおし、じっと鏡の自分をみつめてからにっこりと笑って、それを突然婦人に渡しぼくの住所を告げ、ぜひ送ってくれるようにと頼みました。どういう事情かわからず、婦人がただ静かだが奇妙に切迫した語勢に押されうなずくと、ふいに典子は立ち上り大空に向かって、まるで兎のはねるようにひょいと跳び上りました。あっと思うとそこは長い鉄橋の上で、典子の姿はいったん橋桁にぶつかり、まるで一本の万年筆のように光ってまっすぐ橋の向こう側に墜ちて行った。瞬間、自分もすぐつづいてデッキから飛びたいような誘惑をかんじて、私はあわてて手すりの鉄棒にしがみついた、と手紙には書いてあった。――婦人は典子の遺志に忠実に、車掌には遺留品として白革のハンドバッグしか渡さず、手紙といっしょにコンパクトをぼく宛てに送ってきたのでした。……それは、典子への、ぼくのただ一つのプレゼントだったんです。

送り返されたそのコンパクトを手にしたとき、ぼくがまず感じたのは何か。それは、解放でした。彼女はぼくへの借りは返した。もう、ぼくと彼女とは赤の他人なのだ。だから、その後に起った彼女の死は、ぼくにはなんの責任もない。そんな解放感だったんです」

呻くような声をあげて、夫人が口をはさみかけた。私がそれを制した。目で感謝をあらわすと、河西氏はつづけた。

「もちろんぼくは新聞で典子の死は知っていました。ぼくに責任があるみたいな重苦しい気分で、やりきれなかった。その気持ちが、急に典子のその行為で、形だけでも救われるように感じたんです。典子は、ぼくのあたえたものを送り返してきた。きっぱりとそしてぼくと縁を絶った。自殺は、それからの彼女一人の問題だ。……卑怯もの、勝手な理由づけ、とお怒りになってもかまわない。たしかに、ぼくは臆病な小心者なんです。――が、ぼくはどうしてもそのコンパクトの蓋を開けて見る気にはなれなかった。そこには典子が最後に自分を映した鏡がある。典子がそこに見たのは、清潔な、美しいままの彼女、そんな自分をどこまでも守り抜く強い意志だっただろう。だがぼくは同じその鏡に、さまざまなぼくの醜さ、不潔さ、自分の弱さばかりをありありと眺めるのに相違ないのだ。で、ぼくはそのコンパクトを開けなかった。そのまま、ぼくは未練に、感傷的に、拒絶された自分の幼い恋の記念として、机の引出しにそれをしまいました。ええ、うんと奥ふかくに……。

ぼくは、そのように、それを単なるぼくのプレゼントの回送だとしか考えなかったのです。それが彼女による、一つの『ぼく自身』というものの新しいプレゼントだったとは、ずっとあとになってから気づいたのです。

ぼくはまだ学生でした。それから恋人にはまる二年間めぐまれませんでした。そして、次の恋人を、ぼくはまた自ら失ったのです。ぼくは結婚を拒否しました。きっとぼくは、相手の女性よりも、ぼくの彼女への愛そのものを愛し、大切にしたかったのです。彼女は二カ月後、他の男と結婚しました。ぼくは典子の例を、またくりかえしたのでした。

結婚を侮蔑し、おそれながら、でも彼女の結婚を知ったときの気持ちは、棄てられた男のそれと同じでした。ぼくははじめて机の奥から典子のコンパクトを取り出し、兇暴ななつかしさに駆られてそれを開きました。と、どうでしょう、そこには小さな絵姿になった典子が微笑していました。その目や眉の細部までがはっきりと目に映って、典子はぼくを迎えるようにやさしく笑っているのでした。……何故か、わかりません。瞬間、異常を感じるよりぼくは自分の一生の過失を見るような気がして慌てて蓋を閉じ、掌で抑えたのです。

だが、ぼくのあげたのはただのコンパクトのはずだったが。あの老婦人の細工、いや、それとも生存中の典子の細工なのだろうか。ぼくはいそいでまた蓋をひらきました。すると――いや、お話をするより、もう一度じっさいに見ていただくほうが早いでしょう」

河西氏は悲しげな表情で、見おぼえのあるさっきの古ぼけたコンパクトをそっとポケットから出し、私に渡した。ためらわず私は蓋をあけた。夫人が顔を寄せ熱心にのぞきこんだ。

だが、女の肖像はなかった。それはパフもない使用不可能な一個の平凡な古いコンパクトにすぎなかった。蓋の裏は、ただの薄汚れた円い小さな一枚の鏡だった。ああ、取り替えたのだな、と私は思い、黙って河西氏に返した。どうやら、すべては彼の座興なのだ。

「……見えましたか？」

「ええ」

わざと私はいった。彼はコンパクトを手にのせたまま首を振った。目をつぶった。

「もう一度、ゆっくりと見て下さい、顔を近づけて」

私はふたたび渡されたコンパクトを手にして、彼の言葉に従うべきかどうか迷った。――ねえ、なにも見えやしないわねえ、と夫人が私の耳に口をつけてささやく。まったく、私はなぜ彼がこんな奇妙な手品とわけのわからないお話のタネとを、それも大真面目に、こうしてポケットに入れ持ち歩いているのか見当がつかなかった。それに、彼は私にサクラを強制しようとしている。ナルホドこれは不思議、とっくり見ようと思ったらノリコさんは恥ずかしいのか姿を消してしまいました、とでも私が大声で叫べば気がすむのか。

「……ねえ、もう一度よく見て下さい。ぜひ」

河西氏は、一種抵抗のできぬ訴えるような口調でくりかえした。私に、ふと勃然とポーカーのときの反感がよみがえった。それに、正面から見た魚みたいな顔のくせに、澄ましかえって愛だとか二度目の恋人とか、どこか人を人とも思わないような態度での、ぬけぬけとしたお喋りを聞かされていた間の嫌悪のくすぶりが、急に猛烈に私をあおりたてた。

よし、では正直に、女なんか見えないただのコンパクトだ、さあ、この手品か冗談かの意味を教えてくれと開き直ってやれ。私は戦闘的な目つきで蓋をあけた。……夫人が、またのぞきこんだ。

やはり、女の姿は見えなかった。が、瞳をその裏蓋に近づけ、ふいに私は胸をつかまれたような気がした。私の顔が映らず、部屋の調度や灯りすら見えないのだ。鈍く青く光るそれは、どうやら、鏡ではなかった。

異常を感じ、私は上からかがみこんでよく見た。と、それがぽっかりとべつな大空に向け開かれた小さな円窓のように思えて、私は、ふとそこから涯しない黒い神秘な宇宙がひろがるのを、かすかに立ち昇る冷気とともに感じたような気がしてきた。

もう、私はそこから目を放すことができなかった。すると、やがて円い窓の奥にぼんやりと淡い煙か靄のようなものが動いて、蒼白い光の漂いだすその奥から、冷たく冴えた円い月が、雲をはらうようにゆっくりと浮かび出した。……私は、戦慄して叫んだ。それはあの夜、東海道線の列車の窓から見た、秋の中空にかかっていた月にちがいなかった。

「月が見えたでしょう」

たしかめるように、むしろ沈痛に河西氏がいった。

私は言葉を失くしていた。呆然と彼の暗い表情をみつめていた。突然、夫人が大声をあげて笑いだした。

「なあに？　ただの鏡じゃない。古くてずいぶん汚れているけど」

夫人は私からコンパクトを奪い、音を立ててそれを閉めると、けたたましく笑いかけようとして、慌てて私たちの目を見た。

「なによ、いったいどうしたの？　ねえ、二人ともなぜそんな顔してるの？」

河西氏はだが夫人には取りあわず、ただじっと私の顔をみつめながら口をひらいた。

「ぼくが二度目に開けたときも、いまあなたが見たのと同じように、そこに現われてきたのは月だったのです。まるで、のぞきこんだそれがお前の顔なのだというみたいに。……あの夜、典子がデッキから見、ぼくが外苑を歩きながら見、たぶんあなたも見ただろう月、そして彼女の死を無言で眺め、照らしていただろう月。そんな、まるい美しいあの秋の夜の孤独な月だけが見えたのです」

帰路。――人気ない夜の道を、私はわざと遠まわりをして一人でぶらぶらと歩いた。たしかに、それはいかにもわけのわからない奇怪な経験だったが、よしそれが河西氏のトリックであれなんであれ、その究明には私の関心はなかった。それより、どうして彼があんな奇妙な話を後生大切に持ち歩いているのか、なぜ私にあの女の顔が、月が見えたりしたのか、またなぜ自分が、彼の話に真剣に聞き入ってしまったかを考えたかった。

私は、はるかな、かつての海岸の町での日々を想った。あれから半年もたたぬうちに、私は回復し、私は「前」を向いた。大げさなとりこし苦労や、過去にしがみつこうとする自分から別れた。……いつのまにか、私はそして平穏な日常の、平凡なくりかえしの中の多忙さに適応し、恐怖や思いつめたような気持ちを青くさい青年の事大主義と嗤い去って、かつて負債だと感じたものを預金だと考え、つまり現在を生きる術を身につけてしまっている。

その現在から考えれば、けんめいに人間や人間たちの生活をおそれ、拒みつづけ、その不在の空間にさまざまな観念をつくりあげて、その観念で現実と対抗しようとしていたあのころの自分は、それ自体がはかないガラスの虚像のようなものだ。だが、あるいはそれはもはやこの現在からは手のとどかぬ季節の、貴重なダイアモンドのような謎なのかもしれない。――あの季節、思えば私もまた河西氏と同じように、いつも生真面目になにかを思いつめて、なにものにも替えがたく、自分の、自分だけの愛と恐怖とを守りぬくことだけに夢中だった。

天皇のように片手で帽子をあげ、背を向けて夜道をすたすたと小さくなって行く河西氏の、さっき見たうしろ姿がうかんできた。彼こそが、いわばすでに死に絶えた私の若さなのだ、と私は思った。イメージの中で、私はその彼の孤独で淋しげなうしろ姿に重り、彼の背負っていたあの話が、そして聞き入っていた私の中のなにかが、まるで大時代なコートを着た青年のような姿でともに小さくなり、同じように背を向けて遠ざかるのを見ていた。

森閑とした秋の夜ふけの道に、私一人の跫音が空ろに響いていた。顔をあげると、静かな屋敷町の上に青黒い夜空が海のようにひろがり、半ば虧《か》けた月が、その中央に冴えざえと白く光っていた。月は、あの凍死した古い地球の過去は、ああしていつも若々しい生きている産みの親をはるかな高みから眺め下ろしながら、無言のままいつまでもそれを巡りつづけている。――私は、月をみつめたまま歩きつづけた。

ふいに、お土産だといって渡された食べのこしのケーキの包みが、指に重たかった。二年まえ、部長夫婦の世話でもらったお喋りな妻と当歳の赤ん坊とが待つ家へと足を向けて、そして私はふと、まるで救いをもとめるみたいな目で、自分のはじめての女の面影を、執拗にその月の面にさがしつづけている、いささか滑稽な私に気づいた。

外套の話〈十一月〉

外套の話。——それは、彼の過ごした一つの冬の歴史なのだ。

つまり、以下は彼の話である。

＊

彼女はぼくを、ある十一月の夜ふけ、ぼくの下宿がある環状線のG駅の前の風のつよい広場で、百十五分間待ったという。その夜は結局ぼくらは逢えなかったが、……次の土曜にそれを聞き、ぼくは思った。

——でも、彼女は寒かったろうか？

どうやら、この話はここからはじまるのだ。

女給　吐瀉《としゃ》物　泥　ゴミ箱　古い造花　酔っぱらい　嬌声《きょうせい》　喧嘩
野良犬　脱ぎ捨てられたハイヒールの片っぽ　腋臭《わきが》　ポン引　流行歌

駅前の三流のそんな歓楽街のなかを、ぼくは黒い石ころのように固く小さく下宿へと歩きながら、同じその夜、彼女のことを考え、彼女の眼眸の空想にとりまかれて、寒さなどはすっかり忘れていた。いや、むしろ暖かいものに全身をくるまれてしまっていた。なんの約束もなかった。ぼくは、つい五分前まで彼女に待たれていたなどとは、思いもよらなかった。……その前の土曜日、はじめて二人で入った喫茶店のガラス板に息を吐きかけのぞきこんだり、ふと見られている目を想像して振り向いたり、たのしくぼくは目に見えぬ、ぼくを待っているものを待って歩いた。

肩には金二千四百円也の外套と、深い夜の黒い手ざわりがあった。明るいゲエムランドのだみ声がぼくを呼んだ。

——ええ赤は情熱燃えあがる恋……

飛行船ゲエム。……硬い木の球をころがすと、ころがる球の小揺らぎと、しかし行先きのいつもきまっているのが、一瞬、そこにぼく自身を眺めさせた。

ぶっちょうづらの娘が声をまた大きくする。

——ええ黒はカァドの一番初め……

ぼくはそこで、有金ぜんぶの四十円をスッた。

彼女からその話を聞いたあくる日、つまり日曜日。……ぼくは、昼すぎになってからやっと目ざめた。下宿の壁にぶらさがった安っぽい自分の外套を眺めながら、ぼくは思った。

冬の夜ざむに彼女をまもっていたのがぼくだとしたら、ぼくは彼女の外套である。

でも、そんな彼女は、ぼくにとっても同様な一つの外套じゃないだろうか？

そして、町に出るとき着て行く外套。あたたまり外気からぼくの皮膚をまもる衣服。いわば外出用のぼく。こいつは一人きりの部屋では無用の長物ではないだろうか……？


たいていぼくは家にいる。映画代どころか電車賃さえ充分じゃない学生だからだ。いつも酸っぱく埃くさい四畳半に閉じこもって、すり減ったクラシック音楽のレコードをかけたりして寝ころがっている。そんなぼくにとって、外出は一つの余裕であり気ばらしであり、……つまり、ゼイタクの一つである。

――では、外套を必要とする外出は、外出そのものがゼイタクの一つであるとすると……外套は、一つのぼくのゼイタクではないだろうか？

いや、外套はだが実用品だ。

となると、いったい彼女はぼくにとって、どのへんまでが生活の必需品であり、どこまでがぼくにとり一人前に冬の街を歩かせてくれるゼイタク品なのであり……ぼくは、よくわからなくなってしまった。

……結論がつかなかった。

たぶん、これが生まれてはじめてやってきた恋というやつかもしれない。とぼくは思った。

彼女は眼と唇がひどく大きかったが、首の細長い美人だった。ぼくより四つ年上で、ある大会社の社長秘書をしていた。そのせいか、いつもとてもいそがしかった。

彼女と会うには、一週間要る。

知りあったラジオ・ドラマの学校は、週に一度きりだからだ。

教室は、都心のビルの地下室にあった。毎週土曜日、午後六時からの二時間ほどの授業と二時間ほどのおしゃべり、それだけがぼくらの共有する時間だ。

彼女の家もG駅の近くだったらしい。らしい、というのは、彼女がダンコとしてその下宿先きの、叔母の店の在処《ありか》を教えなかったからだ。きまってぼくらは歓楽街のはずれ、ぼくの下宿へと曲る角の、街燈の黄色い暈のしたで別れた。

「さよなら。またね」

「じゃ、さよなら」

背を見せると、急に彼女は事務的な、一人の有能なオフィス・ガールにもどってしまう。勝気で、しっかり者であるその裏側をみせてしまう。ぼくは、彼女がまっすぐに闇に消えるのを見送り、それから彼女の暖かさを背負って下宿に足を向ける。……

手ひとつ握らず、だが、ぼくにはそれで充分だった。まるで信心ぶかいヤソ教徒みたいに、週に一度、空気をへだてたまま相手をたしかめあう、それだけでぼくは充分にうれしかった。案外、ぼくこそ一つのブラ下がりの外套のように、彼女に選ばれたことに、たのしく負ぶさりはじめていたのだったか？

次の土曜日。ビルの地下室を出ると、恒星の一つが赤く光っている方角に、ぼくらは足を向けた。その方向にはギンザがあった。百五日ぶりにネオンの灯ったという、久しぶりの明るさがビールの泡立ちのようにかがやき、遠い雑踏が潮騒のように聞こえてくる、渇水あけの歳末のギンザが。

よく笑い、よくしゃべる彼女は、秋田リンゴのように頰を赤く熟《う》らしていた。毛糸の手袋の甲には、片方の耳を曲げたおどけた兎の顔があった。ふと、彼女はその兎の顔を二つ揃え、唇をかくした。

「寒いの？」

「ううん。寒くなんか」

しかし、彼女は急に無口になり、おずおずして、寒いのが不思議なような顔になった。

ぼくは思った。……彼女は、ぼくという彼女の外套が、ちゃんと二本の脚で歩いているのが不思議なのだ。……こうして見ると、ぼくが明瞭に一人の他人であり、まるで自分の外套が一つの嘘だったように思え、自分が贋もののの、嘘の外套しか着ていなかったような気がして、この現実の外気の肌を刺す冷たさが、だから彼女をふいに不安にさせているのだ。……

歩きながら、彼女の言葉をぼくは空想した。

――ねえ。あたし裸なのとちがう？　あたし寒いの。外套がないみたいなの。

――でも、こうしてあなたと歩きながら、あたし、あなたというあたしの外套を、もう一度こっそり着てみたり、そっと脱いで眺めてみたりもしてるの。……ご存知？

そっと目をあげて、彼女は微笑む。

――ねえ、こうしてると、まるでだんだん二人でいっしょに、同じ一つの外套にくるまってるみたいな気がしてくる。あなたもそう？　ねえ。返事をして。

ぼくはそこで、この架空のおしゃべりにこう返事をする。

――へえ、君は自分の外套と裸の区別がよくわかってるね。ぼくにはよくわからないや。いま、ぼくはたしかに暖いが、それがどこまでぼくの血の暖さか君という外套の暖さか、とにかくごっちゃで区別がつかないんだ。


その夜だった。G駅の改札口を出たとき、彼女は、はじめてぼくの肘をとろうと腕をのばした。――そう。まるで新しい外套に手を通すときのように遠慮がちに。

……ぼくは混乱した。

肉体を外套と考えれば――そしたら無論、ぼくは大タン不敵な振舞いもできるだろう。それは彼女をただの布地として取り扱うことだからだ。……が、外套が肉体だと考えたら、これはおそろしい。だいいち取り替えがきかない。それを脱ぐことは、イナバの白兎になってしまうことだ。

下宿の蒲団に入ってもぼくはまだ全身を硬直させ、ぼんやりと天井をみつめたまま、ときどき胸の動悸が痛いほど速くなった。……逆上と惑乱、恐慌と恍惚とがいっしょになり、しつっこくぼくをお祭のミコシのように揺すりあげた。


ぼくは、どう苦心しても、本当に自分が彼女そのものを必要としているのか、それとも彼女は外出時ぼくのただの防寒具にすぎないのか、まるで見当がつかなかった。……そして、そんなことにはおかまいなく、ぼくの感情はお伽電車に乗りはじめた。


お伽電車は一週間に一度ずつ、ぐるぐるまわりつづけた。

外套は闊歩を好み、ぼくに闊歩を好ませた。

……闊歩のためにあるのかも知れなかった。

ぼくたちが唇を重ねたのは、十一月の終りの土曜日、真暗なH公園の横の道でだった。歩いていると、いきなり彼女はぼくの前にまわり、両手でぼくの首にぶらさがるようにして唇を合わせてきた。胸のあいだにハンドバッグがはさまり、金具がぼくのアゴを押した。

彼女は、唇をわななかせて、機関車のような息を吐いた。

ぼくは、次の動作がまったく考えられなかった。右腕にぶらさがられ、まるで彼女に横に押されるようにして歩きだした。明るい店舗の光を浴びた瞬間、彼女は平常の呼吸にもどり、よろめくような足どりも、とたんにシャンとなった。

リードしていたのは彼女だった。

S駅で、いつものとおり出札口に向うぼくを、彼女はおさえた。

「いいの。今日は回数券をもっているの」

彼女の会社は、そういえば田村町にある。

「今日あたし、定期忘れてきちゃったの。外套をかえてきたもんだから」

はじめて、ぼくはそのことに気づいた。同時に、やっと自分がかえってきた。

そうだ、とぼくは新しい彼女のプリンセス・ラインの外套を眺めて思った。この外套はよそゆきだ。今日の彼女は、とするとやはりその中で、よそゆきの自分を生きたいと願い、その特別な自分を生きているのだ。今日の彼女は、よそゆきだ。

そのとき、彼女の首がぼくの肩にもたれ、生きている女性、生きている一人の人間の迫力がぼくにせまって、ぼくは明瞭にそれがいつものぼくの外套ではないのがわかった。……ふだんの彼女は、ふだんの外套といっしょにふだんの定期をしまいこんで、家でぶらさがり今日という一日は休んでいるのだ。

「どこでもいい、つれていって」

彼女がいった。が、当然のように、ぼくは首を横に振った。そのなまなましさにたいして。

ぼくの愛していたのは、いつもとおなじぼくという外套を着た彼女であり、つまりぼくにとって、ふだんの外套である彼女なのだ。……今日の彼女は、いつものぼくを着ていない。それは、ぼくの必要品としての彼女ではない。

彼女は怒らなかった。笑って、ハンカチでそっとぼくの唇を拭いた。薄紅い色がハンカチの白ににじみ、だまったままそれに大きな目を落した。

「……ごめんね」

と低く彼女はいった。

「あなたって、とても真面目なのね。あたしも、本当はそういう人のほうが好きなの」

階段をまちがえ、ぼくらは隣りのホームに上ったまま、しばらくは気づかずに広告のアメリカ映画の野外スクリーンを見ていた。……天然色のその画面では、鼻に串をさした酋長が足踏みをしながら演説をし、長い槍が飛び、ライオンが夕日のような口をあけて、くりかえし狂おしく観客たちに吼《ほ》えかかった。

ぼくはたしかに彼女が一人の他人であることを拒否したのだ、とぼくは思った。しかし同時にそのぼくは、もう、彼女という外套を脱ぐことができなくなってもいた。

ぼくは困った。……外套は一つの嘘になりはじめ、でも、ぼくにとって暖かいのは、必要なのは、そんな一つの嘘でしかないのだ。裸になるのが徹底的にこわく恥ずかしかったぼくだったが、大切な外套はいつも隙間風にあおられて踊りつづけ、どうやらぼくには裸の皮膚のその寒さしか確実なものはなにもないのだ。——もはや、クラシック音楽もぼくをかくし、憩わせてはくれなかった。

月が変わっていた。新聞で彼女の会社が疑獄事件の摘発をうけ、社長が逮捕されたのを読んだのは、その暮の金曜日だ。あくる日、彼女はビルに来ず、かわりに電話がぼくを呼んだ。――あたし、落着いてなんかいないのよ。お会いしたいと思います。ああ、でも、会っても仕方ないの。でももしよければ今晩九時、いえ十時、Gのいつもの喫茶店で……ああいや、だめ。待たないで。待ってちゃいや。十時より遅くなるわ。約束できない。社長のことであっちへ行ったりこっちへ行ったりたいへんなの。でもお願い、待っていてね。ああ、だめなの。ほんと。来てちゃいやよ。さよなら。

いったい、どうすればいいのだ?

ぼくはもう、なにがなんだかわからなかった。ただ無暗といらいらして、彼女と同じだけ自分が混乱し、落着いていないことに気がつき、燃えあがった。

九時。ぼくはGの喫茶店の固い擬革の椅子に坐っていた。十時。彼女は現れなかった。十一時。ついに彼女は来ない。

席を立ちながら、ぼくはびっくりした。……もし彼女が来たら。そうしたら、ぼくはそのまま彼女を下宿に連れて行くつもりでいた。いつのまにか、心は、ごく自然にそんな未来を迎えていた。でも、それからどうする気でいたのだ?

ぼくはわかった。いまや彼女という外套は一つの火のように熱くぼくをつつみ、その中で、ぼくのほしいのは肉体だ、肉体だけだ、とくりかえしぼくは思い、信じた。

翌日も、翌々日も彼女はしかし、喫茶店には姿を見せなかった。学校も翌週から冬休みに入った。毎日のように、新聞紙上では疑獄はさらに拡大した。

こうして、顔を合わさないまま、大晦日が通り過ぎた。

だが、新年も結局は同じだった。彼女には正月もクソも、夜も昼もなくて、弁護士をまじえての社長との打合わせや差し入れや、取調べやデスク整理にキリキリ舞いをし、そこに折悪しく九州の父が倒れ、あなたに逢うためには最低四人分の体と時間とが要るの、とやっとつかまえた電話の声は、泣きながらそうぼくに語りかけた。

ぼくは、すべてに身を入れることができなかった。着実に過ぎて行く時間、一つずつ消えて行く土曜日を眺めて、ぼくはやがてやってくる学年試験への関心を、はるかに遠い郷愁のように感じながら、下宿の畳にへばりつき窓からの冬の青空に心を散らしていた。――なにもしてはいないのに、毎日がひどく疲れた。

前夜に雪の降った二月のその土曜日、彼女はやっとビルの地下室に顔を見せた。……青く頬がこけ、やつれた顔でぼくに笑いかけた。

でも、彼女は彼女だった。ふいに冷えのぼせのように頬が火照り、なつかしい風をどこかに感じながら、でも、ぼくはひとつも寒くない自分に気づいた。……すでに、ぼくは寒暖のわかる肉体を喪失していたのか？

——そうだった。たしかにぼくは肉体を棚に上げてしまっていた。そのとき彼女をみつめながら、ぼくは、彼女がただ彼女として存在しているだけで充分に満足な自分が、自分が肉体を控除した関係しか、彼女にのぞんではいないのが、はっきりとわかった気がした。

彼女はまさしくぼくにとり、そんな快適で安全な一つの外套であり、外套であるだけでよかった。その他のものであることは要らなかったし、それは、むしろ危険なのだ、とぼくは思った。しぜん、ぼくには彼女の肉体は要らない……彼女といっしょにいる安らかな幸福にあたためられ、ぼくはそれをあらためて確認し、くりかえし確信した。

いつものコースを、なつかしいお伽電車が動いた。ぼくたちはギンザでお茶を飲み、歩き、G駅で下り、またお茶を飲み、いつもと同じように歓楽街を抜けて歩いた。

道ばたで、ラジュウムのように雪が青白く光っていた。泥濘をよけ、ときどきぼくにもたれかかるようにしながら、彼女は何故かぼくの一歩まえを、ゆっくりと歩いていた。

そのとき、待たれているのを、ぼくは思わなかったのだろうか？

——いや、思ったにせよ、ぼくはそれ以上、なにひとつ待ってはいなかっただけのことだ。

「さよなら。じゃまた」

黄色い街燈の下で、ぼくはいった。いつもと同じ声で。彼女は、ふとつまずくように下を向いた。返事がなかった。

しばらくして、彼女の声がいった。

「私、日曜日に九州へかえるの。会社やめたの。……父のあとを、つぐことになったの」

日曜日？　……明日だ。

靴底に冷たく淡雪が沁みてきていた。

「ねえ、答えて。ひとことだけ」

ふいに、彼女はぼくをみつめた。

「……あなた、あたしを愛していた？」

「うん。ぼくなりにね」

自分でも意外なほど、ぼくは冷静に、即座にそう答えた。いったとたんに嘘だとわかったその言葉を、ぼくの耳は機械のように録音し、再生した。……恥しさで目を熱くしながら、ぼくは、でもその言葉が、自分の卑怯さの正直な表現であるのをはじめて理解していた。たぶんぼくは、けっして愛していたのでも愛そのものを必要としたのでもなかった。ただ、小ずるくその暖かさだけを借用していたかっただけだ。

ぼくは、動くことができなかった。

「そう。……でもあたし、なんだかあなたにうまくダマされていたような気持ちなのよ」

睫の深い目を伏せると、ゆっくりと彼女はいった。

「怒らないでね。あなたがダマしたわけじゃないの。きっと、あたしが勝手にダマされていただけだわ。……でもそうなのね、きっと、このままがいちばんいいのね。……さよなら」

彼女は、そしてあの例の背中をみせ、しっかりした歩調で闇に歩きだした。一度だけ振りかえって、笑って手をひらひらと振った。……夜目に白く、その細く長い喉の肌が浮いた。

ぼくは動かず、手もあげずに、彼女が完全に闇に消えてから下宿へと足を向けた。

失ったものにたいしてより、ぼくは自分の中の奇妙な資格のない屈辱と怒りに、一晩じゅう悩みつづけた。それはまるで水に落した土くれのように、どうしても怒りや悲しみの中には溶けて行かず、ただ見ぐるしく心に醜い汚辱の渦を深め、ひろげて行く。……その中にただがむしゃらに沈没をつづけるほか、そのとき、いったいぼくになにができただろう？……

厚い扉ごしに聞こえる嬌声や罵声やバンドの騒音——貧弱な木とセメントのトルコ風呂——砕けた色ガラスの破片がひかる泥濘——けたたましく笑う朱唇とチャルメラ——巨大な尻を振って走るドレスの濡れた内臓のようなかがやき——

その中を、やはり固く小さくぼくは歩いていた。その次の土曜日。彼女は姿を見せず、ビルの学校には、すでに退校の届けが出ていた。

ぼくは、そっといつかの喫茶店を覗いてみる。わざと振りかえってもみる。まるで、そこに彼女の不在をはっきりと見とどけたいもののように。でも、もはやなにひとつぼくを待つものはなく、ぼく自身、なにひとつ待っているのでもない。それがこの冬の冷たい事実なのだ。

突然、ラウドスピーカーから声がする。

——ええ緑は若葉青春の輝き……

ゲエムランドのだみ声だ。なにがいまさら、青春だ。

苦笑して、ぼくは思った。そうそう、いつかの夜、ぼくはここで結局ぼく自身にしか逢わなかったんだっけな。

——おお寒い。

ふるえあがって、ふいにぼくは気づいた。冬の夜風が、刺すように冷たかった。

そのときだった。外套が消滅したのは。

現実の、貧弱な二千四百円のそれが、季節はずれの重たい負担のように肩にのしかかっているのに……でも、ぼくの外套は完全に失われていた。ぼくは寒さにふるえていた。

いまは、正確に、確実に、ぼくは一人ぼっちだった。

と、これが今はむかしの一つの冬の歴史だ。いま、ぼくは思う。つまり彼女を外套にしたぼく自身が、その季節に着つぶすべき、ぼくの一つの外套ではなかったのか、と。……ちょうど、マッカーサーが朝鮮で祝おうとしたアメリカ製のクリスマスが、北からの力で潰滅した冬のことだ。戦争の記憶がぼくを呼んで、生きることはぼくの現実にはなく、要するにぼくはそんな現実に、無抵抗な裸をさらすことをおびえつづけていたのだろうか？

でも、だからといってぼくは人間より外套をほしがった自分を、そんな周囲のせいにするつもりはない。いっさいはぼくの二十歳が所有した冬、その寒さの記録なのにすぎない。

そして、いずれにせよ、外套は春の到着とともに、脱ぐべきものにちがいないのだ。

＊

外套の話。――それは、彼の過ごした一つの冬の記憶でもある。

十一月。そろそろ外套がほしくなると、彼はいつもこの一つの冬を思い出すのだ。

クリスマスの贈物 〈十二月〉

〈クリスマスの贈物1〉
一人ぼっちのプレゼント

ホテルは海に面していた。といっても、ホテルと海との間には、まず幅のある舗装道路があり、それから海岸公園のわずかばかりの緑地帯がある。海はその向うに、白や淡緑色の瀟《しよう》洒《しや》な外国汽船や、無数の平べたい艀《はしけ》や港の塵芥やを浮かべながら、濃い藍色の膚《はだ》をゆっくりと上下していた。

ホテルの隣りには小さな花屋がある。おそい秋の午後の、重みのない透明な光が、色とりどりの切花や鉢植えの花を輝かせて、そこにだけ鮮やかな色彩が乱れている。

その入口から、まだ若い夫婦らしい二人づれが出てきた。薄いウール地の和服の女は、眩しそうに掌で眉の上に廂《ひさし》をつくり、ワイシャツにセーター、ズボンの男のほうは、所在なげにホテルの部屋鍵を指で廻している。二人はぶらぶらと歩いて行き、まるで立止ったり向きを変えるのが面倒なためのように、そのまま舗道を横断して、海岸公園に入った。

女は顔をしかめた。手を頰にあてる。

「雨かと思ったら、繁吹《しぶき》が風で飛んでくるのね。痛いわ」

男は答えずにベンチに近づく。海が、その足もとに轟音をたたきつける。

「海なんて、大きらい」と、女がいった。

男はベンチで脚を組んだ。ポケットからハンカチを出し、眼鏡を拭きはじめる。

「私はね、海のそばにいると、くたくたに疲れちゃうの」

「だから、今夜帰ろう。目白の家に」

「でも私、海のそばを離れたくもないの」

女もベンチに坐った。男は煙草を出し、手でかこって苦心してライターで火をともした。手伝うでもなく、女はそれを見ている。

「いつまでも母に留守番をさせとくわけにもいかないしな」と、男はいった。

「お母さま、いい方ね。私好きよ」

「母も君のこと、すごく心配している」

「弘はお母さまに似てたわ」

「弘のことはいわない約束だぜ」

「あ。ごめんなさい」

男は深呼吸のように腕をのばし、ベンチの背にもたれた。

「ぼく、やっぱり明日から店に出るよ。本店のほうに行ってみよう」

「あなたって、偉いのね」

「そうじゃないよ」と男はいった。「仕事に、逃げるっていう意味もあるさ」

「偉いわ、あなたは」と、また女はいった。「私、男に生まれてこなくてよかった」

「ねえ良子。元気を出せよ。へこたれたら、へこたれたとたんに終りだってさ、人間は」

「じゃ、私はもう終りなのよ」

女は、公園の道に目を落した。「笑われても、叱られても仕方がないわ。私にとって弘は、

……そう、約束だったわね。やめるわ」

「まるで、君には弘がすべてみたいだ」男は笑顔をつくった。「でも良子、君は、もともと
このぼくの妻なんだぜ。……弘の、母である前にさ」

女は立上がった。岸壁のほうに歩いた。

男が呼んでいるようだ。逆風で、よく聞きとれない。が、女は振向かない。藍色の海は、
かすかに沖が靄《もや》っている。

海は動いている。きっともう、弘は海に溶けてしまっている。浪にさらわれてもう一月。

たった満四歳の幼い小さなからだ。私たち、なぜ九月に海岸になんか行ったんだろう。

「――弘」

と女は呟く。シーズン中だったら、多勢のうちのだれかが早く気がついたわ。あんな大き

な浪だって来ず、私が海に駆けこむのを、だれも力ずくで止めはしなかったわ。私が悪いの。私たちが悪いんだわ。ママとパパの不注意があなたを殺したのよ、弘。また男が呼ぶ。夫は、きっと心配しているのだ。

──夫。夫なの？　あの男が？　あれは、まるで他人。一人の、見知らない男。

突然、海が絶叫する。なまなましい轟音。それが女を包む。

女は、海に自分を見る。その自分にいう。

海が奪ったのよ、弘を。弘は、そして海と一つになってしまったのよ。……もし私、海に飛びこんだら、弘と一つになれるかしら？

「そろそろ、ホテルに帰らないか」

男の手が肩を抑えている。その目が危険なものを見るように横から顔をのぞき、こわばった頰が無理に笑う。

ばかね。私が飛びこむと思ってるのね。

「大丈夫よ。はなして」と、女はいった。「死ぬのなら、私、もうとっくに死んでいるわ」

「日が翳《かげ》ってきた」と男はいった。「寒くなってきたぜ」

自分に、海のほかなにもなくなってしまっていたたったいまの記憶が、だが、女の中でまた顔を上げる。女は男の顔をみつめる。

「でも、ここより海はもっと暗いのよ。冷たいのよ。そして海の中は、これからだんだん寒くなるのよ。冬になるのよ」

「なに？」

一瞬、こわい目をし、それから男は醜くひきつったように笑う。

「わかった。だけどもう、そんな子供みたいなことはいうなよ」

「いうわ、私」

「いうな」はじめて、男は叫ぶ。

「……どうしていけないのよ」

声が風に吹き飛ぶ。だから私も叫ぶ声になるのだ。

「なにもいわなければいいの？　いわなければ、どうして幸福になれるの？」

「ぼくのことも考えろ。ぼくだって悲しいんだ」

男は、女の肩を抱いた。

「悲しみに負けたり溺れたり、でも、それはバカだ。どうしたって弘は生き返らない。ぼくたちは出直すんだ。愛しあって、支えあって、二人きりから、またやり直すほかはないんだ」

「人生に、やり直しはない、ないものに賭けるのは無意味だっていったのはあなたよ」

「良子、ぼくが、君を愛してるのは、よくわかってるはずじゃないか？」

男は腕に力をこめた。

「さ。行こう」

従順に歩きだして、女はふと、私たち、仲の良い夫婦に見えるわ、と思った。さっきのべンチの前まで来たとき、女は男の手を振りほどいた。崩れ落ちるように、ベンチに腰をかけた。

男も並んで坐った。また、眼鏡を拭きはじめる。女は、ぼんやりと男の顔をみつめた。男はいかにも商家の若旦那ふうに色が白く、目のふちがぽっと赧い。眼鏡のない、目の細い見慣れないその横顔に、女は、不意にひどくいやらしいタイプの三十男を見た。

女はすこし笑った。

「まるで昨日のことみたいだ」やや間を置き、男は呟いた。「たってみると、早いもんだな。あっという間に、もうすぐクリスマスだ」

「こんどのクリスマス、淋しいわね」

「そうだね。ほんとだ」と、男はいった。「子供って、夫婦にとって、大きなものなんだな。あれと弘の誕生日とが、まるでぼくたちの生活の里程標みたいなものだったんだね」

男は、ふと気づいた。

「良子」といった。女は、表情が硬直していた。

蒼ざめた頬が慄え、なにも見ない目のまま、女はかすれた声でいった。

「やっぱり、お別れするわ、私、どうしてもあなたといっしょに暮せないの」

「また、それをいう、そんな……」

女の喉が動いた。前を見たままでいった。

「私、前は、クリスマスなんて、なんでもなかったのよ。家では、特別なことなんかなにもしなかったの」

「それは、ぼくもそうだよ」と男はいった。

「クリスマスのお祝いをするようになったのは、弘ができてから。弘がいたからだわ。あの飾りつけやプレゼントや、ご馳走や、いろいろと工夫をするクリスマスという日は、私には、弘のためにあったんだわ」

「うん」と、男は低くいった。

「私、弘のいないクリスマスなんて、耐えられない」

叫ぶように、女はいった。「あなたは、どう？　その日が、もうすぐまた来るのよ」

男はなにもいわなかった。

「弘は、ジングルベルが上手だったわ。私、弘のいない、弘のいたあの家で、とうていクリスマスの音楽なんか、聞けない。きっと気が狂っちゃう」

「……チンゴーベーか」と男はいった。「ぼくにもクリスマスは、弘が生れてからの習慣だ。弘がいないのに、その賑やかな、たのしい、華やかなクリスマスがありつづける。空っぽに。たしかに、それは想像もできないような責苦だ。……わかるよ」

女は顔を覆った。むせび泣きながらいった。

「弘は、今年、私に、プレゼントをくれるはずだったの。去年、来年はぼく、ママに、すてきなプレゼントあげるね、って。ママの好きな、お花の束をあげるねって……」

男は女の肩に手をのばした。女は、はげしく肩を引いた。

「もう駄目。思い出さなかったらよかったのよ。もう私、忘れられない。私にはもう、プレゼントをあげる相手がいなくなってしまったんだわ」

「ぼくがいるさ」

「違うの」と、女はいった。「私がほんとになにかをあげたくて、いろいろ考えたり、計画するのがたのしいその相手が、いないの。そうだわ。そのひとの、プレゼントは、あげるものなのね。その、あげることがよろこびになる相手だけが、本当に必要な人間なんだわ。本当に愛する人なんだわ。私、たぶん、あなたを愛していないんです。愛していたのは弘だけよ。弘のために、私はあなたの妻である自分を、不思議ともなんとも思わなかったんだわ。弘の母としてだけ、私はあなたの妻だったの。そうなのよ。それが、いま、はっきり……」

「君は興奮している」と、男はいった。「部屋で、ゆっくり話そう。ね?」

「たしかに興奮はしてます」女は、涙でいっぱいの目で、怒ったように男を見た。「でも、別れるというのは、いまの思いつきじゃないわ。いまはただ、クリスマスのことから、自分があなたのどんな妻だったか、それがうまく言葉になっただけです。昨夜は、そこのところで、あなたにうまくごまかされて……」

「良子。しかしぼくは……」

「私、ここのホテルに来る前から考えてたんです。もし離婚が難かしかったら、せめて別居をさせていただこうと」

「別居を?　なぜ?」

「一人になりたいの。とにかく、いままでの生活の外に出て、この機会に、ゆっくり自分と向きあってみたいんです。すべてはそれからだと思うの」

「どうして、君はそんな……」

「行くところもあります。しばらく、麻布の真弓の部屋にでも同居させてもらうわ」

「なに、真弓？」

「そう。あなたの大嫌いな、私の昔の同級生。下品なテレビ・タレントの真弓よ。あのひと、一人でアパートにいるから……」

「相談したのか？　もう」

「ええ。電話で。いつでもいい、いたいだけいていいから、いらっしゃいって。私だって、真剣にいろいろと考えてたんです。一日や二日の思いつきで別れるなんて、そんな軽率なこと、しません」

男は黙っていた。煙草を出そうとする指が顫え、目が自分の靴尖をみつめていた。ライターが、硬く鋭い音を立てた。おどろくほどその焰が赤く明るい。いつのまにか日は沈みかけて、男の顔が小暗かった。煙草を吸うたびに、その火の赤が活き、男の縁なし眼鏡に光った。「ああ。ずいぶん暗くなったな」と、やがて男はいった。「とにかくぼく、ホテルに帰る」

女は男の顔を眺めた。

「……私たち、もう一度お見合いをさせられたら、結婚するかしら」

と、女はいった。真面目な、ひどくしんみりした口調だった。

無言のまま男は立上がると、女を待たないで歩きだした。振り返らなかった。

女は、大きな呼吸をした。沖の汽船にも、埠頭やブイの標識にも、気がつくと公園の中の水銀燈にも、もう、いっぱいに美しく光が入っている。急速に日は短くなる。それに、冷えこみもはげしい。女もベンチから離れた。

公園の出口に歩くと、追いすがるように海のどよめきが薄墨いろの空間にひろがり、地べたにも鳴動がひびいてくる。幅のある舗装道路との境の、車を入れないための柵のところまで来ると、女は足をとめた。ホテルの隣りの花屋が数個のライトを点け、夕闇の中に、そこだけが小さな舞台ほどの明るさで照らし出されていた。


未来が途方もなく厚い重い灰色の壁のようにしか感じられないのに、しかし、たってみると時の流れは一つの欠落のように素早かった。

たしかに、あっという間に街にはクリスマスがきていた。

真弓との二人のアパート暮しは、たのしくもつまらなくもなかった。良子はほとんどの時間を、留守番役としてすごした。

夫とは一度も逢わなかった。夫も規則的に小切手を郵送してくるだけで、手紙はなく、電話もかけてこない。おかげで良子は、ほとんど夫を思い出すこともなかった。

イヴの夜、真弓は所属しているプロダクションのパーティに良子を誘った。もちろん良子はことわった。

「私は一人でいたいんだし、そのほうがいいの。気を使わなくていいのよ」

「私は徹夜よ」と真弓はいった。「あなたがいるおかげで、私、このごろすごく品行がいいでしょ？　たまには外泊、大目に見て」

「毎日だって大目に見るわよ」

「おたがいに不干渉か。私たち、長つづきするわね」

真弓は笑った。独身のせいか、同じ二十五でも、真弓は肌こそ荒れていたがずっと子供っぽく若々しく、気持ちも可愛らしい。もう、その差はきっと縮まらないのだろう。

華やかなドレスの真弓を送り出すと、さすがに良子は孤独が深くなった。ラジオからもテレビからも、スイッチさえ捻ればクリスマスがあふれてくる。他人たちのお祭りの遠さが、やり場のない霧のような自分の重い悲哀が、心にあふれてくる。手早く仕度をして、良子は気晴らしに表に出た。何日ぶりかすら咄嗟には思い出せないほどの、久しぶりでの外出だった。

しかしクリスマスは、街にはもっと賑々しくあふれていた。あらゆる店はクリスマス・セールの飾りつけに工夫を凝らし、いつどこにいても幾種類かのクリスマスのメロディが、同時に聞えてくる。そして、その街を歩く人は、ほとんどがプレゼントらしい美しい包装の品物を、幸福げに胸に抱えている。……

だが、彼女だけは、すべてのプレゼントに関係がなかった。くれる相手もなく、贈る相手もない。買うことも、もらうこともなかった。彼女は、一人ぼっちだった。不意に、それが不安だった。街にひしめき、笑いさざめく無数の人びとの中で、そんなプレゼントで結び結ばれあった、他のあらゆる人間たちの中で、彼女は自分がかれらとは無関係に、一人きりでだけ生きているのを感じていた。でも、どうして私にだけ、プレゼントは関係がないのだろう。どうして私にだけ、愛する人がないのだろう。……愛するものの不在が、悲しみというより、はじめて自分が消え失せたような恐怖で、良子の胸に来ていた。

彼女は、ついふらふらと角の洋品店に入った。真弓。彼女にプレゼントをしたら。が、良子の脚は女物の売場を通りこして、男物のショウ・ケースの前に彼女を立たせていた。そう。真弓だって、私なんかにもらうよりも、彼氏の一人にでももらうほうが嬉しいにきまってい る。私も、だれかすてきな男性への贈りものがしたいわ。良子は男物の革手袋に手をのばした。そのとき売子が声をかけた。もちろん、これという心あたりがあったのではない。夫のことなど露ほども頭になかった。ただ、その革手袋のしなやかな手ざわりが、精悍な男性の冷たく残酷な魅力を、彼女に空想させていたのだった。彼女は、それを買った。

アパートへの暗い道をいそぎながら、意味もなく頰が熱く、目がすわって、小鼻がひくひくと動くのがわかった。冷えた冬の夜の外気を深く嗅ぐと、胸がふるえてくる。ときどき、膝が萎えそうになる気もした。部屋に入り、電燈を消しすぐ横になったが、どうしても睡ることができない。……良子は、はじめて小説の中の人物のように、自分があることを積極的に欲しているのを知った。暗闇の中で、幾度も頰が燃えるように赧くなった。

真弓の帰宅は、翌日の昼近くだった。まだ、やっと寝ついたばかりだった良子を、真弓はその甲高い声で起した。

「ねえ、まだ寝てんの？　良子。あなたにプレゼントが届いてるのよ」

「いま帰ったの？」

良子は、目の泣きながら眠った痕《あと》をかくすようにこすりながら、明るい部屋の中に、真弓が正面にセロファンを貼った細長いボール箱を抱えて立っているのを見た。

「ほら、プレゼント、花束よ。すてきじゃない？　ちゃんとポインセチアまでついてる」

真弓はその箱をベッドの良子に渡すと、両手を腰にあてた。

「いま、そこの廊下で花屋に逢ったんで代りに受けとっといたんだけど、あんた、それ、だれからのプレゼントだと思う？」

「……死んだ弘が、今年のクリスマスには、ママに花束をあげるっていってたのよ」

と、良子はしずかな声でいった。

「まあ呆れた。びっくりしないの？　贈り主は、その坊やなのよ」

良子はサイド・テーブルに花束を置いた。

「きっと旦那ね。わざと坊やの名前で」と、真弓はいった。「固物の老舗《しにせ》の息子にしちゃ、やるじゃない？　なかなか」

良子は、ゆっくりと身を起した。どうしてこの花束にまったくなんの感興も湧かないのだろう。それが、自分でも不思議だった。

花束の贈り主は、良子自身だった。——彼女は、あの海岸の公園で夫との別居を決心した直後、一人でホテルの隣りの小さな花屋へ行き、真弓のアパートの番地をいい、市外輸送の料金まで前払いをして、自分宛てにクリスマスにここに届けるよう依頼したのだった。……でも、なぜ私はこんなことをしたのだろう。

真弓が鼻歌をうたいながらバスを使っている。そののんびりしたハミングを聞くともなしに聞いて、良子はベッドに坐ったまま、ぼんやりと窓の外の明るく晴れた空を見ていた。

自分は、こうして、すこしでも弘の記憶をなまなましくしなくては、なんのプレゼントもない私のこのクリスマスがどんなに空虚で悲しいだろうという予想で、海に化した弘の身代りになり自分にこの花束を贈ったのだ、と良子は思ってみた。……だけど、真黒な穴の中にかぎりなく墜落していたみたいな、空ろさの中での混乱状態だったあのときと違い、いまの私は、自分の底に真黒な穴をあけた状態のまま固定しかけている。結局、かつての自分の贈ってくれたものは、そのときの「自分」なのだ。しかしいま、あのときの私をプレゼントされても、なんの効果もない。私は、いわばもう別人になっているのだから。

——ふと良子は思った。たしかに、いまの私は、あのときの私とは他人なのだ。そして、もしプレゼントを贈る相手こそが、そのひとの本当に愛し、必要とする相手だとするなら、あのとき、私は未来の自分に、ただ一人そんな愛しうる他人を見ていたのかもしれない。

突然、良子は気づいた。あのときの自分は、弘を追い、弘を求め、弘にだけ心を占領され、弘とともに、海に化していたのではないのかしら。この花束は、そんな自分、濃い藍色の海の中で、弘とともに死んでいた一人の自分からの、ちがう新しい自分への、切実な愛のしるしではないのかしら……？

　良子は花束に手をのばした。はじめてそのプレゼントを、現在の自分への、他人からのそれとして味わおうという心が動いていた。


　十二月の海岸公園には、訪れる人もあまりいない。芝生も枯れ、樹木も葉を落して、ただ海の轟音だけが、荒涼として平坦な園内に、かわらぬ鳴動をつたえている。

たった一人、眼鏡をかけた三十歳前後の男がベンチの一つに坐っている。彼は真冬の午後の海を見ている。海は灰色に澱んで、今日はやや靄が深い。まだ若い女が一人、ハイヒールの踵を鳴らしながら、ホテルのほうから舗道につづく柵を抜けて、海岸公園に入った。

　男は気がつかない。砕ける波濤と海からの風のために、跫音《あしおと》が聞えないのだろう。女は、まっすぐにその男のいるベンチに近づく。

「やっぱり、あなたなのね」

　と、女はいった。

　男は顔を上げる。が、なにもいわない。

「あなたでしょう？　私に、弘の名前で花束を送ってくださったの」

「……ぼくだ」

と、男はいった。

「ゆるしてくれ。よけいなことをしたよ」

「私、そういう意味で訊いたんじゃないの」

岸壁に白い浪の幕が伸びあがって、崩れる。

女は、男に並んでベンチに腰をかけた。

「私ね、自分で自分に花束を贈っといたの。だから、はじめはその花束が着いたんだと思ってたわ。でも、よく見たら、お店の名前が、おぼえてたのと違ってたの。それで気になって、頼んどいたお店に来てみたのよ」

女はホテルのほうを振り向く。

「あのお店よ。ほら、秋にあなたとちょっと寄ったことがあったでしょう。ホテルの隣りの」

「ああ、あすこはいまガソリン・スタンドになっているよ」

「そうなの。無責任ね。市外配達の特別料金までとったくせに、なんの挨拶もせずそのまま頬っかぶりらしいわ」

「そうか。じゃ、君はぼくのを……」

「そうなの、はじめは間違えたわ。でも、ここに来てあなたの後ろ姿を見たとき、はっとしたわ。弘の名前を使う資格のある人が、もう一人いたことを忘れてたの。ごめんなさい。いままで、私、あなたにずいぶんひどかったわ」

「じゃ受けとってくれるのかい？　あのプレゼントを」

「もちろんよ。あなたが弘の身代りとしてくれたんですもの。母としても妻としても、もらわない理由なんてないわ」

「ぼくには、やっぱり君しかプレゼントをあげたい人がいなかったんだよ」

「私のも、受けとってくださる？」

女は、ハンドバッグから昨夜買った手袋を出すと、男の膝に置いた。

「私がプレゼントをあげたい人も、やっぱりあなたのほかにはいないわ。いま、それがわかったのよ」

「ありがとう」

男はそれを大切にポケットにしまった。

「だれからもプレゼントもらえなくて、ぼく、すごく孤独だったよ」

「夫婦って、きっと、おたがいに自分の一人ぽっちをプレゼントしあうものなのね」

女は、遠く白く煙った水平線に、目を移しながらいった。

「……でも、あなたはなぜ今日ここへ来たの？　偶然？」

「弘に逢いにきたのさ。昨日からあのホテルに泊っている。……クリスマスだからね」

「なぜここへ弘に？」

「いつか、君はここの海の中に弘を見たんだろう？　ぼくも、同じものを見にきたんだ」

女は黙った。あのとき私の見たのは弘のいない不在だった。でも、それは同じことかもしれない。

「弘がここに呼んだんだね。君も、ぼくも」

それを、呼んだのも、弘の不在かもしれない。

二人は海をみつめた。灰白色に煙る海は、不気味に濁った襞《ひだ》をつぎつぎと重ねながら、無表情に岸壁に迫ってきて、はなやかな白い泡を盛りあげてはまた去る。そのたびに、未知なものがひたひたと押寄せ、鈍く光る壁の向うに、途方もなく巨大な生命が動いている気がする。

「……弘のプレゼントなのね。私たちを、ここで逢わせたのは」と女は低くいった。

「で、君はいつ家に帰ってきてくれる?」と、男が訊く。

女は笑った。

「私ね、真弓には、花束、自分で自分に贈ったことといわなかったの。真弓はだから、はじめっから、あれはあなたのプレゼントだって思いこんでいるのよ」

「真弓が?」

いいながら男はライターと煙草を出す。女の手がかこって、男は白い煙を吐く。

「そうなの。真弓、それでご機嫌だったわ」

「なぜ?」

「あら、自分で考えてよ」といい、女はまた笑った。「彼女、私がいると、おかげですごく品行がよくなっちゃうんですって」

〈クリスマスの贈物2〉
夫婦のプレゼント

K夫妻が、Y夫妻のいる湘南のS市に新居を構えてから、その二組の夫婦は、急速に親しさを深めました。

同じ大学の同年度の卒業とはいえ、経済学部卒のK氏と法学部卒のY氏が知りあったのは、おたがいがすでに社会人になってからです。でも、それも一度か二度、酒席をともにしたくらいの、いわば顔見知り程度のつきあいでした。

それが、今春、K夫妻がかねて念願の独立家屋をS市にやっと完成したとたんに、事情が一変しました。偶然にも一軒置いた隣りがY氏の家であり、またY夫人は、K夫人の女学校の二年先輩でした。さらにY家の四歳になる坊やとK家の三歳になる娘が、ワン・カップルを形成して、二つの家庭の交際は、まさに家族ぐるみになったのです。

K氏はある毛織会社の係長です。お酒が大好きで、三十そこその若さでとにかく家を一軒建てたのですから、なかなかの手腕家だし、自信も相当に強い。ところでY氏の肩書は、販売部長兼重役。二人の収入は、片方が無理してやっと建てた当世ふうの簡易住宅なのに、一方は親父の金で建てた現代的な耐火・耐震の近代建築である、それぞれの「独立家屋」くらいの差があります。Y氏は、有名な同族会社Y薬品の長男なのです。

でも、K氏はべつにそのことを気にしてはいません。彼自身、曲りなりにも家はあるし、その地位といい、月収といい、同級生たちに羨まれていい存在です。Y氏は、あれは特別な男なので、比較・羨望の対象にはならない。……嫉妬しないのは、K夫人も同様です。ただしこちらには、Y夫人が女学校時代からの有名な美貌の持主である事実を考慮に入れ、ひそかに鏡を見て、それでバランス・シートを合わせている形跡もある。

女の美貌は男の財力に引き合い、人間の満足する能力はその幸福に引き合います。——要するにこの二組の夫婦は、それぞれバランスのとれたカップルです。ついでにもう一つ、この二組の夫婦の現状を紹介する対句《ついく》をつくれば、次のようになります（こっちははじめのがK家、あとのがY家です）。

……曰く、夫への信頼がお金の不足を補い、お金の剰余が妻からの信頼の不足を補う。

この「信頼」を「愛」に置きかえるのも結構です。——おわかりになったでしょうか？そうなのです。K夫妻のほうはたいへん平凡で、その意味で、たいへん幸福なカップルですが、Y夫妻のほうはちょっと違う。常日頃Y氏は、恋女房である美しい夫人から、自分がその性的魅力につき、充分な信頼を受けていない不満を抱いています。……で、彼は、さるバーの女性にこっそりと毎月きまった手当てをあたえて、彼の欲するわが魅力への「信頼」の不足分を、しかたなくそこで埋め合わせていました。

＊

K夫妻がS市に移ってはじめてのクリスマスは、Y家で両家族だけの合同で祝うことに決りました。

「子供のため」という大義名分を立てられては、みすみす何枚かのバーのクリスマス・パーティー券が無駄になることが明瞭でも、夫たちは従わざるをえません。こんなことになるから、だから亭主族には、ちょっとその使途の説明に困るお金ができてしまうのです。

さて、その当日。――K氏は舶来のウィスキーを（これは上役がくれたものです）、K夫人は手製のケーキを（これは半日がかりでつくりました）、そして三歳の娘は坊やへのクリスマス・カロルのレコードを（これは前日ママとお店に行って選びました）、それぞれプレゼントとして持ち、一家は予定の六時にY家を訪ねました。

七時半には、お祝いのパーティーはほぼ終りでした。まわらぬ舌をレコードに合わせての、子供たちの『聖《きよ》しこの夜』の合唱も、二組の男対女の、あたらずさわらずの会話も、そろそろくたびれてきました。

きっかけは、四歳の坊やでした。……彼はその夜の、白いタイツに紺のプリーツ・スカートをはき、花の刺繍が散った白いセーターに白いカーディガンという「盛装」の幼いガール・フレンドの美しさに感激して、さっきから小鼻をふくらませムズムズしていたのですが、たまらなくなり、いつもの彼のお得意の逆立ちをやったのです。「……おジョーズねえ」と、今夜の白タイツ姿にいささか自信のある彼女が、よそゆきの声でほめます。彼は顔を真赤にして、くりかえし絨毯《じゅうたん》の上ででんぐり返りはじめました。

「はじまったね」

「はじまったわ」

そして夫たちは、かなり広いその客間の片隅のホーム・バーへ、夫人たちは、逆の隅の丸テーブルの前の、壁に沿い鍵型に置かれた柔かいソファへ移動します。――つまり子供たちが絨毯をその「場」として遊びはじめたように、男どもは「男ども」の席へ、女どもは「女ども」の席へ着いたわけです。大人たちの目的は、もっぱら、自由にその口を動かすためです。

「おい、アツ子のほうはいいのかい？　今夜みたいな日は、パトロンって奴はかえって顔を出さないのがエチケットなのかい？」

K氏はY氏に打ち明けられ、彼に毎月お手当てを出す女性がいるのを知っています。彼女の働く店に伴れて行かれてもいます。が、それは自分の妻にもいっていません。男の友情です。

「それがさあ。ま、今夜はゆっくり話そう」

Y氏は人のよさそうな目を細めます。

「今夜はね、面白いことがあるわよ。まあ、待ってらっしゃいね。子供たちが寝たら、私、そのドラマを演じてやるつもりだから」

Y夫人はほんのすこしビールを飲みます。

K夫人はケーキと果物が専門です。

「なにがですの？　そうそう、私、それよりちょっと気になることがあるの」

やはり相手が先輩のためか、K夫人の言葉には、どうしてもときどき敬語がまざります。


「アツ子のやつ、店を一軒出させろ、ってこういうんだ。で、五百万円出せって」

「へえ。そりゃ吹っかけたな」

「そう？　店としちゃ安いって聞いたぜ」

「だって、五百万だぜ」

「やっぱり、法外かな」

「あたり前だ。やだなあ、ブルジョアさんは」

「でもねえ、おれ、あいつとは古いからね。うちのやつと結婚する前からの女だろう？　だから……」

「だいぶ年齢《とし》はいってるよな。そうか、店をもちたいってのも、その自覚からか」

「いやそりゃ違うよ。アツ子はそんな分別のある女じゃねえんだ。バカみたいに人がいいんだ。古いタイプの女で……」

「そうかね」

「あなたのほう、ふえた?」

「それがなのよ。昨日見たら、けっして手をつけずに、ときどき増えるだけだったほうの通帳が、ちょうど半分に減ってるんです。十五万円しか残っていませんのよ」

「あら。へんね、あなたのご主人は慎重だし、株でスッたんでもなさそうだし……」

「株のほうは横這いをつづけてるわ。私、毎日見てますもの」

「どの分? 原書の分?」

「いいえ、あれは綿の相場で儲けている分でしょ? 統計学概論にはさんである口」


「なに? そんな仲だったの?」

「うん、そうなんだ。だからおれ、ママが生きている限りは、もう自動車のハンドルは握らない約束をさせられちゃってな」

「怪我はどうだったの?」

「おかげで、気絶しただけで、まあどこも。……もっとも、アツ子のほうは一月ばかり入院して、整形したけれどね」

「そんなにひどかったのか?」

「いや、ついでだからって鼻を隆《たか》くしたんだ」

「病院の費用は?」

「そりゃもちろん、こっちだ」

「弁償というのか？　補償、バイ償っていうのか？　その金も出したんだろう？」

「それがさ、一文もとらない」

「ほう」

「ね？　だから人がいいバカだというのさ」

「奥さん、ほんとに全然知らないのか？」

「あたり前さ。でもな、おれ、ときどき本当のことを怒鳴ってやりたくなるね。あいつときたら、おれがひとつもモテないって確信してるんだからな、深夜、女給と箱根にドライブして、なんていったら、夢でも見てるのか、って笑いとばされるのがオチだよ。すこし、うまく教育しすぎちゃったんだな」

「それ以来なのか？　アツ子とは」

「うん。補償の代りに、月々手当てを出す関係になってくれっていわれて……」

「おい待てよ。それじゃ、ちっとも人のいいバカじゃないぜ。そのほうがトクだもの」

「違うんだってば。あいつは、そうしてたらぼくと逢える、いつまでもぼくと関係をつづけていたいからだって、そういうのさ、だから……」

「おいおい、甘いぞお前」

「そうかなあ。いや、君には、あいつがどんなにぼくのこと心配してるか、わかんないんだ」

「で、まあさ、せっかく先方がかくせてると思ってんでしょ？　知らん顔しててやるのがエチケットじゃない？」

「そうね。それに、先方は良心の呵責《かしやく》を感じながら、いつもあなたに弱みをもってるってことにもね。うまいわ。……でも本当？　そんなにモテるなんて、意外、——あら、失礼」

「いいのよ。当然の疑問よ。それを当然と思わないのは本人だけでね。だから情けないの」

「だって、そんな、夜おそく箱根までついて行くなんて、その女給さん……」

「でもね、魅力の点ではごらんの通りでしょう？　いやないい方だけど、Y薬品って名前、一応通ってることは通ってるらしいの。実際にお金があるかないかは別としてよ。そこの長男でしょ。ちょっとモテたにしたところで、なんでモテているか、普通の知能程度ならすぐわかるはずだと思うわ」

「あらひどい。ちょっと可哀そうだわ」

「私だって、主人がモテてなくて、しかもそれに気がつかないお人よしのバカだなんて、面白いわけはないわよ。でも事実なんだもの。先方がお金目当てなのは」

「わかってるの？」

「わかってるのよ。五十万のお金でYの母が片をつけようとしたらね、毎月のお手当てをいただくほうがトクですから、とこうよ。あんまりしゃあしゃあとしているんで、さすがに母が怒って、いらないいんなら持ってかえります、あとは息子次第ですから、って帰ったんですって。ところがその息子がさ、さんざん母から注意されたってのに、毎月五万の手当てを、すくなくとも一年間はつづける約束をして帰ってきて、なんとそれを目尻を下げながらいまだにつづけてるの。もう、まる七年になるのよ」

「月に五万?」

「ええ。その人、頭いいわ。五万ぐらいならあの人だけの判断で自由がきくわ。まとまったら駄目なの。みんな母がおさえてるから」

「お母さまが?」

「そうよ。母が社長だもの」

「でも、どうしてご存知なの?」

「事故?　新聞に出たもの。私、あの人と幼な馴染でしょう?」

「いいえ、毎月のもののこと」

「ああ。Yの母から聞いたの。私が全然知らないのならとにかく、すこし知っているようだからかえって可哀そうだっていって、結婚する前に聞いたわ」

「ほんとにつづいてるのかしら」

「月に一度は行ってるわ。そりゃ私だってピンとくるわよ。それにあの人、私が知らないつもりでしょう?　バー・利恵ってマッチ、平気で持って帰ってくるし」

「利恵?　あら。うちの人も持ってましたわ」

「でしょう?　そこでなら一応恰好だけでもモテるもんで、お友達は全部そこへつれてくの」


立ったまま、K氏の娘が泣きだしました。そばに坊やが目を丸くして立っています。

「あら。……あら」

あわてて駈け寄ったK夫人が小さな紺色のスカートを捲くりました。尾籠《びろう》にも、せっかくの白タイツが台なしです。

「まあまあ、大変。……大きいほう」

手早く抱き上げると、K夫人がお便所へ走ります。坊やがあとを追って駈けだし、それをY夫人がおさえました。

坊やが泣きだします。


「たいへんだなあ、女も」

「おしゃべりに夢中だからいけないんだ」

「おい、いまのお前の坊やの顔見たかよ」

「見たよ。ハハハハ」

「ハハハ。興味しんしんという目つきで、うちの娘の尻を喰い入るように見てたな。ああいうところ、お前によく似てるよ」

「よせやい。でさあ、さっきの話。アツ子の」

「ああ、五百万か。とにかくべらぼうだよ」

「奥さんにいただきにあがる、とこうなんだ。私のほうが先口で、しようと思えばあなたと結婚できたんだけど、身分の違いを考え、あなたの幸福のため身を退いたんだ。あなたと逢えてさえいればと思って、雀の涙ほどのお手当てで我慢してるが、奥さん、どうもあんまりあなたを愛してくれていないようだ、それが許せない、とこういうんだ。……ね、古いタイプの女だろう?」

「よくわかんねえな」

「つまりね、……つまり、お店で遅くなったりしたら、奥さん、ヤク? って訊いたんだよ、この前。で、正直に、いや、うちの奴はヤイたことがない、っていったら、とたんに真青になって、あんたは可哀そうだ、奥さんはあなたをバカにしている、私たちみたいな女は虫ケラ同然だと思っている、口惜しい、って泣いて怒りだしてね」

「へえ。……おい、そこの壜の、もらうぜ」

「あぁいいよ。そして、私がお店を持ってそこで稼ぐから、二人で暮そう。もう一つの、あなたの本当のホームってのをつくってあげる。あなたがちゃんとヤかれるほど愛されているんでなきゃ、私があなたのために身を退いた意味がない。だから今年のクリスマスまでに、その一軒をもつための金をつくれ。ちょうど今、出物の安い店があるから、ってこういうわけ。おい、それ、おれにも残しとけよ」

「それで、五百万?」

「タイツ脱がせたらむずかるの。もう睡たいらしいわ」

「いいのよ、またうちのベッド使って」

「ええ。もすこししましたら、また」

「どうぞどうぞ」

「旦那がた、夢中ね」

「うちの人、自分の話を聞いてくれる人さえいりゃ、いつでもああしてご機嫌なの」

「うちの人は、本当にお酒が好きなの。ただ、飲めてさえいりゃいいらしいんです」

「だから気が合ってるのね」


「女が悪いんだよ。ホームってものについて、子供が生まれちゃうと、安心して、努力をしなくなってしまうんだな」

「うんうん。なんか猛烈に強くなってね」

「たとえばこの、酒だ。主人が帰ってくるころには、部屋を温めておく、ね？　そして安物でもいい、おつまみを用意しとく。こうしておいてもらってみろ、だれが好きこのんで会社の帰りに外でたかい酒なんか飲むか」

「そうかね」

「お前はアツ子とか、女たちが目当てかもしれねえけど、おれはただ酒が飲みたいだけだ。

うちに用意ができていたら、ちゃんと早く帰って、うちで飲むよ。案外こういうの多いんだぜ。それを、女はアサハカだから……」

「いや、そりゃおれだってもすこし嫉いてくれたり、今夜のようにこうしてちゃんと用意してありゃあさ、毎日早く帰っていやでも家庭にサーヴィスをするよ。……ほんとう。女ってのはアサハカだな」

「アサハカだよ、まったく。それをしないで、亭主につい遅くまで家をあけさせて、たかい金を使わせて、しかも勝手にいらぬ心配までしてプリプリしてるなんて、愚の骨頂だよ」

「まったく、愚の骨頂だな。でも、うちのはほんと、プリプリしないいんだよ」


「どう、あれ、やってる？」

「あれって？」

「演技よ、怒ってみせる。遅く帰ってきたとき」

「ああ、あれ。でも、私まだ本当に怒っちゃって。フフフ」

「偉いわ。……あれ、本当はあなたみたいな可愛い奥さんより、私みたいな奥さんのほうに必要なの。でもね、あの人の顔を見ちゃうと、なんともかともバカらしくて、私、怒ったふりをするどころか、つい、もっと遅い帰りを奨励しちゃう顔になっちゃう。なんていっても、あの人がいないほうが、一人でのんびりできていいんだもの」

「私、本当に腹が立っちゃうんです。こっちがこんなに考えて、いろいろ苦労してるのに、自分ひとりいい気持ちで威張って帰ってきて」

「でも、そうやたら早く帰ってこられてお酒なんか飲まれちゃ、部屋の燃料費だっておかず代だって、それに労力だって大変よ。それに、お酒って高いしね、ホラ、お酒代ダヨ、なんてそれだけもらったって、お酒はそれだけじゃすまないでしょ？」

「ほんと。外で飲んでくる分には、一応、家計外のお金だから、同じお酒なら外で飲んでくれたほうが、こっちとしたら安くつきますよね」

「それにさ、ある程度自由にさせとかないと、儲けられるときも儲けられなくなるってのは本当よ。失敗しても女房にわからないと思えばこそ、株や相場は度胸が出るんだって」

「ええ。それを教えていただいたから我慢してるんです。なのにうちの人、女はアサハカだな、なんて」

「まあ生意気。そんなことというの？」

「そうよ。いつもよ。とにかくお金のことは、最初からなにもわからないふりをして、月給をそのままもらったほうが、かえってトクだし呑気だと思ってわざとそうしたでしょ？　おかげでますます彼のワン・マン性が育っちゃって、私のこと、なにからなにまで子供だと思ってるの」

「どっちがアサハカなのかしらね」

「でしょう？　そういってやりたくなるの、つい。で、本当に怒ってしまうんです」

「私、うちの人で、どうにも怒れないのはね、結局はあの面構えね。そのくせわざとちらちら見せたりかくしたりしてね、オレはモテんだぞという気配を。……おかしくって、それでもう駄目。ちょっと見てやってよ、あのご面相でよ」

「まあ、聞えるわよ、大きな声」

「大丈夫よ。――ねえ？」


「おい、なんかいってるぞ、奥さん」

「え？」

「聞えたんじゃないのか？　お前のほら、アツ子のこと」

「まさか。笑ってるもの」

「そりゃそうだが」

「そうだそうだ。……なんでもいい、こうして肯いときゃいいんだ」

「そうだそうだ」

「これでいいさ、どうせ聞えやしねえ」


「ね？　なんにもわかっちゃいないでしょ、二人揃ってニタニタして、あわてて肯いたりしちゃってさ」

「ほんと、滑稽ね」

「あ。いけない！　坊や！」

「あら」

子供たち二人は温和しくクレヨンで絵を描いていたのでしたが、坊やはさきほどの経験がよほど印象に強いらしく、幼いガール・フレンドのスカートを捲くると、白いパンティをはいた小さなそのお尻を、穴のあくほどじっとみつめているのでした。

K夫人が飛んできて娘を抱上げると、その衝撃のせいか、まず娘が火のついたように泣きだし、驚愕した坊やがそれにつづいて大声で泣きだします。

「もう睡いんじゃないのかしら？　坊やも」

「そうらしいわね」

二人の夫人は子供を寝室に運びました。

「もう睡たいのかね、子供は」

「そうなんだろう」

「九時だ。まだ早いぜ」

「そうでもないよ。遅いよ、子供には」

「そうかい？」

「普通ならとうに睡っているよ。今夜は、興奮してたから、いままでつづいたんだ」

「だけどさ、お前の奥さんていいな、じつにこう、新鮮で、清潔でさ、甲斐々々しい」

「なんだ、お得意の、美人の奥さんをおれにほめさせようと思って」

「違うよ」

「とにかくうちのは子供さ。子供の仲間なんだ。さっきのクリスマスの歌でわかったろう」

「おれんとこのは、落着いてやがって、生れてからこの方、驚きを知らん女だ」

「うちのはね、なんにも知らない女だ。お金のことなんか、まるで知らん。おれの株のことも預金も、なんにも知っちゃいない」

「ほんとか？」

「ほんとさ。おれが月給は全部渡すだろ？　あと、おれがどうして金をもっているのか、不思議に思ったこともないらしいんだな。金ってものはそういうものだと思っている」

「いいな、そういう純情も」

「なあに、世間知らずなだけさ。おれ、そろそろ教育しなくちゃいかんと思ってるよ」

「お前、通帳やなんかみつかってねえのか？」

「当りまえさ。大切なものはね、うんとさりげなく、それでいて間違ってもあいつが手を出さない難しい本の中にね、うまく挟んである。こういう簡単な方法が、けっこう有効なんだぜ」

「おれのところは金はすべてママでね」

「ママ？」

「ああ。社長だからな。でも、ママだけはおれの味方だ」

「奥さんは味方じゃないのか?」

「アツ子のことがあるだろ、どうも……」

「そうそう。で、そのアツ子ってのの五百万の話はどうした?」

「どうもこうもねえよ、このクリスマスまでにはっきりしろってんだろ? 仕方ないからこないだママに相談したんだが、五百万なんてとんでもない、いつかの半分で手を切れ、って二十五万の小切手をくれやがんの。まさかそれっぽっち渡せねえじゃないか。で、二十五万で指輪を買ってさ、アツ子のイニシャルを入れてさ、昨夜、それを持ってったよ。クリスマス・プレゼントとして」

「ほう。で、どうした?」


「さあ、子供たちは寝たし、お宅のご主人という証人はいるし、いっちょうはじめようか」

「なにを?」

「ドラマよ。この前あの人の母から電話があってね、こんどは五百万の店を買えってせがんでるらしいから、二十五万円を手切金として渡した、っていってきたの。それがさ、昨夜また電話があってね、あの人、それをクリスマス・プレゼントの指輪にしたっていうの」

「まあ」

「あの人、その女給のこと、親戚のだれにも知られていないつもりでしょ? で、あの人の妹の嫁いだ貴金属店へ行ってさ、二十五万円で指輪をつくらせて、最愛のカノジョへのクリスマス・プレゼントだ、なんて下手な冗談めかせて、イニシャルまで入れさせてさ。……そして、これがわかるとママにこっぴどく叱られるからって、ママと私とにだけは絶対にいわないでくれ、って口止めしているのよ。ちゃんとそう情報が入ってるの」

「呆れた。……ずいぶんじゃない？」

「だから、こんどこそとっちめておやりなさい、って母がいうの。そしたら昨夜、どうやら利恵に行ってきたらしいじゃない？　……私、利恵こそテキの本拠だってことを、今夜、おたくのご主人がきっと知ってるから、それを立証してもらって、グウの音も出ないようにしてやる。一度ぐらいはイタイ目に合わせとかないとね」

「テンモウカイカイね、うちの人も利恵に行ってるってことは、じゃ私が立証しますわ」

「たのむわ。さ、行こう」

「なんだか胸がドキドキする……わあ素敵、あなたがそんなムキな顔なさると、すごい魅力」

「ふ。これにも努力がいるのよ。だからお芝居だっていったの。でもまあ、ムキになってやるのが私のクリスマス・プレゼントだと思って。まあね、これも妻としてのサーヴィスだわ」

「ハハハ。そりゃ愉快だ」

「とにかく真赤になって怒って、投げ返すんだからね。おれたまげちゃった。それで、私がこんなに好きなのに、たったあの五パーセントでごまかそうとは虫がよすぎる、といって泣くんだ。もう知らない、ってね。……で、こうなりゃ私は自力でバー・アッ子をつくってみせますから、私が呼んであげるまで、もう、うるさく来ないで頂戴。おれだってムッとしたさ、五パーセントには違いないが、おれの誠意を尊重してくれたっていいじゃねえか、な？」

「で、帰ってきたのか」

「ああ、もちろん。ところが、幸いうちの奴のイニシャルがおんなじだろう？　今夜、これからクリスマス・プレゼントとして、この指輪、だからあいつにやっちゃうつもりなんだ。あとのことはあとのことさ」

＊

いきごんで客間の扉を開け、わざわざムキになる努力をしながらつかつかと夫に歩み寄ったY夫人が、不意に差し出されたダイヤの指輪を見て、本物の「驚き」を示してしまったのは当然でしょう。

感激的なシーンがそれにつづきました。

Y夫人は、夫が、手切金の全額で彼女のための指輪をつくっていたこと、しかもその贈る相手を「最愛の」と彼が形容していたことに、夫がついに女と切れ、彼の全部を彼女にだけ捧げたと理解しました。たまたま事がバレないかと怯えているY氏の目は、いかにもその罪を詫び、許しを求める小羊、もはやどこにも行き場のないあわれで悲しげな小羊の印象を、さらに強める役を果したのです。……

だから、そのとき夫人が、あの「お手当て」の女につき一言もいわずにすませたのは、そんな女なんか相手にしないという自分への矜持からではなく、友人の前で恥をかかせるまいという純粋な夫のための配慮でした。

それがY氏にひびかない筈はありません。妻のその真情からの好意はY氏の胸を熱くし、彼は、念願の妻からの信頼を、いきいきと充分にそこに感じとることができたのです。あるいはY氏には、これからはもう、その塡《う》め合せを求めてさまよう必要も消えるかもわかりません。

K夫妻は十時に帰宅しました。家に入ると、無人だった部屋の寒さが身に沁みます。K夫人が娘を寝かせ、Y家とはうってかわって質素なダイニング・ルームに戻ると、夫は石油ストーブの火を灯けていました。

「あんなバカなこともあるのかねえ」

意外に正義派、――いや、純情なところがあるのでしょう。K氏は腹にすえかねたように事のいきさつを妻に話したのです。最後の、偶然イニシャルが同じだったから……というところで、K夫人はひっかかりました。

「あら、どうして？　だってその人は利恵っていうんでしょう？　頭文字はRじゃない」

「違うよ。利恵は店の名前さ。彼女はそこで働いているアツ子っていう女なんだ」

いってからK氏は、ギョッとしたように妻をみつめました。

「……お前、どうして利恵だなんて知ってるんだ?」

こんどはK夫人の話す順番でした。聞くうちに、K氏の顔から酔いが消滅しました。彼は呟きました。

「すると、みんな、知りながらわざと知らん顔で奴を泳がしていたのか。なるほど、女どうしでちゃんと連絡をとってな。……ふうん。女って気味のわるいもんだな」

そして彼はこわばった頰に思い出したような笑みを浮べ、内ポケットから小さな薄いものを出したのです。

「これ、今年のクリスマス・プレゼントだ」

見ると、十五万円が預金された新しい銀行の通帳です。K夫人の名義になっています。

「君も、そろそろもっと不気味になることだな。たぶん、それが女として大人になることなんだからね」とK氏はやさしくいいました。「この数字をふやすことに、自分で責任と興味をもつんだ。そしたら君も、もっとお金について大人になり、おれの小遣いが、理由もなく出てくるわけじゃないのがわかるさ。そうして、もっとやりくりをすることをおぼえる」

「わかったわ」とK夫人は答えました。「私、あなたにこれからはうちでお酒を飲んでもらうように努力します。ただし、お小遣いもこれからは私に扱わさせてね。これが、私のお返し」

K氏はうれしそうに笑いました。

「おいおい、あまりシボるんじゃないぜ。亭主はその魅力のためにも、適当に理由不明の出銭ってのがいるんだ。あの、Yのようにね」

「……ご心配なく。私、あなたを信用してますから」

原書にかくした分のほうは知らん顔しててあげるわ、とK夫人は口の中で呟きました。家でお酒を飲んだら、どうせお小遣いは足りなくなってしまうわ。可哀そうだから、あれまでオープンにするのは、またこの次にしとこう。

K氏は、ぼんやりと顔をY家のある方角に向けます。

窓ガラスの外に充ちた、海に近い真暗な空気の中に、聖なる夜は浄く静かでした。

「でも、今夜のYたちのことは、いい勉強になったな。はじめておれ、女たちが、いかに強くてこわいものかってことを知ったよ」

「でも、やっぱりすこし甘いところもあるし、やさしいのよ、女は」

と、K夫人は答えました。

「そうなんだわ。きっとこの感想が、あのご夫婦の、私たち夫婦への今年のクリスマス・プレゼントなのね」

K夫人は、そして夫と同じ方向に目をやり、ふと、ぐっすり睡っているだろうあの坊やの夢の内容を想って、小さく笑ったのです。

＊

――ところで、最初のほうに書いた対句を憶えていられるでしょうか。

曰く、夫への信頼がお金の不足を補い、お金の剰余が妻からの信頼の不足を補う。……これが、いまだに依然としてつづいている、K家とY家の現状です。

そうではないでしょうか？

どうやら、夫婦というものの性格は、そう簡単に変るものではないようです。

〈クリスマスの贈物3〉
最高のプレゼント

贈りものは、柊《ひいらぎ》の葉と赤い実の模様が散った紙に、ていねいに包まれていた。銀色のリボンが結んであり、例年のように、それが右の肩で美しい五角の星形の飾りをつくっている。小さな、細長い箱であった。

「クリスマス、おめでとう」と、ちょっと改まった口調で光子がいった。

康もいった。

「おめでとう」

「ねえ。……開けてみて、はやく」と、テーブルに置いたそのプレゼントに目を落して、さもたのしげに光子がいう。

康は、小さく笑いながら黒革の長い手袋を脱ぐ、光子の白く長いほっそりとした指の動きをみつめた。毎年、この指が丹念にあの星の飾りを結ぶのだな。ふと、彼女のその心をこめた凝りようが、たまらなく重くるしく、息苦しい気がして、彼は目をそらせた。

さっきから、店にはクリスマス・メドレーが流れている。ここ数年、イヴの宵にこの喫茶店で落ちあい、食事をし、クラブでラストまで踊ってから二人きりの夜をたのしむのが、かれらの習慣だった。……だが、プレゼントを持参するのはいつも光子だけで、康は、まだ一度も彼女にプレゼントをしたことがないのだった。

光子は康より十も年齢が上で、銀座に店をもつ売れっ子のデザイナーの一人だった。が、康はいまだに一本立ちのできない貧乏な映画の助監督でしかないのだ。二人が逢うたびに当然のことのように光子はその費用のすべてをもち、いくら康がことわっても、一方的に彼にクリスマス・プレゼントを贈りつづけてやめない。康には、それはいささか腹立たしい習慣であり、かなり憂鬱な毎年の負担だった。

康は、不機嫌な声音をかくすことができなかった。「……ねえ、プレゼントはいらないっていつもいってるだろ？　どうしてやめてくれないんだ？　おたがいにちゃんとした贈りものが交換できるようになるまで、ぼく、プレゼントは中止してほしいんだよ」

「だって……」光子は笑いながら答えた。「私、あなたにあげたいんだもの」

こういうときの光子は、いかにも年長者の余裕ありげな態度で、それがいっそう康を刺激するのだった。唇をまげ、康は煙草の煙を長く横に吐いた。

「とにかく、君のはいつも高価《たか》すぎるよ。まるで金持の狂人《きちがい》だし、ぼくには似合わないよ」

「気にすることなんてないのよ」

「だいたい、最初がいけないんだ」康は怒ったようにいった。「君は、イギリス製の外套の布地をくれたろ？　二回目のクリスマスだったけれど、プレゼントはあれが最初だった」

「……あれ、安く手に入ったから」

「でも二、三万円はするさ」かまわずに康はつづけた。「ぼくはびっくりして、困っちゃって、次のクリスマスになんとか同じ程度のものを返そうと思ったんだ。……でも、ぼくにはそれだけの金さえできなかった。なのに君は、翌年、またそれを上まわる値段のカメラを無理にくれた。ぼくの目標は、また、もっと遠くなっちまった。まだ、前の年の借りさえすんでないっていうのに……」

光子は笑いやめた。とまどったような表情がふと停って、康の目をみつめた。

「その翌年、君はまた前の年の金額をこえる品物をぼくにくれた。ダンヒルのガス・ライターにペリカンの万年筆。……ね、これじゃまるでイタチごっこだ。呼吸をきらしてぼくがたとえ目標に達しかけても、君はまた一歩さきに行ってる。ぼくには追いつくことができない」

いらいらして、康は空になっているのも忘れ、コーヒー・カップを唇に運んだ。

「……もう、いい加減にしてもらいたいんだ。クリスマスのたびに、ぼくは、自分の無資格を思い知らされるような気持ちになる」

「……無資格？」

やっと、光子が口をはさんだ。低い声だったが、目は真面目だった。

「無資格だよ。わかっているじゃないか、君の夫としてのさ」康は一息にいった。「ぼくだって、いつかは一人前の仕事をし、君にふさわしい男になりたい。そして君のに負けない素晴らしいプレゼントをしたい、クリスマスに。……ぼくの気持ちでは、それは同時に、やっとぼくが君に求婚できる素晴らしい日になる予定なんだ」

「まだ、そんなこと思ってたの」

「やっぱり、ぼくじゃいけないのか？」

「いいえ。そういう意味じゃないの」

光子は顔を上げた。その蒼白な顔に、仮面をつけたように硬い無表情がひろがっているのを康は見た。

「……ふざけてるんじゃないんだ」と、康は呟いた。

「わかってるわ」と光子はいった。「……だけど、私のプレゼントだけはつづけさせて。……私、毎年あなたが私のプレゼントを受けてくれるたびに、ああ、これで今年もあなたとのことが無事につづいている、って思うの。なんだか、いちばん深いところで安心ができるの。私には、それはかけがえのないことなの。……お願い、私の毎年のプレゼントだけは、どうか受けとって頂戴。勝手いって、ごめんなさい？　ほんとに」

「なにも、君があやまることはないんだ」

康はぶっきらぼうに答えた。が、その声の裏で、彼は早くも自分の軟化を感じはじめてもいた。彼は煙草をねじり消した。

「いいえ、いけないのは私よ。わかってるの。私が、きっとしょうがないエゴイストなの。自分の満足ばかり大切にして。……私、あなたを傷つけてばかりいるのね」

かすかな皺を刻んでいる唇の両側が、ひくひくとひきつるように慄える。みつめる光子の目に涙が揺れ、おどおどと哀願のような必死な色をおびる。……畜生、いつもこの目に負けちゃうのだ。ぼくがいつもプレゼントを受けとるのは、ただ、君を悲しませないだけのためだ。

すこし茶色っぽいその目が、いつのまにか、おびえた光さえたたえている。康はいった。

「負けた。今年も、もらうことにするよ。……ありがとう」

光子の顔が、とたんに明るくなる。きらきらと目が輝き、上気したように頬に鮮かに血がのぼって、光子はうれしそうに頬笑む。康も、胸を熱いものが走り抜ける。そう、この笑顔なのだ。この幸福げな笑顔のためだったら、ぼくはどんなことでもしてしまうだろう。どんな犠牲でも忍ぶだろう。

そして、彼は絶望的な気分で、その一年をまた棒に振った自分に気づいていた。今度こそと思っていたのに、もう一年、また次のクリスマスまで待たなければならない。いったい、いつになったらぼくは対等な気分で、光子のこの笑顔を見ることができるだろう。なんの劣等感もなく、この笑顔といっしょに、笑うことができるだろう。

二人が知り合ったのは、康の会社の作品にはじめて光子が衣裳担当として名を連ねたときだった。あれから、もう足掛け五年になる。康には、それが助監督に抜擢《ばってき》された最初の作品だったが、すでに光子は新帰朝のデザイナーとして、銀座に自分の店をかまえていた。

その年のクリスマス、二人ははじめて二人だけで逢い、二人だけの夜をもった。意外なことに、光子は血をながした。……康は彼女の年齢を忘れた。そして康には、しだいに彼女の他に女性がいなくなった。

が、すると光子は、泣きながら、彼に本気にはならないでとたのんだ。私は子供が産めないのよ。小さいとき筋腫《きんしゅ》を手術したおかげで子宮がないの。だから私は一人前の女じゃない。女として私は不具《かたわ》なのよ。

それに、私はもうお婆ちゃんだわ。私はこんな不具でしかもお婆ちゃんの自分が、一人前にあなたに本気で夢中になってしまうのがこわいの。……お願い、私を本気にならせないで。

だが、すでに夢中だった康には、その言葉はなんのマイナスにもならなかった。まだ若かった彼は、映画界の人びとのその場かぎりの調子のいい挨拶や約束、気まぐれのような情事の軽薄さがたまらなく不快だった。池の中の白い花のような光子のひっそりと沈んだ孤独と、その生真面目さが、彼には貴重な、ただ一つの人間の手ざわりのようにさえ思えた。

彼は、問題はじつは年齢やそんな肉体条件などではなく、結局は光子の、彼の愛への不信なのだと思った。時間をかけ、その不信をとりのぞくことだ。いまに、彼女もわかってくれるだろう。ぼくを、信頼してくれるだろう。

――彼女からの一方的なプレゼントがはじまったのは、かれらの二度目のクリスマスからだった。あたらしい問題、だんちがいの収入の差という問題に、いやでも康はぶつからねばならなかった。しかも光子はめざましく売り出し、幾種類かの新聞、雑誌やテレビなどでも活躍して、近頃ではほとんどスターの扱いを受けているというのに、彼はいっこうにうだつの上がらない、斜陽の映画にしがみついた万年助監督にすぎない。……いくら気にはすまいとしても、クリスマスのたびに贈られる光子からのプレゼントの高価さ、年ごとにますその豪華さは、康にはやはり重くるしい不快であり、負担だった。

それは、たとえ彼女の本心がどうあれ、康にとり、彼をあくまでもツバメ同然の危険な「子供」としか見たくないという、光子の頑固な意思表示であり、はなやかなスターとしての彼女の、彼との実力の差を誇示していた。また、彼の心がいつかかならずこの年上の石女《うまずめ》からはなれるのを確信し、それを見越しての、しかも絶対に傷つきたくない彼女の、硬い防壁とも思える。彼女は、ぼくを信じてはくれない。まるでぼくを、いつ逃げだすかわからない、不実な利用者の一人のように扱おうとしている……

康がいくら怒り、愛を誓い、説得しようとしても無駄であった。金銭的につりあったプレゼントを贈る日こそ求婚の日だと決めているその心を読みとっているみたいに、光子は、もうこれで四年、しだいに豪華になる毎年のクリスマス・プレゼントで、いわば一歩ずつ彼の求婚から、逃げのびつづけてもいるのだった。

「うれしかったわ、あれ、もらってくれて。……私、怒ったらどうしようかと思っていた」

食事を終え、賑やかなイヴの街を歩きながら、光子は少女のように康の腕をとって、甘えた声でいった。その夜のプレゼントのダイアのタイ・ピンは、さっそく彼女の手で康の古ぼけたネクタイに留めてあった。恥ずかしいほど、それがよく輝く。

「よろこんでくれて、うれしい。……あなたって、やさしいのね」

「やさしかない。ひがんでいる自分がきらいなんだ。それだけさ」

答えて、康はびっくりした。わざと明るくいおうと思ったのに、逆に、いかにも本音を吐くみたいな、重い語調がひびいていた。

「ごめんなさい。気にさわってるのはわかっているわ。……でも私、こんなものでもあなたにあげていたいの」

「あやまるのはぼくのほうさ。今年も、やっぱりプレゼントができなかった」

「そんなこと気にしちゃ、いや。……それよりお仕事はどう？　いそがしいの？」

おずおずと光子が訊く。康は、うまく笑うことができなかった。

「いそがしいよ。でもくだらない、小使いみたいな雑用ばっかりでね」自分でも意外なほど、底意のある意地の悪いような声が答えた。「君のほうこそ、ろくに眠るひまもないっていうじゃないか。今夜は、よく都合つけてくれたねって、感謝すべきなんだろうな。……なんでも、またパリやローマに行くんだって？　来年」

「……やめて。もう」

低く光子がいう。

「……やめよう」と、康もいった。彼自身、ちっともいい気持ではなかった。

ちょうど宝石店の前に来ていた。飾窓の青白い照明を浴びた黒ビロオドの上に、大粒のダイアをちりばめた豪奢な首飾りが、白い虹《にじ》のような精緻《せいち》な輝きを散らしている。ふと、彼はそれを見ていた。

「行きましょう」

光子が腕を引いた。彼は歩き出した。

「……ぼく、いまに、素晴しい贈りものを君にするよ。あんなダイアより、もっともっと素晴しい、最高のプレゼントだ。……いまにきっとそれを贈る。君、待っていてくれるか?」

光子は答えなかった。康は、詰問の口調になった。

「ねえ、待っていてくれないのか?」

「最高のプレゼントなら、もう、もらっているわ」と、光子は舗道を見たままで答えた。

「私の、毎年のプレゼントを、あなたがもらってくれていること。……私には、それが、考えられる私への最高のプレゼントなんですもの」

「そんなことじゃない」

「だって、私にはそれ以外になにもないんだもの。そのほかの最高のプレゼントなんて、私にはもらえないわ」

冷えた断定的な声音だった。康は口をつぐんだ。やっぱり、光子にはぼくなんか結婚の相手とは考えられないのか。

しばらく無言のまま歩いてから、光子は両掌で彼の手をつつむように握った。首をまげ彼を見上げ、その顔が笑いかけた。

「あなた、シェバの女王の話、知ってる?」

光子は低い、だがはっきりした声でいった。

「シェバの女王って、クレオパトラと同じで、たくさんいるんだけど、ソロモン王に逢いに行ったシェバの女王のこと」

「ああ、たしか聖書で読んだ気がする」

「そう。ソロモンって、ソロモンの栄華って言葉があるでしょ？　あの王様。すごく偉い、頭のいい、やさしくて立派な王様だったの。だから当然その国も栄えて、あたりの土地から産出する貴重なものが、みんな彼のいるイェルサレムに行ってしまう。そこでシェバの女王は、自分の美しさと才気を武器に直接ソロモンと交渉して、つまり色仕掛けで、なんとか自分の国の利益を守ろうと思ったのね。わざわざ、イェルサレムにソロモン王に逢いに行ったの」

光子は、だんだん熱心な口調になった。

「それだけに、お仕度が大変だったらしいわ。——私夢中になって憶えたんだけど、三十頭の縞馬が輓《ひ》く金・銀・ダイアをちりばめた硬玉の車の輿《こし》の中で、女王は糸ガラスの旅行服に、髪を砂漠の埃で汚さないよう、象の毛で織った頭巾をつけているの。可愛がっていた猫何十匹と、その餌にする黒金魚の水槽何十箱、象牙でできたお風呂と、そこに入れる乳を出す牝ロバが何十頭。……とにかくソロモンの気を引くためと彼女自身のおしゃれとで、ものすごい豪華さなの。だって、女王がイェルサレムの門に入るとき着替えたという上衣は、たしか四百六十一号とかで、アラビアの緑色トカゲ三百万四千九百五十八匹をつぶして、その皮を綴り合わせたワンピースだったっていうのよ」

康は、光子のその真剣な子供のような声音に笑いだした。

「よく憶えたもんだな。よっぽどうらやましかったのに違いないね」

光子も笑いだした。「そうね、そういえば私がデザイナーになったのも、こんなイメージへの憧《あこが》れからかもしれないわね。……ほんと」

「で、その女王がどうしたのさ」

「ああそう、その話だったわ」

ふいに光子の声は明るく、ほがらかにひびいた。だが康は、そのときは彼女のその突然の明朗さの、無理したような奇妙な空《うつろ》さに気がつかなかった。

「せっかく色仕掛けでまるめこむつもりで出かけたのに、シェバの女王はソロモンと逢って話すうちに、だんだん彼を好きになってきたの。政治的な計画も口に出せず、七週間がたつと、彼女は、ソロモンを心から愛するただの女になっていたの。……でも、彼女はマイン国の女王だし、ソロモンは後宮に大勢の妻をもったイスラエルの王様。彼女は泣く泣く自分の国へ帰ったのよ。金・銀・宝石や、象牙や黒檀や没薬《もつやく》など、それぞれ何百頭のラクダにのせてきた贈りものをすべて献上して……」

光子は、透明な口調のままつづけた。

「もちろん、ソロモンも返礼の贈りものをくれたわ。宝石や絹や香料、珍しい錫や油や蜜などをいっぱい。……でもソロモンはその他に女王に最高の贈りものをくれたの」

「ええ。最高のプレゼントを。……それは、十箇月の後、女王のお腹から産れた、ソロモンの息子だったの」

「最高の贈りもの？」

康は、なにもいわなかった。光子も無言だった。二人は、申し合わせたように舗道に目を落したまま歩いていた。三角帽の酔っぱらいが、なにか叫びながら過ぎて行った。

私は、女として不具なのよ。だから父が、無理して私を外国にデザインの勉強にやってくれたの。結婚はできないから、お前はせめて仕事で幸福をつかめ、という意味だったと思うわ……遠い夜に、光子のそんな言葉を聞いた記憶がある。そのとき、ぼくはそんなことたいしたことじゃないじゃないか、と答えた。子供のいない夫婦なんか、珍しくもない。が、それはやはり男性でしかないぼくの無感覚なのだろうか。康は、ふと光子のその不幸が、彼には想像もつかぬ巨大な恐ろしいものに膨れあがり、音を立てて急に雪崩《なだ》れてくるような気がしていた。

黙ったまま、彼は光子の肩を抱いた。彼の腕の中で、光子は、呟くようにいった。

「……ね？　わかったでしょう？　だれも、私に最高のプレゼントをくれる人はいないの。私もそれをもらえないの。でもそのことは、私にもかんじんなものは、だれにも、なにもあげられないということでしょ？　……私、だから毎年、せめてあんなものだけでもあなたにあげていたいの。それを受けとってもらうこと、それが、私には、望めるかぎりの最高のプレゼントを、もらうことなの。そんな、私のよろこびなの」

「しかし、ぼくは子供なんか要らないんだ」と康はいった。「ぼくのほしいのは、君だ」

「いまにほしくなるわ」しずかに、光子はいった。「……いまに、それがわかるわ」

「……行こう」

と康はいった。いまほど光子をいとしく感じたことはないのだと彼は思った。喘ぎながら、悲しいようなこわいような、しかし不安でも不快でもない、一つの放心の目になって行く光子、年齢を忘れ、なにもかも忘れて彼の肌に爪を立てる光子の想像が、彼を熱くしていた。その瞬間、くるしげな一つの物体となり、物体としての自分の底に沈んで行き、ただそれだけの存在に化したひとときのやすらぎの中にただよう光子を、彼は、同じやすらぎの中でやさしく見まもっていてやりたかった。それ以外に、ぼくは彼女になにがしてやれるだろう。どんな慰めをあたえてやれるだろう。……

そのとき、たしかに康は光子を愛していた。心から、自分のその愛を信じていた。


二度めの外遊は、最初のときのように簡単には事がすすまなかった。仕事もひろがっていたし、約束も責任もあった。そのうちに先方がヴァカンスに入ったりして、光子が羽田を出発したのは、ようやく翌年の夏も終りかけた季節だった。

夜空を遠ざかるジェット機をいつまでも一人はなれた位置で眺めながら、康は、なぜか彼をとりまく空気が急に稀薄になったような淋しさを、打消すことができなかった。……光子は、彼女の不幸を独身というかたちに氷結したまま一人きりで健気に生き、同時に、うだつのあがらない万年助監督のぼくとの距離を、こうしてぐんぐんひろげて行く。ぼくは、どうしたら彼女に追いつけるか。いや、万に一つ追いつけたにせよ、「最高のプレゼント」をもらえない不幸をたてにとって、彼女はおそらく絶対に結婚は承知してはくれまい。……平行線だ。ぼくと光子との未来は、たぶんこの夜空の星のように、おたがいにそれぞれの位置で瞬きつづけるだけの光を生きることしかないのだ。

ぶらぶらと康が空港待合室の明るい光の中を歩いて行くと、声が呼んだ。まだ若い大部屋の女優が、びっくりしたような顔で笑っていた。丸顔で色の白い、黒い瞳の美しい娘だった。

彼女は、二世の男と結婚する友人を見送りにきたところだといった。どちらからともなく誘いあって、二人は酒を飲んだ。私はもう女優としての未来に絶望しちゃった、そうそう自惚れてなんかいられないもん、といいながら彼女は陽気によく笑った。彼女は二十二歳だった。

その夜、彼は彼女のアパートに泊った。光子を知って以来、はじめての他の女とのベッドだった。翌日、昼近く自分の下宿に帰ると、「スグシユツシヤスベシ」という製作担当の重役からの電報がとどいていた。あわてて、彼は会社へと向った。

彼は間に合った。——そのときから、数年ぶりに康に運がめぐってきた。重役は彼に監督として至急に一本撮ることをいいわたした。同席したプロデューサーが、下手くそな冗談をとばしながら、彼にスケジュール表を渡した。

それは若い流行歌手の人気をあてこんだつまらない作品だった。が、康は全力を傾注した。

ローマからの光子の葉書が彼に闘争心をおこさせ、その不在が、かえって彼の全エネルギーを映画に集注させたのかもしれない。映画は成功した。批評家たちもほめ、興行成績は、予想をはるかに上まわった。

すぐ、プロデューサーが次の仕事を運んできた。映画雑誌が、オリジナル・シナリオの掲載を依頼してきた。彼は多忙になった。

光子からの手紙はフランスに飛び、彼女がパリの世界的に有名な洋裁店のデザイナーに認められて、新作のショウに出品をすすめられたことを伝えていた。だが、康は返事を書かなかった。光子の居場所が転々としていて、どこに出せばいいのかわからないのも理由の一つだったが、彼はほとんど下宿に帰らなかった。彼が泊るのは、撮影所か会社指定の宿屋かロケ先か、さもなければ、すでに退社していた、あの羽田で逢った大部屋女優のアパートだった。

疲れると、彼の脚はごく自然に彼を彼女の部屋に運んでいた。女優としてはたしかに「絶望」的だったが、その二十二歳の健康で明朗な娘は、気立てがよく家事も上手だった。しょっちゅう陽気に笑っていて、それが康には救いのように楽しかった。

二作めの映画はクリスマス・ウィークの封切が予定されていたから、彼の多忙さには拍車がかかってきた。光子からの、クリスマスにはかならず帰る、またあの喫茶店で。という手紙を見たのは、十二月に入ったそんなある日だった。……そのころ、彼はほとんど娘の部屋で暮していて、郵便物は、一日おきに彼の下宿に行く娘が運んできた。その手紙も、そんな束の中の一つだった。

　康は愕然としていた。すぐとなりで、娘は健康な寝息をたてて睡っている。そして彼は、もう光子を愛しているのではなかった。この明朗なもと女優は、光子への愛や絶望をごまかすための代用品ではなかった。……いや、たとえ最初の接近に、光子からの反動が影をひいていなかったとはいえなくとも、いま、彼の心で生きているのは、その二十二歳の娘だけであった。彼は、どこか信じられないような気分のまま、幾度もそれを確認した。――つまり、康はいつのまにか、はっきりと「心がわり」をしてしまっていたのだった。

　彼は決心していた。……ナイト・キャップをかぶったのん気な彼女の寝顔をみつめながら、すべてを終えるまで、この娘にはなにもいうまいと思った。

光子は遅れていた。康は、例の喫茶店の二階の隅の席で、さっきから待ちつづけていた。イヴ。今年も、店にははなやかにクリスマス・メドレーの曲が流れている。

　その日、彼ははじめてプレゼントを持参していた。しかしそれは求婚を意味するような、そんな贅沢な品物ではない。ただ、毎年のクリスマスの習慣を、これで破り、これで最後にするしるしなのだ。プレゼントを交換して、彼は光子と別れるつもりでいた。

　これで結局、六回つづけてこの喫茶店でイヴを迎えたわけだ、と彼は思った。そしてそれは光子との歴史の長さでもある。はじめてここで彼女と待合わせたころ、ぼくはそういえばまだ大学を出て間もなかった。

あのころ、ぼくは光子のひっそりとした孤独な生真面目さが、いつもひどく快かった。その自分の孤独さだけを信じて生きているみたいな、清潔ないつも精いっぱいな真剣さが、こちらの汚濁をあらう貴重な月光のように清冽で、むしろそこにだけ手ごたえのある「人間」がいるような気がしたのだ。……だが、いまは同じ彼女のいつも自分の孤独を忘れぬ生真面目さが、ぼくには息ぐるしい。その、自分以外のものへの不信、いや自分の孤独についての確信、けっして陽気な笑いや冗談の中にも消え失せない執拗で深刻な生真面目さが、なにかつきあいきれぬ執念のように重くるしく、不気味にさえ思えてくる。……これはぼくのせいだろうか？　そうだ。たしかにその間に、ぼくがそう変ったのだ。でも、生きるということは、変ることではないのか。

これは、ぼくの「心がわり」の卑劣な正当化だけだろうか？　だって、ともに生き、ともに変って行くことを愛さずに、どうして生きている人間を愛することができる？

光子は、しかし、変らないものしか信じようとはしない。愛そうともしない。毎年のクリスマスの、ぼくたちのこの一定の習慣のくりかえしも、ぼくへのプレゼントと同じように、ぼくたちの関係が変ることへの恐怖がつくりだした、彼女の安心のための儀式なのだ。彼女は、かつてのぼくたちの関係を、恋を、そのときどきの感情を、そのままこうして冷凍して保存しようとしている。……そうなのだ。光子は、石女だから結婚しないのではない。不動の、不変のものしか愛せないから、つまり生きものを愛する勇気がないから、結婚できないのだ。子供を産めないこと……いわば、他人と生きた「最高のプレゼント」を交換できないこと、それが彼女の生真面目さ、臆病さにかけあわされ、あんな、はじめから他人には、生きたなにものも期待しない生き方をつくってしまったのだ。——

「……クリスマス、おめでとう」

そのとき、喘ぐような声がいった。大きく目をみひらき満面で笑いながら、光子がむさぼるような目で彼をみつめていた。

康は、かるい狼狽で赧くなった。それほど光子は美しかった。顔は想像していたよりもはるかに小さく若々しく、喉から胸に落ちる磨かれた象牙のような白い肌が、眩しかった。しばらく、康は言葉を失くしていた。

いそいできたためか、透けた黒い紗のチュールが唇もとでかすかに揺らいでいる。

「はい、プレゼント。……もらってね」

例年と同じ、彼女が心をこめて結んだのに違いない五角の星の形をした銀のリボンが慄え、柊の葉と赤い実のクリスマス模様の箱が、テーブルに置かれていた。

「……ありがとう」

と、康はいった。

「昨日、やっと帰ってきたの。遅れやしないかと思ってドキドキしていたのよ」うれしげな声がいった。「それ、ホンコンで買ってきたの。とても安いの。だから文句はいわないでね」

康はすぐ包みを開け、声を上げた。スイス製の金側の腕時計だった。動いていた。

あとで思えば、かつてない康の素直な受けとり方に、光子はそのあたりから異常を感じとったのかもしれなかった。ふいに光子は口をつぐみ、頰を硬くしていた。チュールをとり、さっそくその時計を腕に巻く康の胸のあたりに、じっと目を注いでいた。

「……今年は、ぼくからもプレゼントがある」とやっと思い出して彼はポケットをさぐった。

「いつか約束したようなものじゃあない。値段にしたら安いものだ。でも、これが、いまのぼくが君に上げられる最上のプレゼントだと思ったんだ」

いいながら康の出す白い封筒を、無言のまま、身を固くして光子は見た。康はいった。

「ちょうど、いま封切られている。……ぼくのつくった映画の切符だ」

「まあ……、まあ……。そうだったの？」

光子は唇をわななかせ、呼吸を呑んだ。封筒をそのまま胸にあてた。

「……そうだったの。……ちっとも、私知らなかった」

そして光子は黙った。目が空間をみつめて、化石したように、彼女は動かなかった。

そのときの光子を、康は忘れられない。奥歯をかたく嚙みしめた彼女は、耳のうしろの筋がまっすぐに隆く張って、その皮膚に思いがけぬ老化が浮き出ていた。削《そ》いだような頰の皮膚が、白く乾いた鳥の肌を思わせ、唇も色を無くしている。……康は、胸の前で白い角封筒を支えている、光子のその交叉した両掌の長い指に、はじめて乾燥した蠟のような衰えが目立っているのを見た。

それは、なにかの試練に耐えているような、そして、ひどくなにかの剝《む》き出しになった姿勢だった。沈黙がつづいていた。

　光子は呼吸を吐いた。やっと、その顔が笑いかけた。

「ありがとう。とうとうくれたのね、プレゼントを」

「……うん。ぼくなりの最高のプレゼントだ。ぼくは、これしか君にあげられないし、あげないことにしたんだ」

　と康はいった。波のように押寄せてくる無惨な感動の中で、彼は必死に逃げだそうとしている自分を抑えていた。

「でも、私には、これ以上うれしい贈りものなんかないわ」

　光子は、透明な、冷静な、いつもの声音だった。

「私がいま、どんな気持だか、わかる?」

「よせよ、こわくなるよ、そんな目をして」

　わざと、ほがらかに康はいった。生きている自分の残酷さが胸にこたえ、彼はもう耐えられなかった。彼は立上がった。

「悪いけど、今日はこれからその映画の打上げをかねたクリスマス・パーティがあるんだ。スタッフがあつまるんで、ぼくも行かないわけにいかない。……失礼するよ」

「……そうね、あなたの映画ですものね」

　のんびり光子はいい、ふと、なぜか安心したように頰をゆるめ、深い目になって笑った。康をじっとみつめたままでいった。

「ほんとにありがとう。あんまりいいものをもらったんで、その時計じゃつりあわないわね」

「返そうか?」

と、康はいった。一瞬、彼はその声に皮肉を聞いていたのだった。

「まあ、どうして?」光子はおどろいた顔で笑った。「私は、あなたの誠実さと好意がとってもうれしいのよ? だから、その時計は、私の旅行のお土産にさせてほしいの。……ほんと、こんな素晴しいものをもらったんですもの、今年のクリスマス・プレゼントは、またべつに、明日にでもお宅のほうに送らせて頂戴」

康は、聞き終ると黙って頭を下げ、そのまま歩きだした。うきうきしたクリスマスの音楽に洗われ、はなやかに飾りつけられた階段を逃げるようにいそぎながら、彼はじっとその彼をみつめているだろう彼女を、振り返ることができなかった。


約束どおりその翌日、光子からの速達がとどいた。ほとんどの荷物は、すでにもと女優の若い恋人の部屋に移っている。康は火の気のないがらんとした畳の上でそれを読んだ。

「康さま
おめでとう　さっそく拝見してきました
素晴しかったわ　映画はよくわからないけど　いかにも貴方らしい感じ
ひょっとした俳優のしぐさや　何気ない風景なんかに　たくさん貴方をみつけたわ　そし

て　意外に貴方が　純粋とかロマンチックとかいわれるものの血みどろさ　醜さ　歪んだいやらしさ　をちゃんと知っている感じなのに　びっくり（ごめんなさい？）したり感心（こっちだって　失礼ネ）したり……！　うれしかったわ　本当におめでとう！

ところで　さようなら
たのしかった貴方との旅行を終え　ずっと前私がすごしていた毎日の中へ　帰ってみることにしました
もちろん　映画を見る前にきめたの
貴方と逢っているさいちゅう　ふいにわかって　とたんに　久し振りに逢ってから　ずっとなにかモヤモヤと気になっていたものが　消えました
貴方には　好きなひとが　いるのね
いいの　怒ってもウラんでもいないわ　それに　そのひと　とってもいいひとらしい
貴方の服　靴下……　爪もきれいだった　ぜんたいに　貴方　垢ぬけていたわ　映画の成功とか　そんなことじゃないの　その人に女がついているか　どうか　女には（ことにその人の　無精や不器用のていど　を知っている女には）すぐにわかってしまうの
若いひとね
あてずっぽうじゃない　そのひとも　きっととても貴方のこと好きだわ

貴方が好きだったけれど　いまでもとても好きだけれど　だから　やっぱり　私は一人にかえります　でも大丈夫　心配はいらないのよ　私は　一人には慣れています　一人が合っているの　だって何十年　そういうふうにクンレンしてきたの　安心してね

いつかはこうなるのはわかってたの　だからいまは　へんね　ホッとしたような気持ちすごく安定したところに　降りてきたよう　何年ぶりかで　とても落着いている　やはり　私は一人に向いてるのね

いつか　シェバの女王の話をしたことがあったわ　あの最後が　こう

『王ソロモンは、恩賜の品々のほかに、シェバの女王の、苟《いやし》くも望みたる限りのものをば悉く与えたり。かくて女王は、帰りてその国へ行けり』

……では　さようなら　お元気で　幸福になってね

前から　いつかこれをあげようと思っていたの　貴方に　それが必要なとき

お別れ――

これが　最後のクリスマス・プレゼント

私の　最高の贈りもの

六度目のクリスマスに

光　子

P.S.――同封のもの　おぼえているかしら　私たちの　はじめてのクリスマス

はじめての　あの夢のような夜から

私のハンド・バッグに入っていた　これ　貴方が　あの喫茶店で　お店に飾られた小さなクリスマス・ツリーからとって
はい　プレゼント　といって渡してくれた　これ
切紙細工の嘘の星
こさえものだけれど　何だか　本ものよりずっときららかに思える　もっと本ものに思える　このお星さま
毎年　これをモデルに結んだ銀のリボンをプレゼントにつけて贈っていた　贋のお星さまの　本物
貴方に返します　――けれども半分だけ　そしてこれは私の分
貴方の分は私のところに置いておくわ
二人ですごした嘘のような時間を　その重さを　いつまでも　半分だけは残しておきたいから……」

銀紙細工の半分に切られた星は、レター・ペーパーの最後に貼りつけられてあった。片面だけが銀紙の、その嘘の星は、銀の表面こそ黒ずみ点々とかがやきも褪《あ》せていたが、よほど大切にしまわれていたらしく、破損や汚れがなかった。……あの夜、酔っぱらって木からそれを取った自分を、彼はぼんやりと思い出した。たしか光子が、やわらかな白い懐紙でそれを包んでいたのを、怒ったような顔で自分は見ていたのだったと思う。だが、現在の半分に切られたその形だけは、いかにも異様だった。しばらく、彼はそれを眺めていた。

下宿の小母さんが彼を呼んだ。電話だった。手紙を置き彼は階下へ下りた。電話は、現在の恋人のあの娘だった。

「やっぱり、そこにいたのね」と声はいった。

「どうしたんだ?」

「……夕御飯、どうする?」

「そっちへ行く。……おかしいな。出かけるとき、そういっていかなかった?」

「私、妊娠してるの」と、娘はいった。

「え?」

「いま、お医者さまに行ってきたの。三箇月。間違いありませんって」

「……ほんとか?」

感動に、彼の声ははねあがった。最高のプレゼント、という言葉が目の前で揺れ動いて、そのまま、彼は絶句していた。

突然、娘は泣きはじめた。

「うれしいのよ。うれしいのよ私、とても……」

咽《むせ》びながら、途切れ途切れの声がいいつづけた。

下宿のラジオから、クリスマスの音楽が流れてくる。……そのとき、康はその自分が、去年までとは違う生きた暖かい「家庭」のクリスマスの中にいること、同時に、これからは毎年この家庭でのクリスマスが待ちつづける新しい季節に、自分がすでに入っていることを理解したのだった。

——やがて、彼は二階に上って行き、灰皿を引寄せると、光子からの手紙に火を灯した。焔はたちまち伸びあがって、封筒や用箋はすぐ黒く凝縮するように皺を寄せたが、ボール紙の銀の星は、その中で鋭い角のまわりだけを狐色に焦がしたまま、しつっこく燻《くすぶ》っていた。

彼は、ふたたびそれにライターの火をかざした。なぜか、どうしても、燃やしてしまわねばならぬ気がしていた。彼にはもう、半分の星の重みはいらなかった。

焔が指に迫り、彼は灰皿にそれを落した。

冷たい孤独な銀色を浮べている光子とその星の破片を、赤く熱い焔がみるみる包んで行く。額に焔の熱を感じながら、あっという間にその銀色が失われて、かわりに焔がひときわ光りをまして輝くのを、康は見た。

大人のつきあい〈歳末〉

アパートの照明の下で見ると、女の首と目じりには皺が目立っていた。乳房は形よく大きいのに、喉につづくあたりの肉が薄く、生気がない。三十を越えているのはたしかだった。

昔の同級生たちとの忘年会の帰り、友人にはじめてつれて行かれたバーの女だった。友人はそのバーの常連らしく、つぎつぎと女給を彼に紹介したが、何軒も廻ってきた酔いもあって、彼はいいかげんにそれを聞きながしていた。横にすわったその大柄な中国服の女にしても、だから、名前さえ覚えてはいない。ただ、均整のとれたなかなかいい身体をしているな、とだけぼんやりと感じていた。すこし腿のスリットが深すぎるが、それも、きっと身体が自慢だからだろう。

それが、はずみで妙なことになった。タクシーで二人ほど女給たちを送り、道順なので友人が降りると、とたんに残っていたこの大柄な女が、積極的になってきたのだ。

ちょうど、妻はいまはじめての子を産みにさとに帰っている。がらんとした寒い室内。一人で茶をわかして飲み、蒲団を敷く自分。それを思うと、味気なく面倒な気がしてきてならなかった。そこで、つい彼は女の誘いに応じる気をおこした。

「……いいわ。大人と大人のつきあいで行きましょうね」

女は、目のすみで笑いながら彼にいった。

いかにも女の一人暮しらしいせまいが可愛らしく飾られたアパートの部屋の中で、女はだが、ひどくまめまめしく立ち働いて彼をおどろかせた。お茶をいれ、刺繡のついたエプロンを結んで炊め御飯をつくる。きちんと彼の服をたたみ、ズボンにはアイロンさえかけてくれる。

「いいんだ、そんなにしてくれなくても」

「だって、私、こういうことをするのが大好きなの」

「……どうして結婚しないんだい？」

なかば本気で、彼はそうたずねた。

「そうね。……ウソついたことになるのも、ウソつきに思われるのもイヤだわ。これ見て」

いって、女は自分で編んだらしいレースを掛けたサイド・テーブルの引出しから、一冊のアルバムを出し最初のページをひらいた。

結婚式の写真だった。

女は、純白のウェディング・ドレスを着て、にこやかに笑っている。

――おどろいて、彼は見入った。横に立った男の顔だけが、ハサミで切り取られていた。

「別れたのよ。……顔を見るのももうイヤ」

と女はいった。アルバムを閉じ、もとのところに戻して、ひとり言のようにいった。

「私はすごく家庭的な女なのよ。当然、結婚にあこがれたわ。あこがれすぎていたのね。……だから、二十四、五にもなってまだ独身でいたとき、毎年、暮れになると、いても立ってもいられない気持だったわ。ああ、今年もとうとうダメ、でも来年こそ、っていう絶望とあせりとがごっちゃになってしまって……あの気持ち、いまだに忘れられない。でも、結局それがいけなかったのね。カスをつかんだのよ」

彼は、茫然と女の顔をみつめていた。なにもいわなかった。

「ひどい男だったわ。半年たらずで、だから別れたの。……でも、いい経験だったわ。私、もうムリして結婚しようとは思わなくなったし、だから年の暮れになってもあのあせりがこなくなって、それだけでも幸せよ。……いま、私はもう、なるようにしかならない、としか考えてはいないの。おかげで、やっと悲しみもあせりもなく、新年が迎えられるようになったわ」

翌朝、直接会社へ向うタクシーの中で、彼は思っていた。彼女はいま、本当にあれで満足なのだろうか。たしかに、あせりは消えたようだ。が、それで幸福なのだろうか？

あの写真で、彼は思い出したのだった。まだ彼が大学で写真部にいたころ、二流のファッション・モデルだった大柄なあの女を。——あの写真は、アルバイトに彼が通っていたスタジオで、ある婦人雑誌の付録用に撮ったものに違いなかった。たのまれて、記念にふつうの印画紙に焼いてやったのが自分だった。

女は、だからたぶん、まだ未婚のままに違いないのだ。おそらく三十を過ぎ、四十にさえ近くなって、それを望みながら結婚のできない自分が、彼女にはあまりに悲しすぎた。で、彼女はあの架空の結婚により、結婚できなかった絶望を、結婚そのものへの絶望にすりかえて気をまぎらわせている。——毎年、歳末がくるたびに落ちこむ老嬢の絶望と焦慮とを、彼女はああして強引に始末し、歳末ごとのその苦しみから、ああしてやっと脱れ出しているのだ。……

おれは、なにもいわなかった。彼女のウソをあばくのが可哀そうだったからだ。——しかし彼は、クリスマスも過ぎた師走の朝の街を、あわただしげに往来する人びとをみつめ、そのひとりひとりの中にひそむ、多種多様の年の瀬の越し方とその重さを、一つの恐怖のように感じながら、いったい、いまの彼女がはたして本当に幸福なのかどうかを思いつづけた。

……が、そのころ、大柄な女は、ニッコリと笑いながら余分に彼の置いていった紙幣をかぞえていた。彼女には、いまはもうその一年間に貯めた老後のための預金の伸びのほかには、なにひとつ年の暮れの関心事はないのだった。

後記（光風社版）

　昔からコントめいた話を読んだり聞いたりするのが好きで、自分でも書きたいと思っていた。ここに集めたのは、そういう、いわゆる「話」をつくるのを主眼として、自分でもたのしみながら書いた作品ばかりである。

　だが、いま読み返すと、すこし自分自身だけでたのしみすぎている感がつよい。赤面すると同時に、いまさらながら、この種の作品のむつかしさを痛感する。

　カレンダーの形式をとったのは、豊島清史氏の発案である。なるほど、そういわれれば十二ケ月に割りあてられないこともないと思い、並べてみた。が、最初からそれを意図していたのではないので、かならずしも月ごとの季節感がテーマではなく、それに忠実な作品ばかりでもない。――そのことを、一言おことわりしておく。

　そのやりくりのため、かなり古い作品も入れた。もちろん手を加えたが、最小限度にとどめた。良し悪しは別とし、古い作品というやつには、それなりの愛着があるのである。……

しかし、こうして十二ケ月に割りあてて見ると、短いようで長い、長いようで短い同じ一年間ばかりを、くりかえし生きている自分に、いやでも気づかされる。面映ゆく、なにかいたたまれないような気がしてくる。

終りに、光風社の豊島清史氏、ならびに装幀を受けもって下さったばかりでなく、いろいろとお力添えをいただいた勝呂忠氏、これらの気ままな私の長い一年間に、終始好意をもって接して下さったかずかずの先輩・知友の諸氏に、あらためて、心からの感謝を捧げる。

昭和三十九年　初夏

頭上の海

PART Ⅱ

頭上の海

　ゴオ・ストップが赤に変った。人波に押されよろめきかける澄子の頭上に、そのとき六時を告げる時計店の巨大なオルゴオルが鳴りはじめた。メロデイはいかにも粗雑な粒立った楽音に拡散して、騒音にみちた地上から、旅立つように空へ昇り色の褪めかけた青空に吸われて行く。首を曲げて、粗っぽく拡大されたそのメロデイが、ひとつの甘い虹のような響きとなり、そろって消え去って行く果てをたしかめるように、澄子は初夏の空を見上げていた。

　薄く透けた嬰児の爪のような昼の月が、東の空に出ている。澄子は黄昏の間近い青空の深さを感じていた。ふいに頰が蒼白くこわばり、汗粒を浮かべたまま冷え切っているような気がして、首を振った。べつに気分は悪くはない。いましがた見てきた路上の女の投身死体の、道路にへばりついた不自然なその肉塊に重なる、光の炸裂のような一瞬の記憶のその眩しい惑乱から、自分はいまやっと脱け出しかけているのだと思った。ゆるい風が、急に生温く頰や首すじにまとわりつく。空気は軟く、湿っぽく不気味にあたたかくて、雨が近いのかも知れなかった。

　自動車がいっせいにスタートする。信号が緑になる。蝟集した人波は待ちかねたように横断歩道を進んで行く。一人だけ足を速めることも緩めることもできぬ、義務のように一定の速度を守った奇妙な人々の行進。その中で群集が暗黙に定めた歩きぶりにただ素直に従っているだけの自分が、澄子にはふと快かった。小刻みに肩をふり尻をふり進んで行く人々のなかに伍して、私はただ従ってさえいればいいのだ。だらだらと同じ速度で歩きながら、いつもと同じ平凡な銀座の群集の、均質で平等な一員でしかない自分に、何かを忘れることができたような透明な気分になる。自分がある無責任な、安全な流れを漂う一枚の木葉になったような、そんな身体の重みをなくした休息を澄子は感じていた。

　華やかに笑いあい、喋りあいながら退社時の雑沓は、思い思いのさも用事ありげな確実な足どりで、人々を駅へと運んでいる。つられて同じ歩調になり、澄子はだが自分には何のあてもないのだと鋭く思いついた。いくら動きまわってみても、それを支える理由などどこにもありはしない。自分は誰からもあてにされてはいない。いつも、午後になると散歩に出て、決ってこの時刻頃になると、澄子は訳のわからない焦燥に胸を焼かれるのだ。

　澄子は足をとめた。黄昏が急に深くなってくるような気がする。追い抜いて行く人々の背をながめ道傍によけると、柳の若い緑が冷たく頰に当った。足は重たく、あてのない数時間の散歩に疲れていた。だが、まだ家に帰る気にはなれない。映画をみるにはお金がすこし足りなかった。もう一度引返して、裏通りの飾窓をのぞいて歩いてみようか。それとも、さっきの墜落死の惨事のあとを、もう一度ゆっくりと歩いてみてもいいのだ。柔かい細い柳の葉をくるくると指にまいて、澄子はぼんやりと時間の潰し方をさがしていた。退屈も興味も、疲労も、何ひとつ確実なものだとは考えられなかった。ただ、まだ家に帰りたくない気持だけが、説明のつかぬ強い匂いのように澄子にはたしかだった。

井田澄子はひと月前、母と兄のいる五反田の家に帰ってきた。帰る日、それまでのアパートを整理し、持っていた写真や手紙類はぜんぶ七輪で焼いたが、一枚だけはそっと持ち帰った。大学の校庭で、同じ演劇部員たち五六人と撮った写真である。桜井忠は澄子とならびその肩に手をかけ、白い歯をみせて笑っている。彼は首が細く長く、すこし緊張した表情で眩しげに目を細めている澄子は、その肩までの背丈しかなかった。後景に空を掃くような葉の落ちた銀杏の梢がある。昨年の冬、公演が終ったときの記念で、そのとき澄子より二つ年下の忠はまだ十九だった。

忠との同棲は半年ほどの間だった。突然彼はアパートから失踪した。一人で中共に密航したのだという。二日後、澄子はそれを忠をたずね部の先輩の家を訪れたときに聞いた。どんな背後関係が忠にはあったものか、何故彼が中共に行ったか、澄子はまるで知らなかった。忠は少くとも十年は日本に帰らないと、むしろ誇らかに明言したとその先輩は言った。婉曲に秘密をまもるよう念を押すと、あとは生れたばかりの赤ん坊を抱きあげ、壁のように自分にとりつくしまをなくすことに、そのまだ若い仏文学者は懸命の様子だった。澄子は深夜、一時間ほどの道を歩いてアパートに帰ってきた。

忠にだまされたとは思わず、聞かされた事実を疑う気も起きなかった。忠はときに嗜虐的で、自分はエゴイストだと口に出して強調する癖があったし、澄子もまた当然のように自分をエゴイストだと思ってきた。だが、時としてどうにも動きのとれないものとさえ感じ、それに自分が一心に耐えてきた筈の忠との二人の生活、その中でのたしかな彼との結びつきが、いきなりこんなにも簡単に、あまりにも鮮やかに切断されてしまったことに、澄子はぼんやりとしていた。暗い部屋の真中に腰が抜けたように坐りながら、ほかには何も考えられなかった。何をする考えも起きず、起きたにせよどこに手がかりがあるのか、どこから何をどう始めたらいいのか、見当がつかなかった。饐えた飯の匂いのする四畳半にはまだ忠の気配や匂いがあり、小さな三毛の飼猫が澄子のまわりを歩き食事をねだっていた。この仔猫が、やはり正しかったのだろうか。チチは忠には全然なつかなかった。毛髪が臭いと言い、こうしたら洗うだろうと言って或る朝、忠が澄子に頭から味噌汁を浴せたとき、チチはそのわずかな飛沫を浴び、唸って忠の足の甲に爪を立てて、それからは呼ばれても毛を逆立て決して近づかなかった。しかし、熱い味噌汁の滓を額から滴らせ、黙って指で髪にひっかかった汁の実のキャベツを探りながら、澄子はでも、こうしたことに耐え、こうしたことを重ねてこそ、自分と忠とはいよいよ緊密に結びついて、そして搦みあった糸のような形での二人の巣を作りあげて行くことになるのだと考えようとしていた。忠が姿を消したのは、だがそれからひと月と経っていない。私は忠にとり、ただの踏みつけられ歩かれる土の面にすぎなかったのだろうか。では私は何のために、何に耐え、何を作りあげようとしていたのだったろうか。

澄子は自分が忠を愛し、忠がまた澄子を愛したのを疑わなかった。忠はたびたび興味本位という言葉を使った。澄子はそんな言葉を言う忠が好きだった。まるで自分に言いきかせるようにそう言い、眉をしかめ笑いながら、急にまた乱暴に澄子を抱く忠が好きだった。忠は屈辱だとも言った。エゴイストだと信じている自分を自分が裏切るのを、忠は認めたのだ。忠にとり愛は屈辱であり生きることは屈辱であり、澄子は一つの屈辱そのものに違いなかった。そのとき澄子は忠にとり、一つの白く暖い肉をもつ人形であり奴隷であり、澄子は忠を愛し自分が人形の目になる瞬間を愛してきた。はじめて知った自分の従順や無恥や献身を愛してきた。だが、いま、澄子は忠との間の深淵を感じていた。あのやんちゃでだらしのない、金儲けの下手な秀才である年少の夫は、すでに中共か、そこに向う海の上にいるのだった。澄子は忠の見ているだろう暗く奥深い夜の海を想っていた。海が私たちを割いてしまったのだ、海が私たちの距離になっているのだと澄子は思った。暗い、しずかな、巨大な、かぎりない深さと拡がりをもつ海。いままで私たちは、その二人の間の海を、ヨットのように交通し快適に走りまわっていた。それが愛であり夢であり、私たちの幸福の軌跡だった。でも今は、忠は私から目を外らし違う彼方の海をながめている。いや溷濁《こんだく》した貪婪なその恐ろしい海が、忠を呑みこんで彼方へと連れ去り、忠を見ようとしても、だから私の目にはその間に立ちふさがる巨大な海の壁しか見えないのだ。澄子は彼女の中にもあるひそやかな干満をくりかえしている黒い海の肌に、そのとき包みこまれようとしている自分を感じていた。軒のちかくで雀が啼き、窓の裾に白い朝が来ていた。水底のように、光は部屋の中に漂い、ひろがりはじめていた。固くなったパンを細かに裂き、忠にとっておいた昨日の牛乳をかけてチチにやった。赤い首輪が動き小さな三毛猫がガツガツと喰べるのを見ながら、澄子ははじめて空腹を感じ、声を出して泣いた。自分は棄てられた女なのだと思った。

ひと月の間、澄子は猫と暮していた。自殺することは思わなかった。それほどの偏執する対象もなかった。自分も、愛も、忠も、考えれば考えるほど遠くへ逃げ、やがては無意味なものに思えた。考えること自体が無意味だった。忠への献身も、いまは自分だけの問題であった気がする。彼への愛というより、それは自分の一番楽な生き方だったにすぎないのだ。自分は誰かに従うことしか知らない。それも情熱的に従うことが一番居心地としてはいいのだ。自分はいつも自分の外のものを頼り、何かにだまされてという形でしか生きることができない。一人で生きることはだから一人で死んでいることと同じなのだ。澄子は自分が変るのを空想した。頼るものを新しく探さなければならない。一人で生活することほど澄子に辛いことはなかった。

忠とのことは考えまいと思っていた。一人で蒲団に入るたびに、澄子はもう頰のあたりにまで近寄ってきているかもしれない、未知の、新しい明日からのべつな自分の生活を思い描いた。隣の部屋の眼鏡をかけた化粧品のセールスマンが、結婚してくれと言った。管理人はバアにでも勤めたらと言った。隣りの小公園であった子供が小母ちゃん幼稚園の保母さんになってよと言った。だが私はまだ何も決めてはいない。決めていないことが澄子にはたのしかった。私は、これからどんな男に抱かれるのだろう。それも何人くらいだろう。髭の剛い顎の四角い色の黒い男、蒼じろい長髪の青年などと、そして架空の情事を行う空想がたのしかった。自分が黒い霧みたいにゆらゆらと浮遊しており、もう少しのところで世界が、一切が、明白になるのだというような気持ちだった。半ば睡ったような、めざめかける寸前のような、そんな空ろな状態で自分はいま、何かの到着を待っているのだという気がする。手をのばし、頭の上の水色の壁をゆっくりとさすってみる。ここを敲《たた》けば、隣のセールスマンは、すぐにでもはね起き廊下に出て、扉をたたきこの蒲団に入ってくる。思いながら湿っぽく貧弱な壁の肌を、そろそろといつまでも掌で撫でているのがたのしかった。変化する自分への誘惑や実現性をそこにたしかめるようでもあり、その感触は殆どセールスマンの裸の膚を撫でているようでもある。澄子はいつも暁方になってから睡った。

めざめるのは午後であった。チチにはいつも鮪のフレイクを缶のまま与えてある。夕方ちかく、近所の食堂に出かけて行く。アパートと隣合わせの街頭テレビのある小公園で、遊動円木にのったりぶらんこに乗ったり、帰ってくるとたいてい下着一枚になってねそべり借りてきた雑誌などを読んだ。平均二日に三回の食事で、気の向いたときしか掃除しない。そんな手っとり早さ、なりふりも構わずしたいことをするどぎつさの中に、かつての自分には想像もつかない一人住いに慣れきってしまった女を見ても、でも澄子にはもはや何の感慨も湧かなかった。兄が迎えにきたとき、澄子は逆わなかった。目に見えぬ放射線状の道路の中心に立ったみたいな気持ちのまま、そのときなら澄子は、家を出るとき持ち出したお金の終り次第、何の逡巡もなく場末の体を売る女にすら易々となっていたのかも知れなかった。導く手さえあれば、どの道にでも簡単に歩きだす気分だった。

処置に困っていたチチを始末する兄の手ぎわの鮮やかさに、澄子は瞠目した。兄はチチをかかえ終始うつむいて歩きながら、無言のまま、駅に近い橋にくるといきなりその汚い川の中へチチをぽいと投りこんだ。チチは鳥の啼声に似た短い声をのこし、つづいて微かな水音が聞こえてきた。

兄は目を落とし、何故かいつも妹から一歩遅れるようにして歩いた。アパートを出てから、家に着くまで一言も口をきかなかった。

やっと五反田駅のホームに立つともうあたりは暗く、駅のまわりにひしめく安っぽいネオンが華やかに点滅して、低い夜空は薄桃いろに濁っていた。改札口から真直に進むと、見慣れたいつもの緑色の詰襟服に船員帽のサンドイッチマンが、黒眼鏡の顔をにやにやさせ、トリス・バアのマッチをまた左手で渡しかけた。このごろは毎日外出をし、大体同じこの時刻に家へ帰って行くので、向うでもお馴染みになったつもりらしい。知らん顔で澄子はすぐ横を通り抜けた。背のたかい馬面のその男は、いつも実にしつっこく渡そうとするので、通りかかるたびに澄子は軽い闘争心を起こし意地を張って、まだ一度も素直にマッチを受取ったことがなかった。ふだんすっかり彼のことを忘れていて、改札口を出る毎にああまたかと思い出すのも不快だった。それに、彼を見ると、途端に外出の気分が消え一日の終ったことを感じ、疲労がたんなる徒労にすぎないのに気づかされる。まるで彼は母や兄のいる家の門番でもあるかみたいに、帰るべきあの家の鬱陶しい気分に直接につながっているのだった。澄子はそれがいまいましかった。右手にプラカアドを握り縦に太い黒線の入った短か目のズボンをくねくねさせ、だが彼は自分が澄子がその一日ごとの無益な旅を終える里程標になっているとも知らず、毎晩同じ緑の服に黒眼鏡で駅の出入口の同じところに立ち、相かわらずしつっこくマッチを渡そうとするのだった。後ろから見ると男は瘦せており背中にバアの名前の縫とりをくっつけ、ズボンのポケットから活字の大きな新聞紙がはみ出ていた。正面から見ればリズミカルな脚の屈伸が、ひどくおざなりな、無気力なもののように眺められて、この男を後ろから見たのが初めてだったことを思った。

駅の正面にネオンのアーチのある三流どころの歓楽街を抜けて歩きながら、澄子はぶつかってくる酔客を避けてたびたび足を停めねばならなかった。櫛比するモルタル塗りの安キャバレエ、落ち散った造花の枝、嬌声、逞しい尻をふりふり男に甘えかけている女。澄子はふと自分の表情は何かに耐えているようだと思った。ピンクの絹サテンの衣裳の下に透けてみえる縒れた乳おさえの吊紐、何故か血走った目で男を呼んで駈けて行く裾の長いドレスの女、ポン引き、よろめきながら何ごとか喚いている酔漢、扉の前を過ぎる度むっと匂ってくる人いきれ、聞えてくる狂人じみたジャズ・バンドの騒音、混血盤レコード、紫いろの照明に首だけを浮かび出させたアイシャドオの女の顔、塵芥箱をこそこそと嗅ぎまわっている瘦せ犬。澄子はそんな風景の一々が何故かたまらなく厭でやりきれなく、生きていることの面倒臭さに圧倒されてくる気がする。顔をあげると、星一つない夜空が、押さえつけるように頭上に迫っている。

夜の空はこんなにも低かったろうか。澄子は咽喉のつまるような気分になる。澄子はこの夜空の感触が嫌いだった。敲けば硬い金属音がたからかに響きそうな、からりと晴れた青空の遠さをそのとき澄子は想っていた。そこには人間の匂いが全くない。だが夜、それは生臭く、不気味に人肌めいていて暖く柔かくて、お前もまたこの黒い森の中に囚われうろうろと餌を求めている一匹の獣にすぎないのだと、無理強いに人々に訓えているように見える。夜、それは否応なく世界を不潔で生温い人間どもの体臭にみちた汚辱の巣にする。私は夜が嫌いだ、私は人間が嫌いだと澄子は小さく呟いてみていた。忠からの影響なのだろうか。腐った林檎みたいな、甘酸く頽廃した人間どものこの匂いは、でもたしかに理由もなく私を惨めにする。澄子は、そして黄いろい電球がかがやき畳が汗と脂で光っている母や兄のあの家の中の空気もまた、私にはやはり呼吸のつまるほど生きている裸の人間の匂いのたちこめたここのそれと同じであり、このすっぽりと自分をつつむ低い夜空への嫌悪は、じつはそのまま家への嫌悪なのだと思った。その中では自分は盲であり何も見ることができず、ただあらゆる感覚の周囲にひしめく暗い重たいその夜の匂いに、耐えることだけが仕事なのだ。澄子はやっと歓楽街を通りすぎて、暗い高台の方角に曲った。まばらな新築の家の間をぬけ、だだっ広く鋪装されるのを待つ乾いた赤土の道を少しのぼりかける。この辺は澄子が家を出た去年の冬、まだ所々に電柱が道を横切ってつっ立っていたり、とんでもない叢の間から赤錆びた水道の蛇口が水を噴いたりしていた。今は鋭く青くさいペンキの匂いなどが漂うその暗い道を、全身の無力な懶さを感じながら澄子は街燈の光の暈をひろうように、機械的にゆっくりと歩いていた。

兄はまだ帰らなかった。冷えた汁を暖めもせず食事をすませたとき、隣の部屋でラジオを聞いていた母が盆を持って入ってきて、卓袱台の向うに坐った。澄子は目を外らせた。だが、母はいつものように、散歩の行先を訊くのではなかった。

「きのうの夜ね、お兄さんに聞いたんだけどね、澄子」母はかたい微笑をうかべていた。「お兄さんの会社でね、一人女の子がやめて困ってるんだと言うんだけど」

澄子は睫を伏せ、手に持った茶の上澄みに見入っていた。

「お前、お勤めに出る気はない？」

「そうねえ。考えてなかった」

「そう？」母は意地悪く聞こえるのを懸命に避けようとしていた。「学校にはもう行かない気なんだろ？　もうそろそろ、お勤めに出てもいいんじゃない？」

「ええ、学校はやめたわ。でも、私、勤めてどうするのかしら」

「そりゃお前、……結婚でも、何でも……またそのときになったら……」

澄子は忠との一切は誰にも話したことはなかった。話すと嘘になる気がする。嘘になることより、いい加減な言葉でそれを失ってしまうのが厭であり、怖ろしかった。忠のことを、母や兄や知人がどう思っているのか、どうでもよかったし、興味がもてなかった。そのとき不意に来た怒りは、だから忠に関してのことではなかった。

「やめて、お母さん。もうしばらくこのままにさせておいてくれない？」

「桜井さん、帰ってくると思ってるの？」

「そんなこと思ってやしない。ただ、今は何もする気がしないの」

澄子は掌の中で冷えて行く茶を瞠めていた。小さく電燈が揺れて映っている。忠が、その姿や言葉が、記憶の中でひとつも確かなものとして残っていないことを、澄子はぼんやりと思った。

母は黙っていた。しずかに茶を啜る音が聞こえていた。

「お母さん」

「なあに？……いえね、べつにまだ勤めたくないんだったらいいの。何もいそぐことはないし……」

「お母さん」

「どこ見てるの？　なあに？　いやあね、いったいどうしたのよ」

隣の部屋でラジオが賑やかに寄席の中継を送っていた。澄子は一瞬自分をなくしていた。なにかもどかしい気持ちで、自分がいったい何に我慢をしているのか、何を言おうとしていたのかが思い出せなかった。

「私はね、なんでも、澄子が自分の気のすむようにさえしてくれていればいいの」としばらくして母が言った。

　急に、澄子はわかったと思った。そうだ、私のこのもやもやとした不快は、こんな扱いをうける自分がいかにも惨めな罪人めいているということ、そして母たちが充分承知した顔をしているその罪というのが、いまだに私にはどんなものかわからないということ。すべては先ずそれをわからせようともせず、母たちが見当ちがいな方向から、私の役に立とうとすることのもどかしさだ。

「お母さん」と澄子は言った。「私ね、何かこう、まだ整理がつかないようなの。いまは整理をつけたいだけなの、自分に」

「桜井とのこと、あれはいったいどういうことだったか、それがわかりたいの」

だまっている母に、暗澹とした絶望を感じながら、澄子はくりかえした。母が口をひらいた。

「で、お前、毎日桜井さんを探しに歩いてるの？」

「まさか」澄子は大声で笑いだした。「そんな、逢うなんてこと、夢にも思わなかったわ。馬鹿げてるわ」

　母は赧くなり、表情が硬くなった。沈黙がつづいていた。澄子は、頰を打たれるのかと思った。打てばいい。この我儘でなまけものの、ふしだらで生意気な娘を、母は打てばいいのだ。そのときこそ母は皮膚の外側の存在に収縮し、私はその痛みを、はっきりと、一人の男を好きになった自分への正当な酬いだと思うだろう。打たないからこそ互の境界も位置も定かではなく、私は生温い湯につけられたようで何も裁かれずに、真綿が首をしめる緩慢な速度にただ焦立つのだ。

　私は味方はほしくはない、と澄子は思った。敵か、それとも帝王のさわやかな暴虐が欲しい。この母や兄の精いっぱいの暖さは、私の感傷に喰い入り私たちが、まるで一つの存在になっているみたいな錯覚に陥入れる。私はそんな偽りの環で繋れる不潔で架空なある安楽が嫌いだ。でもこのままでは、だんだんと風邪をひくのを惧れこのぬるま湯の中から、自分の弱さがいつまでも出られなくなってしまう気がする。いかにも軽薄に都会に生きる人間らしい、自分の小利口な無気力さに、そして私は敗れうやむやに一切を失くしてしまうだろう。それがたまらなかった。とにかくいま、従いやすい自分をやめ私は人々の中で石塊のように孤立していたいのだと澄子は思った。

「今日は、どこへ行ってきたの」と母が言った。母は今夜を特別な夜にするのを諦めたように見えた。いまは澄子は、理由はわからなくも、とにかく反撥せねばいられないもの——夜を、じかに肌に感じていた。やがて、澄子はわざと晴れた声で言った。

「銀座。今日ね、私、ちょっと見られないものを見ちゃった。知ってる？　夕方、Mデパートから飛び降りた女のひと」

「ええ知ってる。妊娠五箇月だってね。さっきラジオが言ってた」

「そう。へえ。それがね、私の目の前五米ほどの所に落ちてきたの。五米の差で私、その人と心中するところだった」

笑いかけた曖昧な表情をつくりつけて、母は急に朗らかな澄子を心配そうにみつめていた。話題に脅え、母は娘とその自殺した女との相異点を探すことに、心を奪われていたのかも知れなかった。母にすれば、澄子もまた、新聞記事に扱われるような最後をとげる、昔からよくある例の危険な女なのに違いなかった。だが澄子はそんなことには全く関心がなかった。

そのとき、澄子はしばらくの間、ただ立停った額にあたる傾きかけた太陽の光だけを意識していた。すべては真空のように明るく、あたりはがらんとして静かだった。透明なレンズに化したように、澄子は一つの冴えた空白となり無心にそれを眺めていた。白ブラウスに水玉のスカートをつけた若い女は、うつぶせに五米ほど先の鋪道に、吸いつくみたいにして倒れていた。片方のサンダル・シュウズが脱げて転げている。澄子は叫びを聞かなかった。物音も聞かなかった。一切は何のキッカケもなく、青空が落ちてきたみたいに、本の白い頁をふと開けたみたいに、ふいにそこに現れ、動かしようもなくそこにあるのだった。

押し寄せる野次馬の渦に正面を向き、抗い、意味もなく澄子は振り返った。仰向けに抱きかかえられた既に屍体となったその女の顔には、奇妙な平和がみひらかれた目のまわりに痣のようにこびりついて、鼻が潰れていた。そして突然、口紅をつけた唇から、濃いどろどろの鮮やかな血が、泡をたててあふれてきた。……どよめく人垣の中にもぐりこんで、だが澄子は何故かもう一度、それを見ておきたい衝動にかられていた。いつのまにかハンカチで手のひらや首すじをつよく無意識にこすりながら、小刻みな速足で歩いている澄子は、なにか目に見えぬ、自分をそれへと引き寄せようとするもの、逆に遠くへ押しやろうとするもの、そしてその両方に抵抗するものの存在を内心に感じていた。惨事をうしろにして無関心にのろのろと進んで行く、退社時の雑沓にまぎれて、自分はもはや目立たないこの群集の単位の一つなのだと思いながら、それはだが澄子の前かがみに傾斜した心の奥で、消えようとする風の名残りのように、まだ小さく透明な渦をつくっていた。頬が赤く火照っていた。

言葉をさがしあぐねただけではなく、澄子は話を中断していた。かすかに、血の騒ぐような気もする。母の心配げな表情をぼんやりとみつめながら、澄子はその顔の意味など考えようともしないでいた。柱時計がゆるく十時を打った。澄子は立上った。

台所で食器を洗いながら、思いついて、濡れた手で庖丁を握った。指を切落し切口を眺めてやりたい誘惑に駆られていた。自分はいったい何に渇いているのだろう、屍体をみたとき、自分にはたしかにある充実した快感があったのだという気がする。庖丁の刃は指の腹で撫でるとなめらかで生温かった。何かが完全に終ったというしるし、つまり明白な結果というものに私は飢えているのか。それとも、体の芯にまで徹る冷酷な痛みが欲しいというのか。我武者羅な行動をする自分に、何かを賭けたいのか。苦笑して、忠のことは考えないことに決めているのだと思った。

庖丁をもとに戻し茶碗の水を切ると、がたがた音がして正面の窓の闇に、しろく顔が浮かんでいた。硝子板に押しつけた唇を動かし、兄が開けろと合図していた。

「水をくれ」兄は窓をあけると両手で格子の棒を握り、にやにやして口をゆがめ酒臭い息で言った。「よう、生きてたのか」

「どうしたの、兄さん」

兄はコップを左手でつかみ喉仏をラムネ玉のように上下させて、一息に水を呑んだ。右手の先に赤黒いものが塊り、黒い条が二の腕に流れていた。胸から下は見えなかった。

「可哀そうな奴だよ、お前は」

コップが洗い口のタイルに落ち、音をたてて砕けた。兄は短く口笛を吹き鳴らした。左の眉のあたりがどす黒くふくれていた。

「喧嘩したの？　馬鹿」

「なに？　おい、出戻り、しっかりしろ」

玄関に廻るよう言い、奥に入ろうとしたとき、母が音を聞きつけて出てきた。兄は強引に台所から上ってきて、母娘が支える暇もなく茶の間に倒れるように入りこんだ。長々とねそべり大きく呼吸している兄に、澄子は傷ついてきた未知の精悍な獣を見るような気がした。逞しい腰をしめつけている裏革のバンドをじっとみつめていた。

「可哀そうな奴だよ、お前は」と兄は仰向けになって言った。

「どうしたの？　え？　裕之」

母はおろおろ声を出した。てきぱきと澄子は水を運んできて、傷を調べた。洗うと手の傷も深くはなかった。あきらかに殴り合いをしたのだった。こめかみの傷は裂けてなかった。手の甲は腫れ上り、切れて、おどろくほど鮮やかな血が洗面器の水を紅く染めた。

「いったい、どうしたの、裕之。こんな馬鹿な……」

「いいんだよお母さん」舌はよく廻らなかった。「俺はただ、やりたかっただけだ」兄が倒れたまま動かないのは、傷よりも酔いの深さからららしく思えた。

「いいじゃないの。兄さん勝ってきたのよ」繃帯を巻き絆創膏を切って、澄子はかるい上気を覚えていた。

「そうとも、敗けるもんか。俺はこれでも喧嘩の手ぐらいは知ってる。ねえ澄ちゃん」兄は幼いときの愛称で呼んだ。「お前は、とにかく、よくわからないけど、可哀そうな女さ。な、そうだな？　うめえこと、振られちまっちゃってな？」

「いつまでも可哀そうじゃいないよ」澄子は笑いながら答えた。

「お前、澄子のお勤めのことで、何か……」母が急にきびしい声を出した。

「ねえ、裕之、どうなの？」

「お勤め口？　へえ、そんなもの。だいいち当分しやしねえんだろ？　ああ、俺は頭が痛え」

「だってお前、昨夜……」

「昨夜？　うん……おい、そんなに乱暴に扱うなよ。まあいいじゃないすかお母さん。とにかく、俺は勝ってきたんですよ」

「馬鹿だねえ、まったく」

兄はうつぶすと、また澄子に水をくれと言った。左手の肱で顔をかくし、肩が慄えていた。兄は泣いているように見えた。

母が兄を着替えさせた。兄はそれからは何も口をきかなかった。澄子は裏口へ廻り、兄の靴をみつけてきた。

「兄さんてよく喧嘩するの？」

ラジオはもう消してあった。母は襖をしめ、疲れた顔で卓袱台の前に坐った。

「前は喧嘩なんてしなかったんだよ」

「そう。でもきっと案外しなれてるわ」

抽出しに薬や繃帯をしまいながら、澄子は自分はこういう手当てには慣れているのだと言おうとした。

「なにしろ、勤め先の人がみんな気が荒いからねえ」

母は、靴の泥を拭っていた。兄は証券会社に勤めていた。

どんな他愛のない相手との喧嘩であれ、たたかってきた兄に澄子は爽やかな魅力を感じていた。生きることの無意味さの中で、精いっぱい荒れ狂うことは、時に素晴らしく正しく男性的なことのように思えた。澄子は兄が気にかかった。何だか話したく、世話をやきたかった。洗面器をもち隣の部屋に入ると、兄は暗がりの中で夜具をかぶっていた。

「平気なの？　ねえ」

澄子は兄の頭の上にかがみこんだ。

「ねえ？　大丈夫？」

「お前、あのアパートで、介抱することだけはやけに巧くなったようだな」兄の声は蒲団の中にこもっていた。

「ほかのことだって巧くなったわ」

「何のことだい」兄は首を出した。顔が蒼じろく引つれたように歪んでいた。兄は左手に顎をのせ目を据えてじっと澄子をみた。

「よう、出戻り」しばらくして兄は言った。「どうだ、いっそのこと、俺と結婚しちまおうか。え？」

「それもいいわ、簡単で」

寝間着の襟を直してやりながら澄子は笑った。男の匂いがぽっと熱く匂ってきた。

「お前は喧嘩や酔っぱらいは好きなんだから、こんな所を見られても何もマイナスにはならない」

「そうよ、私は惨酷な人が好きなの」

兄はしばらく黙ってから、ごろりと上を向いた。「そうかな」と彼は暗い天井を眺めながら言った。「お前はでも、あまり利口な女じゃない」

「それは血の繋りよ、お互いさまだわ」

兄はまた蒲団をひっかぶった。すこしたって、「あっちへ行け」声はまたこもって聞こえてきた。

「いいの？　大丈夫なの？」澄子はもっと話したかった。帰ってから、こんな調子で兄と話したこともなく、あのアパートの生活について話したこともなかったのを思い出した。こんなに兄の近くに居るのもはじめてであった。蒲団を剝ぎ、うるさいと言われるのに構わず世話をやきたかった。妙に未練な気分があり、黙って兄の声を待っていると血が頰に昇ってきた。

「あっちへ行け、行けったら」兄は蒲団の中で叫んでいた。澄子は洗面器とタオルを枕許にそっと置き茶の間に帰ってきた。

「雨らしいよ」と母が老眼鏡の顔をあげて、新聞紙をたたみながら言った。「え」、と耳を欹てると、微かに断続する小雨の音の向うに、すこし回転の早目なレコードの流行歌が、遠く波をうち賑やかに流れていた。

澄子は、ふと地上で生きるのをやめデパートの屋上から、ひとり青空の中へ泳ぎ出して行った女に共感する自分を感じていた。兄のシガレット・ケエスから一本抜いて口にくわえ、一息だけ吸って、噎せた。不意に、道路に倒れ伏した白ブラウスの女の血腥い記憶が、まるで危険な魅惑的な噴火口みたいに、胸の奥になまなましくぽっかりと口をあけている気がする。

奇妙な興奮がつづいていた。どうやら眠れそうにもない、と澄子は思った。縁もゆかりもない、たかが貧しげな死んだ一人の女が、なぜかいま大輪の牡丹のようなどぎつい色彩感に溢れて、自分を誘うような、手が触れるのを待つみたいな謎めいたものに思えるのが不思議だった。澄子は、忠が残して行った結果というものについて、自分の追いこまれているこの現在というものについて、急に真剣に考えなければならないような気がした。

どれだけかたって、雨音の充満している遠くの空を引裂き電車の警笛が響いたとき、隣室では兄の鼾が規則的に聞こえていた。

母がぱちんと音をたてて、ケエスに老眼鏡をしまった。

「ねむいわ」と澄子は独言のように言った。他人の目から遁れ、一人になりたかった。

——そうだ。あのとき、私はあの自殺者を鏡にして、そこに生からも、死からも遠のいてしまっている自分を見ていたのだ。私はまだ死んでいない。だが、私はまだ生きていない。寝返りをうちながら澄子は思っていた。忠を失ってからというもの、私は自分ひとりの海の底に沈んでいる。泳ぐことも、浮き上ることもせず、海底の廃船のように、ただ無為に海が自分を朽ちさせるのを感じている。

澄子はいまだに忠という存在が自分にとりいったいどういうものだったか、明快な言葉で言うことができなかった。いつまで自分はあの過去に片足を突っこみどちらつかずのままで居るのだろう。過去は、たしかに澄子の中でまだ空しくはならなかった。

いっしょに大学に通ったのも暮のわずかな間だった。卒業試験に出ず、澄子はそれからは学校のことは忘れた。女優としての未来は無いと忠が言い、それが至極もっともな気がしていた。一年下級の忠はしかし毎日大学に行くと言って家を出、家に居るときは寝そべり短いラジオの台本を書いた。有名な先輩作家の下請けだと言い器用なくせに出来たものはいつも口ほどには面白くなかった。外泊は一度もなく、ときどき酒を飲んで帰ってきた。木に登り二階の窓に飛び移って部屋に入るのが好きで、二人で飲んだときさんざん小公園で遊んだ末、その桐の木にのぼり合唱したことがあった。頭に白い繃帯を巻き右手を吊り、喧嘩してきたと言って撲り方を暁方までかかり教えてくれた夜もあった。口紅のあとが頬に残っていたこともあった。澄子は相手の女たちが、みな忠より年上の気がして眠っている間に黙ってそれを拭いた。何故か詰問することができなく、そんなとき、彼がよけい貴重で確実で、偶然に漂着してきた一本の流木のように思え忠に触れていることが快かった。忠は長い脚をもち硬い腿の肉が若々しかった。痩せて胸がうすく、幼児が木をならべ算え方を覚えるときのように、ひとつ、ふたつ、とふざけて忠の肋骨を上から撫でたこともあった。忠はいやがり硬い大きな掌で首を締め、身体の位置を変えた。

　澄子はそんな自分の中の記憶に、自分はいつになったら解放されるのかと疑う。自分を寝苦しくするこの感覚、これが人間であるということなのだろうか。だとしたら人間であることはあまりに厄介でうるさくしち面倒臭く、おんぶお化けみたいなやりきれない負担であり、このままその自分が生きることは、いかにも無駄な恥辱的な刑罰、母や兄へのただのおつきあいにすぎないのだという気がする。——でも、すべての人間どもが抵抗しきることができない、このいやらしい曖昧な重い憂鬱、生きるということ、その無意味さ、理由の無さ、すべての人間が肩に負って生れてきたその忌わしい重みに、忠は挑みたかったのかもしれないのだと澄子は思った。全力をあげ挑むことが、いつも忠には生甲斐だったのではないだろうか。それに無抵抗に敗れ、ただ耐えることしかしない人間の無気力さが彼は嫌いだった。それを生活だと安易に思いこみ、狃《な》れあう小利口な卑屈さが嫌いだった。だが、たぶん私は耐える方の種類の女であり、その私がつきまといもたれかかる重みに、忠は初めから闘ってきていたのかも知れなかった。どこまでも彼を頼りにし追って行く私の無抵抗に、あの夜空のように軟かく囚われてしまうのが忠は厭だったのかも知れなかった。いったい私が忠にどんな悪いことをしたろう。だが、忠は逃げた。そう、人間への嫌悪という私への影響を残して、彼は逃げた。姉女房の深情けから。いや理由もなくどこまでも従順なだけの私の愛、たのしげに屈従する私の無拘束の拘束から。何故ならそれは彼に私の人間のすべてを預けきることだし、彼は自分の負担だけで精いっぱいだったのだからだ。そして私はそんな忠が好き。それは彼が我慢することができない男だからだ。今夜、喧嘩をしてきたふだん黙りこくっている兄に見た、新しい、そのくせ懐しいような魅力も、つまりは同じ理由なのだ。

思いながら、澄子は兄の喧嘩のことを考え、その相手を想像して、どきりと烈しく胸を衝かれた。相手は、忠ではないのか。

可哀そうな奴だよ、お前は。繰返した兄の言葉があざやかに浮かんでくる。兄は何を言おうとしていたのだ。一言の別れも告げず出て行き、私を棄て、行方をくらましたと言っても、忠はお前が悪いと言われれば恐らくは意外な気がする男だ。詰問すれば言い返し殴られればすぐ殴り返すはずの男なのだ。彼には彼なりの理由があり、私が従う種類の人間なら、彼はすべての他人と闘うことを選んだはずの男なのだ。自分以外のものとはたたかうことしか知らない。それが僕の生き方らしいやと忠はいつも言った。

澄子は、不安の中で烈しく揺れる自分を感じていた。その想像が急に疑いもないもののように思える。だが、中共に行ったはずの忠が、何故東京に居るのだろう。やはり馬鹿げた空想にすぎないのか。遠く、貨物列車の連結器がひっぱられる連続音が、いかにも夜明けらしい真新しく澄んだ水のような空気に反響して、次第に大きく聞こえてきた。耳を澄ますと、雨の気配はない。雨はいつのまにか上っていた。雨戸の穴から、障子に白く淡い光が当っている。もうすぐ母たちの起きだす時刻がくる、兄に直接聞いてみようかと澄子は思った。でも、兄はきっと今朝はいつもの彼にかえり、不機嫌に黙りこくったまま何を言っても返事もせず、私とは目を合わさないようにして出て行ってしまうだろう。それは間違いのないことに思えた。兄は母にはなにも言わない。澄子はそんな兄の独特な流儀は、女友達のない彼の重苦しく強靭な妹への特別な愛情なのだと思う。兄は私を、自分以外の人が判断したりするのがひどく嫌いなのだ。だが、それなら、会社に彼を訪ねて聞けばいいのだ。きっと兄は嘘は言わない。

でも、いったい何のために？　聞いて、もしそれが忠だったら、私はどうするというのだ。どうもなりはしない。では何故知りたいのか。そんなことは一切わからないのだと澄子は自分に答えた。もしかしたら忠ではないのかもしれず、ただひょっとするとそれは忠なのだ。私はそんな気持ちを始末するのだ。もしも聞かずにすませたなら、私はきっとあのときにさえ聞いておけば、と毎夜のように後悔に胸を嚙まれるのに決っている。聞かなかったのを、きっと自分の臆病のせいだと思うだろう。

障子の白く光の煙る部分に、隣の家らしい景色が大きく倒さまに映っている。表には、たぶん初夏の朝の光が、夥しく充ちはじめているのだろう。今日は、会社に兄を訪ねるのだ、と不眠の夜を忘れるためのように澄子は晴れやかに思ってみた。照れ臭げに兄は何も言わず、眉の上の絆創膏を気にしながらまず喫茶店へと誘うだろう。用件を聞き、私の取越苦労に何だと言って笑うだろう。でも、久し振りに二人きりで兄と対いあってみるのもいい。恐らくは街の与太者か同僚か、または名も知らない酔っぱらいが相手の、他愛のない喧嘩にちがいないのだと澄子は思った。

電車通りから石のだらだら坂を下りて行くと、左手に小公園の緑が目に入った。古ぼけた灰色ペンキの木造二階建の館が、まるでそれを校庭にするちっぽけな小学校のようにすぐ向うにつづいている。窓々には干した洗濯物や蒲団が陳列され、ひと月ぶりに見る、それが忠との生活の巣なのだった。

家を出るまでは、真直に兄の会社に行くつもりだった。だが、駅への道を歩きながら、だんだんと奇妙な不安がつのり、足は鈍くなった。もし、万一、喧嘩の相手が忠だったら。中共に行かず、もしも忠が東京に居たのだったら。不思議に、逢いたいとも思わず、懐に飛びこんで行く気持ちもない。しかし、その想像は、一足ごとに確実に力をまし、近づき、澄子を脅やかした。馬鹿げている、そんな筈はないと必死に打消すように思いながら、駅に来たとき、澄子は立止り危うく声をあげて叫びかけた。長身の、頭に真新しい白繃帯を巻いた痩せた若い男が、目映ゆげに空を見上げ、構内から出てきたのだった。白い開襟シャツに黒い学生ズボンをはき、糸瓜のようにしゃくれた顔のその男は、目をみひらき口に手を当てて息をのむ澄子をじろじろと横目で眺めながら、ゆっくりと通りすぎて行った。澄子は、見送っている自分の顔に、ありありとある表情――恐怖が浮かんでいるのを感じていた。兄に聞きに行くのが、なにか取返しのつかぬ結果を生むことのように思え出札口に立つと、無意識にアパートの近くの駅名を口にしていた。

それでよかったのだ。とにかく私は兄を訪ねたものかどうかを、ここで一人でゆっくりと考えてみればいいのだ、――しかし、澄子がはっきりそう思ったのは、小公園の湿った雨後の砂場を踏み、鉄鎖で空中に吊されている遊動円木に、腰をかけてからのことであった。緑の葉がつややかに濡れて光り、遊んでいる数人の子供たちの背中に晴れた日光が当っている。湿った土の匂いが、さわやかに木影の澄子の鼻を撲った。

澄子はアパートを正面にし、太い木の棒を跨ぎ、足で漕いだ。金属の軋む音が規則的に聞こえだして、繰返しすいすいと空中に揺られながら、懐しいような、甘い気分に澄子はひきこまれた。忠が去ったあと、私はよくここでこうして時間を送っていた。あの、眼鏡のセールスマンが求婚したのもこの丸太棒の上でだったし、小母ちゃん保母さんになってよと子供がせがんだのも、ここの砂場だった。単調で物憂げな鉄の輪が軋る音も、耳になつかしく、快かった。澄子はそのころの、硝子器の縁まで湛えられた水のような、透明に揺れていた自分の孤独を思い出した。私は、ここで忠を忘れることに努めていた。そして空に向かい、浮かび上るような、地と空を往復する、この正確で快適な律動の中に、私はやがて彼のことを忘れたのだ。

正面に、ほぼ半年の間暮したアパートの二階の窓が見える。澄子はふと、いつもカーテン代りに窓にかけたシーツの裾から白く滲みはじめてきた、一人で迎えたその部屋での数多くの朝を想っていた。朧ろな仄ぐらい水底のような部屋の中で、あたたかく胸のあたりで蠢めくチチを抱き私はよく、自分が海の中に沈み、横たわっているのだという気がした。私は、目の前の水面をながれる風景のどの一つにも手を伸ばさず、墓の中の死者たちのように生きることから離れ、生まれる寸前の胎児みたいにそうして生きることを目前にしながら、自分は生きることを怠け、何ひとつ決めず選ばぬ状態のままこの暁闇の海の中を、ただふわふわと海月のように無意味に漂っているのだと思った。そのころから私は生からも死からも遠ざかりはじめていた。そして、いまだに私はたぶんその私なのだ。忠は、いわばそんな私にとり、単にその上を通りすぎて行った一人の旅人でしかなかった。はるかな暗い海の上を、羅針盤を彼方へと向けて進んで行く、やがて視界から没し去ろうという一艘の船なのにすぎなかった。私は、彼の単独な航海を支えている海、その海と同じ海を自分もまた眺めているのだと考え、それだけでささやかなある安息を贏《か》ちえていた。忠を想うことは、海に触れることと同じであり、海を膚に感じることは、忠に触れることを意味していた。……いま、だがその忠が、昨夜の兄の喧嘩の相手だと考えることが、どうしてこんなにも苦痛であり、辛く恐ろしいのか。澄子は、ぼんやりと青空の中に目を放ちながら思っていた。白い繃帯の男に怪我をした忠を想ったとき、何故あれほどの恐怖を覚えたのか。あれから、私は人々が着けている白い色に脅えつづけてきた。町や車内の白シャツ白ブラウスがすると急に瞳のなかに氾濫して、私はほとんど顔をあげることができなかった。なるべく人々の顔を見ないように目を伏せ、私はやっとここに来たのだった。

汗がうかんでいた。眩しく晴れた空が、夢のように遠くなり、近くなった。空を航行する鳥船に乗ったように、澄子は不安と速度のルフランのなかに浮かび上っていた。澄子は、心の中で、兄の口調を模して言った。中共に居ようが東京に居ようが、どっちだって同じことじゃないか、馬鹿だな、お前は。僕の喧嘩した相手が、どうして忠であってはならないんだ？　要するにお前はあの男に飽かれ、棄てられた出戻り娘なんだ。いまさら忠についてどんな空想をもっていようと、なるほどそれはお前の自由だけど、でもそれは忠の知ったことじゃなかろう、お前はもう、あの男のことでは、どんなことがあってもそれ以上驚くことも傷つけられることもない筈なのじゃないか。……だが、と澄子は思う。かつて暗い波の彼方へと消え去ったはずのその忠が、急にこちらを振り向きそれも手を伸ばせば届く一人の男として、現実の存在として再び現れたと思うことが私にはおそろしいのだ。それは忠の私への、一番決定的な裏切りではないだろうか。二度と見られなかったはずの彼の顔が、すぐ目の前でこちらを向き、しかも近々とせまるその目は、私を見てはいない。目に見えるつい近くで同じ現実を呼吸しながら、もはや私には無関心しかもたぬ忠。それを想像することが死よりも怖ろしい苦痛なのだ。彼の背信であり、この上なく手酷い侮辱なのだ。忠は、では彼一人だけの世界に沈みこみ消え去ったのではなかったのか。忠と私と割いていたのは、すると海ではなく、無数の不潔で醜悪な人間たちなのにすぎないのか。彼は人間たちから遁れたのではなかったのか。

思いながら澄子は、自分がその忠を、後ろ姿だけはせめてしっかりと所有している、告別式の黒枠の中の存在のようにしか、それまで眺めていなかったのに気づいていた。すくなくもその潔癖は死へと向っており、汚辱の人間たちの世界に生残った澄子にとり、忠との壁はほとんど死とのそれであった。彼の嫌悪しただろうものを嫌悪しつつ、死と生との中間に宙ぶらりんのままで居ることが、だから死なぬ澄子にはせめてもの彼に近づき得る限度であり、澄子はそこで忠を感じていた。……だが、実際に忠が死んだとは考えたことがなかった。澄子に、いまは忠がやはりこの地上に居り、相変らず人間たちを相手に、屈辱とつきあって生きていることは疑う余地もなくて、その事実が新しい嘲けるような顔で笑いかけてくる気がした。澄子は思った、駅で、忠に似た男をみて覚えたあの恐怖は、つまりそこに見た生命への恐怖だったのではないだろうか。

遊動円木は停っていた。澄子はのがれるように小公園を出、だらだら坂を登った。黄と緑に塗られた電車が喧しい轟音をあげて通りかかる。ためらわず澄子はそれに乗った。窓際に立ち走り過ぎる初夏の街を睨むようにみつめながら、澄子は、「卑怯者、卑怯者」と小さく罵りつづけていた。自分を捨て去った忠の不実へのはじめての瞭らかな憤りがあり、いつかたしかなその怒りに囚われてしまっている自分の、一種透明な安らぎに似た感覚の中に澄子は自分を失くしていた。風景は色とりどりの光の風のように、何も見てはいないその瞳のうえを流れた。

ふと、笑い声を聞いたように思った。車内はむっとする人いきれで息苦しく、その混雑のさなかで胸をひろげ、片方の乳房を出して与えている若い母があった。まるまるとした赤児はしかし乳房を撫で、弄るだけで澄んだ黒い瞳を敏捷にきょときょとと動かし、乳を吸う気はない。餅をつかむように真白い柔らかな肌の上で小さく指を握り、ぺたぺたと吸いつくような音をたてて叩く。桃いろに染まり乳房はゆれ、母は叱り、乗客は遠慮がちな声で笑う。まるで自分の乳房が打たれ、顫えているみたいな、ある痛みを、羞恥を、そして嫌悪と渇きとを覚え、澄子は我にかえっていた。私は忠をゆるすだろう。いやがり身をそらすのを執拗に追い乳首をつまむ癖のあった忠の大きな掌の硬さを、澄子は不意に乳房に感じていた。汗ばむような上気があり、かすかに顫えている胸の窪みを、冷たいものが流れ落ちた。彼の我儘はじつは子供のそれにすぎないのだ、その物珍らしさに飽きるとすぐ玩具を取換える子供にすぎないのだ。でも、私は忠を愛している。疼くように、一途な忠の荒々しさを全身で期待している澄子は、そのとき無力な一人の女にすぎなかった。

電車は兄の会社の近くを過ぎ、銀座へと向っていた。もう、何ひとつ兄に聞くことはないのだ、と澄子は思った。実際には何の事件もおきなかった。私は私の習慣を歩いている。母や兄の目にとまるべき変化は何もないのだ。……物憂い無気力が、重苦しく澄子をつつんでいた。それは現在の日常の空気でありそこに帰ってきた合図だった。明日からも、自分は毎日ぶらぶらと外出をする習慣を崩さず、まるで忠のことは忘れたような顔のままで、やはり昨日までと同じような毎日の繰返しに耐えて行くのだろう。生とも死ともつかぬ、この曖昧な波立たぬ淀んだ沼に似た気倦い心のまま、自分は何かを待ちつづけて日を送るだろう。澄子は思っていた。ただ、昨日までと違うのは、私が忠が生きている人間だと、それをはっきりと意識していること。もしかしたら、巡り逢わぬものでもないのだ。だが、もし出会ったなら、私はどうするだろう。泣くだろうか、笑うだろうか。胸に飛びつき、どんな目に遭わせてもいい、また傍に置いてくれと哀願するだろうか。いや、怒ったふりをし、離れないと約束するまで、いろいろ画策をしてみるだろうか。立止って、忠が目を注ぎ、駈けてくるのを待ち、やさしく見まもりつづけているだろうか。

震動が、快く頭の芯にひびいてくる。澄子は、いまは街に氾濫する白いシャツの群も目に痛くなかった。訴えるような目で、でも強いて忠を探そうとするでもなく、窓から人道を歩く人々の顔に、次々と眸を移している自分が何故かたのしかった。

太陽は真向からぎらぎらと照りつけ、午後の日光には盛夏の酷しさがあった。昨日の投身自殺の現場もすでに通りすぎた。澄子は同じような騒がしい雑沓の渦の中を、いつもの道を歩いていた。人々の顔を見て歩くのにも飽き、ふと兄を訪ねてみようかという気持ちが、悪戯っぽく胸を掠めたりする。

それは交叉点近くのデパートの前であった。澄子はある強烈な光が体内を貫いて走り抜けるのを感じた。忠がいる。いま、その四辻に佇み、信号を待つ人々の中で一段と首だけがぬきでた黒いポロシャツの男、それは忠ではないのか。

手にハトロン紙の袋を下げ、気短かげに片脚を居たたまれないようにぶらぶらさせ、首の細く長いその男は、肩をゆすっている。目を眩しげに細め眉を寄せて、停車している黒塗りの高級車をいらいらとみつめている。

澄子はそのあと男の目が、何の遅滞もなく自分の顔の上を通りすぎたような気がしたきり、それからは何も知らなかった。気づいたとき、澄子は満員の乗客といっしょに案内嬢に脅を押され、デパートのエレベーターの箱に詰めこまれようとしていた。クリイム色の内壁にべったりと頰を押しつけ、澄子は半ば夢心地で昇降機の扉が牢獄のそれのように閉ざされる音を聞いた。軽い震動がつたわり、密閉された箱は音もなく昇りはじめた。

——忠だろうか。本当に忠だったのだろうか。あの気難かしげな顔は、たしかに短気な忠の癖なのだが。突然、澄子は小さな叫びを押し殺した。私は、忠から逃げてしまっている。呼びも飛びつきもせず、こっちから匿れてしまっている。私は、忠を、忠らしい男を目前にしながら、無意識のうちにそれを避けてしまっている。……霹靂のように、澄子は茫然とその事実を眺めていた。追うことも、すぐ昇降機を下り人ごみの中に彼を探すことも、何も考えられなかった。澄子は、ただ自分が忠を遁れたということ、そのことだけを瞶めていた。

促され、顔をあげると明るい空がじかに瞳の中に躍りこんだ。屋上に向いて扉はひらいていた。廊下の硝子戸の向うに、子供たちの笑い声が華やかに日に炒られている。出ると、屋上は子供づれの客でほとんど埋まっていた。

　私はいま、何も考えていない、と澄子は思った。たしかに忠だったか。いや私には、何も考えられない。考えることなど、じつは何もないのだ。いまは、自分が忠を避けたということ、このことを確認することのほかに、何もすることはないのだ。

　眩しく賑やかな色彩とざわめきの交錯する渦の中を、澄子は人波を縫い、一段と高い司令塔のような展望台の方に、ぶらぶらと歩いた。赤い風船が一つ、子供の泣声とともに風に煽りあげられ、ゆっくりと左右に流れながら晴れた空に吸われて行く。どこまで昇って行くつもりだろう、ぐんぐんと流され小さくなって行く光る赤い球を眸で追い、澄子は頭上の、広大な海原のように涯しなく美しい青空に気づいていた。

　久方ぶりの、目路の涯にまでひろがる雄大な青い空は、見ていて飽きなかった。空はたかく、深くひろく遠く、あざやかに澄み渡り白い綿屑のような雲が動いている。展望台の上に立つと、風は熱気をはらみ意外なはげしさで人々を洗っていた。澄子は、はじめて、自分は何をしにここに来たのだろうと思った。

　私は、死のうとしているのか。その言葉が唐突に鋼のような冷たさで胸に触れた。澄子は昨日の、あの投身した女の孤独を思い、何かをたしかめるように明るい青空の奥に見入った。このような高みに立ち、あの女はいったい何を考えていたのだろう。そして屋上の柵を跨ぎ手すりを越え、石の縁から身を躍らせ、そのまま雑沓する午後の鋪道に深々と墜落して行くとき、彼女は何を望み、何から脱れようとしていたのだったか。何を拒み、何に挑もうとしていたのだったか。目を閉じて、澄子は想像してみる。目が昏み、突然おそってくる急激な眠りに似た虚無感。一瞬の恐怖がすべてを奪い去って、彼女はただその肉の重みだけと化し地球に呼ばれている。それは地上のものであり地上に返さなければならないのだ。粗い空気の層が激しい風のように全身をこすり、地面に彼女は驀進する。何か、目に見えぬものに抵抗するかに、また何か大切なものを摑むかに腕を伸ばし、石でないことを示すためのように四肢をひろげ、彼女は、何も知らぬ群集の中へ、音もなく糸を引くように垂直に落下して行く……。

澄子は、そしてぽっかりと開いた自分の穴の底に、見ていた。その直後の、鼻が潰れ全身の打撲で即死した女の無残な墜死体を。生きた生命の断面図を。最早だれからも関渉されない完成した一箇の孤独を。裸の生命そのものの、強烈な光のような。一つの完璧で確実な結果を。

自分は何故死なないのか。すでにそれは他人事ではないのだった。首すじに当る太陽の熱を感じながら、首をめぐらせ空ろな目で澄子は彼方を見た。遠く、地と接するあたりで、白っぽく青空は都会の煙霧に暈かされてか、色を失くしている。澄子はふと、そこに青空の性質を、その地上との関係を見るような気がした。青空は、生きた人間にはとどかないのだ。それは墓場なのだ。墓地の土に、ひときわ濃く逞しい緑が萌えるように、みずみずしい紺碧のその豊かさは死の肥沃なのだ。おびただしい光の健康な充実、それはじつは虚無のそれだ。この清潔さ、この静けさ、この平和は、死者たちの森のそれらと同じなのだ。

澄子は青空の中に失われて行こうとする自分に気づいていた。それは、すべての人々が均等に頭上に頒ちもつ死の領域であるのかも知れない。彼女はすでに自分に何の関係もない、あたりの風景に次々と目をうつした。ただ忠の代りに私に与えられたもの、それはこの海のような青空のほかにはない。

これが、私のあんなに欲しがっていた結果なのだ、と澄子は思った。私は忠を見、忠からのがれたのだ。いまの私にとりただ一つ確実なこと、それは私が忠から遁れたということ。これこそが私と忠との一切の、その確実な唯一つの結果なのだ。私はひとりきりだ。そして私にはいま、海は頭上にあり、その青空が新しく帝王として君臨しようとしている。私はその透明な無に従うつもりなのだろうか。とにかく、私はいま、青空に見られている。

爽やかな、巨大な鐘の音が流れてきた。デパートに向う、時計店のオルゴオルが、また時を告げているのだった。音楽はいかにも架空な感じに拡大され、大きな池に落ちた波紋のようにひろがり、波を打って、美しい音色はゆっくりとメロデイを結びかけながら、斜めに青空の彼方へとのぼって行く。そのオルゴオルの全曲を、こうして明瞭に聞くのがはじめてのような気がして、澄子は水のような心でぼんやりと耳を澄ませた。まるでその終結の合図みたいに、発車する電車や自動車の警笛が、ひときわ高らかに聞こえた。

澄子は、地上に目を落した。その中で、まだたぶん我儘な独泳を続けているのだろう忠は、彼女にとり、無数の群集の中にまぎれ、いまは他との区別がつかぬ無力な他人の一人にすぎなかった。――急に、目のくらむような気がして澄子は手すりの金具を握りしめた。それは二十米の高みから見下ろす、身のすくむ恐怖からではなかった。吸い着けられたように目は人々が地虫のように這いずる不気味な地上を見て、逃れられぬ地上での、悪夢に似たただ耐えるだけの孤独で無益な日常の繰返しを、きっとまた立っている駅のサンドイッチマンを、生きることの面倒臭さを、自分の無気力を、いやな匂いのする生温い夜空を、すべての生にたいする嫌悪を、澄子は一瞬のうちに感じていた。展望台の階段に足をかけて、澄子はそのまま動くことができなかった。

十八才の女

痩せるためにだったら、彼女はどんなことでもした。

大好きなケーキもアンミツもやめ、日々かくれて一箱づつ煙草を吸い、夜ごとトランプと珈琲で瞼どうしのキスをさまたげ、サナトリウムの規則みたいに少食と不節制をけんめいに励行して、暇さえあればテレビでおぼえた美容体操をくりかえした。

ふと目ざめた夜中でさえ、彼女は口※[redacted]子をとり、オレンジ色のパジャマ※[redacted]、その美容体操のくるしい屈伸運動に、たいそうこころよげに呻きつづけた。

どうして痩せたがるんだろう？　べつだん不恰好なデブでもないんだのに。

彼女はその理由を、まるで初恋の相手のようにかくしている。少女のはじめての性の証拠みたいに、ときには頭を悩ませながら、しかしちょっぴり誇らしげに、一心にかくしている——いってしまおうか？　それは彼のせいだ。大男の、大学生の彼の指のせいだ。

バスケット・ボール部のすてきに背の高い彼が、両掌の指でつくる円い小さな環のなかに、すっぽり胴を入れること。そしていうこと。〝私の胴、あなたの指ではかれてよ〟

十八才の、それが彼女の夢想だった。

もう少し。あと2センチで大丈夫。先週もボーリング場で、彼がはかってくれたっけ。そう囁いてくれたっけ。私はそのとき、2センチだけ彼を愛したりないような、それだけ浮気をしてたみたいな、2センチぶんの罪を感じて赫くなってしまったっけ……。

が、悲しいことに、彼女は瘠せなかった。

一五五センチ　四六キロ
一五五センチ　四五キロ一二〇
一五五センチ　四四キロ

ああ。誰がなんていっても、（もちろんなんにもいわなくても）この変化※[redacted]当なのに！

私の体重と、お腹がへりつづけてるのは本当なのに！　それなのに……！

彼女は泣いた。そして思った。

私の目方は裏切らない。

私のお腹も裏切らない。

私の心は飢えてるわ。

私のお腹も飢えてるわ。
でも、いつも、彼に逢うと
私の生命が、私を裏切る。
私は幸福で、充ちたりてて
私のすべては肥ってしまう。
瘠せたい渇きも忘れちゃってる。
それは、私の恋のせいなの？
彼女は泣いて否定する。
うそ。私は恋してない。
私のしているのは恋のふり。
だって、恋のふりでもしていなきゃ
私
本当に恋してしまいそうなんだもの。
……でも、もしかすると
それがいけないんじゃないのかしら？
　そして、彼女は思いついた。
　そうだわ、私、本当に恋してみよう。

恋するために瘠せたいなんて考えず瘠せるために私は本当の恋をしよう。きっと、万事はそれからね！

彼女は彼に恋をした。自分でそう信じた。……だのに、彼女の胴のサイズは縮まらなかった。もちろん、太くもならなかったが。ああ。こんなことってあるかしら？退屈な、中年女の幸福のように、平穏無事で安泰な同じサイズのウエストに、彼女は人知れずため息をつき、涙をながした。彼女は我身の胴を憎み、腹をたたいて呪った。ああ。こんなことってあるかしら！

彼女の涙は涸れてしまった。空腹が彼女をヒステリイにした。彼女の不機嫌は、とうとう、瘠せることと喧嘩をした。彼とも喧嘩をした。

彼女は我を忘れ、彼女の夢想を忘れたのだ。彼はどこかに去り、彼女は彼を忘れた。彼女は、瘠せて失うべき贅肉も忘れた。彼の指の長さも忘れ、彼の言葉も忘れた。つまり、彼女の恋のすべてと別れたのだ。

＊

そののち彼女は瘠せたろうか？　肥ったろうか？

それは知らない。

ただ、こうして彼女は、自分をどうしても瘠せさせなかった十八才の女の「健康」も、ついでにすっかり忘れてしまった。

※……底本とした資料が不明瞭で判読できないため「■」とした

六番目の男

園垣三夫《そのがきみつお》（山川方夫）

（この放送台本は一九五五年八月十一日午後二時五分からラジオ東京で放送されたものです）

《登場人物》

やす子	藤山
女A	池田
女B	長岡
女C	小谷
女D	男の声
女中	語り手
川島	

E

女中が鼻歌まじりに食器を洗っている。突然、床にそれを取落して

女中　あッ、割れちまった。（オロオロして）ああどうしましょ。お客様用のコップ、一ツ、二ツ、三ツ……。（急に）オヤ。変だわ。昨日のお嬢様のパーティ、男の

お客様はたしか五人だったわ。このグラスは男の方にお出しした分なのに、三つ割れて、でもまだここに三つ残っている。変だわ。五人分に六ツコップがあるなんて。……ひい、ふう、みい、よう、いつ、むう…オカしいね。誰方かも一人——いいえいいえそんな筈は。だって私が……変だね、どうも。頭数より一つ余計にコップが出てるなんて。

M　オープニング　CL—UP—DW—BG

アナ　園垣三夫作「六番目の男」

M　UP—DW—BG　次の台辞の間にS.O

語り手　……皆さん。皆さんは名前のない葉書をお受取りになったことがございますか。ええ。差出人の名前が書いてない、誰からのものかわからない葉書を。大ていの方は、一度か二度そんな経験がおありでしょう。実は今日、これから私が紹介するこのお話の主人公、やす子さんにも、それは参りました。名前も、そして住所もない、誰が出したのやら分らない不思議な葉書が。それも、前後二回。……一度目は、恰度彼女の満二十一のお誕生祝いのパーティのときのことです。

M　ハッピィーバースデイ　一節のみそれがかぶって

E　グラスをぶつけ合う音。それを合図に、人々口々に「おめでとう」やす子、それに応える。華やかなパーティのノイズ

女A　ねえやっ子、随分お賑やかねえ。華やかっていうのかしら。私ん時でも、皆、こんなに集ってくれるかしら。（以下少々井戸端会議的に）

女B　男の方、皆で五人ね。ふーむ、なかなかやっ子の趣味、悪かないな。ねえやっ子、あれ皆独身？

女C　やっ子、君のフィアンセ、あすこに来てる人たちの中に居るの？

女D　あら、やっ子まだフィアンセなんていないわ、ねえ？　やっ子、そうね？

女C　一寸ウラヤマシイな、やっ子が。

女A　何しろ、やっ子ほど持てる奴なんて少くも我々の中には居ないからね。

女B　ヤクな、ヤクな。（皆、笑う）↓ノイズとともにOFF

語り手　皆が嫉くのも当然。その日招ばれた五人の男たちは、五人が五人、すでにやす子さんに求婚して、その答えを待っている連中なのです。そう、このへんで五人の騎士たちを、順ぐりに御紹介しておきましょう。

先ず、第一は川島君。

川島　やす子さん、おめでとう。

語り手　二十七才。実直な証券会社員です。
　次は、藤山君。

藤山　やっちゃん、おめでとう。

語り手　彼は会社員というよりスポーツマンというべきでしょう。二十八才。元学生庭球の第三シードですので。
　次は、池田君。

池田　おめでとうございます。やす子さん。

語り手　これは詩人です。曲った鼻に鉄ブチのめがねをはめ、年は……どうも一見してはわかりませんな、次は長岡君。

長岡　やあ、やっちゃん、おめでとう。

語り手　（咳ばらいして）実業家。この男だけが三十を越しています。別に取柄はない

小　谷　……らしいです。さて、最後は、小谷君。

語り手　やす子さん、おめでとう。
二十三才。背も低いし、いかにも坊や坊やした好青年です。まだ学生……ええ、つまり五人が、彼女に求婚し、その日招ばれて来ていた男の全てでもある五人のメンバアであるのですが…ところがその翌る日、最初のような事情で女中がやす子さんの所にすっ飛んで行ったのです。

E　慌しい足音がOFFよりONで止る。

やす子　（驚き）え？　じゃ男のお客様の分が六つあったっていうの？

女　中　はい。……ええ、六人さんでしたら頭数が合う訳なんでございますけどねえ……

やす子　……そうなの、実は、私の方にも変なことがあったの。招待状、私、男の方々は五枚だけお出ししたのよ。それだのに、御返事頂いたの六枚なの。

女　中　だってお嬢様。……それはおかしいじゃございませんか。

やす子　おかしいでしょ？　それもね、余分の一枚には、住所も名前も書いてないの。

女中　へーえ。じゃその方が見えたんで……

やす子　いいえ。来た男の方は五人だったわ。知っているでしょ、あなただって。

女中　でもコップが……まるで透明人間でございますね。なんだか私、薄気味が悪くなってまいりましたわ。

やす子　ほんとに薄気味が悪いわ。ね、これよ、これ、ね、男の字でしょ。この葉書。

男の声　（フィルター）二十一回目のお誕生日、おめでとうございます。僕もよろこんで参上させていただきます。

やす子　消印はギンザ。でもあの方たち、皆それぞれギンザに関係ある方ばっかりだし、それに、あの方たちに関係なくて銀座へ出る人も、それこそ星の数ほどあるわけだし。

M　ブリッジ

E　ビルの階段をコツコツと昇って行くハイヒールの跫足　BG

語り手　皆さん、それがやす子さんに来た一回目の名前のない葉書だったのです。……ところで、やす子さんは、その第六番目の男を意外に大きく気に病みはじめてしまいました。

E　跫足。BGよりUP　ONに出て止り、事務所の防暑用の戸を開閉する音

川島　やあ、やす子さん、珍らしいなあ。わざわざ来て下さったの？　アイスクリームでも奢りますか。

やす子　ううん、一寸、川島さんにうかがいたいことがあってきたの。

川島　何です？　パパの株でもコッソリ売ろうってのかな？

やす子　いいえ。こないだいらしていただいたパーティのことなの。あの日、来て下さった男の方、川島さん、あなたをまぜて五人だったわねえ？

川島　え？　うん、僕の他に四人。それがどうかしたんですか？

やす子　ねえ、そうねえ。……でも私、なんだか六人の男の方の御相手をしたみたいな気もしてきて……。

川島　それよかやす子さん、折角いらして下さったんだ、今日御一緒に映画でもどうです？　なに、つまらない？　そうか。じゃなにがいいかなあ……（OFF）

E　テニスの球を打ち合う音　BG

藤山　なーんだ、そんなことで来たの。やっちゃん。五人さ。五人だけさ。
やす子　だって藤山さん、何だか私、自分でも変なんだもん。なんか六人目の人が居たみたいな気もふッとするのよ。
藤山　うう暑い暑い。どうも君の話、訳が分んねえな。五人さ。君をヤリ合ってるのは五人だけさ。断りもなく一人ふえるなんて、迷惑だよ。
やす子　藤山さん、止めて。もう言わないから。テニスでもしようか？
藤山　よし、手加減はしねえぞ、そのノイローゼの虫を叩き直してやらあ（二人大声で笑う、徐々にOFFへ）

E　ローラー・コースター、風を切って走っている　BG

小谷　（歓声とも悲鳴ともつかぬ喚声）
やす子　（朗らかに笑って）小谷さんたら、あなた、見たとこだけじゃなくって、本当に坊やなのねえ。……今の声
小谷　（もう一度叫ぶ）誰だって出すさ、このローラー・コースターって奴にのったら、あんまりいい気持なんでね（又叫ぶ）ま、半分は怖さからかな。
やす子　弱虫ねえ、私一寸も怖くないわ。あなたに噛りつきもしないでしょ？　残念？

小谷　チェッ、何だい、その癖あのパーティに六人男が来てたとか何とか、スリラーみたいなこと気にしてんだから。影も形もない人間に、脅えてる御自分は……（叫ぶ）わッ落ちるぞ！

Ｅ　ローラー・コースター　急激に落下。一際高く風の音。やす子、小谷、同時に悲鳴。笑いあって、又悲鳴。OFFへ。

Ｅ　喫茶店内部のノイズ。レコードが鳴っている。曲は「詩人の魂」BG

池田　（神経質な速口）（OFFに）あ、君、ここにコーヒー一つ。（やす子に）一寸、あの、僕は失礼してビールを……（OFFに）君僕にはビールね。（話に戻る）ふーむ。なるほどね、うん、（僕にはやす子さんのその感じが、非常にわかる気がするなあ。つまりあれでしょ、五人しきゃ男が来なかったたってことはもう判ってるんでしょ。そいつは僕も証明する。）とすると、やす子さん、そいつはね、あなたにはそこに一人以上に感じられる男が居たってことなんです。そう、そしてあなたは今、その男を探して五人を順ぐりにまわってられる訳ですよね。……だけど僕は思うな、案外、その六人目の男っての、実在してるんじゃないのかしら？

やす子　ええ。私も、もしかしたらそうじゃないのかしら、って思いはじめてきてるの。

池　田　ほんとに。……
　五人の中ではなく、五人の他にね。……そう、その六番目の男は、きっと我々と同様に、この空気を呼吸して生きてるんです。そうして、そいつはきっと、僕らと同じように、きっとあなたを心から愛してるんです。……（徐々にOFF）

E　喫茶店のノイズ。「詩人の魂」一寸UPして徐々にDW、かぶせて

やす子　……これで四人目も終った。池田さんも、やっぱり一人以上でも一人以下でもない。……

E　やす子、長岡と二人で泳いでいる、遠くに海水浴場のノイズ。泳ぎながら。

やす子　ねえ長岡さん、私の考えってそんなに変？　あの日、私、六人の男の方のお相手をしてたみたいだなんて。

長　岡　（OFF）その六人目の男ね、たぶん、僕は知ってるんだけどな。

やす子　え？　ほんと？

E　慌しく長岡の方へ泳いで行く

やす子　教えて？　ね、だれ？　その人。

長岡　つまりね、君の目は五人しか見えなかったさ、けれど君の心は、もう一人の人間を、その席に感じようとしていたんだ。

やす子　誰？　ね、誰？

長岡　（笑って）君は、求婚者としてしか感じられない五人の男のうしろに、もう一人、君の「夫」というものを感じてたんだよ。まるでお化けみたいにね。それが、六番目の男さ。

やす子　なーんだ、巧くカツがれたわ。

長岡　君の感じた六番目の男ってのは、つまり、未来の君の夫なのさ。……でも君、君がその夫のいい奥さんになれるかどうか、それは分んないぞ。

やす子　あら、あなたまでそんなことというの？　私のこと、皆で恵まれすぎてるっていうけど、私、境遇に甘えちゃいけないと思って一人でコッソリ一万六千円の月給の予定で予算たててみるのよ。献立表まで。私いい奥さんになれるわ、きっと。

長岡　へーえ、でもどうやらやっちゃん、僕ら五人共収入の点ではそれに折合えても、まだまだ君の心にある夫の姿とは重なり合っていないらしいな。

やす子　（フフと笑って）私、だから待つことにきめたの。誰かが出てくるまで。イメエジと実際とがピッタリと合うまで。

長岡　(OFF)もぐりっこしよう、やっちゃん。

やす子　O・K、私、絶対に負けない。

長岡 やす子　一、二、三！

E　ブクブク沈んでゆく水泡の音

M　リリック　FL―UP―DW―BG

語り手　待つことにきめたの。その言葉どおり、やす子さんはそれから一年待ったのです。そして又、彼女には彼女のお誕生日の夜がやって来ました。

M　BG―UP―CFして

E　パーティのノイズ　BG

女A　やっ子、二十二回目じゃない、もう。
女B　六番目の男の人、今日はくるって？
女C　今度は返事、来なかったんだって。やっ子、ショボンとしてたよ。
女D　去年の五人の人は来てるね。全部。
女A　そろそろ始めないかな。もう六時よ。やっ子、何してるのかしら？
女D　待っているのよ。あの子、パパからの厳命で、今月いっぱいまでに御主人決めなくちゃまずいの。でね、今夜、誰かが現われるの信じてるの。
女B　へーえ。その信じたい気持はわかるな。
女C　私たちは相かわらず売れ残りか。やだなあ。私なんか、男なら誰だっていいんだ。
女A　へえスゴイ……（笑う）↓OFF
小谷　まだ始めないのかい？　もう六時十分すぎだぜ、やっちゃん。
M　コード
藤山　段々君の適齢期の期間が短かくなってくる。僕はそれを喜ぶね。やっちゃん。ところでもう六時二十分だぜ。

M　コード

川島　あの、やす子さん、いいんですか？　もう半になりましたよ。

池田　コード
やす子さん、やす子さん、あの、もう始めたらどうでしょう。七時十五分前になってますよ。

長岡　コード
丁度、七時か、まだ待つのかい？　六番目の男を。さて、来るかな、彼。俺はもう腹がへって死にそうだよ。

やす子　コード
（ノイズをBGに独白）　ああ、七時半になってしまうわ。やっぱり来ないいんだわ。よし、もう十だけかぞえて、それで諦めよう。一、二、三、四、五、六、七、八、九、十

E　十と同時に、ドアをノックする音。ノイズ、ひっそりとしずまる。

やす子　……どうぞ。

E　扉のあく音

女中　お嬢さま、もうそろそろお運びして……

やす子　（ヒステリックに）いいわ、お運びして！　皆様、本当にお待たせしてすみませんでした。私、もう待つこと止めましたわ。

E　拍手、グラスを合わせ、口々におめでとう。そのノイズ急激にOW—FO

語り手　心待ちしていたのですが、はじめの名前のない葉書の主からは、翌る日になっても欠席の詫状さえ来ませんでした。そして、二回目に彼女がその名前のない葉書を受けとったのは、その年の夏、彼女がある男との婚約を発表した翌る日のことです。
　それには、この前の男と同じ筆蹟でこう書いてありました。

男の声　（フィルター）御婚約おめでとう。僕も昨日、ある女性との婚約を公表いたしました。あなた方御夫婦の御幸福を僕も心からお祈り申し上げます。

M　ガーンと入ってくる。DW―BG

やす子　皆さん、私、水野やす子宛に来た名前のない葉書は、この二枚きりです。ですが、私にはもう判ってしまいました。この二つの手紙の主が、何という名前の人だか。……この声に聞き憶えはございませんでしょうか？　皆さん。

長岡　二十一回目のお誕生日、おめでとうございます。僕もよろこんで参上させていただきます。

（二度目の葉書）

M　BG―CO

やす子　そうです。手紙の主は、いまの私の夫、そしてこの物語の語り手、長岡俊雄ですの。結婚するまで知らなかったのですけど、あの人こそ、私の本当の六番目の男だったのです。

M　エンディング　始まりかけると

E　OFFでガチャンとコップを割る音。

やす子　あら、又あの人コップ割っちゃったらしいわ。ほんとに男のくせに、あの人ったら、よく台所に出入してコップを必要以上にいじくり廻す癖があるんで困りますの。何しろ、一ぺんコップを使ったら、すぐ洗うか新しいのと、とりかえなければおさまらない潔癖屋さんなもんですから。

長岡　（OFFより）ごめんごめん。又コップ割っちゃったよ。（ONで）ごめんね。

やす子　本当に仕様のない人、私、私の六番目の男の人が、こんなにソソっかしいなんて思わなかったわ。

長岡　すまんすまん、あとは分ってる。これじゃ私がいくら予算を立てて切盛りしてもダメだわ。コップを消耗品扱いにしなきゃならないなんて……私、考えもしなかったわ。

やす子　あなた、それにもうすぐ私達の結婚記念日がくるのよ。特別予算が要りますのよ。

長岡　あ、そうか……ところで、又、名前のない手紙が来るだろうかな。今度は長岡やす子さん宛に。

やす子　（笑って）さあね、その方がまだ私なんかに興味もってればね。ふふ、いったいどんなステキな方かしら。

長岡　（笑いあう。それがOFFにDW—FO）

やす子　（笑いあう。それがOFFにDW—FO）

M　エンディングCL—UP—DW—BG

語り手　さて、語り手の僕の正体がバレたところでこのお話も終ることにいたしましょう。ただ、妻のやす子の居ない間に、一言だけ、僕が皆さんに申し上げたいのは、あの差出人の名前のない葉書の主は、妻が信じているように、一応僕も、僕、長岡俊雄だとはしていますが、実は全然、僕のあずかり知らぬことだということです。絶対に僕ではありません。全く覚えのないことなのです。だから、今、僕は、やす子と僕を、結果に於ては結びつけてくれたあの不思議な葉書の主に対して、一寸すまないような気持ちで感謝しながら、さて、どうやってお礼をいったらいいのかを考えているところなのです。

M　BG—UP—CO

PART III

トコという男

〈トコという男1〉
動物の秘密

　トコという男がいる。年齢はおよそ三十歳。ときには二十代にも四十代にも見える。いつもすこし憂鬱そうな顔をしている。

　ときどき彼は僕のことを、軽薄で我慢できない、という。たしかにトコはいつもクソ真面目だ。が、これはけっしてトコがいつも誠実だ、ということではない。嘘をついたり、でたらめをいったり、ふざけているときですら、トコは大真面目なのだ。だから、くれぐれもトコの言葉を信用してはいけない。

　トコのクソ真面目さは、いわば一種のものぐささの結果なのだ。トコには他人がない。すくなくとも、他人のためになぞ、なにひとつする気がない。つまりトコは、いつも一つの関心であり、興味であり、自分のそれのためにだけ生きているのだ。――これは、じつは僕にもつい最近わかったことなのだが、いずれ、読者にももっとよくわかってもらえるだろう。どうせここしばらく、僕は、僕と同様に、このトコという男につきあっていただくつもりでいるのだから。

その日、トコはすこし酒が入っていたせいか、いささか気が短かかった。トコについて語るのなら、いつ、どこから書いても同じような気がするので、この日の会話からはじめることにしよう。

「きみの『博士の目』というのを、読んだよ」と、ウィスキーを飲みながらトコはいった。

「あれ、背景はマックス・プランク研究所だろう？　博士はローレンツ教授だ。……そうだろ？」

「うん、そう」と僕も同じウィスキーを飲みながら答えた。あれは阪大のM博士の訪問記からイメージを借用した。もちろんお断りはしてあるから、その点、やましいところはない。

「たしかにあの博士は、『ソロモンの指輪』（ザ・キング・ソロモンズ・リング）の著者のローレンツさ。途中まではね」

「ちえっ。それをはめると動物たちの言葉がわかるっていう、ソロモン王の指輪か。……あの中でローレンツは、私はソロモン王より偉い、指輪なしに動物の言葉がわかるのだから、なんていってるけど、どうも彼は、動物を人間的に語りすぎているようだな。動物たちの中に、〝人間〟を見すぎている」

「そうらしいな。専門家たちはそこに文句があるらしいね」

「動物はあくまでも動物で、人間じゃないから面白いのに、その運動や習慣をいちいち人間の感情にあてはめて説明されたんじゃ、かなわないよ」

「そりゃそうだ」僕はこういうとき無定見の塊りみたいになってしまう。「馬や蜜蜂がかれらの言語で人間の生活を説明したとしたら……、こりゃ愉快だ。いったいどんなことになっちまうだろう」

「つまり彼は学問じゃなく、動物にあてはめた彼の人間についての解釈、人間についての彼の物語を語っているのさ。うんと悪くいえば、ディズニーの『ワンワン物語』といっしょだ。人間の感情しかもたない犬なんて、犬じゃねえよ」

「でも犬が笑ったり、猫が怒ったり、カブトムシがヒステリーを起こしたりするのなんて、一般にはわかりやすいからね。シマックの『都市』だって、あれは犬の世界の出来ごととして書かれているけど、面白いものな」

「あれは人間の物語だ」

「そうかもしれないがね」僕はちょっとひっかかった。「……しかし、相手がなんであれ、そこに〝人間〟を見ないかぎり、それは人間の物語にも、学問にもならないのと違うか？　それで人間としては充分じゃないのか？　ネズミがネズミ語で人間を追究するのが、ネズミのオリジナリティであり、かつネズミとしての学問であるようにさ」

「すくなくともそれは〝学問〟じゃない」と、トコは不機嫌にいった。「類推による解説にすぎない。学問はべつにそれが直接に人間を知ることにならなくったっていいんだ。学問のすべてが哲学じゃないんだから」

「そうかなあ」と僕はいった。「そこのところがおれにはよくわからないんだ」

「未知の暗黒、まだ体系化できていない混沌、それを体系化すること、または体系化するためのベースを架構すること、〝学問〟はそういうもんさ」

　他人にサーヴィスをしているときの癖で、トコはいよいよ不機嫌な顔になった。僕はそれが愉快だった。

「では学問もフィクションからはじまるわけか」

「あるとりきめからはじめる、という意味ではね。またそれは同時に、そのとりきめをつくり、かぎりなくそれを疑っていくことでもある」

「その点じゃ、政治だって芸術だって、愛だって生活だって同じだ」と僕はいった。「人間のすることとって、どうしてみんな同じ順序なんだろうな」

　トコは嘆息するように目を閉ざした。

「たとえばだな、ネズミに人間のいう〝恐怖〟があるかないか、これはわからん。ただ、〝恐怖〟という人間の反射、衝動に対応するようなある反応はある。そこでそれを、Fear のFをとり、かりに〝F反応〟と名づける。このF反応を観察し、あるいは人為的にそれを起こさせたりしてデータをとり、そのシステムをさぐる。……それが、人間の〝恐怖〟であるかないか、人間にも同じシステム、方式があるかないか、それはまったく別の話なんだ」

「へえ。人為的にって、どう?」

「ネズミの間脳に電極を埋めこむんだ。ここにF反応をひきおこす部分がある。これは生理学だが。……聞いたことないか? この話。そしてだな、遠くから電流を操作することによって、そのF反応のあらわれを見るんだ。たとえば、電流による刺激の強弱や、その持続の長さにより、ネズミは最初はすくみ、からだを小さくする。それから慄え、毛を逆立て、じりじりと後退する。前にはなにもないのにだぜ。それから唸り、歯を剥く。ついには立ち上って、前肢でなにもない空間につかみかかり、嚙みつく。……つまり〝F反応〟は、あきらかな攻撃動作に連続しているんだ」

当りまえのことじゃないか。窮鼠かえって猫を嚙む、だ。僕はがっかりして、気のない声で答えた。「つまり、リモート・コントロールでそれがわかるってことだな」

「まあそうだな。ナチス・ドイツでは人体にたいするこの種の研究がさかんだったそうだ。人間の操縦法として必要だったんだな」

「生きているロボット化だね、人間の」

「ロボットより始末に悪いだろう。相手は人間だ。ロボット法は適用されねえもの」

「でも、そんな手術みたいなことをするより、その人間へのインフォメーションを、ある方向性をあたえてコントロールすれば、思いのままの人間に〝教育〟できちゃうだろ? それも人間のロボット化だし、人間の人間によるリモ・コンだよな」

「それが〝人づくり〟さ」と、トコは笑った。「でも、それなら大昔から人間はやっているよ。政治っていうのはそういうものさ。いつの世でも多かれ少かれそれはあるし、おれたちだってある程度はリモ・コンされているんだ」

「そうかな」

「そうだよ。おれたちはすべて、どこか人為的に方向づけられ、動かされているんだ。その意味で意識下、または無意識のうちに、リモート・コントロールされている部分がある。かならず権力者に（といっても首相だとか政府だとかにかぎらない、その人間にとっての権力者に）権力者の都合のいいように躾けられ、その便利のためのルールに操られている部分がある。……でも、おれはそれをいちがいにいけないとは思えないな。人間が集団で暮している以上、それは避けられないことだし、みんなが野育ちの、自分しかない人間になってみろ。お前だって、オチオチ散歩なんかしちゃいられないぜ」

「そりゃあそうだ。みんな、いつのまにか会社だの家庭だのヨメさんだのに、うまいことリモート・コントロールされちまって、それで生活の安全をかちえている。なるほど、あらゆる関係は力関係だ、ってのは本当だな」

「ああ。どうしてお前はそう人事にばかりこだわるんだ?」と、トコはいった。「すこしはナマの人間のことなんか、忘れちまったらどうだい?」

「忘れよう」と、素直に僕はいった。僕だって、べつにいつもそいつを忘れずにいたいわけではないのだ。

「ところでそのリモ・コンだが」と、トコはいった。「またネズミの例でいうが、一匹のネズミの前に、水、アルコールの少量入った水、たくさん入った水、の三種類の液体が出てくる三つのバーを用意する。踏むとその液体が餌箱に出てくるペダル式のバーだ。するとだな、ほとんどのネズミは、アルコールの少量入った水の出てくるバーばかりを踏むようになる、っていうんだ」

「ほんとうのアルチュウってわけだな」笑いかけて、僕はやめた。トコが、また、という目つきで僕を見ていた。トコはウィスキーをグラスに注ぎ、うまそうに飲むと、いった。

「そして、そのバーを押しているネズミが、いちばん肥っていて健康状態もいいんだとさ」

「……アルコールの濃い水ばかりを飲むネズミは?」と、僕は訊いた。

「すすんではバーを押さない。が、そればかりを飲ましていると、痩せおとろえていちばんさきにノビてしまう」

「ふうん。ネズミは人間より偉いんだな。すくなくとも健康管理の点では」

「そんなことわかるものか」と、トコは知らん顔で答えた。「それがネズミの習性だ」

「でも待てよ」ふと僕は思いついた。「その少量のアルコールの水で癖をつけたネズミを連れてきて、撃鉄に接続したバーを置いてやると、ネズミはすぐそれを押して……」

「おい。いいかげんにしろ。おれはリモ・コンによるトリックの話なんかしてるんじゃない。だいいちそんなのはザラだよ。おれはただ、自分の体調にいいものなら、すすんでリモ・コンされるある動物の習性をいっているだけのことだ」

「わかった、わかった」と、僕はいった。「でも、考えてみりゃ、みんな当りまえのことじゃないのかねえ」

「なにがだ?」

「いや、窮鼠かえって猫を嚙むとか、自分の健康にいいものを好むとかさ。なんだか、わかりきったことばかりをわざわざ証明している気がするなあ」

「わかりきってなんかいるものか」と、トコはいった。「だからお前は軽薄だというんだ。それじゃ訊くが、お前はゴキブリの歩き方だの、メダカの三箇体集団での社会行動だの、ウサギの雄の同性愛行動だの、迷路に入ったときのダンゴムシの反応だの、わかりきっているのか?」

「そりゃ知らないさ。けど、そういうのって、いったいなんの役に立つんだ?」

「バカ。役に立つ立たんは問題じゃない。これが〝学問〟なんだ」

「なんていう学問だ?」

「やだねえ、動物心理学だ」

「だって、そんなの、いわゆる心理なんてない動物ばかりについての観察じゃないか」

「それこそ当りまえだ。へたに心理のあるやつでは心理学のデータにはならん」

「そういうものかね」

「そういうものさ。お前みたいに、人間への応用ばかりが気になるやつには、わからんのだ。動物の秘密というやつは、人間存在の謎と符合するとはかぎらないんだ」

トコは目をつぶった。そしていった。

「ある人がいる。鎌倉に住んでいる。彼は毎朝通勤の途上、まだ人影のない八幡宮の境内で群れあそんでいる鳩を見て、興味をもった。そして三カ月にわたって、調査をした」

「なんの調査？」

「まず、鳩の数だ」

「数？」

「そうだ。……一時に数え得た最高は一九八羽だった。次に、行動範囲だ。餌の豆を売る場所。舞殿と若宮の屋根。社務所前。源平池社務所付近。神官の話を聞くと、餌の少い冬季などは、鎌倉駅や、遠く海岸方面にも行くらしい、個体に識別がないので、はっきりとはわからないが、ということだったそうだ」

僕はあっけにとられていた。トコは、暗誦しているようにつづけた。

「それから、巣だ。彼は十二月のある朝と一月のある夜、二回にわたり特に許可を得て二層建の楼門の階上に登り、内部にある鳩の巣をしらべた。ほとんどの鳩はそこに設けてある十六箇の木製巣箱に営巣していた。他に棟木や軒下に休眠するものもあって、その部分には糞が堆積していた」

「……鳩は寝室と便所がいっしょだってわけか」小さくいったのだが、トコは睨むように僕を見、黙殺した。

「彼はそこで興味をさらに深め、その春まる一週間にわたり金竜山浅草寺・伝法院の小書院に宿泊して、観音堂の鳩をしらべた。その結果、彼は八幡宮と比較し、次のように結論を要約した。
1　鎌倉・鶴岡八幡宮および東京・浅草寺観音堂に群れている鳩を観察し、両者ともに約二〇〇羽の群れを写真撮影で数え得た。
2　八幡宮の場合、楼門内に営巣するものが大部分で、他処から通って来て群に入るものはないようである。ただし、群の中に脚環をつけた伝書鳩が若干見られることはある。
3　観音堂の場合、境内に営巣するものより通勤鳩の数が多いようで、特に西方から飛来するものが目立つ。その営巣場所は東本願寺および上野方面と思われるが、詳細は不明である。

以上。……どうだ、立派な研究報告だろう？」

「そうなのかい？」と僕はいった。

なんだか、これくらいなら、ちょっと見てくればわかるような、当りまえのことばかりだという気もしたが、とにかく未知、あるいは混沌を体系化するためのデータの一つではあろう、だから〝学問〟なのだろうと思った。……と、トコはいった。

「これをつまらないというのはやさしい。しかし、ここまでそのつまらない事実を追求する、あるいは明白にする、そこにこそ、この研究報告の貴重な学問的価値があるんだ。わかるか？」

聞きながら、しかし、ふいに僕はこの研究者の〝人間〟に、奇妙なほどはげしい関心が湧いてくるのがわかった。まったく失礼な、けしからん話で、その点では幾重にもご勘弁をねがいたいが、素人眼には暇つぶしとしか思えぬこの平々凡々たる観察報告を、長い時間をかけ、熱心にこつこつとまとめあげたその偏執、この研究者の〝人間〟としての在り方、他人への対し方に、僕は、深甚な興味をおぼえたのだ。……いったい、この人、奥さんをどんなふうに愛しているんだろうか？　この人にとって〝愛〟とはどんなものだろうか？　おもうと、さらにその人の人間との関係のもち方、あり方などに、僕の好奇心は導かれていくのだった。

「なにを考えているんだ？　いえよ」とトコがいった。

「でも、なぜ人間は、こういう〝学問〟なんかを必要とするんだろう？」

僕は答えた。

「やっぱりそう訊いたか」

トコは腕を組んだ。そして答えた。

「ある畑ちがいの学者の言葉だがな。無意識の世界ではわれわれは〝動物〟である、というのがある。が、どんな動物を見ても死をおそれていると信ずべき理由はない、人間界で、われわれすべてを卑怯者にするのは、じつにわれわれの〝知性〟である。——つまらん言葉だが、まあ、きみなんかには、そんな言葉が答えになるのかもわからないな」

ニヤリと笑いながらトコはウィスキーの壜を逆さにした。僕に訊いた。

「ところできみは、なににたいし関心をもち、歯を剝き、つかみかかろうとしてるんだね？　たぶんきみは〝人間〟と答える。よろしい。見えない人間だ。だが、きみをそうリモート・コントロールしているものはなにかね？……きみはきみを卑怯者にしている力を、はたして〝知性〟だといい切る自信があるかね？」

〈トコという男2〉
デパートにて

「さっきデパートに行ってきたよ」と、トコはいった。「じつにおそるべきところだな、あそこは。おれは疲れた」

「なにが。デパートがかい?」

「そうだ。あんなスゴいところとは知らなかったよ。おれ、なんだか眩暈《めまい》がしてきちゃった」

僕は笑いだした。

「わかったよ。……お前、どっちを向いてもあんまりたくさんのきれいな若い女性がごったがえしているんで、目移りしてそれで眩暈がしてきたんだろう。なにしろ、デパートは女性たちの最大・最高のレクリエーション・センターっていうんだからね」

「そう、その女性だ。どの売場にも、ぞろぞろぞろぞろぞろ……。じっさい、不気味だねえ」

「なにかこう、酔ったような、血走ったみたいな目になっちゃってな。べつに買わなくてもいいらしいんだ。とにかくまあ、女性に聞いて見たまえ。デパート歩きをきらう女性なんて、ほんの一つまみの、例外的な女性たちにすぎないのがわかるよ」

「……そういやあ、空いていたのは、紳士物の売場だけだったな」と、ぼんやりとトコは答えた。「でも、おれの眩暈は、目移りのせいじゃないんだ。たぶん、ぞろぞろと動くはなやかな色彩の洪水だけのせいじゃないよ」

　そして、トコは話しはじめた。


「人間ってやつは、おそらく、さまざまな禁止の中に生まれてくる」と、トコはいった。

「生活は、かならず無数の禁止によって支えられ、営まれている。……そうだろ？」

「まあ、ね」

　と僕は、突然のトコの言葉にいささかうろたえながら答えた。

「自分をとりまいているたくさんの禁止事項に目ざめてゆく。それが社会的に〝生まれる〟ことだ、とおれは思う。そのことはしちゃいけない、それには我慢しなくちゃいけない、……でも、何故、その禁を犯してはいけないんだ？」

「そりゃあ、それが社会生活、いや、集団生活、いや、集団生活をする上での規律、法、約束ごと、秩序、ルールというやつだからさ。秩序の中に止るかぎり、それは守らなければ……」

「そのとおりだ。だからその秩序というか、ルールを無視することは、他人を、または他人とともに自分が属している組織を拒絶すること、——つまり制度という名の中での、他人との連帯を断ち切ることになってしまう」

「いったい、なにをいいたいんだ？」

と、僕はじりじりした。トコが、なにをいいたいのか、デパートとそれがどういう関係があるのか。

「つまり、おれは、人間にはさまざまな禁止事項があり、そのおかげで社会生活が、その安寧が保たれていること、人間どもの集団の中での、このごくプリミティブな事実を確認したかっただけさ」

トコは答え、はじめて笑顔を僕に向けた。

「ねえきみ。きみも当然そうだろうが、おれは先験的に、自分が——いや、すべての人間が、じつは一つの禁止さるべきなにかであるという確信がある。人間は、本来的に、一つの過剰な自由、無制限な、危険な一つの自由じゃないんだろうか。〝社会〟がそういう存在にあたえる言葉でいえば、もともとすべての人間は〝狂人〟であり、〝異常者〟であり、さまざまな禁止の柵でかろうじて制止されている奔馬か野牛みたいな〝怪物〟じゃないだろうか？」

「うん」と、僕はいった。「それはおれもそう思うな。コミュニズムにしても、民主主義にしても、政治制度というやつはすべて、人間が、じつはそういう、ほっておけばいつなにをしでかすかわからない兇暴な動物でしかないという確信、いいかえれば、そういう人間への絶望から生まれたとりきめだ。これは常識だよ」

「そうだろ？　おれは政治制度のことはどうだっていいが、人間が、結局のところそういう危険な、無制限な自由の炎であり、そこに柵が、秩序が、ルールが、つまり無数のさまざまな禁止が必要とされ、かろうじてそれがおれたちを集団として存続させているんだと思うんだよ。しかも、けっしておれたちは例外的な人間じゃない。人間はみんな、さまざまな〝禁止〟によりあやうく自他の安全を保ち、同時に、そんな同じ仲間どうしとしての連帯も保てている……おれはそう思うんだよ」

トコの目はしだいに熱っぽくなり、なまなましく赤い舌がその唇をなめた。

「な？　ところが、その〝禁止〟をぶちこわし、われわれの生活の中の無数の何気ない〝禁止〟を、そらおそろしいほど片端からひっくりかえして行こうとしている連中がいる。……おれは、それをデパートで見てきたんだ」

ぽかんとしている僕に、トコは一人でしゃべりたてた。「たとえば家具、電気製品がそこには並んでいる。ワン・タッチでベッドになるソファ、思いのままの角度に半分がもちあがるベッド、安楽椅子。いやでも仕事をせねばならない適当に安楽でなく、適当に疲れない仕事椅子。電気器具はすべてタイム・スイッチがつき、リモ・コンで、サーモスタットが自動的にすべてを調節する。……こんなのにおどろくのは古いというのかね？　そうじゃない。おれはおどろいたんじゃない。恐怖を感じたんだ。——いまに、立ったままやすらかに睡れるベッドも、睡ったまま食べたり見たりできる器具さえ発明されるかもしれない。食欲が湧いたり、性欲を自然に失くさせる椅子だとか、一歩も歩かずにどこへでも行ける機械だとかができ、人間はなにもしなくてもよくなり、ただ安楽に、便利に、適度な運動をさせたり睡らせたり、機械がいっさいを取りしきるようになってしまうかもしれない……」

「いいじゃないか、便利で。おれみたいなナマケモノには願ってもないことだ」

僕は笑った。まだ、トコのいう〝恐怖〟がよくわからなかった。

「立ったまま睡るなんてことを、おれたちの一つの〝禁止事項〟だなんていうのはおかしいかもしれない」トコは僕の言葉にはかまわずにつづけた。「でも、たくさんの人間たちが、工夫をこらし、創意を競って、つぎつぎと便利なものをつくりだし、おれたちが無意識のうちに、それはできないとか、そのためにはこうしなくてはいけない、と思いこんでいた生活の中の〝禁止事項〟を、片っ端からひっくりかえしつつあるのは事実なんだ」

「ああ、インスタント食品もそれに該当するわけか」と僕はいった。「手間ひまをかけず、おいしく！　とね」

「いまはあれはたいして美味くない。やはり手間ひまをかけたものが美味しい。……しかし、どだい手間ひまをかけずに美味しいものが食えるはずがない、そんな考えこそ薄汚ない、という人は、もしあれが改良され本当に美味しくなったらどうするんだ？　味の素だって、いわばインスタントのだしじゃないか。いまはみんな、ウルサ型の板前さえ使ってるんだぜ」

「なるほどな」と、僕はいった。「でもそれで？」

「人間は、いつも柵からあふれかかっている。逆にいえば、人間の集団生活を支えているのは、その〝柵〟という禁止事項だ、とさっきおれはいったね。しかし、その枠からあふれだす過剰な精神、それがつぎつぎと〝柵〟の、つまりは禁止事項の、姿を変えつつある。それはいい。しかし、それをくりかえして、いまに人間はどうなるんだ？——かれらはいま、〝過剰〟を一つの創意とし、便利のために、それを売っているが、おれはその向う側に、けっして売りものにならないシジフォスの岩のような、無制限な、つねに不満足な人間というけものの果てのない満足への執念を見たんだ。どこまで行っても、満足はまだその先だ。それを追い、しまいには人間なんかそっちのけで、しかもなお便利で安楽な〝満足〟を追いつづける。……きみは、その人間の、果てしのないなにかの過剰をおそろしいとは思わないかね？」

たしかに、トコはすこし興奮していたのだと思う。矢継早やに煙草を吸い、吸っては灰皿にねじり消した。

「……人間たちが、現在の禁止事項——きみの言葉でいえば規律、法、秩序、ルール、とかいうやつを、可変的なものとしか見ないことは健康なことだ」と、トコはいった。「そう、いっさいは可変的であり、それは正しい。そして、そのような現在の常識、習慣への不信の炎こそ、人間がそこに生きていることを示す灯りだ。人間が高度の知能的動物であることの証拠だ。——でも、この方向は、いったい人間についてのどんなヴィジョンをもっているんだろう。きみ、こうは思わないか？　人間は、その知能により、しだいに物騒な動物にかわりつつある、というより、物騒なその正体をむきだしにしつつある、とね」

「どうしてだい？」

正直いって、僕はこの日、トコの興奮や恐怖について行けなかった。ただ、意外と彼のセンチメンタルな点、世間知らずの点ばかりが印象に残っていた。

「どうしてって」トコはいい澱んだ。「簡単にいえば、あらゆることの便利さのためさ。そこには、味だとか陰翳だとかいうものといっしょに、ごまかしがなくなってゆく。すべてがよりスピード・アップされ、そのすべてが人間をひどく率直にし、わがままにし、ナマケモノにする方向に向かっている。——これはおそろしいことだ。だいいち、何故人間はそんなに急がなくちゃならないんだ？　それに、もし人間が本当に率直になりきったら、どういうことになると思う？」

「……きみは」と、僕は逆襲した。「デパートに並んでいる家具や日用品に、もっぱらそういう人間を孤独にするだけの方向を見て、その果てもない工夫や創意の裏にひそむ、社会を形成する暗黙の約束ごとの無限の改新に、いや、その約束ごとの破壊に恐怖をおぼえた、というのか？」

「そのとおりだ」トコは胸を張って答えた。「すべてが人手をかりず一人でできてしまい、それもほとんど指一本動かさずになにもかも巧く行ってしまう。それがいまの家具や日用品のめざしている方向だ。これは人間に他人を必要とさせず、ただ機械さえあれば万事が一人ですむという方向でもある。つまりこの方向は人間を一人にする。……人間の孤立化を促進する便利さなんて、どんな意味があるんだ？　そういうものの意味が、おれにはわからないし、そういうものの運んでくる〝未来〟が、おれにはこわいんだよ。それと、ただひたすらその方向に驀進しているような、創意や工夫をつぎつぎともたらす人間のなにかの過剰さの深淵がね」

「きみはずいぶん一面的だよ。そう思うな」と僕はいった。「だって、きみにはこわいそれを、よろこんで見てまわっているたくさんの女性たちが存在する事実はどうなるんだ？」

「だから最初にいったろ？　おれには、そんな女性たちの無感覚な雑沓も、不気味なものの一つだったよ」

「無感覚？」

「そうさ。おれたちは……いや、きみについてはもう知らんが、すくなくともおれは、自分が、当然禁止さるべきなにかであるという確信をもって生きているんだ。だから〝禁止事項〟――つまり、法だとか、規律、秩序、ルール、常識とか習慣だとかに、一種スリリングな、破壊欲とも愛情ともつかぬものを感じ、それにひどく敏感でもある。……ところが、女性たちには、もともとそういう〝柵〟の感覚がないんだ」

「……どうして？」

「どうやら、生理的な構造がちがうんだな。モーターをもった剣であることから逃れられない男性と、なにもかも咀嚼してしまう穴でしかない女性との違いさ」

　なにかをいいかける僕を、トコは手で制した。

「おれたち男性には、生活は無数の〝禁止〟だ。しかし女性には生活は、つねにただの〝生活〟だ。柵？　そんなものはせいぜい便利のためのものにすぎない。しかし、おれたちには、それは〝便宜〟であるより前にまず〝禁止〟なんだ」

　その日、はじめてトコは笑いかけた。

「たとえばSFだ。おれたちが、意識的・無意識的に、ひしひしと〝禁止〟にとりかこまれていると感じているからこそ、あらゆるその〝柵〟を無視した登場人物や奇妙な生物が活躍するSFは、おれたちにとってかけがえのない、切実な夢とスリルの面白さがあるんだ。しかし、聞くところによれば、女性には、おどろくほどSFのファンは少いっていう。……これは、彼女たちがおれたちのいう〝禁止〟つまり〝柵〟に、おれたちほどの敵意も愛情ももちあわせてはいないことの、明白な証拠じゃないか」

「……そうかな」と、僕はいった。

「そうとも、おれは今日デパートで、はっきりとそれを感じてきたよ。われわれの日常を秩序だてているこの〝柵〟への無感覚という点では、女性たちはSFの生物にそっくりだぜ。……女性たちがSFを読んでもなんてこともないってのは、まったく無理もない話さ」

〈トコという男3〉二人の同一人物

トコは無責任な男である。

だいたい、その名前にしたところで、本人は「トコトンまでの」トコ、つまり自分の徹底性へのオマアジュであり、ただ、いちいちその全部をいうのは面倒だから上の二字だけで呼んでいるのだと確信しているらしいが、とんでもない。僕たち友人は皆、彼はせいぜい「トコトンまで」のトコ止りで、何をいっても何をしても何を考えても、また何かボンヤリしていてさえ、そんな程度まででであとはおっぽり出してしまう男だ、と理解しているのだ。

「どうして人間ってやつは同一人物が二人いないと決めてかかるのかね」

とその日、トコはいって、僕はポカンとした。

「よせやい。幻想とか、反世界とか反宇宙とかでのお話ならべつだが、現実にこの世界で完全なもう一人の自分が出てきてみろ、誰だってお化けか、自分の気が狂ったのだとしか思わねえさ」

「そうかね」と、トコは答えた。「おれは現実のこの世界でのことをいってるんだが」

「バカをいうなよ」僕は笑いだした。「するとお前はあれか、たとえば一つの犯罪が起こる。兇器その他にAの指紋があり被害者の爪からはAの血液型がとれた。そしてそのときAはそこにいた。……まあ、簡単にいって、現在の科学捜査の粋をあつめて犯人がA一人しかいないと断定ができてさえも、なおかつAが犯人ではないといえるというのか？」

「いや、べつにAが犯人じゃないとはいわないさ。犯人はAにきまっている、というのが自然だろう。しかし、もしかしたらAは、同じ時間、べつなところにいたかも知れないし、全身のどこにも被害者の爪の跡もない、という事態もありうるといってるんだ」

「なんだ。一卵性双生児の話か？」

「違うさ。もう一人のAがいるかもわからないぜ、といってるわけだ。一卵性だって指紋は同じじゃない、でもこの二人のAは、指紋だって皮膚の細胞だって、みんな同一なのさ」

「……そんな」

といいかけて僕は黙った。急にトコがニヤニヤ笑いはじめたからだ。

「でもな、この二人のAには、違うところがただ一箇所ある。……年齢だ」

「というと、つまり親子なのか？　いや、親子だって指紋は違うな」

僕はわけがわからなくなった。いったい、トコはどんな一組のA、二人のAという同一人物を考えているのか？

「べつに、わざわざフェアじゃないいい方をしたかったわけじゃないんだ」

と、トコは笑った。

「お前が犯罪に結びつけて、指紋だとかアリバイとか血液型とか持ち出したから悪いんだ。その点では、完全にAは二人いる、いや、いることがありうるのさ。知らなかったか？」

「知るもんか、そんな夢みたいな話」

「おや、そうかね。ずいぶん昔の週刊誌か何かでかなり大きく出ていたがね……そうなのさ、さっきお前のいったとおり、二人のAは親子なんだ」

「だって、親子だって……」

「わかってるさ。でもね、ヴァージン・バースというケースがある。これはまったく同一人物が生まれる。いや、同一人物しか生まれるはずがないんだよな」

「ヴァージン・バース？　どこかで聞いたな」

「そうだろう？　すでに兎などではたくさんの例が報告されているよ。つまり処女のまま母になるケースだ。……だから、さっきの例のAなる人物は、かならず女性に限られているわけだね」

「処女懐胎か。へ、まるでカトリックの信者みたいなことをいうね」

「マリアのことか？　聖母マリア。よせやい。彼女の生んだ子は男だ。おれのはそんな宗教とか神話とかには関係ない。あんなはるかな昔の話じゃないよ。そう、せいぜい二、三年前の実話さ」

「あんまりよく憶えていないんだがな」と、トコはすこし遠い目つきでいった。「イギリスのある女の医者がこのヴァージン・バースに興味をもってね。男性との接触をもたずに子供を生んだ母親を新聞で募集したんだ」

「本当かい？」

「本当とも。われこそは、ってんで、すると正確な数は忘れたが、三十何組かの母子が彼女のところに来た。私は神に誓って男を知りません。が、子供が出来てしまいました。近所の人たちが、いろいろと私の品行の陰口をきいています。私は我慢できません。先生どうかこの子のためにも、私が潔白なこと、潔白でありつつ子供が生まれてしまったことを、科学的に証明して下さい、ってね」

「なるほどね。その医者を利用して、なんとかかくし子を生んだ事実をごまかそうとしたやつも来ただろうな」

「もちろん、約半数はそれで、すぐにバレた。だいいち、ヴァージン・バースは、純粋に独力だけで子供をつくる以上、それはかならず母と同じ性——つまり、子供も女性でなくちゃならないっていうわけだ。だからまず男の子とのカップルが省かれた。次に血液型だ。これが違ってちゃお話にならない」

「そりゃそうだよ、おれだってそれぐらいのことはわかるさ」

「でもな、お前、風呂のスノコに坐っていただけで子供が出来ちゃったという女の話、いつかしてたろう？　あれはありうるんだ。同じように、まったく無意識のうちに、女が懐妊するケースがある」

「うん、風呂で妊娠した話ってのは、あんまりへんな話なんでおぼえてるよ。でもそんなに多いのかな。そういう無意識の受胎なんて」

「そりゃ多いよ。現実におれの知っている女で、睡っているうちに夫に行為されて、まだ知らずに睡っていたという人もいるね」

「まさか」

「まさかじゃねえよ。それ、じつはおれの母なんだよ」と、トコは笑った。「ついこないだ、笑い話で聞いたんだが、親父がつくづく呆れていったそうだ、お前、泥棒が入ってやられてもわからないいんじゃないか？　おれ心配になってきたよってね。……でも、いやになったな。それがちょうどおれの生まれる前の年あたりのことなんだよ。おれ、いったい本当に親父の子かね、って考えちゃってね。まあ、おれは顔かたちも、右の小指の曲り具合も親父そっくりで、一応は安心したがね。……おや、脱線しちゃった、何の話だっけ？」

「知らないうちにやられた……」

「そうそう。そうだ。ちょうど、第二次大戦の最中あたりに懐妊した母親が多かったという。その母たちはつまり、空襲で気絶したり、記憶を失っていたあいだに男性に暴行されてたわけなんだな。調べて行くと、かならずその時期に同じような経験をもっているという事実が判明した。で、これもパーだ」

「でも、血液型が同じでも、ヴァージン・バースとはかぎらないんだろう」

「もちろんだ。血液型の同一は必要不可欠の絶対条件の一つだけど、それが条件のすべてじゃない。ただこうして順次に省いて行っただけの話だ。次は指紋だ」

「指紋なら完全だよな」

「そう思うか？　ところが驚くべき結果が出た。なんと六名、……五名かな？　手脚の指紋はいうに及ばず、いま鑑識でいうベロ紋ね？　つまり唇の紋だが、これさえ完全に同一である、としかいえないカップルが出てきた」

「嘘つけ。だって指紋は絶対に同じものは二つないっていうじゃないの」

「あれ。指紋の無い人間だっているんだぜ、まったくの血縁関係もなくって。そういう例はわりに多いんだぞ。……ま、これは余談だし、いささか強引なようだが、とにかくちゃんとこの事実は当の女医により世界の学会に発表されているんだ。信じるよりほかあるまい？」

「おれはお前の口からだけ聞いてるんだ。信じるよりほかあるまい？」

「逆襲だな。でも事実は事実らしいぜ」

「それでどうした？　ヴァージン・バースが立証されたわけか？　その五、六人の母親たちには」

「そうはいかない」

と、トコは笑った。

「まだまだ厳密な調査が要るんだ。骨格、歯列、指のかたち、爪の分析、脳波、趣味嗜好、心的傾向、性格、……要するに、四十歳の母と二十歳の娘の場合、母の二十のとき、娘の四十になったときを、境遇・労働その他外的な変化を計算に入れて、比較してみる。そして重ね合わせ、一致したものだけを残す。……この段階でまた何人かが落ち、さらに残ったものに、最後の実験がされたわけだ」

「最後の？」

「そうだ。最後の条件だ。カップル——つまり一組の親娘だ——のそれぞれの皮膚をすこし剝いで、おたがいのその箇所に移植してみたんだ。……同一人物なら細胞も同じはずだ。だからちゃんとくっつき、何事もなくその皮膚は生きはじめなければならない。——人間に、他人の皮膚の移植が不可能なのは知ってるだろ？」

「いまのところ、そういうことになっているとは聞いているな」

「……で、どうなったと思う？」

トコは思わせぶりにいった。

「二組が残った。現在——というより当時の医学では、この二人は同一人物ではないという点はどこにもみつけられなかったというのさ」

「……信じられねえな」

「お前が信じなくても仕方がない。しかし髪の色、髪の生え方、その性質、瞳の色、眉のかたち、鼻、唇、全体のプロポーション、そして血液型、指紋、ベロ紋、皮膚や感情の反応、特有のアレルギー体質、趣味、性質……何から何まで同一の、それこそ似てるなんていうんじゃなく、同一の二人が、ただ年齢だけを違えて、それも二組あらわれてしまったのさ。どこにも母親以外の人間、つまり父親たるべき人間の協力、影響のあとは絶無だった。もちろんその二人の母親は、かつて失神した記憶も、男との交渉の経験もまったく無い。――その女医さんは、そこでこの二組を例に、ヴァージン・バースがありえないとはいえない、という結論を出さざるをえなくなった」

「で、お前は信じてるの？　ヴァージン・バースの可能性を」

と、しばらくして僕はいった。なんだかウサンくさい話で、信じていいのかどうか、判断がつかなかった。

「おれが調べたんじゃないから責任はもてねえがね」とトコはいよいよ得意げな顔になった。「おれは、この女医の報告が事実ならば、という条件でやはりいまのところ、ありえないとはいえないと結論するね」

「ふうん」と僕は答えた。

「だからおれはいうんだ」と、トコは図に乗った目で僕を眺めた。「お前は個性だとか、個人の独自性とか特権とか、つまり同一人物が二人とはいないという安直な信仰、一人の人間は一人っきりだということに腰を据えて疑ってもみないようだが、それが一種の伝説的な迷妄にすぎなかったら……」

「なにも、おれ一人じゃない。同一人物が二人いないことを最大の決め手としているのは、とくに警察と推理小説だぜ」

「逃げるなよ。おれはお前の書くものの根本にある、お前が勝手に不動の真実と信じこんでいるものへの疑問を述べたまでで、……」

「……だって」

と、僕はいった。

「それじゃお前。お前のカミさんが、お前にはおぼえがないのにだね、カミさんと全く同じ細胞だとか骨格だとか性質だとかをもった女の子を生んで、これは私が一人でつくった子です、私は潔白ですと主張したら、どうする？　やっぱり信じるのか？」

僕としたら、べつにトコをやりこめるつもりでいったのではない。追いつめられた気持で、ただ思いつきを口に出しただけだ。……だが、するとトコは不意打ちをくらったようにポカンと口をあけてまじまじと僕をみつめた。それから、大声で笑いだした。

「……バカいっちゃいけない。信じるもんかい、そんなこと」

だから、トコは無責任だというのだ。

〈トコという男４〉

アルス・アマトリア

　トコと僕の共通の友人が結婚した。二人でお祝いをやることにしていたのに、トコがつかまらないままずるずると日がたち、とうに結婚式もすんでもうすぐ一月になる。僕たちは、時期を失したかたちになってしまった。

「気にするな、気にするな。要はおれたちが、やつらをワン・カップルとして迎えてやることだ。ワン・カップルとして。な、そうだろ？　そうじゃないか？」

　と、そのことをブツブツいう僕に、トコは酒くさい呼吸を吹きかけながらいった。……僕は、つくづくこんな男と組んだ自分の愚かさに、ホゾを噛む思いだった。だいたい、その夜だって、トコはお祝いが遅れたことの相談にやってきたはずなのだ。

「そりゃお祝いなんて、一種の形式にすぎないといわれればそれまでだよ。でもお前、形式というやつは人間の智慧なんだぜ。おれはこだわるな」

「まったくだ、形式はたしかに人間の智慧だ。ほう、お前にしちゃいいことをいう」と、トコはゲップをしながらいった。「そうなんだよ。そして、形式とは技術なんだ。方法なんだ。人間が、おたがいに生きて行く上のな」

「だからさ、だからこういうことは、きちんと……」

「待てよ。お前、おれが形式を軽蔑したり、無視したりしてると誤解してるんじゃねえのか？　だったら心外だ。そこんとこはひとつ、はっきりしときたいな。うん、ひとつ、はっきりさせよう」

　相手は酔っぱらいだ。……僕はあきらめ、仕方なく聞き手にまわることに腹をきめた。

「だいたい、人間にとって最初の、そして最大の形式とは何か。それは男性と女性だ。どんな人間でも、このどっちかの形式からは逃れられない」

「へえ。ふたなりはどうなんだね」

「バカ。それだって男性でもあり女性でもある人間だ。おれのいうのは、男性でも女性でもない人間はいないってことだ。よけいな半畳は入れるな」

　トコは怒った声を出した。僕は首をすくめた。下手にさからうのは得策ではない。うなずいてさえいてやりゃいいんだろう、この酔っぱらいめ。

「いいか、人間はすべて男か女であり、ということは、つまり男と女であり、どんな人間もその断絶、そのそれぞれの形式からけっして自由にはなれないんだ。このことは、くりかえし肝に銘じておく必要があると思うね」

「ふうん。〝それぞれの形式〟ね。それがそんなに大きな違いなのかね」

「そうさ、牛と馬ほどの違いだ」とトコは大きく出た。「いくら同じ人間だといっても、女性と男性は子宮とキンタマの有無で区別されるだけの存在じゃない。肉体的・精神的に、構造も反応も、愛も幸福も論理もユーモアも、発想も情緒もその安定のしかたも、すべてが対立的とさえいえるほど違っているんだ、生まれながらにな」

「だって、ボーヴォワールだっけ、女は女に生まれるのではなく、女になるのである、なんて本を書いていたよ」

　トコは哄笑した。

「まったく、あんなバカげた話はないよ。非科学的で強引で威丈高で、困ったことになんのユーモアもない理屈だ。あの意見じたい、ボーヴォワールが決定的に女でしかねえのを立証してらぁ」

「でも、ずいぶん男性的なオバさんだぜ」

「その通りさ、きっと人並みより女性ホルモンが少いんだ。彼女の『娘時代』や『女ざかり』なんて自叙伝を読んでみろよ。明瞭にある青年にフラれてるのに、まるで自分がフッたような調子で書いていたり、醜いが頭がよく才能があるサルトルに惚れて行くあたりなんか、悲しいほど彼女の、――いささか女性ホルモンが不足した女性でしかない彼女の、〝女性〟がむきだしだよ。魅力的な女性ってやつは、素直にゆたかに自分の女性を生きているものだが、彼女はそこが固くしなびてるんだな。……だからこそ、彼女は自分の男性化に情熱を注いでいて、あの本はその夢想というか、恨みつらみの結晶だよ。……おい、おれ、何の話をしていたんだ？」

　またはじまった、と僕は思う。でもこの質問はトコが正気に戻りはじめた兆しなのだ。ため息をついて、僕はいった。

「おれにも何の話だかわからないさ。とにかく、形式が人間の智慧であり技術であり、ということから、お前は男と女の違いを力説しはじめちまってるんだ」

「……ああ、そうか」

「何が、ああ、そうかだ。……ばかばかしい」

「ばかばかしい？　どうして？」

　まだ酔いがさめないのか、トコは充血した目で呆れたように僕をながめた。

「きみは、まだ納得してないらしいな。男性と女性がその構造からして……」

「ああ、違うのはよくわかってるさ」と僕はいった。「おれだって、人間の男性の染色体が46Ｘ0《ゼロ》の47箇で、女性が46ＸＸの48箇だってことぐらい、学校で習ったもの。——あ、逆だったかな？」

「そうかい。じゃついでに人間の染色体は、現在では男性が44ＸＹ、女性が44ＸＸ、双方とも46本の同数だとされていることも知っておけよ。……でも、おれのいいたいのはそんな生物学的な差異そのものじゃなく、その差異から派生した男らしさ、女らしさという、それぞれの生きる形式・方法の違いについてなんだけどね」

「いつかいっていた、男がモーターつきの剣で、女がなんでも咀嚼する穴だ、ってことかい？」

「ま、そういってもいいがね」と、トコは顎を撫でた。「そうだな、お前向きにエリッヒ・フロムなんていう通俗哲学者、心理学者の言葉を借りてもいい。彼は、男らしさ、つまり男性的性格は、侵入、指導、活動、鍛錬、冒険という性質であり、女性的性格は、生産的な感受性、保護、現実性、持久性、母親らしさ、と定義している。もちろん、ふたなりじゃないが、一人の人間の中には二つのこの性格・傾向があって、それぞれの〝性〟に関連するものが、程度の差をもって優越している、というわけだけどな」

「本当かね」僕は笑った。「男らしさ、女らしさなんて、そんなに簡単に区別されて、しかもそれが一般的な事実だといいうるものなのかね。結局、それは育まれた一つの習俗と違うのかな」

「ということは？」と、トコは訊いた。

「つまりさ、たとえばいまきみのいった男らしさ、女らしさね、それが男性中心の社会が永年かかってつくりあげた習慣であり躾けであり、そういう社会的な教育の産物ではないという保証が、はたしてあるのかってことさ」

「ああそうか。ところがあるんだな、それが」と、トコは愉快そうにいった。「性ホルモンを自由に使いこなせるようになってからは、人間が、ほとんど任意の、といってもいいほどの多くの動物の性器官を、逆の方向に発達させることが可能なのは知っているね？　つまり胚発生の期間中の処理によって、本来は雄であるべきものを雌に、雌であるべきものを雄に変えることができる。……そこで、ある学者が、雄のイモリどうしの一方を雌に変え、二匹の雌のイモリの一方を雄に変えて、それぞれの子供をつくってみた。すると雄と、もと雄だったが人工的に雌にされ母にされたイモリ、いわば雄どうしの結合から生まれたイモリはひどく男性的性格がつよく、雌どうしの子供には異常に雌的な〝女性過剰〟とでもいうべきイモリが生まれた。……つまり雌雄の別が二倍にかけあわされ、その差異がひどくはっきりと出てきたんだ。――な？　もともと雌と雄とは違った性格をもち、その差異は生後の環境や、後天的な教育や訓練の結果だとはまったくいえないんだ。それぞれは、はじめから違ったようにできてるのさ。べつに、社会のせいでも男性に都合のいい躾けのせいでもない。女は女として、男は男としてしか生きられず、これはどうしようもないことなんだな」

「そうか、わかったよ」と僕はいった。「お前は男性の女性化とか、女性の男性化とかいわれているいまの風潮を批判したいんだろ」

「いやだな、まったく。おれはそんなことにはかかずりあう必要も助平根性ももっちゃいねえ。だいたい、おれは変化を頽廃と見るいじけた隠居趣味はきらいなんだ」

僕はだまった。

「お前、カール・バルトって知っているか？」と、するとトコはあいかわらず調子のいい口調でつづけた。

「知らないね」

僕は中っ腹で答えた。なんとなく、いい気にしゃべりつづけるトコへの反撥があった。だいたい、いったいやつは今夜、何のためにやってきたんだ？

「知らねえか。ナチスに敵対した神学者だ。そいつの『教会教理学』は、現代のプロテスタント神学の、最も重要な著作だといわれているっていう。それぐらい読んでおけよ」

「そいつがどうかしたのか？」

「面白いんだよ、こいつ。神学者のくせにやたらと男女の機微にくわしくてな。男と女の差を語って、こういうのさ。男は女に対し特にすぐれているわけではない。彼には何の優越権も長所もない。しかし彼は女に対する位置及び行為においては、刺激者であり先導者であり覚醒者である。つまり主導権をもつようにあらねばならない。そして女はその限りにおいて男の後に、また下にあるが、そのことによってどんな小さなことをも放棄しているのではない。男をして主導的に女の先に立たせるような関係の実現こそ、本来まさに女の事がら、課題、機能なのだ。彼女は自分だけでどうしてそのことを実現できようか。男の先行なしに、または自分一人だったり、男に対立していては、どうしてその彼女が女であることを実現できよう、つまり、男はつねに上に、女はつねにその下に位置すること、これのみが正常な秩序である、とね」

「ほほう。キリストは体位についてまで教えてるのか」

「ふざけるな、形而上のことだ」とトコは何故かムキな顔でいった。「……そして、このような秩序の中の関係を引き受けることこそが、男を男にし、また男へのそういう関係こそが女を女にする。おたがいに積極的に自分の性に忠実であろうとすること、それのみが他なる人間どうしである男と女を連帯させる唯一つの方法である。すなわち、男と女はたがいの特別な相違に忠実であるべきであり、それぞれ相手から望まれている事がらを、とりかえようとしてはならない。それは逃避であり、結局は何かの理由でよき相手を見出すことができず、孤独な生活を送り、その性の弱さを見苦しく感じている人びとに起こることだ。真の男と女とは、彼らなりに尊敬をもってその位置と機能の差異を確認すべきだし、それぞれ、すすんで自らの性を生きることによってこそ連帯し、同格、同等のそれぞれの人間性をみたすことができるのである。……な、だいたいこういった次第だ。つまり男は女をリードし、女は男にリードされることによって男をリードしろ、それが男らしさ、女らしさの表現であり、神の御旨に叶う人間どもの愛のかたちなのだ、それはけっしてどちらが偉いとかすぐれているとかいうことではなく、神がそのような関係において生きることを、人間をその二つの性とともに創ったときに定められたのである。だから、そのような関係、位置、方法、いわばそれぞれの性の形式に従って生きること以外に、それぞれの人間としての幸福の実現はないのだ――と、こういう理屈なんだ」

「……反撃をくらうぜ、女性たちから」と僕はいった。「そんなのはみんな男の理屈だ、要するに男に仕えよ、という封建思想じゃないか、ってな」

「バルトにいわせれば、そいつらは性の弱いやつさ。女性ホルモンが少いんだ」

「とにかく女なんて、理屈で勝てる相手じゃないよ。だいいち、理屈なんてまるで信じてない。そんなもの信じられるわけがないじゃないの、と公言する手合だからな。これじゃ勝てっこない」

「おや。おれは理屈をこねた覚えはないぞ。生物学的な事実からみちびかれる両性のありかたについていっただけさ」

「それが理屈さ」と、僕はいった。「いまのお前の言葉だって、わかるやつにはいわなくてもわかってることだし、わからないやつは、これは永遠にわからないパリサイ人でしかないんだ」

「……そうなんだよ」トコは大声を出した。「まったくだ。わかるやつはわかる、何の理屈もなしにな。……でもな、きみ、わかるってことは知的なことだ。知性があるってことじゃないのか？」

「え？」

僕はめんくらった。が、トコは一人で大きくうなずきながらいった。

「そうなんだな。……真に知的であるってことは、なにもテスト氏みたいな観念の化物になることや、理屈に弱いってことじゃないんだ。いわば性ホルモンが豊かで、自分の性や動物であることを健全にコントロールしつつ充分に生かすことができる力なんだ。いいかえれば自分がじつは理屈に関係なく、ただその性の一つの形式を生きているのだと知っていること、つまり理屈を理屈として認めながら、本当は自分がそんなものとはまったく無関係な場所で生きているのを知ってるやつ、それが本当に知的な人間ってやつなんだな……」

「何をいってるんだ?」と僕はいった。

と、あきらかにトコが慌て、ごまかそうとするのがわかった。彼はいった。

「いや、つまり、推理小説が知的遊戯である、というのと同じことさ。推理小説が知的な遊戯であるという理由は、それが理屈の空しさを充分に知った上での理屈、つまり理屈そのものを一つの虚構とみる精神のスポーツだからだろう。そりゃ推理小説は理屈で組み立てられているのが本格さ。しかし、理屈の精密さは、いわば真実とは次元の違う空間での穴うめ作業にすぎない。理屈なんてものは、もともと真実にせまる武器なんかじゃない。せいぜいそこにある現実の一つのいろどりでしかないんだ。――だからこそ、そのいろどりについて考えたり考えさせたりすることが、一つのパズルとして、遊戯として成立する。……ね、そうだろ?」

僕は、ニヤニヤしてトコの混乱をながめていた。そして、いった。

「おい、形式の話はどうしたんだ?」

「え?　ああ、そうか」と、どうやら酔いのさめた顔でトコはいった。「そうだ、結婚祝いのことだったな。おれ、今日新婚家庭に行って、一応、お祝いは届けてきたんだけど……」

「――なんだって？」

僕はびっくりした。

「そう驚くなよ」と、トコは答えた。「じつは、さっきの演説をプレゼントしてきたんだ」

「演説？」

「そうさ。ま、ちょっとしたアルス・アマトリアの講義のつもりだったんだが」

トコはそして、舌を出した。

「でも、なかなか知的で、しかも女性ホルモンのゆたかな嫁さんでな。だからせっかくのおれの演説も、蛙の面に水だったよ。……おれたち、やっぱり、何か買って持ってかねえとちょっとまずいようだぜ」

僕は、はじめてその夜のトコの深い酔いがわかるような気がしてきた。……

〈トコという男5〉
人間の条件

　その夜、トコと僕はある酒場にいた。街でばったり出逢ったのだったが、トコが何故かひどくよろこんで、強引に僕を誘ったのだ。

「――よう、聞いてるのかよ、おい」

　トコの大声で、僕は我にかえった。どうやら僕はカウンターにへばりついて、ついうとうととしていた。あれは、三軒目の店だったと思う。

「ああ、聞いてるとも」と、でも僕は答えた。ぼやけた頭の隅で、それまで、トコがしきりに父親という存在につきコボしていたのを憶えていた。――どうせ、そんな愚痴のつづきだろう。「まあ、あきらめなよ。子を持って知る親の恩、とかいってな、すべては順おくりだ」

「……ふん。わけ知りぶりやがって」

　やはり、その判断は当っていたのらしい。その証拠に、トコはいかにも口惜しそうに僕を眺め、いまいましげに唇をゆがめた。

「考えてもみろ。おれは毎日うちの赤ん坊を乳母車にのっけて、一時間はそこいらを押してまわる義務さえ課せられてるんだ。お前に、この苦労がわかるか?」

「いやならやめりゃいいじゃねえか」

僕ははなはだ非情な返事をした。その話ならもう今夜だけでも三回目だ。そろそろ、突き放してもよかろう。

「バカ。だからお前にはわからねえっていうんだ。こいつをやめてみろ、いつまでたっても睡りゃしねえ。ワッ、とか、アッ、とか掛声をかけやがって、だんだんハッスルしてきちまう」

「わかってるさ。そして、相手になってやらないと、泣くんだろう?」

「ああ、泣く。まるで間脳をじかに針で突っつきまわすような声でな。……ありゃとうてい人間の声とは思えねえよ。おかげでおれも女房も頭がおかしくなっちまって、要らねえ喧嘩までおっぱじめる、とこういう始末になる」

僕にはまだ実感がないから、彼のその愚痴にはやはり可笑しさが先に立った。笑いながら、僕はいった。

「たしかに、赤ん坊の泣声って、ありゃ人間の声じゃなくて猿の絶叫だよ。まったく、生まれたての赤ん坊を見てると、人間の先祖が猿だってことがよくわかるな。……でも、まあ、おいおいと猿から人間になって行くさ、それが人類の歴史なんだ」

——ところが、これが失言だった。トコは、いい獲物を得たとばかり、僕のその言葉に喰いついてきたのだった。

「ほう、こいつは驚いた、お前、人間の先祖は猿だと思ってるのか？」

「そりゃ、人間はもともと猿より三本ばかり毛が多かったかもしれないけど、でも、よくそういうじゃないか」

「こりゃ驚いた」と、トコはさもうれしそうに、いや味たっぷりにくりかえした。「いいか？　人間の先祖をどこまで追っかけてみても、そいつは猿とは交わらない。人間は人間、猿は猿で、この二つの歴史は、いくらさかのぼって行っても、平行線でしかないんだ。つまり、猿と人間とをつなぐ〝環〟としての動物がどこにもいないんだよ。現在、発見されているかぎりの資料ではな」

「じゃ、人間の先祖は何なんだよ」

「きまってらあ、だから、人間だ」

「その人間が、猿の進化したやつじゃないという証拠があるのか？」

「じゃ、猿の進化したものだという証拠はあるのか？」

「だって、そっくりだし、猿は人間にいちばん近い原始的な動物だろ？　人間は、猿の突然変異したものと考えるのが、いちばん妥当だろう？」

「とすると、猿は人間の先代だってことになる。でもあいにく、人類の出現以前に、猿の時代があったたって証拠もない」

トコは、ニヤニヤしながらいった。

「もっとも、アメーバの昔はわからないよ。人間以前、猿以前のことは不明だ。……とにかく、人類というやつがこの地球上に出現しはじめたとき、それがすでに、猿とは根本的に違う動物だったことはたしかなんだ」

「だってお前、学者は昔の人間を猿人というだろ？　それほど猿に近いわけだ」

「いくら近くっても、猿人だ。類人猿とは違うさ、決定的に。……お前、猿と人間の違いを知らねえのか？」

「……あれか？」

と、僕は思いついてたずねた。

「猿人は火を起こしたり使ったりできたが、類人猿には、それが……」

「バカみたいなことというなよ」トコは笑いだした。「子供の本かなんかで読んだんだろ。人間は火を使うことによって他のあらゆる動物たちから優位にたった、とかなんとか。……やだなあ、それが正しくないとまではいわないが、たとえばたった二十万年ほど昔の北京原人あたりだって、まだ火を使えなかったと推定されてるんだぜ？　火を使えたかどうかが人間と猿の違いだったら、北京原人は猿のカテゴリイに入っちまう」

僕は黙った。やっと、黙っているほうが悧巧だ、と気づいたのだ。

「もっと明白・単純なことが、人間を猿と区別する決め手なんだ」と、トコはいった。「それは〝直立〟さ。……人間は、その誕生のときから、四つ足では歩かなかった。ちゃんと二本の足だけで歩き、つまり〝直立〟していたんだ。——これが、人間と猿とを決定的に区別する決め手なのさ」

トコは得意げに鼻をうごめかした。

「お前なんか、いちばん古い人間は、ネアンデルタール人あたりだと思ってんじゃねえのか？」

「……北京原人のほうが古いってことぐらい知っているさ」

黙っていたほうがいいとは思いながら、つい口を出してしまう。これが、僕の悪い癖だ。

案のじょう、トコはいよいよ上機嫌な声になった。

「よろしい。でもな、最古の人類は、いまのところ一九二四年に南アフリカで発見されたアウストラロピテクスという猿人で、これは約七十万年前の人類だとされているんだ。次にジャワのソロ川近くで発見されたジャワ原人、北京の北京原人があり、それから約八万年前までつづいた古人類で、マンモスといっしょに生きていたネアンデルタール人、そして現代人とつづくわけだ。……もっとも、アウストラロピテクスの脳の容積は約六〇〇C・Cだっていうから、約四五〇C・Cのチンパンジーやオラン・ウータンとたいした違いはない。だから猿人と呼ばれてるんだけどね」

「……でも、それでも〝直立〟してたってわけかい？」

「そうさ。そんな古人類、猿人でも、頭蓋骨への脊椎の接続のしかたが、猿とはまるで違う。

猿のはやはり這う姿勢として脊椎が頭蓋骨のいわばうしろにくっついているが、人類のは、かならず頭蓋骨の下に、それを支えるように脊椎がくっついてるんだな。……四つん這いでは、大きな脳はもてない。首が垂れてしまって行動の自由がなくなる。人類には、だから脳細胞がやがて二倍に分裂してふえて行くだけの下地が、はじめからあった、ということになるんだ」

「二倍に？」

「ああそうだ。ジャワ原人のときは、すでにアウストラロピテクスの二倍になってる。花札の桐や雨じゃねえが、現代人はだから倍の倍だ。……オランダのデュボワという学者が、もっとも下等な哺乳類のトガリネズミの脳の重さを1として、他の動物の脳とくらべた結果を報告しているがね。それによると、モグラ、ハリネズミが2、ウサギ、ジャコウネコが4、ネコ、イヌ、ウシが8、類人猿が16、ジャワ原人、北京原人32、ネアンデルタール人、及び現代人64、とこうだ」

「じゃ、もう一回分裂したら128の人類があらわれるわけだな？」

「……そうだ」と、ふいにトコは他のことに気をとられたような声を出した。

「でも、頭の骨がワクになっているから、そうあっさりとは二倍に膨れあがるまい？　だいいち、母胎から出て来られないや」

と、僕はいった。そんな連中が出てきたら、おれたちはたちまち原人扱いされ、現在の猿以下の存在に顚落しちまう……ふいに、そんな恐怖が胸にうかんできたのだった。

「しかし……」と、トコは、何か考えこむような声でいった。「結局、ジャワや北京にいたみたいな原人から、ネアンデルタール人やおれたち現代人が生まれたんだ。そこにも同じ事情はあったろう。たとえば、未来では出産がすべて帝王切開になり、そんなやつらがぞくぞくと生まれてこないとはかぎらない。……いや、いままでにも、チラホラとそういうミュータントが、この地球上に出現してたかもわからないぞ」

「……冗談はよせよ、こわくなるよ」

と僕はいった。トコは、ふとその僕を眺め、真面目な顔になった。

「そういう連中は、超人的な知能をもっている。おれたちから見れば、まさに人間とは思えないほどの予見力や能力も、そいつらにはごくあたり前のことだ。——ときどき、おれは思うんだよ。キリストとか釈迦、日本でいえばいっぺんに七人の声を聞きわけたとかいう聖徳太子なんか、みんなその突然変異で、脳細胞がおれたちの倍に分裂していた例じゃないかな、ってな」

「……だって、証拠が……」

「また証拠か」と、トコは苦々しげにいった。「ひどく消極的な証拠だが、ないわけじゃない。——連中には、みんな子供がない」

「子供がない？　どうしてそれが……」

「だってそうじゃないか。そういう連中は、いわばミュータント、突然変異だ。相手の女性が同じミュータントでないかぎり、子供は絶対にできっこない。……つまり連中は、超人とか、神とか、天才とかいう名の、現代人としては不具者たちでしかなかったんだ。事実、彼らは本当の意味での仲間もなく、子供もつくれず、その点ではひどく孤独な生涯しか送ることができなかった」

「……そうか」と僕はいった。「たしかに、僕らはそういう人間を見たら〝天才〟としか思わないだろう。が、あっちでもこっちでも、そういう未来人がひょこひょこ出てこないかぎり、彼らは不具者であり、いやでも孤独でしかありえないわけだ」

「こいつはスタージョンの『人間以上』の未来人、ホモ・ゲシュタルトか。あれよりも、ぐっと現実的で可能性のある未来人なんだが」と、トコはいった。「……でも、この現在では、やはり一生涯孤立した存在でしかないだろうな」

「天才は孤独である、か」

と僕はいった。ふいにあることを思いついて、トコに笑いかけた。

「まったくお気の毒だ。お前、さぞ天才がうらやましいことだろうな」

トコは黙っていた。僕は、その仏頂面にさらに浴せかけた。

「わかったよ。お前が天才じゃなかったことが、……お前、天才だったらよかったのに。そしたら、いまごろ親父としての苦衷をかこつこともなかったのさ」

「……この野郎」と、トコはバーテンにお代りを目で註文しながら答えた。「じつは、さっきしゃべっている途中で、ふいにそのことに気づいたのさ。すると、妙な気分になってきてな。……結婚して子供のないやつが、ミュータントといえばまあ聞こえがいいが、みんなどっか一人前じゃないみたいな、人間の突然変異にしか思えなくなってきちゃって……」

「へえ。じゃ、自分の正常さを祝う気持ちになってきたか」

「……複雑な気持ちだ」

と、トコはいった。

酒場を出て、ぶらぶらと駅へと歩く道で、ふいにトコがいった。

「お前、子持ちの名探偵ってので、知ってるかい？」

「……さあ」

僕は黙り、オーギュスト・デュパン、シャーロック・ホームズ、フィロ・ヴァンスをはじめ、思いつくままに考えたが、どうもそれらに子供のいた形跡が思い出せない。銭形平次、むっつり右門、顎十郎、人形佐七、若さま侍、明智小五郎。どうやら、みんな子供のないやつばかりだ。

「たしか半七には子供がいて、横浜で時計屋かなんかをやっている、その子供の仕送りで暮していたんだな」と、トコもいった。「たしか、あれも養子だったな」

僕たちはそこでいっしょにあれこれと例をあげて考えたが、とうとう発見することができなかった。……もし、皆さんの中でそういう名探偵をご存知の方があったら、ぜひ教えていただきたい。トコは、こう呟いたのだ。

「おれ、推理小説を読んでいて、どうも名探偵ってやつが気にくわなかったんだ。みんな、いい気でお節介で、犯罪を解くのに、個性的な詩を中学生向きに解説するみたいなことばかりしていやがる。まるで自分は人間の不可解さとは縁がないって顔で、それはそいつが人間としては生きていない、ってことじゃねえか？　いわゆる名探偵ってやつほどそうだ。子供だましの心理学を、〝人間性についての知識〟だといったり、ただの確率にすぎないものを、〝真実〟だといってみたり、やつらの〝洞察〟するのは人間の行為の抜け殻だけでしかないんだ。人間のそれぞれの個差や偶然という現実の障害を、ないものとしてしか考えない。つまり、自分はただの〝観察者〟〝説明者〟という非人間の位置から動かないんだ。……われわれが、猿の行動や生態を観察するみたいにさ。おれ、いまやっとそういう名探偵たちとの、肌の合わなさの理由に気がついたよ」

トコは一息にそうまくしたてた。

「いいかい？　つまり、彼らは〝天才〟なんだ。ミュータントなんだ。な？　そろって子供のないのが、その証拠さ。……彼らは人間が猿を観察するように、人間を観察する。そして、人間が猿ではないように、彼ら天才たちは、すでに人間じゃないんだ。おれたちに、猿の、猿としての部分が不可解なように、彼らは、おれたち人間とは別なところでしか生きちゃいない。――それが、おれが彼らを、畜生！　この非人間め、と思わずにはいられない根本の理由なんだ」

酔っているのはわかっていた。で、僕は笑いながらいった。

「まあ、そうムキになるなよ。作者がそういう名探偵たち、天才たちに子供をあたえなかったのは、きっと子供なんかがいると、話をつくるのが面倒になるだけだからさ」

「それだけかね？」トコは大真面目に答えた。「子供のある人間、つまり正常な現代人にすると、人間にたいし、ああいう無責任な解釈や推理はできない。すくなくもああはあざやかには割り切れない。だからわざわざ〝天才〟という名の人間としての不具者を、作者は名探偵に仕立てて、逃げているんじゃねえのか？」

「……いいじゃねえかどうでも」と僕はいった。「お前、なにをそうエキサイトしているんだ？」

と、トコはよけい憤然として答えた。

「思ってもみろ。おれは今日、お前と出逢ったのをいいことに、一時間の乳母車というノルマをサボったんだ。これから、おかげでいったいどんな夜がおれを待ちかまえていると思う？　この現在、一人の正常な人間であるってことは、実際、やりきれないことなんだぞ？」

「だからどうした」と僕はいった。「お前は、天才という名の、ミュータントの孤独を選びたいのか？」

トコと僕は満員のプラット・ホームにいた。ひしめく群集をギラギラと光る目でみつめながら、トコはいった。

「違うさ。おれはいま、つくづく正常な人間が孤独ではいられないことの苦痛、その負担の、いやらしさ、やりきれなさを感じている。と同時に、それがわかるのは同じ天才じゃない人間の仲間だけのはずなのに、どうしてそのための八ツ当りを、女房もお前も、誰もわかってはくれないのか、って考えているんだ」

〈トコという男6〉ヘンな日本人

「近ごろは、やたらと外人が多いね」とトコはいった。「まるで人種の見本市だな。おれ、なんだか気味わるくて」

「気味がわるい?」

「うん。なにか、人間だっていう気がしないんだよ、ことに白人なんて、女も男もやたらとゴツくて毛むくじゃらで、そのくせ硝子玉みたいな目をしている。この二つは、おれたちにとっちゃ、つまりケダモノの特徴だぜ?」

「それじゃまるで多摩動物園の中を歩いているみたいだってことになるな」

僕は笑いだしたが、トコはでも、深刻な顔で答えた。「いや、そうじゃないな。いわば、なんだかいろいろな星の宇宙人たちが、どっとこの日本にやってきたみたいだ」

「宇宙人?　そいつはすこしオーバーだよ」と僕はいった。「だいいち、やつら毛唐たちこそ、明治以来われわれが輸入してきた文化の主、つまり後進国日本にとっては、〝人間〟というやつのお手本のわけだぜ。……むしろ先方から見た日本人たちこそ、いまだに別世界の、別な文化をもった奇妙な生物、ってのに近いんじゃないのか？」

「……一応はわかるよ、お前のいうこともな」と、トコはいった。「たしかに、文学ひとつを例にとってみたって、恋愛小説も社会小説も思想小説もビルディングス・ロマンも、コントも大河小説も、ついでにいや詩も推理小説も、すべて〝本格〟はあちらにしかなく、こちらのはその〝変格〟にすぎない、ってなことが、きっとたくさんの人びとの意識下には流れていると思うよ」

「たぶん、な」と僕も答えた。「それは法律でも、思想でも、ドラマでも、社会意識の点についてだっていえることさ。向うのものこそ〝本物〟だ、って気持ちは。……でも、それは、それらの根底をなす人間観が、あちらさんからのいただきである以上……」

「その〝人間観〟さ。いまだに、あちらさんのそれだけが本物だ、なんて思っているヘンな日本人が多いね。だけど、おれにいわせりゃあ、そいつらはヘンな人間だよ。まるで日本人が、それじゃあ贋ものの人間みたいだ。そんなら、そいつらは贋の人間でしかない」

「ほう。日本人よ、日本人であることのプライドをもて、というわけかい」

「よせよ。話をずらすな」と、トコは怒った声でいった。

「でも、あっちも人間こっちも人間、対等だ、卑屈になるなってわけだろ？」

「そんなこと知るかい」トコは呟くようにいった。「おれはそんなイデオローグじゃない。世界が一つになろうとなるまいと、おれの知ったことじゃねえ。ただおれは、おれ自身にとって納得の行く〝人間〟のイメージとは、って探してるだけのことだ。ごく個人的な問題だよ」

「……それがお前の、東京オリンピックについての焦点というわけかね」

「……ああ。外人がやたらといるのはオリンピックのせいか」とトコはのん気なことをいった。「そう考えるのはきみの自由だがね。でも、おれは、あんなことにはあまり関心がないんだ」

「そうだろうよ、お前の関心は、いつだってお前自身についてばかりなんだ」

「いいじゃねえか。みんなが世界運動会でキャアキャア昂奮したり、それがどうだとかこうだとかって夢中だ。その中で自分自身についてだけ考えていたって、べつに叱られることもあるまい？」

「もちろん、悪くねえだろうさ」

僕は、毎日テレビにかじりついて、夢中で競技に見入っている自分みたいな人間だって、べつにその存在を恥じることはないのだ、と思いながら答えた。

「……とにかく、おれはルールってものは、感覚からつくられる、って思う」

「なんのルール？」

「すべてのさ」と、トコはいった。「それは、生きている人間の感覚、または生きていることをめぐっての、生きることについての感覚、それで支えられている——つまりこうだ。感覚がルールを生み、ルールが習慣を生み、習慣がその人間を社会的に存在せしめる、とね。風俗や習慣の違いは、じつはその人間の、自己及び他人たちにたいするルールをつくる感覚そのものの違いなんだ」

「むつかしいな」と僕はいった。実際、よくわからなかった。「ええと、それは競技のルールについてもかい？」

「まだオリンピックにこだわっているのか？」トコは呆れ顔でいった。「いったじゃないか、すべてのルールについてさ。……たとえば推理小説のルールにせよ、とつけ加えたっていいぜ」

　トコはニヤニヤした。

「たしか、ヘイクラフトもいっていたな、(1)探偵小説はフェア・プレイでなければならない、(2)探偵小説は読んでたのしいものでなければならない、とか。この(1)も(2)も、無限に細分化されるけれど、そのルールだって、やはり〝納得〟とか〝娯楽〟についての感覚から生まれる。つまり、その感覚の差異により変化するだろう種類のものだからね」

「わからないね」と僕はいった。「たとえばバレー・ボールのルールが、何故人間の生きる感覚と関係があるんだ？」

「愚問だ。選手に訊くがいいや」

「どうして。だって、あれだとかサッカーだとか、そりゃみんな鉄のようなルールがあるけど、要するに〝遊び〟じゃないか」

「だからじゃないか。もともと〝生命感〟とか〝生きている人間の感覚〟ってやつは、無秩序な一つのカオスだ。ルールはそれを支え、方向づけ、それに手ごたえを与えるための、枠であありとっかかりだ。生活はそこからはじまり、その上に風俗が生まれる。だいたい〝遊び〟とはなんだ？　スポーツを含めて、あらゆるゲームはこの〝無秩序――ルール――生活〟の図式を、さまざまに工夫しアレンジしたものにすぎないんだぞ」

なんとなく面白くなく、僕はオリンピックの各種目をいちいちこの図式にあてはめて考えてみた。……そして、黙った。めんどくさかったのだ。

「とにかく人間ってやつはさまざまだが、風俗、習慣の差ってやつもさまざまだよ、その集団ごとに違う」

僕の沈黙に、調子にのったようにトコはいった。僕は訊いた。

「それが、一つ一つ、〝人間〟というものについてのイメージの差から発している、といいたいのか？」

「すくなくともおれにはそう思える」とトコはすこし勿体ぶった顔で答えた。「たとえば人間は〝水〟であるとか、〝夢〟であるとか考えるような単純な社会、未開社会での慣習を調査したマリノウスキーの本を引きあいに出すこともあるまい。トウィンビーの、西欧文明圏と東洋文明圏とかいう、わけのわからない粗大な分類で説明するのもあんまり意味はないな。

それは平面的なものじゃなく、縦のもので、具体例は、いまだって目の前にいくらもころがっている」

「……おれのわからないのは、それがどうしたってことだ」と僕はいった。

　トコは、その僕を無視してつづけた。

「たとえば白人の女性のソバカスだ。いつだったか、おれはテクニカラーのデボラ・カーをみて失望しちゃったけど、どうやらあのソバカスは、白人の男性には醜いものとは限らないようだな。むしろ、それほど敏感な白い肌の証拠だ、というわけか、白人女性たちは自慢にしてるようだし、男たちも……」

「だって、世界でいちばん美しい肌の持主は、中国か日本かの女性だっていったのは、たしか白人だぜ」

「それはそれ、これはこれ、だ。そのとき先方は、肌以外のものまで含めて、……つまり珍奇な〝東洋〟のエキゾチックな魅力として、いわばかれらの生活の外のものとして〝賞翫〟してるだけだ」

「そりゃあ、やむをえないさ」僕はいった。「でも、だからって何なんだい？　べつに怒ることもないじゃないか？」

「怒る？……誰が。おれは、べつに怒っているつもりはないぜ」

　トコはびっくりした顔で答えた。

「お前は、なにか誤解してるんだよ。おれは何にたいしても、誰にもイチャモンをつけているわけじゃない。ごく個人的にあることを考えているだけのことさ」

「あることってなんだよ」

「つまり、おれはいったいどうしたらいいか、ってことだよ」

と、トコは大真面目に答えた。

「ヨーロッパでは当然なことが、日本では考えられもしないこと、日本では当然なことが、アメリカでは考えられもしないこと、そしてアフリカと日本、ヨーロッパとアメリカでも、どこでもかしこでもそういうルールのくいちがいはおこっている。それぞれがみんなちがう。みんな違う風土、考え方、感覚、慣習、風俗をもっているんだ。そうだろ？　従って、それぞれの成長、発展、……進歩という言葉がいやなら変化といってもいいが、それだって方式が違うわけだ」

「……日本の近代化が、イコール西欧化ではないってことは、今日の通説だが」と、僕は自信のない口調でいった。――すると、トコは急に僕の目をみつめた。

「そのとおりさ。ところで、お前は日本て国はきらいか？」

「……いや。好きじゃなかった」

と、正直に僕はいった。トコの目つきが、冗談をゆるさなかった。

「しかし、このごろでは、こんな気候のいい、四季の自然の変化が美しい、やさしくて安楽な国はないような気がしてきている。でも、ここでの人間関係は、やはりきらいだ。べとべとして、へんに〝個人〟の中に侵入したりされあったりすることでなにかが成立していて、日本はやはり世界の一つの村落だと思う」

「……こりゃまた平凡な感想だな」と、トコは皮肉にいった。「たしかに日本じゃ、思想をもつことそれ自体が、一つのファシズムへの弱みをもつことになる。かならずそれは〝孤立〟することだからな。……おれはね、でも、やはりこの国がいいと思う。すくなくとも、おれには向いていると思うんだが」

　そして、トコはさらにいった。

「いいじゃないか。マントルピースの前で、娯楽として推理小説をたのしむのが身についてなくったって。怪談が冬のクリスマスあたりのたのしみじゃなく、夏のものでしかないことだって。足して二で割る政治だって、そいつがどうしていけないんだ？」

「へえ。お前さんもともと保守派だったが、いよいよ国粋主義になったか」

「違うさ。……近代化は生活の便利のために必要さ。でも、おれは、何にせよ〝世界は一つ〟だなんて、ファンタスティックだとしか考えられないのさ」

「日本は日本だ、というわけかい？」

「そう。よかれあしかれ、日本人は個人主義者さ。〝一人よがり〟という点でね。これを捨てたら、われわれの生活感覚は、なくなっちゃうんじゃないかね」

「……日本人が個人主義者だって？」僕はおどろいた。「へえ、はじめて聞いたぜ。個、人、が確立してないから……」

「確立していないのは、他人の意識さ。つまり、自分以外は他人であり、おたがいにけっしてわかりあったり同一化はできないから、そこをなんとかしなくてはいけないという、それぞれが他人でしかない意識、それをもとにしたかけはしへの努力が生む社会意識さ。……いわば、そうだなあ、日本人は愛され、好意をもたれることの安楽さばかり望んでいて、他人を他人として認め、愛し、好意をもつという勇気にとぼしいんだ」

「……だいいち、〝愛する〟って、どういうことなんだよ」と僕は訊いた。

「外国のことは知らない」と、トコはやや暗澹とした表情で答えた。「でも、この日本では、ある心理学者の定義によると、〝愛〟とは他人の中に自分がある位置を占めている感覚であり、つまり錯覚といわれても仕方のないものの上に成り立つ連繫の感情なんだってさ」

こういう説明になると、僕は沈黙するより手がない。トコはつづけた。

「典型的なその例が、ずいぶん前だが、山本富士子を〝愛〟しちゃった京都の大学の先生だっていうんだ。彼は、写真から彼女がぼくに頬笑みかける、ぼくを必要としているのだ、と口走って、彼女と婚約したと発表した。あれ、自分が彼女を好きだとは一言もいっていない。相手から愛されているとだけ思い、感じ、しゃべっている。これが、たいへんティピカルな例だっていうんだ」

「……そうだろうか。ちょっとわからないぞ」と僕はいった。「だって……」

「まあ待て」と、トコはいった。「きみは、よく駅売りの週刊誌なんかで、たくさんの美女たちの顔が、それぞれこっちに向かって笑いかけているのを見るだろ？　あんな例は、外国に一つもないってことをどう思うね？」

「どうって、表紙いっぱいに女の笑顔が使ってあることかい？　それになにか意味があるのか？」

「あるとも。あれは見る人と見られる顔との間に、ある私的なつながりをもたそうとする詐術なんだ。『平凡』とか『明星』とかは、おかげで戦後もっとも成功した出版物の一つになった。……あれを見る人は、相手を一人の他人として見るのではなく、相手に見られるんだ。その意味であああいう表紙に惹かれる人間は、どこまでも個人的、自己中心的に、自分がその美しい女に笑いかけられることで満足する。完全に、他人を他人としては考えない。いわば相手の中に自分への眼眸を見て、その訴えるような、哀願するみたいな笑顔に優越感をおぼえて、写真家の意図したそのまったく私的な、自分自身だけの中で成り立つ相手とのつながりに手繰られて、雑誌に手をのばしてしまう。……このことに関しては、名取洋之助の『写真の読みかた』にくわしく書かれている」

「……そういやあ、同じファン雑誌や、アメリカの俗悪なパルプ雑誌やにしても、笑っている女の顔だけ、なんてのはほとんどないようだな」と、僕は呟いた。「同じような低俗な興味に訴えるものにしても、悲鳴をあげたり裸出したからだをくねらせたりしている美女の、たいてい全身を使ってある。つまり、完全に一人の他人を見ている立場から表紙をつくっている。……外国のほうが、サディックなのかね、人間が」

「そう簡単にいうなよ。するとわれわれ日本人は、マゾヒックだってことになってしまう。ところが、そのわれわれ日本人は、外国人たちに、ある面ではファナティックなサディストの集りだとも見られているんだからな」

そして、トコは僕の目をみつめた。

「つまり、極端にいえば、日本人は自分しか愛せないんだ。愛するのはみんな他人の中に見た自分なんだ。だから他人が自分と違う人間だとわかると、それだけで怒り、憎み、かなしみ、そこにたいへん日本的なストラッグルや、感傷やが湧いてくるのさ。……おれ、思うんだが、こういう種類の人間が、おっとりとマントルピースの前で本格の推理小説をたのしめるなんて、それはそういう〝船来〟の状態を愉しんでいるんじゃないかな。おれには日本人にいちばんピッタリしてるのは、いわゆるハードボイルドという名の感傷小説だと思うよ。だって、あれはみんな、他人が自分ではないってことの恨みつらみだもの……」

「……どういうものかねえ」

僕は混乱しきった。と、トコははじめての親しげな笑顔をつくった。

「どうやら、お前もヘンな日本人らしいな。……といって、おれ自身、ヘンな日本人じゃない自信もない。でも、だからおれは、おれ自身のルールをさがしつづけているんだ」

やがて、さらにトコはつけ加えた。

「……ねえ、おれたちには、どんな〝人間〟についての感覚があるんだ?……日本人のオリンピックだか何かはよく知らねえが、なんだか、こうたくさんの幾種類もの〝人間〟たちを見ていると、〝世界は一つ〟だなんてとんでもない嘘っ八だとわかる。そしておれは、おれ自身のルールってやつがとてもよくわかるような、そのくせ何ひとつわかってはいないような気がしてきて、ひどく困っちゃうのさ」

〈トコという男7〉
嘘八百の真実

「お前、『鉄腕アトム』のファンなんだってな」と、トコがニヤニヤ笑いながらいった。

「そういやあ、お前がいつも夕食の頃になると、テレビに夢中でろくに返事もしなくなるって奥さんが嘆いていたのを思い出したよ。でも、こっそり絵本まで買って喜んでるとは……」

「事実と、虚構とをいっしょくたにされちゃ困るね」

　僕は、不機嫌に答えた。どうやらトコは僕の最近の小説を読んだのらしい。だが、どうしてこの種の無理解が横行するのだろう。——で、僕はいった。

「いいか、はっきりいっとくがね、どんな作家だって事実そのものなんか書けやしない、また、書こうともしてはいない。そんな無意味な努力になんか、興味も関心も持っちゃいないんだぞ」

「へえ、えらく断定的にいうね」と、トコはすると急に意地わるく目をかがやかせた。「ま、その断定の当不当はともかく、それじゃあお前はすくなくとも自分の書くものは、すべて嘘八百だ、と主張したいのかい？」

　僕は反抗的になった。

「ああ、そうだ。おれの書くものはみんな嘘八百だ。そう思ってくれ」

「そりゃムシの良すぎる話だ」トコは、いよいよ意地悪そうな目で笑った。「すくなくとも『鉄腕アトム』のファンだってことは、事実なんだからな。こないだも、酔っぱらってお前、あのテーマ音楽ばかり歌って……」

「つまり、つまりだな」僕は返答に窮して、突然、たいへん都合のいい名文句を思い出した。

「つまり、おれのはいわば根も葉もある嘘八百でね、だからたまたま事実とひどく似通った箇所はあるさ。でも、それも技術的に、テーマを表現するためのもっとも直接的な一つの嘘として、使っているだけのことだ」

「なに？」

「根も葉もある嘘八百、それが虚構というやつの正体だよ。故佐藤春夫氏の名言だ。おぼえておけ」

「……ちえっ」

　トコは唇を尖がらせ、横を向いた。この逆転に気をよくして、僕はつい調子にのった。

「テレビもいいが、『鉄腕アトム』は絵本も面白いぜ。〝ガデムの巻〟なんて、じつに秀抜だ。

ガデム！　と叫ぶと、四十七箇のロボットが、スポン、スポン、って順ぐりに前のやつのお尻につながってね、たちまち巨大なムカデのロボットになって荒しまわる。が、ムデガ！と逆にいうと、その一つ一つがまたバラバラのロボットに戻って、怪物の大ムカデはどこにもいなくなっちゃう」

トコはふと僕をみつめ、さも軽蔑したように鼻で嗤った。

「知ってるよ、11号だ。それは」

僕はポカンとした、……なんだ、トコだってファンだったんじゃないか。

「だが、映画になるとどうも面白くないんだ。『鉄腕アトム』は」とトコはいった。「あんなに映画的な絵や、絵のつなぎ方をしているのに、でも映画だと面白くない。どこか、ピンとこないんだな」

トコは僕の呆れ顔を無視して、ひどくクソ真面目な声でいった。——僕は、はじめてトコが僕の幼稚さをからかうつもりどころか、逆に、一種の共感から、こんな話をしだしたことがわかったのだ。

「おれ、まだ映画は見てないんだけど」と、だから、むしろいささかの敬意を感じながら僕はいった。「そうかな、面白くないかね？」

「うん、面白くない。……なにか、ぜんぜん画面に親しみが湧かなくてね」と、トコは考えこむ顔で答えた。「いわば、あれだよ、完全に荒唐無稽な、子供の玩具が動いているだけみたいな印象しかねえんだよな」

「というと、お伽噺みたいな?」

「いや、そうともいえないんだ。……さっきの佐藤春夫流にいえば、たいていのお伽噺は、むしろ根も葉もある嘘八百だろ? ことに神話、民話、伝説、昔話なんて、いくら荒唐無稽でも、はっきりとその祖先の血や風土に根ざしている。祖先の夢や憧れやタヴーなどを、だからまるで血が呼応するみたいに、だから無条件におれたちに伝えてくる。——つまり、それらはかならずある既知の情緒を支えに、その単純化及び拡大化、という造形法によって生まれている」

「でも、それなら『アトム』だって同じだ」と、僕はいった。「あれだって、やはり昔ながらの既知のドラマ、既知のストーリイ、つまり既知の感情に、新しい衣裳を着せたものだといえるぜ?」

「うん。そりゃあれだと童話だから。でもね、たとえば同じ童話にせよ、カチカチ山やグリムとアンデルセンは違う。ルイス・キャロルのはまたもっと根本的に違う発明だ。だが『アトム』は、それらと較べると、どこか肝心なところが上げ底になってるんだ」

「おいおい、お前、あれは童話じゃなくて漫画なんだぜ」と、僕は注意をした。「『鉄腕アトム』は既成の童話を、ひどく今日的なアイデアと衣裳で批評しながら再生産している。いわば童話の漫画化じゃないのか?」

「たぶんそうだろう」と、トコは答えた。「その漫画化の過程における、一応スジの通った批評と、新鮮な技術、卓抜なアイデアがあの作者の個性さ。しかし、だからこそ当世ふうだといえるのと同時に、だからこそ上げ底にもなっているようだな。……なるほどアイデアはすぐれてるし、だから面白いよ、でも、その批評性のほうは、案外じつに平凡で当世ふうのよくある一種の決定論で、あんまりキッチリ割り切れすぎてるんだな」

「しかし、あの批評性を高く買っている連中も多いぜ」

「冗談じゃないよ。だいいち漫画は批評じゃない。そんなことを高く買われたって、イデオローグ・手塚治虫は喜んでも、漫画家・手塚治虫はひとつも喜ぶまい。おれは、そう思うね」

「でも、ほかの類似のもの、エイトマンや鉄人28号にくらべると……」

「そりゃ、おれはたぶん、ほとんど見ているけど、アイデア、技術、批評性ともにずっとすぐれている。だが、手塚治虫のオリジナリティは、そのアイデアの秀抜さ、技術の新鮮さにあるのに、ところが映画で『アトム』を見ると、その批評の常識性が、いやでもクローズ・アップされてこっちが白けちゃうんだ。……おれは、もしかしたら、それこそこれは作者が直接に人間をみつめたり批評したりはせず、人間のつくった何か——お伽噺でもいいし、ロボットという観念でもなんでもいい——を、もっぱら批評しているせいじゃないか、って思うんだよ。奇妙に親しみの湧かない画面、登場人物は、そんな、そこに挟みこまれているワン・クッション、つまり作者の批評の、ガラス板のような無機的明快さ、非個性的な平凡さ、したがってそこに特別な個人の体温も血も感じさせないことのせいじゃないか、ってね」

とにかく僕は映画の『鉄腕アトム』を見てはいない。だからトコにそれ以上反抗する根拠はなかった。僕は黙った。と、ふいにトコがいった。

「そうか。考えてみりゃ、本格ものの推理小説ってやつも、映画化されると奇妙なほどつまらないな」

「……そういう定評だね」と、僕は答えた。「たぶん、あれは言葉によるイメージに頼るものだからね」

「そう。つまりあれは事実に頼るものじゃないんだ。根も葉もない嘘八百……でも、たのしませてくれる嘘八百でさえありゃいいわけだよ」

「……ということになるのか?」と、おそるおそる僕は訊いた。「根も葉もない嘘八百でも、たのしめるのかな?」

「それはそうさ」と、言下にトコは答えた。「本格推理でたのしむのは、人物の人間的魅力じゃない、そのメカニカルなトリックであり、アイデアであり、人間そのものの謎じゃなく、人間のつくり出した謎をとくことだ。だからパズルのように、そこには入念なルールへの忠実さが必要だし、それを支える厳格な形式がもとめられる。……つまり犯人は何頁までに登場して、大団円がきっと終り近くの何頁かでやって来なくちゃならない。まずこの形式があって、作者は、その中でだけアイデアを競わなくちゃならない」

「そりゃまたずいぶんクラシックな理屈だ」

「そうだ、本格ものは、つねにクラシックでなくちゃいけない。それは根本的にリアリスムじゃないんだ」

どうやらトコは誤解したらしかったが、ふと、トコは僕をながめた。

「お前、リアリスムの反対は何だと思っている?」

「……ロマンティスム?」

「違う。リアリスムってのは、もともとロマンティスムの一流派だ。二つは同根でね、その二つの反対概念がクラシスムさ」

「なんだって?」いいかける僕におかまいなく、トコはいった。

「……そうなんだな、本格ものの推理小説が映画に向かないのは、映画そのものの機能が本質的にロマンティックだからだ。結局、映像はそれが写真である以上、一つの主観でありドキュメントなんだものね」

「おいおい」と、慌てて僕はいった。「ドキュメントというのは、お前……」

「もちろん、ドキュメントほど主観性のつよいものはないさ」と、平然とトコはいった。

「事実をうつしながら、訴えかけようとするのは、作者のその事実への見方、そこでの作者の発見でしかない。同じ事実をうつしていても、そのうつし方や編集で、幾通りの結果がでてくるか、それくらい、お前にもわかるだろう?　もともと、映画の作者は、さっきお前がいったように、事実そのものを撮ろうなんて、はじめから考えちゃいないはずだ。事実のまとめ方で出現する一つの主観的な世界の提供、その表現にしか関心はないんだ」

「……ふうん」

と、僕はいった。

「でも、事実に頼る点では、お前と同じだが」からかうように、不服げな顔の僕を手で制してトコはつづけた。「いや、武器が言葉じゃなくカメラだというだけ、お前よりも事実の使い方は多いし、事実に頼らざるをえないことも多いだろう。だけど、事実、そのものを再現しようとは考えもせず、それによってごく主観的な世界、一つの虚構という名の嘘八百を描こうとする努力の点では、お前のしていることと大差はない」

「それが『アトム』の映画がつまらないことと、どういう関係があるんだ?」

「まあ落着け。お前はすぐムキになるな、自分のこととなると」

と、トコはいった。

「つまりこうだ。おれたちは映画を見ているとき、無意識のうちに、一つの目の位置に立たされ、そこでの手ごたえを求めている。いいかえれば、作者の見方、作者の世界、その映像の操作などでわかる一つの個性を提供され、それとのつきあいを強制されてるんだ。『鉄腕アトム』は、まるで推理小説のようにきまったパターンと突飛なアイデアで売っているが、それを支える作者の主観の骨格が、常識的な、わかりきった当世ふうの社会観でしか支えられていない。いいかえれば作者の、作者でなければならない主観のもつ魅力が稀薄すぎる。それが、見ていてこちらに手ごたえがなく、親しみも感じられず、したがってつまらないことの理由になる」

「だって、あれは漫画映画だ」

「でも、映画であることに変りはねえ」

「……まあいいや」と、僕はいった。「いまお前は推理小説はアイデアだけを売るからつまらないようなことをいったけれど、ヒッチコックというオジさんだっているじゃないか。あれは推理ものの映画じゃ成功しているぜ」

「ヒッチコックのものは、みんな変格の推理小説の映画化だろ」悠々とトコは答えた。「あいつはフランスにたくさんの弟子がいることでもわかるように、映画というものの機能をじつによく心得ているよ。そして、フルにそれを使おうとしている。……彼が映画化している推理小説は、みんな本格じゃなく、サスペンスものかいわゆる奇妙な味の作品だろ？　つまり、事実に頼ることによって効果をもつ虚構ばかりで、いつもある主観のサスペンスを芯にしている。イメージのパズルや、メカニカルなトリックなんかは二の次で、もとより、形式美に賭けた言葉の建築じゃない」

　そして、トコは指を二本立てた。

「いいか？　整理するとこうなる。片方は本格推理小説——舞台劇——クラシスム。これがいわば自己の客観性で勝負するやつ。もう一方は、ドキュメント——映画——ロマンティスム。こちらは作者の主観の魅力が問題になる」

「へえ。本格の推理ものは、舞台劇にはいいのか？」

「いいはずだよ。両方とも言葉の建築だからな。舞台劇と映画の違いは、一方はメクラでもたのしめ、一方はツンボでもたのしめることだって、ルネ・クレールもいっているよ」

「おれ、どうもお前の理屈じたい、さっきからクラシックなものの気がしてしょうがないがな」

「どうして？　お前、クリスティーの作品が『アクロイド殺し』をはじめ、舞台で成功しているのは知ってるだろ？　サガンの『スエーデンの城』だって、映画じゃモニカ・ヴィッティの色気しか印象に残らないが、あの推理ドラマのパロディみたいな推理ドラマだって、舞台じゃロング・ランしたんだ」

　トコはすこしムキになった。すると僕のほうは不思議に余裕を取りもどした。

「でもなあ、なんだかお前のいい方だと、クラシスムってのは、根も葉もない嘘八百だ、ってことになるみたいだぞ」

「……お前、どうしてその根も葉もないほうの嘘八百を軽蔑したみたいな口をきくんだ？」

と、トコはさらにムキになった。

「嘘八百には嘘八百なりの個性も面白さもあるんだ。そういうのは、お前が本格推理小説のたのしさがわからず、クラシスムを全く理解しない人間だってことを、告白してるだけのことだぞ」

「そうかね。じゃ聞くが、映画じゃ、根も葉もない嘘八百がつまらないってのは何だ？　おれは映画ほどナンセンスな喜劇が生きるものはないと思うけどね」

「ご贔屓のマルクス兄弟の話か」トコは薄ら笑いをうかべた。「でも映画は、それが写真であるかぎりドキュメントであることは仕方がない。マルクスたちはナンセンスのドキュメントを、あるいはドキュメントというもののナンセンスを、ヒッチコックはサスペンスについてのドキュメントを、あるいはドキュメントというもののサスペンスを描いたんだ」

……混乱して、僕は必死に頭を整理しようとした。クラシスムとロマンティスム、根も葉もない嘘八百と、根も葉もある嘘八百。『アトム』や本格ものの推理小説の映画がつまらないのは、それがわざと根も葉もなくつくられた嘘八百の頼るものが事実ではなく形式であるという意味でのクラシスムで、それが、映像の必要とする主観の魅力に相反してるからか？

おかしい。どうもおかしい。だって、テレビの『アトム』だって、僕は映像でそれを見ていて面白いじゃないか。

「お前、テレビはどうなんだ？　やっぱり主観の面白さか？」

と、だから僕は訊いた。

「そこさ」と、トコは笑った。「おれは、実況と漫画、これがテレビの特性だと思うんだよ。実況ったって、なにもスポーツや報道番組だけじゃない、ドラマだって、役者の実況だろ？　漫画ったって動画には限らない、いわゆるテレビ映画なんて、ありゃ実際に人間を使っている漫画さ。……おれは、漫画としての『鉄腕アトム』は、たぶんお前以上に大好きなんだよ」

僕はしばらくトコの顔を見ていた。すると、トコは急に僕の肩をたたいた。

「おい、へんな顔するなよ。……お前って、ほんとに根も葉もないおしゃべりをたのしめねえ男だなあ」

〈トコという男8〉
〝健全な心配〟

　しばらくトコが顔を見せなかった。うるさい男だが、やはり、やってこないと気になる。が、やってくればやってきたで、……まあ、あとは書くまでのこともあるまい。

「風邪を引いちゃってね」

　汚ない話だが、いきなりトコは馬のイナナキのような音を立てて、鼻紙に痰を吐いた。頬も青白い。僕は心配になった。

「おい、いいのかい、出て歩いて。……今年の風邪は喉にきて、なかなか癒りにくいっていうぜ」

「大丈夫さ。うつるのは抵抗力のない人間だけだよ。そんなやつは、ほっといてもどうせどっかからうつってくる」

「なにも、おれはきみにうつされるのを心配してるんじゃないぞ」

　僕は、ムッとして答えた。どうしてこう素直じゃないんだろう。……だが、するとトコはさも嬉しげに笑った。

「あいかわらず、すぐムキになる男だなあ。もっとも、それがお前のお前らしさだけど」

　……そうか。そしてこれが、彼の彼らしさ、ってわけか、と僕は思った。

「まる三日ほど寝こんじゃったが、おかげでかためて推理小説やSFが読めたよ」と、トコはいささか病み上り然とした、肉の薄くなった頰を撫でていった。「でも、こういうときは本格ものは面白くなくてね。といって悪夢のようなSFも、熱にうかされているときの幻想と、ちょっとぴったり重なりすぎるんだな。……やっぱり、007が一番だったよ」

　あんまりトコがもっともらしい顔でいうので、僕はついからかう口調になった。

「おれなんか、べつに風邪なんか引いてなくったって、最近じゃ007号シリーズが最高のごひいきだったけどね」

「へえ」

　いかにも驚いた顔でトコがいった。

「おれ、ああいう冒険ものが面白かったのは病気で寝てたときの本だからだ、って考えていたんだがな」

「よせやい」僕は、せせら笑った。「近ごろ、あれほど大当りをした本はないんだぜ。フレミングの死後もベスト・セラーをつづけたんだ。これはお前、みんなが病気で寝てたせいなのかい？」

「だいたい、お前のいいたいことはわかってるさ、これだけつきあってりゃ」と、僕は、どうやらわざとトボけているらしいトコの顔を眺めながらいった。

「お前のいい方だと、ああいう冒険ものが当るのは、社会全体が病人同様で、エネルギーが衰えているから、その代償作用だってことになるんだろう？　——平凡だよ。逆に、ああいう、いわば冒険小説が流行するのは、現実の生活では充たされないほどエネルギーがありあまっているからだ、ともいえるんだからな」

「そりゃそうさ。いつの世の中でも冒険小説の最大の読者は子供だもの」

僕の先廻りに、まるで無感覚な顔でトコはそう答えた。

「ほう。じゃお前は現在の読者層が、子供っぽいっていいたいのか？」

「べつに、そんな意味づけなんか興味ねえよ、おれは」と、トコはいった。「お前も知ってるだろ？　おれは他人さまのことだとか、社会学的な解釈なんかどうだっていいんだ」

トコは、ぼんやりと目を浮かせて、僕のうしろの窓を眺めた。

「……もう十年も昔のことだけどね、ある先輩の言葉をおれはまだおぼえてるよ。その先輩は推理小説の大ファンで、あとで自分も作家になった人だが、仕事で旅行するとき、鞄に推理小説を入れて行くのが最大のたのしみだ、というのさ。汽車がゴトリと動きだすとおもむろに推理小説を取り出し、読みはじめる。そして、食堂車でゆっくりビールなどを飲んではまた帰ってきて、さきを読みつづける。——これが推理小説の醍醐味だね、って、そうおれに教えてくれたんだよ」

「……そりゃたのしいだろうさ、だけど……」

いいかける僕を、トコは制した。

「つまり、目的地へ着くまで、かれは自分は人生を下りている、っていうんだ。その、下りた状態を、よりいっそう完璧なものとし、その感覚を愉しみたいがために推理小説を読むんだ、ってな。俺は、なるほど、と思った。精神・肉体ともに健全であってこそ、本当に人生を下りたりすることができる。そして、推理小説を本当にたのしめるのは、そういうときだけなんだな、ってね」

「わかったよ」と僕はいった。「お前のいう推理小説には、007のごとき小説は入ってない……」

「いや、そうじゃない。もしおれが本当にその先輩のように人生を下りていたんだったら、イアン・フレミングだって、推理小説としてたのしめたと思うよ。だが、病気で寝てるなんてときは、人生を下りているんじゃない、人生から下ろされている時間なんだ。……こういうときは、推理小説をたのしめる気分もアタマもない。フレミングの007は純然たる冒険活劇小説であって、でも、だからよかったわけなんでね。おれは、充分にその冒険に魅惑されたよ」

「……しかし、丈夫だったら魅惑されなかっただろう、っていうのか？」

「心身ともに健全だったら、きっと不充分にしか……といい直したいがね」と、トコは笑い、また大きなイナナクような音を立てて痰を吐いた。「つまり、いつもだったら、たぶんおれは逆に欲求不満を感じちゃって、べつに読書にかぎることはねえ、って、もっと面白い娯楽をさがそうとするだろうな。あれは、そういう本だよ」

僕は笑った。

「わかったよ。きっといつもお前はアブノーマルなほど〝健全〟なんだろうよ。……お前には、人生を下りることが必要な娯楽なんで、007は、人生を下ろされた連中の必要とする娯楽でしかない、というわけだな」

「必要な娯楽……というところがちょっとわからねえな」トコは首をかしげながらいった。「あれは、人生を下りる小説じゃなく、下ろされた連中の必要物だ、ということはそうなんだが……、もともと、娯楽というやつは、自分から下りることと違うのかね？」

「じゃ、お前にはあれは〝娯楽〟とは呼べないわけだ」

「そうかもしれないね、あれはむしろ、自分がなにかから下ろされているという認識をつよめる種類のものさ。――下ろされている自分の認識、これは娯楽じゃない。精神分析医ふうにいえば、ひとつの〝治療〟だろう？」

「なんとでもいえよ。ただ、それは故ジョン・ケネディも必要とした〝治療〟らしいけどね」と、僕はいった。

僕はすこし皮肉な目をしていたかもしれない。――が、トコはそれにはおかまいなく、一人で呟くようにいった。

「そうだな。……すると、ケネディって男も、けっこうロマンティックだったんだな」

　僕は聞きとがめた。

「ロマンティック？　なんだ、それは」

「死にたがり屋だった、ってことさ」

　と、平然とトコは答えた。

「人生を下りることと、人生から下ろされていると感じるのとは違うさ」

　トコは、考えこむ顔になっていった。

「いいか？　前者は、自分が自分の人生の主人だという自覚があってこそ、つまり、自分が自分を生きているという感覚、そしてさらにその自分を生きつづけるより他にはないという認識を前提としての行為だ。が、後者はそうじゃない。自分には、もっとべつな人生がある、という気分があるために生まれる感覚でね。できたら、その現在とはべつな、違う人生に乗りうつりたい。この気分を、おれはロマンティックだというのさ」

「……だとしたら、おれはロマンティックじゃない人間なんて信じられない」

「そりゃそうだろう、誰だっていくらかはその気分がある。でも、それを公然と表明するなんて、現在の自分の人生を捨てたいということ、つまり死にたい、と叫ぶことさ。もっとべつなふうに生きたい、という気分がそれほど強いわけだ」

「じゃ、きみは、その気分がそれほど強くはない、というだけのことだ」

「まあ、な」と、トコはゆっくりと答えた。「病気ってやつは、たかが風邪でも、自分が、本当はどれだけ生きたがっているか、ってことを自覚させるものさ」

「でも、お前は007を面白がっていたんだろう？　その間」

「そうさ。……でもね、おれは、これは推理小説じゃない、つまり嘘っ八の完全さによってではなく、どこかなまなましい現実の影みたいなもので支えられた、一種のサスペンス小説でしかない、とは最初から感じてたよ。しかし、おれはそのとき、自分から人生を下りることができなかった。おれがひとつの下ろされた状態にしかいなかったんだからね。だから、おれはそこに動いている他人のエネルギッシュな人生をたのしめていたのさ。だけど……」

「だけど……？」

「そう。だけど、だ」と、トコは低く、はっきりした声でいった。「ふと、おれは気づいたんだ。自分はいま、〝死〟の感覚とあそんでいる、とね」

「〝死の感覚〟って？」

　僕はトコの口調に引き入れられていたのかもしれない。思わず、真剣な声で聞きかえした。

　トコは平静につづけた。

「よく推理小説にはゴロゴロ屍体が出てくるだろ？　でも、ああいう物体化された〝死〟には、じつは〝死〟の感覚なんてない。あんなのはみんな、ただの積木細工の部分みたいな〝もの〟としての〝死〟なんで、そんなのは、正確に玩具の小道具でしかないんだ。でも、ジェイムズ・ボンドがつねに感じ、闘っているもの、それこそが〝死〟なのさ。――ボンドはいつも〝死〟の感覚を相手に闘い、いつのまにか、こちらはそのジェイムズ・ボンドを相手にしてあそんでいる。つまり、読者たるおれが、いつのまにか〝死〟の側に身を置き、生きているボンドを相手にゲームをしているんだ。……猫が鼠をなぶるように、残酷にボンドをなぶりつづけている。その猫になったり、あるいはボンドになったりの快感、その〝死〟の感覚を軸にしてくるくると廻りながら動いてゆく快感が、この小説の面白みなんだ、と思ったんだね」

トコは一呼吸ついて、いった。

「それを感じたとき、おれは愕然としたんだ。おれは、自分が自分から自分の人生を下りているんじゃなく、いつのまにかそこから下ろされてしまっている、そして、そのおれがたのしんでいるのは、間違いなく〝死〟の感覚でしかなく、それをたのしませてくれるものこそ冒険小説というやつであって、また、たのしめているのは、おれがなにかから下ろされていることの証拠だと思ったんだ。……子供のように、といってもいい、とにかくおれはセンチメンタルに、他人の生活に熱中することによって、つまりは自分の〝死〟を夢み、そこにかくされているひとつの自分の〝死〟をたのしんでいるんだ。——やはり、おれははやく〝心身ともに健全〟に、自分の生きることのほうに戻りたいと、だから必死に思ったのさ」

トコは思い出したようにポケットから薬の包みを出し、喉を仰向けてお茶でそれを流しこんだ。

「ところで、お前は、００７が近ごろでは最高に面白かった、といったね？」

不承不承、僕はうなずいた。事実なのだから、仕方がない。

「……まあ、いいでしょう」

いやらしい教師のような口調でトコはいうと、のぞきこむように僕を眺めた。

「でもね、ああいう冒険小説を好きだっていうのは、さっきもいったように、死にたがりの連中、つまり自殺志望者のカテゴリイに入るんだぜ」

「どうして？」

「だって、あの種の小説の面白みは、クイズでもいわゆるサスペンスでもない。いわば、なまなましく華美な〝死〟の芳香の魅惑だ。そんな〝死〟とつきあうことのスリルだ。それを好むやつには、どこか現実より、非現実のほうを受諾しやすい弱さがある。現在がつまらなく、不満で、どこか彼方にあるもうひとつの人生を夢みたり、未来と現在とが不連続でね、その現在と断ち切られた未来のほうが、現在よりはまだ我慢しやすい、と信じこんでいる傾向がある。……その非現実、その未来、それは自分ではなくなった場所のことだ。つまり〝死〟さ」

「……そうかねえ」と、僕はいった。

トコはすこし熱っぽい目でつづけた。

「フロイドがいっているように、人間には、生き、創造するための性本能と、破壊のための死本能とがある。この二重本能のバランスのよくとれた人間が、〝心身ともに健全〟な人間、というわけなんだ」

「死本能って、自己破壊性とか、死への願望ってよくいう、あれかい？」

「そうそう。そいつだ。――つまりは、冒険そのものが、自己顕耀欲・自己愛的な満足への偏執とは裏はらに、死とたわむれ、生命を危険にさらすことをよろこぶという欲求、いわば前もって味わう〝死〟のたのしみを追求して、最終的には死本能を満足させるものを、同時にちゃんと含んでいるんだ。……冒険小説の好きなやつは、その〝死〟との作中人物のつきあい方のなかに、自分の夢想をみているんだ」

「……でもね」と、僕は反論した。「冒険好きと冒険小説好きとは、区別されるべきだぜ。後のやつは〝死〟とつきあうスリルを他者で代行させるわけで、自分にはなんの危険もないんだから」

「意気地がないだけだよ」

と、言下にトコは答えた。

「身をもって〝死〟とたわむれる本物の冒険家は、なるほど危険だし、子供っぽいセンチメンタリストの面もあるが、しかし立派に自分の人生を生きているさ。そのスリルを他者に代行させ味わう臆病な連中は、実際は生けるシカバネと同じだ。無気力で、弱虫で、自分の人生まで他人まかせにして、しかも、〝死〟への潜在願望がつよい。こういうのってのがモップを構成するんだ。いつも、現在よりべつなところに、より我慢しやすい生活があるのを夢みている。その夢がなくなったら……」

「じゃ、イァン・フレミングの死は、民主政治の危機じゃないか」

もちろん冗談でいったのだが、トコは深刻な顔になった。

「ケネディがさきに死んでいて、つくづく良かったと思うよ。……やはり一国の主たる者は、ホームズか銭形平次を読んでいるやつが、いちばん〝健全〟でいいんだ」

あやうく、僕は失笑しそうになった。「だいたい、その〝健全〟な連中こそが、この世の中に、〝より我慢しやすい人生〟を求めていまにもモッブ化しようとするほど〝ロマンティック〟な、たくさんの連中をつくり出した元兇なんじゃないのか？」

ふと、僕は彼が〝身〟のほうはとにかく〝心〟のほうはまだ癒りきってはいないのを感じた。おそらく臆病者の彼はフレミングによる〝死〟の意識ではなく、意外なほど大きな自分の中の〝死本能〟の存在に気がつき、それへのおびえでいささかいつもの自己を失くしてしまっている。

だが、トコは大真面目でつけ加えた。

「おれは、はやくＥ・Ｑ・Ｍ・Ｍが、００７の代りを探し出して、またまた大当りさせてくれることを望むよ。……さっきもいったようにあの種類の冒険小説は、いまや〝娯楽〟というより、〝治療〟のための、大きな役目を荷なっているんだからな」

「まったくだね、お前の風邪も癒してくれたことだし」

と、僕はいった。そして、片目をつぶって賛成の意を表した。――もちろん、僕の賛成はトコの深刻げな理由とはまったく違う意味からだったが、まあ、それもここに書く必要はあるまい。

〈トコという男9〉
行動の理由

「きみは、トリックを面白がるほうかね？　動機を面白がるほうかね？」

ウィスキーの角壜を間に置き、僕たちはその日、推理小説が近ごろはとんと面白くなくてね、というトコの言葉をめぐって、それぞれ勝手な意見を交換していた。――その途中で、ふいにトコが僕にそう質問したのだ。

「……そうだな」と考えこみながら僕は答えた。「トリックを面白がるときもあるし、描写や感覚の中にあるその作家のユーモアというか、ハートというか、それをたのしむときもあるし、……」

「あいかわらず、無定見なやつだな」

「そうじゃないよ」

と、僕はいった。

「これは、すくなくともおれには、それが推理小説であるかぎり、動機なんかどうだっていいってことだからね」

「どうして?」

「だって〝動機〟というやつは、じつはその作者の人間についての考え方、理解のしかたから生まれてくるわけでね。これは、本来その作家の目が、どこまで深く、よく人間を見ているか、ということでしかないんだ。とすると、その面白さをはかることは、いわゆる純文学を月旦するときの態度と同じなんで……」

「なるほど。つまりきみは、推理小説非文学説の使徒なんだな」

「まあ、そのへんの判断はきみに任せるがね」と、僕はいった。「要するにおれは、非純文学的な一つの娯楽としての推理小説しか、推理小説と呼ぶ必要がない、と思っているだけなんだよ」

「でも、動機の解明の面白さだって、推理小説の娯楽性の一つだろう? それからちゃんとした一篇をものにしている例だって多いんだぜ」

「でも、そういうのって、たいていの場合、おれにはつまらないね」と、僕はいった。「だいたい、動機なんて、どうにでも理屈づけられるものだ、という考えがおれにはあってね。……ことわっておくが、これは動機を軽視することじゃない。いわば、動機ってやつは、人間のおこす行動のその源にあるもののことだろう? つまり根本的には一つの衝動であり、なにかを実行させてしまう力なんで、そのための理由なんかじゃない、とおれは思うんだよ。

——たとえば、いくら機械が完全にそろったところで、その機械は動きだすわけじゃない。そこにエネルギーを加えないかぎりは、ね。ところが本当はそのエネルギーとは、その人間のごく個人的な、としかいいようのない秘密の部分、意識下の意識、彼を支えているそういう一つの不分明なカオスそのものなんだからね」

「……それで？」と、トコはいった。

「だからそれはつねに、言葉に直すと、とたんに嘘になってしまう性質のなにかなのさ」と、僕はつづけた。「それなのに、へんにしたりげに説明されたりしていると、おれはいつも、嘘つけ、としか思えなくなっちゃうんだ。ことに通俗精神科学かなんかを援用して、一見それが精密なふうに合理づけなされていればいるほど、しらけちゃう。結局、そこでは条件というか、可能性が述べられているだけで、その可能性を実現した肝心の秘密については、よけい何もいっていないことがはっきりしちゃっていて……」

「たしかに、そういう表面上の合理的なような説明だけで、動機を解明した気になっている例は多いな……」

トコはめずらしくうなずきながらいった。

「そうだろう？　おれが動機なんかどうでもいい、というのは、つまり本当の動機はわからない、その人間の〝詩〟みたいなもので、それを下手に言葉で分析なんかしないほうが、ずっとリアリティがある、と思うからさ。つまり、推理小説では、動機はたとえば金とか女とか復讐とか、いわば新聞記事的ダイメンションでのそれで充分なんで、へんに凝ってあるほどつまらないんだ」

「わかった、わかった」と、トコはいった。「でもやはり、するとお前は、動機の面白さは、娯楽としての推理小説において、大した要素じゃないという説に荷担しているんだ」

「そうなのかね」と、僕はいった。

正直にいって、僕は推理小説が文学であろうとなかろうと、あるいは文学になろうとなるまいと、そういう論議にはまったく関心がないのだ。というより、真面目に考えたことがないし、考える必要もない、と思っている。——つまり、誰がアガサ・クリスティーとダンテの作品を、同じカテゴリイの〝文学〟だと思えるだろう。いや、この二つに、同質・同種のたのしさを発見できるだろう。二つのものは異質、異種であって、だからいいのだともいえるし、また、だからといって、この二つを一つにしたいという人があれば、その努力を頭から否定する必要もないのだ。ただ僕が、それをどうたのしんだか、あるいはたのしめなかったか、が僕にとってのすべてなのだ……。

ところが、トコはいった。

「だがねえお前、さっきからおれたちのいっている最近の推理小説のつまらなさは、おれには、トリックが手づまりになったせいじゃない、むしろ、動機の追究に手を抜いていることの結果だと思えるんだけどね」

「……どうして？」

と、こんどは僕が訊いた。

「トリックの新奇さ、面白さは必要だよ」と、トコはいった。「が、そういうパズルとしての興味を小説化して、もう一つ面白くしてくれていたのは、動機なんだ。その、どうにも抵抗のできない〝正しさ〟だよ」

「動機の〝正しさ〟?」

「そうさ」と、トコは勢いよく琥珀色の液を喉に流しこんだ。「金とか女とか復讐。これはどんな人間にも、せいぜい、それだけじゃない、と弱よわしく呟かせるにしても、しかし、それが〝動機〟ではない、とはいえない圧倒的・かつ普遍的なリアリティをもつ行動の理由なんだ。……が、いまは、お前もいったへんてこな精神分析学や大衆社会理論の普及のおかげで、一種の擬似科学主義によって人間の行動が説明されてしまう。こっちは、はア、そうかね、とは思うが、どこか説得されない気分が残るから、充分にたのしみきれない。この種の方法は結局のところ、他人とはわかちもてない一つの個性の産物として、ある行動を跡づけてくれるだけだ。つまり〝動機〟に、推理小説に不可欠な普遍妥当性を失わせてしまう結果を招いている。――これが、おれにいわせれば今日の推理小説を、推理小説としてたのしめなくしている最大の理由の一つだ」

「……でも、それは時代の要求だろ? 古めかしい約束ごとの上に立つおどろおどろしい推理小説の時代は終った、という見方だってあるよ」

「いや、問題はいまの作者が、殺人がかならず一つの狂気によるものだと考えていることにあるんだ。そして現在の人間たちの潜在的な狂気に向かって対話しようとしている。――これは時代の要求じゃない。時代からの影響にすぎないし、それへの無気力な追随だよ」

「そうかな、だけど、……」

いいかける僕を、トコは手で制した。

「推理小説はもともと、〝狂気〟と親密に語りあうものじゃない。〝狂気〟をおさえこむトレーニングとしての娯楽なんだ。……古めかしい約束ごとの上に立つのがつまらないというのならば、新しい約束ごとを創りだせばいいんだ」

「へえ……やけに簡単にいうね」

と僕はいい、トコはすると、大きく首を縦にふった。

「簡単なことなんだよ。それには、女とか金に匹敵する、新しい普遍的な決定論をみつけだせばいいんだ。……いまの推理小説をアホらしくしているのは、擬似科学主義なんで、そいつを捨てればいいんだ」

「でも、代りに、どんな決定論があるんだ？」

「それはまあ、専門家に任せとこうよ」と、トコは狡猾そうに目で笑った。「でも、これだけはいえるな、もっと擬似科学を援用せず、本当に科学的になれ、とね。そうしたら、安心して誰もがそこに自分を発見できる、新鮮で魅力的な説得力をもつ〝動機〟が、きっとみつかると思う、ってね」

「その〝動機〟って、……どんなものなんだい？」

と、僕はいった。

「そりゃ、おれだって具体的にはわからねえよ。わかったら、書いてらあ」

トコは答え、一瞬、遠くを見る目つきをした。

「でもな、たとえばおれはこんなことを思い出すよ。……昔、ある詩人がこんな随筆を書いていた。ある医者が、Mという詩人の作風を、これからは暗いものになるよ、と予言したというんだ。医者が、Mは胃穿孔で、多量の血が失われて行く。人間は体内の血の量が減ってくると、本能的に生命の不安を感じ、連想は無意識のうちに暗いほうに吸い寄せられ、おそらく詩人であるこのMの場合、それは死の予感となって作品の中にあらわれるだろう、といったんだそうだ。そして、それは事実だった。……」

「待てよ」と、僕はいった。「そのお医者さんは、ボードレールなども、あの脳髄の色がもう少し青く澄んでいたら、あんな作品は書かなかっただろう、彼の脳髄は、梅毒のおかげでかなり褐色を呈していたにちがいない、といった人じゃなかったっけ?」

「そうだ。……そしてその随筆の作者は、万事こうやられてはかなわない、癪にさわる。人間の肉体的構造を修理したり改造することで、情緒や思想の歴史が自動的に変ってきてしまうとなると、文学の尊厳はかなり手ひどく傷つけられてしまう、といいながら、しかし反論ができず、考えこんでしまった、とも書いていたんだ」

「……でも、その医者の言葉、本当かしら?」

「さあ。おれは学者じゃないから、なんともいえないがね」

と、トコは眉を上げた。

「おれ、それもやっぱり擬似科学主義科学だと思うよ」と、僕はいった。「いつだったか、ちょっとおれが高所恐怖症だといったら、それは幼いとき、無意識のうちに父母の性交の場面を見たことに起因している、といわれて、ひどくタマゲたことがあるんだ。違う、そんなもの見たおぼえはない、といっても、その人はニヤニヤして、そりゃ無意識のうちに見たんだから、おぼえているわけはねえさ、といってね、おれはまるで切捨てご免の闇討ちみたいなその理屈に、猛烈に抵抗をかんじた記憶があるんだ。……死を思うのは血が少いからで、退廃的なのは脳ミソが褐色だからなんていうのは、なにか真理をいっているみたいで、じつはなんの説明にもなっていないと思うな。そんな決定論なんて……」

と、トコはいった。

「いや、おれはただ、ちょっと思い出しただけだ」

「おれのいいたいのは、この決定論のリアリティなんかじゃない。もちろん、だからポアロの灰色の脳細胞が、健全ですぐれた名探偵の資格だ、なんていいたいんじゃないんだ。いまは、もっと精神分析もすすんでいる。一人だけ名前をあげれば、アメリカのリフトンという男がいるけど、彼なんかのは、もっともっと人間の〝個〟をさぐることで、より普遍妥当的な説明にまで到達している。そういう勉強が、いまの推理小説の大家たちには足りない、ということだよ」

「……その人、やはり精神分析によってなのかい？」

「まあ、そうだね。しかし、彼のはほとんど哲学に近づいている」

「おれは信じないね」と、僕はいった。「たとえばフロイドだって、一つの哲学に達している、といわれた。それだけの普遍妥当性をもつ理屈だと思われ、だからこそ急激に一般化し、常識化したんだ。しかし……」

「しかし?……」

トコは、誘うような目つきをした。

「しかし、彼のはごく過渡的な、人間についての決定論の一つにすぎなかった……現在、彼の説は修正に修正を加えられ、原型はほとんど古めかしいお伽噺の扱いしかうけていない。そのリフトンとかいう人の説にしても……」

「作家は、そりゃ、すべての決定論に反対すべきものさ」

と、こともなげにトコはいった。

「でも、だぜ。現在の精神科学が、具体的には病気の治療というかたちで、ぐんぐん進歩し、発展して、人間の秘密を解きつづけているのも事実なんだぜ。その、お前の言葉でいえば、人間の行動の源である〝動機〟というやつについて、一方からは大脳生理学が、一方からは精神分析学が、そしてさらにもう一方からは、動物心理学が、それぞれ物理化学的、病理学的、数学的に、人間のそのカオスを明るみに出しかかっていること、これは事実なんだからな」

「……お前は、作家はすべての決定論には反対すべきものだ、といったね」

と、しばらくして僕はいった。いつのまにか、ウィスキーは空っぽになってしまっていた。

「そう思うね」と、トコは答えた。「決定論を信じると同時に、作家はその決定論のイデオローグにしかなれなくなるわけだからな」

「でもお前は、推理小説には、新らしい決定論が必要だ、ともいう、……」

「そうだよ」

トコは平然として答えた。

「推理小説というジャンルの特殊さは、そこにあるんだ。普遍的な、誰にも否定できない人間にたいする決定論的な理解、その理解の一般性の上に立ったゲームだろう？　推理小説は。そうじゃないのか？」

「……本格ものはね」

「いや、違うな。普遍妥当性のある人間像を動かすという点では、すべての推理小説は同じだよ。ちょうど、既成のそれの利用が、すべての大衆小説に共通する、大衆小説としての資格であることと同じように、な」

「へんだぞ」と僕は、無意識のうちにウィスキー壜にのばした手を引っこめながらいった。

「……お前の理屈だと、サルトルもイデオローグだし、カトリック作家は、すべてカトリックのイデオローグになっちゃう」

「そうじゃないか？　サルトルなんか、いつか自分でも、自分は一人のイデオローグにすぎない、と告白してたぜ」

「じゃ、彼らは作家じゃないのか？　それとも大衆小説家なのか？」

「そっちこそおかしいぜ」と、トコはいった。「イデオローグでしかない作家にせよ、それはその作家の価値を損うもんじゃないし、存在の意味を失わせるものじゃない。それどころか、ある安定の上に多数の読者をもつ一つの力にもなる」

「ふうん」と、僕は首をひねった。

「純文学作家ってやつは、たぶん、自分のための決定論をつねに模索しつづけてるのさ」と、トコはいった。

「……手を抜いて、他人のものにつかまらずに、か」

「そうだ、そういう作家はその生涯の断面では、つねに自分自身のイデオローグでしかあるまい？　たとえばダンテのごとくに、だね」

「すると、そういうやつには推理小説は書けない、ってことになるのか？」

「だろう？　もしそういうやつが推理小説を書いたとしたら、それはよくある決定論を拝借した、ちょっとした〝おあそび〟にすぎない」

「……お前こそ、推理小説非文学説の使徒じゃねえか」と、僕はいった。

　トコは笑いだした。

「しょうがねえ、じゃあ白状するが、おれは推理小説については、なんの使徒でもないのさ。べつにそれを文学とも、非文学とも積極的に主張したい趣味はねえんだ。ただ、おれはその種の娯楽がもっとほしい。もっと読みたい。——だいたい、この議論も、おれとお前のそういう一致した欲求を〝動機〟として、そこからはじまったはずじゃなかったのか？」

〈トコという男10〉
〝恐怖〟のプレゼント

「お前はひどく臆病なんだってね」と、トコがいった。「なんでも、吸血鬼とかフランケンシュタインとか猫化けとか、恐怖映画は絶対に見ないそうじゃないか」

「ついでにいえば、アウシュヴィッツとか原爆とか十三階段とかベトナムとかの記録物もね」

と、僕は答えた。近ごろ、やっとこの手の挑撥には乗らなくなった。……ヘビを好きなやつもいれば嫌いなやつもいる。そんなことにカラんでくるのなんて、キリのない悪趣味にすぎない。

「血だとか屍体だとか、狂人とか化物が不気味なのは、あたりまえだぜい」と、僕はいった。

「すくなくともおれは、暇をつくり、金をはらってまで、そんなものを見に出かける必要は感じないね」

「でも、甘美な不気味さというのもあるぜ。恐怖の快感というやつ」その日、トコは何故かひどくその話題に固執していた。「……おれにいわせれば、これは人間のもつ本能的な感情のうち、もっとも人間的なものなんだが」

「……もっとも人間的？」

「そうさ。人間独自のもの、といってもいい。人間てやつは奇妙な動物でね。恐怖さえ愛することができる……」

突然、トコは立ち上り、僕の本棚の前に歩いた。

「お前も、たしかに人間だよ。やれ血がこわいの屍体がこわいのなんていって、恐怖小説だけはかなり揃えているじゃないか。創元社の全集もある。恐怖文学ゼミナーの〝ザ・ホラー〟も購読している……しかも、だいぶ愛読した形跡が残ってるぜ」

「……そりゃ別だよ」と、僕はいった。

「なにが別だ？」

と、トコは席に戻りながらいった。

「おかしいじゃないか。恐怖小説ならよくて、恐怖映画がなぜいけない？」

「映画は写真だ。つまり、本来的にそれは実写なんだ」と、僕はいった。「なにか、やたらとなまなましくって、おれにはそういったナマな人間存在の裸出は、いつも本物の恐怖にしかならない」

「……何故？」と、トコは訊いた。

――僕は、この質問にだけは正確に答えられる気がした。

「理由はない。すくなくとも、理由らしい理由を説明できる能力はおれにはない。これは、いわば生理的な反射なんだ」

「なるほど。だから、なのか」

トコはしたりげに笑った。

「つまり、お前はそのときナマなお前になる。それがこわいんだな」

いつもの小生意気な、いささかサディスティックな笑いで、僕はそのトコにむらむらと腹が立ちはじめた。

僕はいった。

「……ところで、お前、さっき人間は奇妙な動物で、恐怖さえ愛することができる、といったね？　でもたしか、犬が飼主にもつ連帯感を、恐怖という通路を貫いての愛着、つまり恐怖への愛着、と規定した動物学者もいたぜ。それに、どんな人間だって、もし直接に生命の危険にさらされたら、恐怖を愛するどころのさわぎじゃない。……その点、それを人間だけ、というのはおかしいんじゃないのか？」

トコは黙って煙草に火をともした。いやに落着いた動作だった。

「そんなヘボ学者なんているかい」と、まずトコはいった。「そりゃたしかに動物にしても、身にせまった危険への反応は見られる。――だが、動物には、要するにそれはかれらの生活のルールが破壊されかかったときの反応でね、防禦とか威嚇、攻撃、ヒステリックな運動乱発、あるいは萎縮とか仮死、服従、さらに逃走とかの行為に結びつくが、でも、そのときかれが死をおそれている証拠はない。また同時に、恐怖が恐怖として存在している証拠もない。……おそらく、これは動物たちに、〝死〟についての意識がないせいだろう、といわれている。が、人間には〝死〟の意識があり、それが感情化されてもいるんだ。人間の恐怖は、だからつねに直接的・あるいは間接的に、死への恐怖になる」

「そりゃ、ものはいいよう、ということさ」と僕はいった。「どうしてそれが、人間だけが恐怖さえ愛せる、という証明になる?」

「聞けよ、まあ」トコはいった。「つまり動物たちには、その反応は、あくまでも反応にとどまるんだ。……だが人間には、それには反応というより反射的に、観念化された、〝死〟への恐怖というひとつの情緒に結びついて、それが逆に、危機感というかたちでの生命の実感のしかたにもなる」

「だから、愛せる?」と、僕は訊いた。

「そうだ。だから愛せる。……〝死〟の意識をもっているおかげで、その情緒が、独立し、対象化されるからさ」

「……するとおれは、映画では、その反射を情緒化する余裕がない、ってわけだ」と、僕はいった。「へんになまなましく、むきだしの物が見えてきちゃって、……生理的な嫌悪でまず目がかすんで、そうなるとおれはもう、いくらそれが映画であり、トリッキイな泥絵具だと知っていても、もう、非現実の中へは連れて行かれなくなっちゃうんだ」

「コシが抜けてか?」とトコは笑い、突然、朗誦するような声でいった。「人びとは土台を欲する。が、たまたまそれを発見したと思い、喜んでも、じつは事情の変化につれ、すぐにも消えてしまう一場の夢にすぎない。しかもそれは、うつつと一向に変りがないのである。……」

「……なんだ、それ」と、僕はいった。

「十八世紀フランスの、あるサロンの主人、ドゥファン侯爵夫人の書簡集にある言葉さ」

「ふうん。いかにも金と暇と皺をもてあました、フランスのサロンの婆さまのいいそうな言葉だ」

「そうかね」トコはわざとのように大仰に首をかしげた。「おれはべつに金も暇も皺ももてあましちゃいないが、この恐怖はおれのものでもある、と思うね。すべて、土台だと思ったものは一場の夢にすぎず、しかしそれは、一向にうつつと変らない、ということのおそろしさは——」

　トコは言葉を切り、ちょいとキザに目をつぶった。そしてつづけた。

「これは、うつつ、つまり現実と信じこんでいるものも、また一場の夢、いわば非現実にすぎぬかもしれない、という逆転を含んでいる。そして、人間にとって現実と非現実との間には、確たる境はない、ということもね。……お前はいま、恐怖映画がお前を非現実には連れていかないといって、まるで人間が愛し、たのしめる恐怖は、それが彼にとり非現実であるときに限るようなことをいったが、その点、犬やネズミと違い高等動物である人間の思惟力やイマジネーションは、非現実までを人間の現実のひとつにとり入れている、といえないかね？」

「……そりゃ」いいかけたまま口を噤む僕に、トコはかさにかかっていった。

「あるいは、人間は、非現実で現実を代用させ、現実で非現実を補い、二つを切り離せないひとつの〝現実〟にしているんじゃないかね？　――そして、そこにこそ、人間の人間独自の財産としての、ひとつの〝恐怖〟の世界がひろがる。……さらにいえば、そして、そこにこそ、あらゆる芸術を生み、育て、吸収する人間たちの大地がある。いや、話をせまい意味の〝恐怖〟に限定してもいい、そこにこそ、ひとつの〝恐怖芸術〟ともいうべきジャンルの基盤がある……」

「恐怖芸術？」

「そう。いわば人間の生理的・観念的な〝死〟への恐怖を情緒化して、あるいは甘美に、あるいはスリリングに、あるいは滑稽に、〝恐怖の快感〟をあたえてくれる芸術だな」

しばらくして、僕はいった。

「……でも、やはりたのしめる恐怖と、おぞましいだけの恐怖と、おれにはたしかに恐怖は二つあるね」

「二種類の恐怖？」

笑うトコにかまわず、僕はいった。

「つまりだね、おれは、情緒化された恐怖なら、たのしむことができる。本棚を見ればわかるとおり、たぶん、むしろ好きだ、とさえいえる。……でも、たしかにもう一つの恐怖がある。それは、いわば情緒化できない現実なんだな。そのすべてが、おれには恐怖なんだ」

「なるほど」と、トコは笑顔のままでいった。「つまり、お前は情緒化されたもの、情緒化できるもの、いわばそんな〝情緒〟しか、たのしめない……」

「たのしめる、という点ではね」と、僕はいった。

「でも、おかしいじゃないか」と、するとトコはいった。「あれはヒッチコックだっけ？　私は謎解き小説には関心がない。それはクロスワード・パズルと同様で、頭の体操にはなるだろうが、情緒がない。そういってたしかサスペンスものを推奨していたけど、お前は本格派だってたのしんでいるぜ？」

「へえ、それはヒッチ氏の言葉とも思えないね」と、僕は答えた。「謎解き小説だって、じつは謎とかトリックの面白さだけを売っているんじゃない。登場人物や、事件の描写や、その展開の中に仕込まれた〝情緒〟を売ってるんだ。おれはそう感じ、そう思っている」

「しかし……」

いいかけるトコを制し、僕はいった。

「ヒッチコックは、——もしそれが本当に彼がいったのなら——こういいたかったんじゃないのか？　私は、映画監督として、謎解きだけの小説には関心がない。それは人物をクロスワード・パズルの文字と同様にしか扱わないから、人間の実写によりつくられる映画作品では、このこと自体が至難、というより、ほとんど不可能なのを、私がよく承知しているからだ、とね……事実、彼の場合、謎解きをひとつのサスペンスとし、あるいは骨子として、よく使っているじゃないか」

「そういえばそうだな。またあのオジさんにトボけられたか」と、珍らしく素直にトコはいった。「それを読んで、ある本格好きと自称する男が、ヒッチコックには謎解きの面白さがわからんのか、本格もののたのしさは、それがほかならぬ頭の体操とし、知性の遊戯としてつくられている点にあるのに、とケチをつけていたのを思い出したが、ヒッチコックはすると知性派じゃなく、情緒派でもなく、ただ、一人の映画監督として発言していた、ということかね？」

「まあ、そんなことはどうでもいいんだけどね」と、僕はいった。「おれはね、だいたい、推理小説は知性の遊戯だという説には、偽善者めいたウサンくささを感じちゃうんだ。おれの考えでは、あらゆるジャンルの推理小説は、怪談とか恐怖小説、その現代版のSFを含めて、すべてさっきお前のいった〝恐怖芸術〟としての文学、その一流派でしかないんだ。そして、ヒッチ氏は、その〝恐怖芸術〟派の、一映画監督なんだな」

「……へえ」と、トコはニヤニヤ笑いながらいった。「だいぶ、恐怖芸術という言葉がお気に召したようだね」

「便利だからね」と、僕は答えた。「それに、おれにはその言葉がいちばんピンとくる気がする。……べつに、流血とか屍体のなまなましさや、超自然の怪物やお化けだけがこわいんじゃない。死も発狂も人殺しも、みんな、じつはそれが本当は情緒化なんかできない現実の一部でしかないと知っているからこそ、すべての人間にとり、〝恐怖〟の対象になるんだ。そして、そういう本物の〝恐怖〟である現実にばかりとりまかれて、どこに行ってもその〝恐怖〟しかないため、わざとその上に落葉を敷きそろそろと歩いている泥沼の上の蟻のようなわれわれの毎日も、そこに閃く自分自身の土台が、じつはうつつにそっくりな夢ではないか、という自覚も、考えればみんなこわいものばかりじゃないか」

「つまり、臆病なのはおれ一人じゃない、という説だな」と、トコはいった。

僕は、まるで当りちらすような口調になった。

「――おれは、本格ものがどう、ハードボイルドがどう、スパイものはSFは、なんてうろうろする前に、やはり、そのすべてが恐怖小説でしかないことを再認識しときたいね。結局、必要なのは、未知の恐怖の情緒化じゃないのか？　それさえヴィヴィッドに為されていれば、恐怖小説の活力は回復するんだから」

「……わかった、わかった」と、トコはいって、だが、何故か上機嫌で、僕の肩を叩いた。「人間の、もっとも古く、もっとも強い感情は恐怖である。その恐怖のうち、もっとも古く、もっとも強い恐怖は、未知の恐怖である、とね」

「……誰の言葉だ？」

トコは、でも答えず、調子にのったようにつづけた。

「私を私たらしめているのは、私が包有する、私自身にも未知なるものである」

その文句なら知っている。フランスのある高名な作家の言葉だ。笑って、僕もあとをつづけた。

「たしかに私自身であるのは、私がもっている、未熟で不確実なものである」

――ご機嫌な顔で笑いながら、ふと、トコは僕をのぞきこんだ。

「……よくわかったよ。いずれにせよ、きみは〝恐怖〟が欲しいんだよ。どうやらきみはそれしか信じていないらしいからな」

――その日、トコは珍らしく夕暮れ前に帰った。ウィスキーも瓶の途中のまま、何故かひどくいそぐ様子で、あわただしく消えてしまった。……そして、気がつくと、彼のいた部屋の床に、一枚の黄ばんだ古いノートの切れ端があった。

何気なく拾い、目を落して、僕は思わず声をあげた。そこにはまる一年前の日づけで、すでに変色しかかったインクの字が滲んでいる――それは、そのころのトコが、僕について書いた紙片に違いなかった。

「……という男がいる。年齢はおよそ三十歳。ときには二十代にも四十代にも見える。いつもすこし憂鬱そうな顔をしている。

……はいつもクソ真面目だ。が、これはけっして……がいつも誠実だ、ということではない。嘘をついたり、でたらめをいったり、ふざけているときですら、……は大真面目なのだ。

だから、くれぐれも……の言葉を信用してはいけない。

……のクソ真面目さは、いわば一種のものぐさの結果なのだ。……には他人がない。すくなくとも、他人のためになぞ、なにひとつする気がない。つまり……は、いつも一つの関心であり、興味であり、自分へのそれのためにだけ生きているのだ……」

――僕は呆然としていた。これはちょうどそのころの、僕がトコについて書いた紹介と同じではないか。これでは、まるで僕と彼とは同一人物ではないか。だが事実は僕は僕であり、トコは僕とは別人の、ちゃんとした某高校の教師なのだ。

僕は混乱した……フローベエル流にいえば、トコは僕である。が、ここでは、僕がトコだ。しかもこの二人の、そして一人の人物の間には、正確には、いま僕が傍点を打った、へという一字の有無の差だけしかないのである。――僕が、うつつとばかり信じていたトコは、じつは僕の裏側でしかないのだろうか？

……奇妙な恐怖がつづいていた。やがて、トコから電話がかかってきて、それがトコのいたずらであり、まるでなまなましい事実だけがこわく、非現実ならすべてたのしめるといわんばかりの僕へのプレゼントだとその笑いながらの声が告げたあとも、同じ恐怖は透明な彼のように、くりかえし僕を襲ってきた。……あいつは、本当に実在しているのだろうか？

僕たちは、本当にべつべつな他人どうしなのだろうか？

なかなか僕はその恐怖を、〝情緒化〟することができなかった。そして僕は、すくなくとも僕にとって、〝恐怖〟が、僕自身を消失させるほどの強烈な現実感以外のなにものでもないのがわかった。……そのとき、僕は、じつは「僕」自身の実在さえ、疑いだしていたのである。

弱むしたち

友人で、本に淫している男がいる。本屋で書棚の前に立って、その一冊を引っこぬきパラパラと頁を繰るとき、彼の目はじつに淫蕩な光をはなつ。

いい本は、どうやら彼にとり一種の麻薬なので、それが切れると彼はまったく意気沮喪し、モルヒネの禁断症状よろしくのヒステリイにおちいる。僕は、彼の経済事情をよく知ってはいないが、毎月買う本の金額が、ほぼ彼の使いうる金の全額に近いことはわかっている。本屋に行くのは毎日で、出版ニュースなら彼に聞いたほうが早いし、正確だ。

その男が恋をした。人間の、もちろん女性に、である。彼女がバアにつとめているので、(そしてそのバアが僕の知人の店なので) 僕はたびたび引き立て役になってやったが、はた目で見るのもいじらしい始末だった。彼女もはじめはまんざらでもなく、ひどく容易に――と僕には思えた――なにかをくれそうな気配だったが、彼はそれを拒絶し、彼女はムクレかえり、彼は失恋した。

「彼女の中には、おれの好きな言葉がなかったんだ」と、呆れて理由を訊く僕に、彼はいった。「あいつは、おれがおれの言葉をのりこえられる言葉をさがしていたのがわからねえんだ」

彼は悲しみにうちひしがれながら、そうくりかえした。

友人で、機械を扱うのが飯よりも好きな男がいる。彼は女性にはまったく関心がない。中古の自動車をバラバラにしたりしているときだけ、彼の目はいきいきと情熱的にかがやく。発明狂ではない、彼は分解屋なのだ。

友人で、いまだに、女性たちとは一回きりの関係しか持たぬのを正義と心得ている男がいる。そのかわり、そのときは猛獣の叫びごえをあげる。十年ちかく前から、彼はニグロ・ミニストレルなど、黒人の芸術に夢中だ。

友人で、ガソリン・スタンドにしか興味をもたない男がいる。彼は銀行員で昨年結婚したばかりだが、新しいそれができると早速とんでいって、うっとりとして眺める。そして精密な地図に赤インクで点を一つふやす。

友人で、動かない住居というやつが大きらいな男がいる。彼はいつも船にのって（船医なのだ）海をまわっている。帰国するとハンモックに寝ている。でなければ汽車の中で眠る。こいつはカレー・ライスがひどく上手。

友人で、スクリーン・ラブしかしない男がいる。鼻ぺちゃ丸顔の少女じみたのが好きで、そいつの出る映画は平均十度はみる。最高記録は三十五回である。そのくせ、べつに貞節なわけではない。

一度、いっしょにある喫茶店を出たとき、当時のやつの贔屓の女優にぱったりと出あった。僕はびっくりした。彼は、苦い顔をしているのだ。

「てれているのかよ、おい」

すると、彼は答えた。

「チエッ、あんなナマナマしいのなんて大きらいだ。どうしてこう実物ってやつは、へんに傷つきやすい一人前の人間でしかねえんだろう」

友人で、……いや、もうやめよう。わざと男ばかりを書いたのだが、それでさえ、キリがない気がする。

この僕の友人たち、彼らには共通して奇妙な一致がある。それは、そろって彼らが弱むしだということだ。

そして、考えようによれば、彼らはオッカない人間たちばかりだ。……僕は、こんな連中にとりかこまれている。

いわば、こういう始末におえぬ恐怖、それを友として生きているのが、「僕」だということになるのかもしれない。

謎

　幼い頃、道路工夫に石を投げつけたことがある。喧嘩したのでも、工夫にからかわれたのでもない。かれらは黙々として神武いらいの方法でおとなしく土を掘り、運んでいた。見ているうちに、ふいに腹が立って、石を投げてしまったのである。なぜ腹が立ったか、正確なところは、いまだにわからない。理窟はいろいろとつくだろうが（つかないかもわからないが）、理窟は言葉だ。いくらでもいじれるし、ひっくりかえすこともできる。が、ふいにかれらを罵倒したくなって、言葉のかわりに石を投げた自分、説明のつけようのない僕の中の、悲しいような、憎らしいような奇怪なその衝動の事実は、どうにも動かせない。

　ミステリイをゲーム、あるいはパズルとする考えも悪くないが、推理小説とそれが呼ばれるものである以上、僕はやはりこの「動かせない事実」の感触がほしい。――最近のミステリイの多くは、風俗的な情況設定や事件の謎ときに急なあまり、その情況や事件を生きねばならなかった人間そのものの謎まで、あまりにあざやかに、あるいは簡単にときすぎている気がする。僕にしたら、そういう人間の「謎」へのアプローチのしかたにこそその作家のテーマはあり、しかもどうしても割り切れないその「謎」こそが人間のリアリティなのであって、そこにこそどうしても動かせない事実の感触があると思うのだが。……

要するにこれは、人間とは謎であり、謎はつねに人間そのものの中にある、という僕の考えを述べただけのことかもしれない。

中原弓彦『虚栄の市』跋

人間にはそれぞれその人の固有のファナティスムがあり、他人のそれを自分の中に一つの刺激として感じるとき、そこにいわゆる人間と人間の出会いが生まれる、と僕は思っている。たしかに、フランスのある女流作家の言葉のように「この世の中で、人はいたるところで人と出会う。重要なのは、この日常茶飯の出会いから生じるなにかである」。四年ほど前、僕は中原弓彦氏に「出会」った。それはたしかに一つの刺激だった。では、そこからなにが生じたのか。彼に見たどんなファナティスムを、僕は自分の中のものとして感じたのか。

それを一言で書くのはむつかしい。正確には、おそらく、彼が彼の中でのさまざまな人物との遭遇を、ここにこうして一篇の小説として示したように、僕もまた小説という方法を借りねばならぬだろう。が、とにかく、それから『ヒッチコック・マガジン』の若き編集長として、また映画やテレビ、ミステリィの博覧強記の批評家として、さらにショート・ショートの作家として、彼のタフな活躍ぶりをいつも横目で眺めながら、ほぼ三年まえ、彼からじつは長い小説を書きはじめているのだと告げられたとき、僕は、なんの意外さも感じとれなかった。

あまり数多く会っていたのでもないのに、すでに僕は、一見当世風なこの「多角経営」の異才に、サッカレーを専攻し、できたら母校早大に残りたかったといういささか野暮ったい学究性、いかにも日本橋の老舗の嫡子らしい江戸町人風の義理がたさ、おそるべき正確・精密な記憶力と、たとえばメーデー事件で警官の銃口に狙われた経験まで、それと意識せずにじつにユーモラスに語り、表現する才能、等々を、その感情の振幅のはげしさ、エンドレス・テープのごとき雄弁とともに体験していたのである。そして僕は、つねに「多角的」に火花を散らしつづけている彼という坩堝の底にひそむものが、結局は絶対に他人たちの中には解消しえない自己の自覚であり、それゆえの曖昧な調和の中で「幸福」げな他人への羨望であり自己への不安であり、彼のユーモアが、他人へのサービスというより、もっと自己本位なものであること、つまり、彼のいっさいは、ときには相手の存在さえ見失うほどの怒りであり、いいかえれば、彼自身のおびえへのそれほど激情的な固執なのだ、と思うようになった。じじつ、彼ほど本質的に「遊び」や「軽薄さ」に遠く、それらに執拗かつ大真面目な関心や好奇心やを抱きながら、それらの不得手な人間もすくない。

常人の何人分かの一日の多忙な時間をさき、当時の最愛の恋人（現在の夫人）にもあかさず、こつこつと年余の歳月を費やしてこの小説を完成したことも、彼のその孤独と固執の強烈さの証拠だろう。また、一般に我国の風土には適さないというのが通説の、英吉利風（イギリス風、というよりこの語感が近い）のユーモアを盛り、構築のがっしりした「面白い」本格小説を、と意図したのも、彼の「個」が、いわゆる純文学の、自分の「個」に居直りすぎた態度、いわゆる大衆文学の、自分の「個」の追求に手を抜いた態度に、ともにあきたらなかったことの当然の推移だろう。

同時に、これがパロディの形をとったのは、彼が、彼の中の「本格小説」――いわば「西欧」のイメージを、彼なりにけんめいに「日本」の中で誠実に消化しようとしたことの、一つの必然だったのかもしれない。

最初の小説として、いささかナマに彼の性急さが出すぎている点があるにしても、ここにこめられた現代日本の市民社会のカリカチュアライズ、その井戸端性の批判が面白いのは、笑いについての彼の態度が個性的だからである。もちろん彼は読者が笑うことだけをもってこの作品の成功とは考えまい。が、この面白さのリアリティは、まさにこれが、彼の固有のファナティスムの火花の一端であることにかかっている。

僕はいま、一端と書いた。なぜなら、彼の中にはまだまだ作品化されるのを待つ彼固有のファナティスム・イメージが多くかくれている。そしてイギリスの十八世紀の小説がどうあろうと、本格小説がどうあろうと、中原弓彦という一人の人間が生きている事実には及ばないし、逆にそこからでなければフィールディングもサッカレーもディケンズも無にひとしい、という自覚をこれからの彼が次第に明瞭にして行くのが、僕には信じられるからである。

山川方夫のこと

小林信彦

親しい友人の「不在」

山川方夫重体の知らせを、私はユナイト映画宣伝部の電話できいた。江藤（淳）夫人から私の家へ、家から私に、という順できたのだ。二月十九日の夕方、私はある仕事の序の部分を終えて、私的な休日をたのしんでいたのである。

夜八時近く、二宮の大磯病院の玄関に入ると、東和映画の小池氏が亡霊のように立っていた。容体をきくと、いつもの事務的な口調で、

「むずかしいんだ」

と答えたが、うつろな眼は外の闇を見ていた。

私は週刊誌の仕事があったので、終電で帰ったが、久しぶりに満員電車に乗ったので、疲

れてしまい、原稿は翌朝書いた。その最中にも容体問合せの電話が次々にかかってくるので、大磯病院に詰めている講談社の大村氏を呼び出してきくと、

「今、危篤になりました。直ぐ来て下さい」

原稿をとどけて、二宮に着いたのは午後だった。

「大磯病院……」

とタクシーの運転手に言うと、

「旦那、山川さんなら、もう自宅ですぜ」

と答えた。

この夜が仮通夜、二十一日のお通夜、二十二日の告別式——と四日にわたる二宮通いの間、私はついに山川方夫の死を現実として感ずることがなかった。

病室には入れなかったし、遺体は顔が見えなかったから、現実感がないのだ。二十二日に焼場で骨をひろった時、わずかにそういう気がしないでもなかったが、しかし、その骨は断じて「山川方夫」ではなかった。山川方夫は死んだのではなく、突然、遠い旅に出たという感じが今でも濃い。

二十三日の明け方、私は初めて、布団の中で泣いた。二宮に電話しても、彼が出てくることがもうないのだと思った瞬間、たまらなくなったのだ。涙が枕に落ちて音を立てていた。山川方夫流の書き方をすれば、彼の「死」ではなく、彼の「不在」が私を悲しませたのである。

将来の文学史家にとって、山川方夫が編集していた当時の「三田文学」は、同時期の「近代文学」「新日本文学」よりも重要なものになるだろう、と奥野健男氏が書いていた（「新刊ニュース」61号）が、山川スクールとでもいうべきものは確かに存在していた。私はその最後の生徒であろう。

しかし、初めから「生徒」だったわけではなく、翻訳推理小説雑誌の編集者としておつき合いしていたのである。友人としては、連載ショート・ショートを企画した頃から急速に深くなっていった。

「ぼくは読み物は書けないんだよ。それはムリだよ」

と断るのを強引に喰い下り、別に、読み物なんて考えないでいい。ショート・ショートというから通俗にきこえるので川端康成の「掌の小説」風にお考えねがいたい、と説明した。じゃ、あした、うち（五反田）のそばの「山の音」って喫茶店に来ないか、そこで返事をしよう、というので、出かけてみると三、四十のストーリーを書いた藁半紙をもっており、

「実は、ぼくはコントを書くのが好きで、自信もあるんだよ」

と笑った。

それから、彼は何十というコントを書いたが、もと編集者のウヌボレとして、私は『親しい友人たち』十二篇が、もっとも文学的密度の高いものと信じている。ちなみに、このタイトルは、「ここに出てくる奇妙な人々は、みな、読者とかけはなれた存在ではなく、読者及び周囲の人々の中にいる」というほどの意味である。

私の貰った単行本『親しい友人たち』に書かれた「中原弓彦様　貴君御夫婦の『ユーモラス』な日々の中に。――このタイトルの名付け親にしてかつその一人たる貴君に。山川方夫」というサインを見ると、涙をおさえることができぬ。

山川方夫のような「純文学作家」になぜ「ショート・ショート」を頼んだのか、という質問はしばしば受けることだが、これは全くカンによるものというより他はない。

この時、山川方夫の方から出た条件は、枚数を一定させずに、十枚から二十枚という風に幅をもたせて欲しいということだった。編集の都合上、毎月、一週間前に枚数の連絡をもらう、という風に私の方でしてもらい、スタートした。

彼自身、名編集長だったせいか、締切は正確だったが、ゲラに手を入れるのもかなり丹念だった。しかし、泣かされるほど、直してしまうことはなかった。

単行本には明記してないが、あの十二篇はカレンダーになっている。彼が、その月に内容を合わせる（たとえば、十一月には「菊」とか）「サービスの良さ」に当時、私は驚いたことがあったが、これが実は「サービス」などでなく、拘束を多くしておいて芸を見せる、という内的必然性なのに気づいたのは、ずっとあとのことだ。

ただ、コントを書く時の彼が、「愛」とか「存在」といった彼独特の観念を離れて、実は彼のもっとも得意とする自然描写と季節感に生き生きとした腕をふるったことは、傍で見ていてよく分った。だいいち、十枚ぐらいのコントでは「愛」について饒舌を弄する余裕なんかないのである。『親しい友人たち』は完結後、半年で単行本になり、その中の「お守り」

というウェル・メイドな一篇がケストラーに見出されて「ライフ」にのるという特別附録までついた。この単行本は文学的にも高く評価され、『海岸公園』とならんで彼の重要な作品となった。

「お守り」が「ライフ」にのって以来、彼は忙しくなった。とくに、今年になってから、急に会わなくなって、私の娘にくれるというお守り（本物の）も貰わずに過ぎた。二月九日に今年初めて顔を合わせた時は、私が流感で四十度近い熱があり、彼はピンシャンしていて、医者に運ばれる私に、

「今日は、ゆっくり話そうと思ってたのにな」

と残念がって、問題のお守りをくれた。三、四日して、私の方から電話し、雑談したのが最後となった。

彼より、アタマの回転の早い人、リコウな人、話の面白い人は、まだいるだろう。しかし、彼のように暖かい心と柔軟な理解力をもち、都会的神経と野暮なまでの生真面目さを両立させた親しい友人に出会うことは、私の生涯に、もう、あるまい。

山川方夫の葬儀は、まさに彼の著書名と同じ『親しい友人たち』の美わしい協力によって行なわれた。それは同時に、東京に育ったある特殊な世代のみに共通する感情、その古風な友情の終りでもあった。

「エラリー・クイーンズ・ミステリ・マガジン」（早川書房　一九六五年五月）

山川方夫のこと

山川方夫が亡くなって、もうすぐ、丸二年になる。

亡くなった直後、ぼくは、ある雑誌に短い追悼文を寄せたが、以後、山川方夫について書いたことはない。というのは、いまだに、彼の死が実感として感じられないからであって、ぼくの生活「回想」という形では、まとまった文章など書けそうにないのである。ただ、ぼくの生活かから、何か大きなものが欠落してしまった、というのは事実であり、それが「山川さんの死」をぼくに納得させる手立てなのである。

山川方夫に初めて会ったのは、昭和三十四年春である。しかし、本当に親しくなったのは、三十五年二月十五日の夜からであった。当時、ぼくは「中原弓彦」という名前で、「ヒッチコック・マガジン」という雑誌の編集をやっていた。筆名を作ったのは、うちの親戚が、ぼくが正業につかないのを嫌っていたからであるが、なんとか食べられるようになり、青山四丁目の河内山の墓がある寺の境内のアパートに入った。

入居した日の夕方、近くの銭湯の帰りに、東和映画の小池晃氏（現在宣伝部次長）に出会った。小池氏と山川は幼稚舎（昭和十一年）からの仲である。以下、小池氏の「山川方夫氏を悼む」という文章から引用する。

「わたくしは山川と中原氏を会わせたら、どちらがしゃべり勝つかなと考えた。ある晩（二月十五日夜――小林註）わたくしの家で、星新一氏と清水正晴氏を立ち会い人にして、ふたりは会談した。話は文学論からついに大衆文学論になり、そして最後に中原氏が『大菩薩峠』のストーリーを始めから終りまでしゃべってしまった。その夜、山川は仕事が待っているとかで、必ずしもベスト・コンディションではなかったが、この『大菩薩峠』には完全にシャッポを脱いだようだった。

だが、こんないたずらも、山川が中原氏の『ヒッチコック・マガジン』でショート・ショートを書くきっかけに間接的にでもなっていたとすれば、わたくしにはいますこしの慰めになる想い出なのだ。それは山川のためにした、わたくしのただひとつのことかも知れないからだ。そして、わたくしは、山川がショート・ショートでいい仕事を残したと信じているのだから。……（以下略）」

ここで突然、星新一氏が現れるのが奇妙だが、当時の氏は不遇で、閑をもて余していたのである。

もう一人の〈立ち会い人〉である清水正晴氏は、ぼくは初対面だったが、山川方夫の唯一の長篇『日々の死』の出版担当者で、山川とは親しい間柄のようだった。

『日々の死』は、この前年、すなわち三十四年五月に平凡出版から出ている。あの長篇が「平凡」「週刊平凡」の出版社から出たということに、奇異の感を抱く人のために書いておくと、これには、清水正晴氏（現在「平凡パンチ」デスク）の好みがかなり入っているのである。

清水氏は早大仏文の出身だが、一時、業界紙で水上勉氏と机を並べていたこともあり、昭和三十二年に平凡出版に入って間もなく、出版部に配置された。部長と二人きりなので、かなり自由な仕事が出来た、とは氏の言である。

三十三年七月に安岡章太郎氏の『結婚恐怖症』というエッセイ集を出版したころから、「三田文学」関係の作家に注目するようになった。「演技の果て」等の作品で登場した山川方夫に着目したのは当然で、「三田文学」に連載した長篇があるときき、山川から雑誌を借りた。

「自分としては不備な作品だと思う。読んで欲しいが、出してくれるのなら、全部、書き直したい」

と山川は言ったという。

出版が決ると、山川は二宮の家にこもって改稿にかかり、三十四年一月に清水氏に原稿を手渡した。清水氏としては、短篇集『その一年』が三月に文藝春秋新社から出るそのあとを狙ったのである。

一昨年（昭和四十年）、清水氏は倉庫の片隅に『日々の死』が十二冊あるのを見つけた。現在、氏の手もとに三、四冊あるが、古本屋では、五、六百円の値がついているそうだ。

「平凡に入ってやった中で、いちばん納得できる仕事ですよ」

と氏は笑うのである。

親しくはなったが、ぼくは山川方夫に連載を頼むような日がくるとは思っていなかった。

それが、星新一氏が忙しくなったことから、どうしても、ショート・ショートの後任者を探さねばならなくなり、山川方夫を考えるようになった。

　この辺の事情はすでに前記の追悼文に書いているので省くが、彼は頑強に拒否し、ぼくは、とにかく会って下さい、と頼んだ。会ってさえ貰えれば口説ける自信があったのである。『親しい友人たち』という題名は、ぼくがその場で決めた。だから、ぼくは今でも、ひとがあの題名を口にするのをきくと、とても嬉しいし、そういう気持（編集者の）が分る人は、山川方夫だけだったなあ、と思うのである。

　昭和三十七年夏から、亡くなるまでの、三年に満たない期間が、ぼくらの本当に親しい時だった。

　三十八年夏に、葉山のぼくの家に泊りに来た時には、新婚早々の妻に冗談を言ったり、生活にどのくらいかかるか、まじめな顔で質問したりした。彼自身結婚を控えていたからで、「生活」に漠然としたおそれを抱いているようだった。

　この時、ぼくは、彼が光と音に強いのにびっくりした。風貌や作風からして、極度に神経質な人だろうと思っていたからだ。朝の光がレースのカーテン越しに差し込む中で、平気で眠り、モーターボートの音など全く気にならない。ただし、貝類にはまるで弱く、アワビのバタ焼きを、断乎、拒否した。

　ウイーク・デイの浜辺は殆ど人気がなくて、古風な麦ワラ帽をかぶり、手拭いを首に巻いた彼の姿は、大正時代の海水浴風景のようだった。

砂に寝転がって文学の話をしていると、ビキニ・スタイルの女の子が二人来て、泳ぎを教えて下さい、と言う。ぼくは駄目だ、この人、うまいよ、と山川を指さすと、山川は立ち上って本当に水泳を教え始めた。

彼は二宮海岸で人命救助の経験があり、二宮にくらべると、葉山は女性的で海のうちに入らない、と称していた。海に近づくと、急にタフになるのがおかしい。コンセッテイネイに泳ぎ方を教えるので、いかれた娘たちもいささか参ったようであった。

やがて、一隻のヨットが近づいてくると、乗っていた若い男が、「乗らねえか」と娘たちに声をかけた。と、驚くべし、浅いところで、ボチャボチャやっていた娘たちがヨットに向って泳いで行くではないか！

「なんだい、泳げるんじゃねえか……」

彼は上ってくると、憮然とした面持で言った。「しかも、あの男は、慶応の学生だぜ」

この年の秋、ぼくの娘が生まれると、好奇心の強い彼は早速、見にやってきた。

「おれが、彼女の接する最初の男性とは光栄だね」

ぼくは、娘のベッドの上のオルゴール・メリーのねじを捲いた。オルゴールが鳴り始めると、

「きみ、この曲、なんというか知っているかい？」

「さあ……」

「『ユリカゴの歌』っていうんだよ」

山川は優しく笑った。こういう時の彼がぼくは好きだった。

ぼくが赤ん坊の泣声でノイローゼになっているのを面白がって、『トコという男』の「人間の条件」に書いた。そういう時でも、「書いたけど、怒るなよ」

という風に、ちゃんとことわってくれた。

『トコという男』は有馬頼義氏の『隣りの椅子』のあとを受けた連載で、ＥＱＭＭの常盤新平氏から、稲葉明雄氏を介して、ぼくに口をきいてくれぬかという話があり、ぼくから山川方夫に打診した。この時も、彼はかなり考えてから承諾したと記憶する。

青春のある時期、山川方夫のような友人を持てたのは、幸せであった。創作の上で、世話になったことは複雑なので、ここには書けなかったが、ぼくが最近、講談社から出版した『冬の神話』も、彼に色々と注意を受けたものである。

ぼくは現在、東京に住んでいるが、山川方夫の麦ワラ帽子は、まだ葉山の家の壁にかかっている。山川家にとどけようと思いながら、まだ果たしていないのである。


「三田文学」（三田文学会　一九六七年三月）

山川方夫とショート・ショート

ショート・ショートというものを、それまでのコントとはちがう小説ジャンルとして日本に紹介したのは、「EQMM」編集長だった都築道夫氏である。その名人としてフレドリック・ブラウンが訳され、テレビ作家時代の野坂昭如氏がいたく感心していたのがぼくの記憶にある。

ぼくはおそらく、それを商品化した最初の編集者だったといえるだろう。「ヒッチコック・マガジン」一九六〇年一月号に江戸川乱歩、城昌幸、星新一の三氏で七ページをさいたのが初めで、以後、あちこちの雑誌で「ショート・ショート特集」なるものが盛んになった。頁をとらないうえに名前がならぶので、編集上、リツが良いことからぼくは考えたのだが、さらにいえば、ぼくは手垢のついた「コント」という名称が嫌いでもあった。

山川方夫にショート・ショートを貰ったのは六一年二月号の「箱の中のあなた」が始まりだ。『親しい友人たち』は六二年二月号から連載されたが、きっかけははなはだ現実的なものである。星新一氏がちょっとしたブームになって、多忙を理由に連載をやめたいと申し入れてきたからだ。殆ど同時に、次の一年間、まかせられる人は山川方夫しかいないとぼくは判断していた。

内容については不安を持たなかったが、一回目の「待っている女」を貰った時は、実は少々動揺した。読物雑誌には内容が高度すぎると思われ、事実、読者の方も戸惑ったものだが、批判的な投書をぼくの手で握りつぶしても、営業の人から、「どうも、山川さんのはむずかしいですなあ」

などと言われるのにはマイった。むろん、ぼくは山川方夫にはそんなことは一切言わず、これでショート・ショートが初めて文学になったなどと自分ひとりで力んでいたが、そのうちに評判がよくなってきて（読者が馴れたのだろうか――）雑音は自然に消えた。だが、敏感な山川方夫がそれを感じていたことは、終ったあとのぼくあての手紙で分る。

「長いことありがとう。なんだか場ちがいのようなものを、快く一年間もよくのせて下さいました。お礼を申しあげます。……僕は、これでしばらくはショート・ショートとやらは、なるべく書かないつもりです……」

この手紙（引用についてはみどり夫人の許可を得た）は編集者としてのぼくには何よりの贈り物であった。

「文学になった」というぼくのひとり合点が正しかったかどうかは、全集の読者の判定に待つよりないが、おしまいにぼくがもっとも愛しているのは「夏の葬列」だということもつけ加えておきたい。

『山川方夫全集』月報（冬樹社　一九六九年九月）

編者解説

日下三蔵

本書の前半には、一九六四（昭和三十九）年に光風社からソフトカバー函入りの単行本として刊行された山川方夫の短篇集『長くて短い一年』を、そのまま収めた。この作品集が文庫化されるのは、今回が初めてである。

というか、冬樹社版『山川方夫全集』全五巻（六九～七〇年）および筑摩書房版『山川方夫全集』全七巻（二〇〇〇年）にも全作品が入っているものの、いずれも解体されて複数の巻に分割されてしまっているため、初刊本の構成のままで再刊されるのも、本書が初ということになる。

目次を見ていただければお分かりの通り、全十四篇を十二ヶ月と新年、歳末に当てはめて、カレンダーを模した構成となっている。十四篇のすべてがショートショートという訳ではなく、中には通常の短篇の長さの作品も混じっているが、この趣向を優先してあえて外すことはせず、全篇を収録したことをお断りしておく。

各篇の初出は、以下の通り。

なかきよの…　「宝石」64年1月号
娼婦　「文学共和国」3号（52年4月）
相性は―ワタクシ　「IBM REVIEW」4号（64年3月）
猿　「制作」1号（54年7月）
春の華客　「三田文学」53年3月号
テレビの効用　「東海テレビ」64年2月号
歪んだ窓　「いけ花龍生」39号（63年7月）
夏期講習　単行本に書下し
他人の夏　「中学時代三年生」63年8月号
邂逅　「新刊ニュース」63年10月15日号
月とコンパクト　「小説新潮」63年12月号
外套の話　「芸術生活」63年6月号
クリスマスの贈物　「文芸朝日」63年12月号
大人のつきあい　「朝日新聞」63年12月26日付

初出誌のうち、「宝石」は宝石社の探偵小説専門誌、「文学共和国」は文学共和国編集室が発行していた文芸同人誌、「IBM REVIEW」は日本アイ・ビー・エムのPR誌である。現在でも、筑摩書房なら「ちくま」、新潮社なら「波」といったPR誌が発行されているが、昭和の中ごろには出版とは関係のない会社や団体からも多くのPR誌が出ており、しばしばショートショートが掲載されていたのだ。山川方夫も六二年四月から約一年半にわたって、開高健が編集していた寿屋（現在のサントリー）のPR誌「洋酒天国」の編集に携わっている。

「制作」は中田耕治による同人誌、「三田文学」は三田文学会の発行する文芸誌。山川方夫が同誌の編集者として多くの作家を世に送り出したことは、前巻『箱の中のあなた』の解説でも触れたとおりである。

ありし日の山川方夫さん

「東海テレビ」は東海テレビのPR誌、「いけ花龍生」は龍生華道会の月刊誌、「中学時代三年生」は旺文社の受験雑誌、「新刊ニュース」は東京出版販売（現在のトーハン）の出版情報誌、「芸術生活」は芸術生活社の月刊誌、「文芸朝日」は朝日新聞社の小説誌である。

「クリスマスの贈物」は初出では「第1話　星の光・最高のプレゼント」「第2話　海がくれた花束・一人ぼっちのプレゼント」「第3話　お金と信頼・夫婦のプレゼント」の順だったが、

単行本収録時に2、3、1の順に変更され、各篇タイトルも後半部分だけが残された。なお、この作品は、同年下期の第五十回直木賞候補となっている。山川方夫は芥川賞の候補には四回なっているが、直木賞の候補に挙げられたのは、この時だけであった。

新保博久氏の編による出版芸術社〈ふしぎ文学館〉『歪んだ窓』（12年9月）は、第一部に初期作品「昼の花火」を除いた『親しい友人たち』の二十二篇、第二部に『長くて短い一年』を収録しているが、後者は十四篇中四篇が別の作品に差し替えられており、「長くて短い一年（新編）」となっている。

作品の異同は、以下の通り。差し替えられた四篇は、いずれもちくま文庫版では『箱の中のあなた』の第二部に収録済である。

娼婦　↓　〝S・M・A〟の秘密
猿　↓　昭和の雛人形
春の華客　↓　僧侶の夢
夏期講習　↓　朝のヨット

第二部には、以下の三篇を収めた。

頭上の海　「三田文学」56年8月号

十八才の女　「すずらん」6号（64年4月）
六番目の男　「月刊噂」73年5月号

初期作品「頭上の海」はショートショートではないが、高崎俊夫氏の編による東京創元社〈創元推理文庫〉『親しい友人たち』（15年9月）に収められていることからも分かるように、ミステリとしても読める。

現在、この創元推理文庫版『親しい友人たち』は品切れで、かなりの古書価になってしまっているが、「頭上の海」以外の収録作品は、すべて今回の二冊に入っているため、この一篇のためだけに創元版『親しい友人たち』を探さなくても済むように、本書にも収録した。

「十八才の女」が掲載された「すずらん」は北海道拓殖銀行のPR誌。六三年一月の創刊号に星新一のショートショート「被害」が掲載されているから、季刊ペース（年四回）で発行されていたものと思われる。

本書の編集作業中に、山川方夫研究家のPD編集室さんから、遺品が寄贈された日本近代文学館の山川方夫文庫の中に、本になっていない作品の切り抜きがある、との情報をいただいた。さらに日本近代文学館のご厚意で作品のコピーを提供していただき、収録することが出来たものである。ここに記して感謝いたします。

残念ながらページの端がちぎれており、数文字が欠落している。一ヶ所目は「彼女は口で拍子をとり、オレンジ色のパジャマのまま」、二ヶ所目は「この変化は本当なのに！　私の体重と、お腹がへりつづけてるのは本当なのに！」だと思うが、確実ではないため、欠けている文字数を■で埋めておいた。

「六番目の男」は園垣三夫名義で書かれ、五五年八月十一日にラジオ東京で放送されたコメディドラマの台本である。梶山季之の責任編集で噂発行所から出ていた「月刊噂」の特集「知られざる山川方夫」で初めて活字化された。

同誌に掲載された山川をよく知る蟻川茂男（ＴＢＳネットワーク営業部長）、岡谷公二（跡見女子大学教授）、小池晃（東和映画宣伝部長）、坂上弘（作家）の四氏（肩書は掲載時のもの）による座談会「空しさと格闘した律儀な青年」によると、このペンネームの名付け親は蟻川氏だったという。当初は前出の同人誌「文学共和国」の仲間だった桂芳久、若林真の両氏との共同ペンネームだったが、最後までこの名を使い続けたのは山川だけであった。園垣三夫名義ではラジオドラマだけでなく、ＴＢＳの人気ドラマ「七人の刑事」のシナリオも手がけている。

第三部には早川書房の翻訳ミステリ専門誌「エラリイ・クイーンズ・ミステリ・マガジン」日本語版に連載された「トコという男」を中心に、ミステリ関係のエッセイを収めた。

動物の秘密　「ＥＱＭＭ」64年6月号
デパートにて　「ＥＱＭＭ」64年7月号

二人の同一人物　「ＥＱＭＭ」64年8月号
アルス・アマトリア　「ＥＱＭＭ」64年9月号
人間の条件　「ＥＱＭＭ」64年11月号
ヘンな日本人　「ＥＱＭＭ」64年12月号
嘘八百の真実　「ＥＱＭＭ」65年1月号
〝健全〟な心配　「ＥＱＭＭ」65年2月号
行動の理由　「ＥＱＭＭ」65年3月号
〝恐怖〟のプレゼント　「ＥＱＭＭ」65年4月号
弱むしたち　「宝石」63年8月号
謎　「宝石」64年2月号
中原弓彦『虚栄の市』跋　河出書房新社『虚栄の市』（64年1月）

「トコという男」はエッセイとして連載されたが、その内容は小説とも評論とも読める不思議なものであった。第一回が掲載された号の巻頭言（無署名だが編集長だった常盤新平によるものと思われる）には、「山川方夫氏の「トコという男」というエッセイが今月号から連載されます。トコという男が狂言廻しになり、奇妙な話が転廻されていきます。ご期待ください」とある。

著者の没後の六五年十月、この連載に、ほぼ同じ分量のエッセイ、書評、評論を加えたエッセイ集『トコという男』が早川書房からハードカバー函入りの単行本として刊行された。同書に寄せられた坂上弘氏の「あとがき」によれば、生前の山川は「トコという男」について、「おしまいまで行けば、ミステリイ論になるよ」と語っていたという。
「弱むしたち」「謎」の二篇は「宝石」の随筆欄に掲載されたもの。
「中原弓彦『虚栄の市』跋」は「ヒッチコック・マガジン」日本語版の編集長で山川方夫に連作「親しい友人たち」を依頼した中原弓彦（小林信彦）氏が六四年一月に最初の長篇小説『虚栄の市』を河出書房新社から刊行した際、「跋」として巻末に添えられたもの。冬樹社版『山川方夫全集　第五巻』（七〇年七月）収録に当たって「中原弓彦について」と改題されたが、これはその他の書評や推薦文と表題の統一を図るための措置と思われるので、本書ではご覧の通りのタイトルに変更した。

また、巻末資料として、小林信彦氏が山川方夫について書いた文章三本を収録させていただいた。各篇の初出は、以下の通り。

親しい友人の「不在」　「EQMM」65年5月号　※中原弓彦名義
山川方夫のこと　「三田文学」67年3月号
山川方夫とショート・ショート　冬樹社版『山川方夫全集　第四巻』月報（69年9月）

「親しい友人の「不在」」は著者の急逝を受けて書かれた追悼文。「山川方夫氏追悼」として、坂上弘氏の「帰る音――山川方夫さんの死――」とともに掲載された。「山川方夫のこと」は「三田文学」の山川方夫追悼特集号に、「山川方夫とショート・ショート」は冬樹社版でショートショートを一挙に収録した第四巻の月報に、それぞれ掲載されたもの。

この三篇は七四年六月に晶文社から刊行された小林さんのエッセイ集『東京のロビンソン・クルーソー』に収録された。その際、巻末の初出一覧では、発表順にａｂｃとなっていたのに対して、本文では各篇のタイトルを省いて「山川方夫のこと」という項目にまとめられ、もっとも長い「山川方夫のこと」を最後に回してａｃｂの順で配列されていたため、この本だけを読んだ人は、各篇の初出を正しく把握できなかったはずだ。

なお、小林さんは評伝エッセイ『おかしな男　渥美清』（00年4月／新潮社↓03年8月／新潮文庫↓16年7月／ちくま文庫）や「週刊文春」の連載エッセイ「本音を申せば」でも山川方夫のことを書いている。渥美清は山川方夫が脚本を書いた北海道放送のテレビドラマ「不知道」（六二年十一月三十日放映）に主演しており、これは小林さんの紹介によるものだったという。

「本音を申せば」の該当回は、二〇二二年一月に文藝春秋から出た最終巻『日本橋に生まれて　本音を申せば』に収録。他に江戸川乱歩や横溝正史とのエピソードも入っているので、ミステリ・ファンは読んでおいた方がいい。

本書が刊行される二〇二三年二月で山川方夫が不慮の死を遂げてから、五十八年が経過したことになる。つまり、現時点でも本書の収録作品は六十年から七十年も前に書かれた物である訳だが、いま読んでも圧倒的に面白いのは、山川方夫の人間観察力、ストーリーの発想力と構成力、そして文章力のすべてが高いレベルで融合しているからに他ならない。今回、ちくま文庫で新たに編んだ二冊が、さらに十年後、二十年後の読者にも新鮮な驚きをもって読まれることを信じて疑わない。

本シリーズの構成および本稿の執筆に当たり、尾川健、戸田和光、ＰＤ編集室の各氏および日本近代文学館より貴重な資料と情報を提供していただきました。ここに記して感謝いたします。

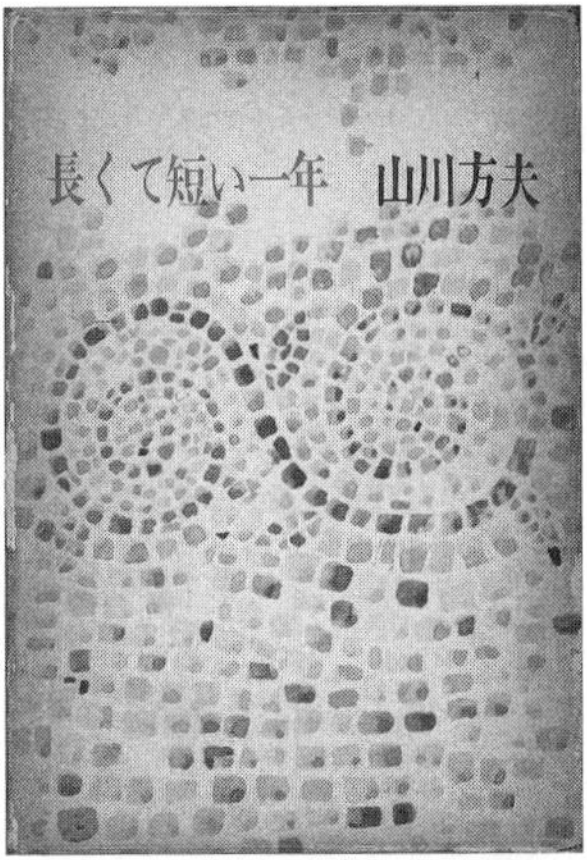

『長くて短い一年』（光風社 1964 年）

『トコという男』（早川書房 1965 年）

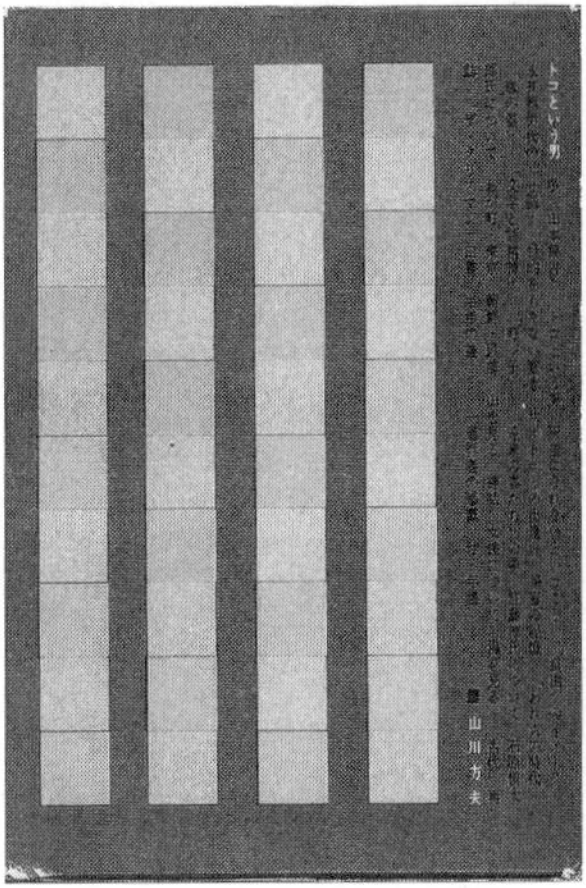

〈ふしぎ文学館〉『歪んだ窓』（出版芸術社 2012 年）

・本書はちくま文庫のためのオリジナル編集です。
・収録作品につきましては、筑摩書房『山川方夫全集』（全七巻）を底本としました（PARTⅡの「十八才の女」「六番目の男」を除く）。
・「十八才の女」は「すずらん」6号（北海道拓殖銀行PR誌　一九六四年四月）、「六番目の男」は「月刊噂」73年5月号を底本としました。
・本書のなかには、今日の人権感覚に照らして差別的ととられかねない箇所がありますが、作者が差別の助長を意図したのではなく、故人であること、執筆当時の時代背景を考え、該当箇所の削除や書き換えは行わず、原文のままとしました。

本屋、はじめました　増補版　辻山良雄

リブロ池袋本店のマネージャーだった著者が、自分の書店を開業するまでの全て。その後のことを文庫化にあたり書き下ろした。（若松英輔）

ガケ書房の頃　完全版　山下賢二

京都の個性派書店青春記。2004年の開店前からその後の展開まで。資金繰り、セレクトへの疑念など本音で綴る。帯文＝武田砂鉄（島田潤一郎）

わたしの小さな古本屋　田中美穂

会社を辞めた日、古本屋になることを決めた。倉敷の空気、古書がつなぐ人の縁、店の生きものたち……。女性店主が綴る蟲文庫の日々。（早川義夫）

ぼくは本屋のおやじさん　早川義夫

22年間の書店としての苦労と、お客さんとの交流。どこにもありそうで、ない書店。30年来のロングセラー！（大槻ケンヂ）

女子の古本屋　岡崎武志

女性店主の個性的な古書店が増えています。カフェを併設したり雑貨も置くなど、独自の品揃えで注目の各店を紹介。追加取材して文庫化。（近代ナリコ）

野呂邦暢　古本屋写真集　野呂邦暢　岡崎武志／古本屋ツアー・イン・ジャパン編

野呂邦暢が密かに撮りためた古本屋写真が存在する。2015年に書籍化された際、話題をさらった写真集が増補、再編集の上、奇跡の文庫化。

ボン書店の幻　内堀弘

1930年代、一人で活字を組み印刷し好きな本を刊行していた出版社があった。刊行人鳥羽茂と書物の舞台裏の物語を探る。（長谷川郁夫）

「本をつくる」という仕事　稲泉連

ミスをなくすための校閲。本の声である書体の制作。もちろん紙も必要だ。本を支えるプロに仕事の話を聞きにいく情熱のノンフィクション。（武田砂鉄）

あしたから出版社　島田潤一郎

青春の悩める日々、創業への道のり、編集・装丁・営業の裏話、忘れがたい人たち……「ひとり出版社」を営む著者による心打つエッセイ。（頭木弘樹）

ビブリオ漫画文庫　山田英生編

古書店、図書館など、本をテーマにした傑作漫画集。主な収録作家――水木しげる、永島慎二、松本零士、つげ義春、楳図かずお、諸星大二郎ら18人。

ぼくは散歩と雑学がすき　植草甚一
1970年、遠かったアメリカ。その風俗、映画、本、音楽から政治までをフレッシュな感性と膨大な知識、貪欲な好奇心で描き出す代表エッセイ集。

せどり男爵数奇譚　梶山季之
せどり＝掘り出し物の古書を安く買って高く転売することを業とすること。古書の世界に魅入られた人々を描く傑作ミステリー。（永江朗）

20ヵ国語ペラペラ　種田輝豊
30歳で「20ヵ国語」をマスターした著者が外国語の習得ノウハウを惜しみなく開陳した語学の名著であり、心を動かす青春記。（黒田龍之助）

ポケットに外国語を　黒田龍之助
言葉への異常な愛情で、外国語本来の面白さを伝えるエッセイ集。ついでに外国語学習が、もっと楽しくなるヒントもつまっている。（堀江敏幸）

英単語記憶術　岩田一男
単語を構成する語源を捉えることで、語の成り立ちを理解することを説き、丸暗記では得られない体系的な英単語習得を提案する50年前の名著復刊。

増補版 誤植読本　高橋輝次編著
本と誤植は切っても切れない⁉ 恥ずかしい打ち明け話や、校正をめぐるあれこれなど、作家たちが本音を語り出す。作品42篇収録。（堀江敏幸）

文章読本さん江　斎藤美奈子
「文章読本」の歴史は長い。百年にわたり文豪から一介のライターまでが書き綴った、この「文章読本」とは何ものか。第1回小林秀雄賞受賞の傑作評論。

読書からはじまる　長田弘
自分のために、次世代のために――。「本を読む」意味をいまだからこそ考えたい。人間の世界への愛に溢れた珠玉の読書エッセイ！（池澤春菜）

本は読めないものだから心配するな　管啓次郎
この世界に存在する膨大な本をめぐる読書論であり、ブックガイドであり、世界を知るための案内書。読めば、心の天気が変わる。（柴崎友香）

「読み」の整理学　外山滋比古
読み方には、既知を読むアルファ（おかゆ）読みと、未知を読むベータ（スルメ）読みがある。リーディングの新しい地平を開く目からウロコの一冊。

異界を旅する能　安田登

「能」は、旅する「ワキ」と、幽霊や精霊である「シテ」の出会いから始まる。そして、リセットが鍵となる日本文化を解き明かす。（松岡正剛）

見えるものと観えないもの　横尾忠則

アートは異界への扉だ！　吉本ばなな、島田雅彦から黒澤明、淀川長治まで、現代を代表する十一人との、この世ならぬ超絶対談集。（和田誠）

ぼくなりの遊び方、行き方　横尾忠則

日本を代表する美術家の自伝。登場する人物、起こる出来事その全てが日本のカルチャー史！　壮大な物語はあらゆるフィクションを超える。（川村元気）

アンビエント・ドライヴァー　細野晴臣

はっぴいえんど、YMO……日本のポップシーンで様々な花を咲かせ続ける著者の進化し続ける自己省察。帯文＝小山田圭吾（テイ・トウワ）

skmt 坂本龍一とは誰か　坂本龍一＋後藤繁雄

坂本龍一は、何を感じ、どこへ向かっているのか？　独特編集者・後藤繁雄のインタビューにより、独創性の秘密にせまる。予見に満ちた思考の軌跡。

日本美術応援団　赤瀬川原平　山下裕二

雪舟の「天橋立図」凄いけどどこかヘン!?　光琳にはなくて宗達にはある〝乱暴力〟とは？　教養主義にとらわれない大胆不敵な美術鑑賞法!!

建築探偵の冒険・東京篇　藤森照信

街を歩きまわり、古い建物、変わった建物を発見し調査する〝東京建築探偵団〟の主唱者による、建築をめぐる不思議で面白い話の数々。（山下洋輔）

普段着の住宅術　中村好文

住む人の暮らしにしっくりとなじむ、居心地のよい住まいを一緒に考えよう。暮らす豊かさの滋味を味わう建築書の名著、大幅加筆の文庫で登場。

私の好きな曲　吉田秀和

永い間にわたり心の糧となり魂の慰藉となってきた、最も愛着の深い音楽作品について、その魅力を語る、限りない喜びにあふれる音楽評論。（保苅瑞穂）

世界の指揮者　吉田秀和

フルトヴェングラー、ヴァルター、カラヤン……演奏史上に輝く名指揮者28人に光をあて、音楽の特質と魅力を論じた名著の増補版。（二宮正之）

モチーフで読む美術史2	宮下規久朗	絵の中に描かれた代表的なテーマを手掛かりに美術を読み解く入門書、第二弾。壁画から襖絵まで和洋幅広いジャンルを網羅。カラー図版250点以上！
しぐさで読む美術史	宮下規久朗	西洋美術では、身振りや動作で意味や感情を伝える。古今東西の美術作品を「しぐさ」から解き明かす『モチーフで読む美術史』姉妹編。図版200点以上。
印象派という革命	木村泰司	モネ、ドガ、ルノワール。日本人に人気の印象派の絵は、美術史に革命をもたらした芸術運動だった！　近代美術史の核心を一冊で学べる入門書。
既にそこにあるもの	大竹伸朗	画家、大竹伸朗「作品への得体の知れない衝動」を伝える20年間のエッセイ。文庫では新作を含む木版画、未発表エッセイ多数収録。（森山大道）
眼の冒険	松田行正	森羅万象の図像を整理し、文脈を超えてあらわれる象徴的な意味を読み解くことで、デザイン的思考の臨界に迫る。図版資料満載の美装文庫。（鷲田清一）
シャネル	山田登世子	最強の企業家、ガブリエル・シャネル。彼女のブランドと彼女の言葉は、抑圧された世界の女性を鮮やかに解き放った――その伝説を一冊に。（鹿島茂）
グレン・グールド	青柳いづみこ	20世紀をかけぬけた衝撃の演奏家の遺した謎をピアニストの視点で追い究め、ライヴ演奏にも着目、つねに斬新な魅惑と可能性に迫る。（小山実稚恵）
音楽放浪記　世界之巻	片山杜秀	クラシック音楽を深く愉しみたいなら、歴史的な脈絡をつけて聴くべし！　古典から現代音楽を整理し、音楽の本質に迫る圧倒的な音楽評論。（三浦雅士）
音楽放浪記　日本之巻	片山杜秀	山田耕筰、橋本國彦、伊福部昭、坂本龍一……。伝統と西洋近代の狭間で、日本の音楽家は何を考えたか？　稀代の評論家による傑作音楽評論。（井上章一）
歌を探して	友部正人	詩的な言葉で高く評価されるミュージシャン自ら選んだベストエッセイ。最初の作品集から書き下ろしまで。帯文＝森山直太朗（谷川俊太郎）

落語百選　春　麻生芳伸編

古典落語の名作を、その〝素型〟に最も近い形で書き起こす。故金原亭馬生師の挿画も楽しい。まずは、おなじみ「長屋の花見」など25篇。（鶴見俊輔）

落語百選　夏　麻生芳伸編

「出来心」「金明竹」「素人鰻」「お化け長屋」など、大笑いあり、しみじみありの名作25篇。読者が演者となりきれる〈活字寄席〉。（都筑道夫）

落語百選　秋　麻生芳伸編

「秋刀魚は目黒にかぎる」でおなじみの「目黒のさんま」ほか「時そば」「野ざらし」「粗忽の釘」など江戸の気分あふれる25篇。（加藤秀俊）

落語百選　冬　麻生芳伸編

義太夫好きの旦那をめぐるおかしくせつない「寝床」。「火焔太鼓」「文七元結」「芝浜」「粗忽長屋」など25篇。百選完結。（岡部伊都子）

びんぼう自慢　古今亭志ん生　小島貞二編・解説

「貧乏はするものじゃありません。味わうものですな」その生き方が落語そのものと言われた志ん生が自らの人生を語り尽くす名著の復活。

なめくじ艦隊　古今亭志ん生

〝空襲から逃れたい〟、〝向こうには酒がいっぱいある〟という理由で満州行きを決意。存分に自我を発揮して自由に生きた落語家の半生。（矢野誠一）

古典落語　志ん生集　古今亭志ん生　飯島友治編

八方破れの生きざまを芸の肥やしとした五代目志ん生の、「お直し」「品川心中」など今も色褪せることのない演目を再現する。

志ん生の忘れもの　小島貞二

「人生そのものが落語」と言われた志ん生。自伝『びんぼう自慢』の聞き手である著者が長年の交流の中で知り得た志ん生の姿を描くファン必読の一冊。

志ん朝の風流入門　古今亭志ん朝　齋藤明

失われつつある日本の風流な言葉を、小唄端唄、和歌俳句、芝居や物語から選び抜き、古今亭志ん朝の粋な語りに乗せてお贈りする。（浜美雪）

らくごDE枝雀　桂枝雀

桂枝雀が落語の魅力と笑いのヒミツをおもしろおかしく解きあかす本。持ちネタ五選と対談で、「笑いの正体」が見えてくる。（上岡龍太郎）

桂枝雀のらくご案内　桂枝雀
上方落語の人気者が愛する持ちネタ厳選60を紹介。噺の聞かせどころや想い出話をまじえて楽しく落語の世界を案内する。（イーデス・ハンソン）

談志　最後の落語論　立川談志
伝説の『現代落語論』から五十数年、亡くなる直前まで「落語」と格闘し続けた談志が最後に書き下ろした落語・落語家論の集大成。（サンキュータツオ）

立川談志自伝　狂気ありて　立川談志
多摩川べりの少年時代、落語へのあふれる熱情、旅の思い出、大事な家族への想い、老いと向き合う姿……自ら綴った波瀾万丈な人生。（松岡慎太郎）

談志　最後の根多帳　立川談志
落語のネタ決めの基準から稽古法まで談志落語の舞台裏を公開。貴重な音源から名演五席を収録し、本・CD・DVDリストを付す。（広瀬和生）

落語家論　柳家小三治
この世界に足を踏み入れて日の浅い、若い噺家に向けて二十年以上前に書いたもので、これは、あの頃の私の心意気でもあります。（小沢昭一）

落語こてんパン　柳家喬太郎
現在、最も人気の高い演者の一人として活躍する著者が、愛する古典落語についてつづったエピソード満載のエッセイ集。巻末対談＝北村薫

滝田ゆう落語劇場（全）　滝田ゆう
下町風俗を描いてピカ一の滝田ゆうが意欲満々取り組んだ古典落語の世界。作品はおなじみ「富久」「芝浜」「死神」「青菜」「付け馬」など三十席収録。

落語家のもの覚え　立川談四楼
個性の凄い師匠の下での爆笑修業話から始まりネタを含めた物事の記憶法、忘れない方法を面白く説く。意外な視点から実生活にも役立つヒントが満載。

落語を聴いてみたけど面白くなかった人へ　頭木弘樹
なぜ落ちは笑えない？　どうして話が途中で終わるのか、など。落語に関する素直な疑問を解き明かしながら、落語ならではの大いなる魅力に迫る。（桂文我）

空想亭の苦労咄　安野光雅
落語好きのアンノ先生が、ネタと語り口を借りてつづる思い出咄。得意の空想癖に大笑いしながら読み進むうちに鮮やかに浮び上がる人生の苦みと甘み。

品切れの際はご容赦ください

河童の三平　水木しげる

豊かな自然の中で、のびのびと育った少年三平と、河童・狸・小人・死神そして魔物たちが繰りひろげる、ユーモラスでスリリングな物語。（石子順造）

悪魔くん千年王国　水木しげる

途方もない頭脳の悪魔君が、この地上に人類のユートピア「千年王国」を実現すべく、知力と魔力の限りを尽して闘う壮大な戦いの物語。（佐々木マキ）

百日紅《さるすべり》（上・下）　杉浦日向子

北斎、お栄、英泉、国直……絵師たちが闊歩する文化文政期の江戸の街を多彩な手法で描き出す代表作の完全版、初の文庫化。（夢枕獏）

合葬　杉浦日向子

江戸の終りを告げた上野戦争。時代の波に翻弄された彰義隊の若き隊員たちの生と死を描く歴史ロマン。第13回日本漫画家協会賞優秀賞受賞。（小沢信男）

つげ義春コレクション（全9冊）　つげ義春

マンガ表現の歴史を変えた、つげ義春。初期代表作から「ガロ」以降すべての作品、さらにイラスト・エッセイを集めたコレクション。

つげ義春の温泉　つげ義春

マンガ家つげ義春が写した温泉場の風景。一九六〇年代から七〇年代にかけて、日本の片すみを旅した、つげ義春の視線がいま鮮烈によみがえってくる。

おそ松くんベスト・セレクション　赤塚不二夫

みんなのお馴染み、松野家の六つ子兄弟が大活躍！　日本を代表するギャグ漫画の傑作集。イヤミ、チビ太、デカパン、ハタ坊も大活躍。（赤塚りえ子）

アニマル・ファーム　石ノ森章太郎　ジョージ・オーウェル原作

巨匠が挑んだ世界的名作「動物農場」の世界。他に小松左京原作「くだんのはは」、牡丹燈籠に発想を得た「カラーン・コローン」を収録。（中条省平）

石ノ森章太郎コレクション　初期少女マンガ傑作選　石ノ森章太郎

気高くも茶目っ気豊かな石ノ森章太郎の名作初期少女マンガを選り抜き収録。「青い月の夜」「龍神沼」「きりとばらとほしと」「あかんべぇ天使」他。（中条省平）

水鏡綺譚　近藤ようこ

戦国の世、狼に育てられ修行をするワタルと、記憶をなくした鏡子の物語。著者自身も一番好きだったという代表作。推薦文＝高橋留美子（南伸坊）

つげ忠男コレクション　つげ忠男　吉田類 編

下町の場末や路地裏、特飲街に、失われた戦後風景が明滅する『ガロ』以降の伝説の作品を、風狂の酒場詩人が選び出す。文庫オリジナル・アンソロジー。

林静一コレクション　林静一　又吉直樹 編

実験と試行の時代を先導した作品世界を、当代随一の林静一フォロワーである又吉直樹が「青春の詩」として新たな光を当て、精選する。

楠勝平コレクション　楠勝平　山岸凉子 編

人の世の儚さや江戸庶民の哀歓を描き、自らの死をも凝視して夭折した幻の漫画家・楠勝平。その不朽の名作を作家・山岸凉子が精選。（山岸凉子）

現代マンガ選集
表現の冒険　中条省平 編

日本の「現代マンガ」の流れを新たに発見せよ！　本巻では、マンガ表現の独自性を探り、「本物」を選りすぐり、時代を映すマンガの魂に迫る。

現代マンガ選集
破壊せよ、と笑いは言った　斎藤宣彦 編

作品の要素・手法からジャンルへと発展、確立する過程を石ノ森章太郎、赤塚不二夫など第一人者を筆頭に重要作を収録し詳細な解説とともに送る。

現代マンガ選集
恐怖と奇想　川勝徳重 編

街頭紙芝居！　絵物語！　変な動物！……１９６０年代の隠れた名作から現在の作家の作品までを収録。新進気鋭の漫画家が選ぶ、稀有な傑作アンソロジー。

現代マンガ選集
少女たちの覚醒　恩田陸 編

常に進化し、輝き続ける「少女マンガ」という豊穣な世界――。１９７０年代から現在にいたるまで、編者独自の記憶と観点より眼差しを向ける！

書痴まんが　山田英生 編

本をテーマにしたマンガ・アンソロジー。水木しげる、永島慎二、つげ義春から若手まで16作品を収録。本に溺れる、そこにドラマが生まれる。

神保町「ガロ編集室」界隈　高野慎三

１９６０年代末、白土三平、つげ義春、佐々木マキ、林静一らが活躍した雑誌「ガロ」。活気ある現場や人々の姿を描く貴重な記録。巻末対談・つげ正助。

カムイ伝講義　田中優子

白土三平の名作漫画『カムイ伝』を通して、江戸の社会構造を新視点で読み解く。現代の階層社会の問題が見えると同時に、エコロジカルな未来も見える。

マンスフィールド・パーク　ジェイン・オースティン　中野康司訳
伯母にいじめられながら育った内気なファニーはいつしかいとこのエドマンドに恋心を抱くが――。恋愛小説の達人オースティンの円熟期の作品。

ボードレール全詩集Ⅰ　シャルル・ボードレール　阿部良雄訳
詩人として、批評家として、思想家として、近年重要度を増しているボードレールのテクストを世界的な学者の個人訳で集成する初の文庫版全詩集。

文読む月日(上・中・下)　トルストイ　北御門二郎訳
一日一章、一年三六六章。古今東西の聖賢の名言・箴言を日々の心の糧となるよう、晩年のトルストイが心血を注いで集めた一大アンソロジー。

暗黒事件　バルザック　柏木隆雄訳
フランス帝政下、貴族の名家を襲う陰謀の闇――凛然と挑む美姫を軸に、獅子奮迅する従僕、冷酷無残の密偵、皇帝ナポレオンも絡む歴史小説の白眉。

ダブリンの人びと　ジェイムズ・ジョイス　米本義孝訳
20世紀初頭、ダブリンに住む市民の平凡な日常をリアリズムに徹した手法で描いた短篇小説集。リズミカルで斬新な新訳。各章の関連地図と詳しい解説付。

眺めのいい部屋　E・M・フォースター　西崎憲／中島朋子訳
フィレンツェを訪れたイギリスの令嬢ルーシーは、純粋な青年ジョージに心惹かれる。恋に悩み成長する若い女性の姿と真実の愛を描く名作ロマンス。

キャッツ　T・S・エリオット　池田雅之訳
劇団四季の超ロングラン・ミュージカルの原作新訳版。あまのじゃく猫におちゃめ猫、猫の犯罪王に鉄道猫。15の物語とカラーさしえ14枚入り。

ランボー全詩集　アルチュール・ランボー　宇佐美斉訳
東の間の生涯を閃光のようにかけぬけた天才詩人ランボー――稀有な精神が紡いだ清冽なテクストを、世界的ランボー学者の美しい新訳でおくる。

怪奇小説日和　西崎憲編訳
怪奇小説の神髄は短篇にある。ジェイコブズ「失われた船」、エイクマン「列車」など古典的怪談から異色短篇まで18篇を収めたアンソロジー。

世界幻想文学大全
幻想小説神髄　東雅夫編
ノヴァーリス、リラダン、マッケン、ボルヘス……時代を超えたベスト・オブ・ベスト。松村みね子、堀口大學、窪田般彌等の名訳も読みどころ。

品切れの際はご容赦ください

ちくま文庫

長《なが》くて短《みじか》い一年《いちねん》
山川方夫《やまかわまさお》ショートショート集成《しゅうせい》

二〇二三年二月十日　第一刷発行

著　者　山川方夫（やまかわ・まさお）
編　者　日下三蔵（くさか・さんぞう）
発行者　喜入冬子
発行所　株式会社　筑摩書房
東京都台東区蔵前二—五—三　〒一一一—八七五五
電話番号　〇三—五六八七—二六〇一（代表）
装幀者　安野光雅
印刷所　明和印刷株式会社
製本所　株式会社積信堂

Printed in Japan
ISBN978-4-480-43861-4　C0193